DU MÊME AUTEUR

*La Clinique de l'amnésie,* Éditions Stock, 2014
*Fils d'Heliopolis,* Éditions 10/18, 2010
*Le Dédale du passé,* Éditions Stock, 2016.

La Croisée
Groupe Delcourt
8, rue Léon-Jouhaux
75010 Paris

www.editions-lacroisee.fr

James Scudamore

# MONSTRES ANGLAIS

*Traduit de l'anglais*
*par Carine Chichereau*

la croisée

TITRE ORIGINAL :
*English Monsters*

Conception graphique :
Studio Delcourt/Soleil – Gaëlle Merlini

Première publication
aux Éditions Jonathan Cape, 2020

À la mémoire de W. R. Skelton 1921-2005

À Rose, John, Clem et Sylvia

Et à CFM

Chance ou malchance, laissons la roue tourner.
Car qui sait la finalité du bien et du mal ?

T.S. Eliot, *Meurtre dans la cathédrale*

L'énergie ne peut être ni créée ni détruite ; on peut seulement la faire changer de forme.

*Loi de la conservation de l'énergie*

On a découvert deux garçons en train de passer de l'huile de lin à l'intérieur du cormoran de l'école.

*Monty Python : Le Sens de la vie*

# I

# BÂTARD

# 1.

Mon grand-père aimait se mettre au lit avant les nouvelles de vingt et une heures, aussi commençait-il à boire tôt, pas de temps à perdre. Le premier bouchon sautait aux environs de cinq heures, et un autre suivait bientôt. À l'annonce des gros titres, il avait mangé ses céréales, et déposé son sourire dans le bol de rinçage, où il trempait jusqu'au matin.

Chaque bouteille vidée appelait la suivante avec une joie redoublée, et il prenait garde de ne pas me laisser de côté – surtout si, comme ce jour-là, nous avions de la compagnie.

« Max ! Sois un bon garçon. Grimpe donc sur le comptoir et ramène-nous le Charles-de-Gaulle. »

Mon nom qui venait titiller mon oreille : l'excitation de l'adrénaline, loin de la peur, toujours stimulante. Il savait exactement comment placer sa voix. Je mangeais mes tartines beurrées, concentré avec bonheur sur ma tâche, et le bavardage des adultes se brisait sur moi telles des vagues illuminées de soleil. Mais il ne vous laissait jamais longtemps tranquille.

J'ai aussitôt bondi, car je ne voulais pas que les autres se lèvent. Lumière de beurre sur la motte, toujours un peu rance car nous ne la rangions jamais au frigo. Le Charles-de-Gaulle, un tire-bouchon avec des bras et une colonne vertébrale, avait son clou à lui dans le mur, et après le pain de mie, les deux poulets froids, les tomates bien mûres et les fromages, il était temps d'ouvrir un nouveau flacon. Nous étions en 1986. L'habituelle bande des quatre du dimanche soir, c'est-à-dire moi, mes grands-parents et ma grand-tante Dee. J'avais dix ans.

Il aurait pu laisser le tire-bouchon sur la table, entre les bouteilles, mais alors je n'aurais eu aucun rôle à jouer. Aucune chance que sa voix claironne mon nom.

« Et quand il sera plus grand, il dira : "Mon vieux pépé me faisait grimper sur le meuble de la cuisine pour lui attraper le tire-bouchon dès qu'il voulait déboucher une autre bouteille." Et qu'est-ce qu'il pensera de nous, hein ? »

Il avait cette façon de me créer des souvenirs. La plupart du temps, je ne m'en apercevais pas, mais ce soir-là, je l'ai pris sur le fait. Voilà pourquoi cet instant est gravé dans ma mémoire. Le tee-shirt rayé que je portais. Le Formica sur lequel je me suis râpé la jambe en montant. Le vent qui jouait dans les volets. Leurs visages ridés que la lumière dorait. Un moment parmi tant d'autres qui me reviennent à la demande, parce qu'il m'a enjoint de m'en souvenir.

Il avait fini de nettoyer la carcasse d'un des poulets. Il l'a brandie dans sa main, sa peau luisante semblable à un ruban, et il a sifflé son border collie.

« Bob. Pas à table », a dit ma grand-mère. Mais Jack n'écoutait que lui, et il s'est emparé délicatement de la carcasse que mon grand-père lui tendait. « Nom d'une pipe, je vais te botter le train si jamais j'en trouve sur mon carrelage. »

La voix de mon grand-père s'est faite murmure sur sa fréquence spécial chien : « *Vazy-voir.* »

L'animal est reparti dehors en vitesse, ses griffes cliquetant sur le carrelage, le souillant seulement de quelques gouttes de bave.

Jack était le dernier en date d'une longue lignée de border collies aux origines mélangées et aux tempéraments imprévisibles. Il mordait parfois, mais je connaissais les limites à ne pas franchir et il ne s'en était jamais pris à moi.

« Je pensais que tu ne leur donnais pas les os de poulet ? » a fait Dee.

Une expression de dégoût familière s'est peinte sur les traits de mon grand-père. « C'était valable à l'époque où on mangeait ces vieilles poules dont les os te déchiquetaient ! Ces poulets-là maintenant, ils sont si jeunes qu'ils sont tout mous. J'aurais même pas besoin de mes dents pour les bouffer. »

Tout en parlant, ses mains fortes et burinées ramassaient les miettes sur la table pour les mêler à quelques gouttes de vin, il formait une espèce de pâte dont il remplissait un nœud creux dans le bois de la table, à côté de son assiette. Il le faisait à chaque repas, enfonçant la bouillie avec son pouce, pour la lisser ensuite. Il avait fabriqué cette table lui-même avec un orme malade, et c'était comme si son travail n'avait pas de fin. Ma grand-mère, qui trouvait cette habitude dégoûtante, nettoyait le nœud du bois dès qu'il avait le dos tourné, mais il ne manquait pas de le remplir à nouveau dès le repas suivant.

Lorsque nous étions arrivés au fromage, après avoir éclusé une bouteille ou deux, le rythme ralentissait, parce que c'était le meilleur moment. Mon grand-père se frottait les avant-bras, puis reposait les mains sur la table. Il me le faisait parfois à moi aussi, évaluant mon grain de peau à la manière d'une pièce de bois. Ensuite, il s'écartait un peu de la table, ce qui affectait l'humeur générale car c'était un costaud, et il se concentrait pour raconter une histoire.

Il tournait autour du pot pendant un moment afin de trouver le meilleur angle d'attaque. Aucun récit ne pouvait commencer sans une petite dispute préalable. Il fallait attendre que lui et ma grand-mère se soient mis d'accord sur une ouverture pour qu'il commence.

*Ça devait être par ce printemps pluvieux, quand tous les agneaux se sont souillés.*

*Dieu du ciel, tu te rappelles, il a fallu que tu les tondes tous en deux jours.*

*Cet hiver-là, je suis allé à Cambridge acheter une batteuse.*

*Bien sûr que non. Tu as rêvé.*

Ces petites bisbilles étaient essentielles pour lancer la machine. L'exercice consistait autant à digérer leurs vies qu'à raconter une histoire. Ils arrivaient vers la fin de la soixantaine. Beaucoup des gens qu'ils aimaient avaient disparu, et les photos n'étaient pas nombreuses. Alors, le dimanche soir, ils s'asseyaient là pour passer en revue leurs morts. Faisant réduire leurs souvenirs à la manière d'une sauce. Débattant sur leur stupéfaction d'avoir ainsi vécu.

*Cette pauvre vieille Ev. Elle aurait tellement aimé être là avec nous, avec une clope et un verre de rouge.*

*Pour sûr.*

*Elle aurait eu quatre-vingt-dix ans l'an prochain.*

*C'est vrai ?*

Il s'agissait de la défunte mère de ma grand-mère et de ma grand-tante. Mais ça aurait pu également être Jim, son meilleur ami, qui était mort à Arnhem, ou son oncle Harry qui s'était tiré dans le bras en sautant par-dessus un mur, armé d'un fusil.

Parfois suivaient les histoires de guerre. Comment ma grand-mère s'était rendue à bicyclette à Coventry pour travailler le lendemain du raid aérien, et était tombée dans un cratère creusé par une bombe. Comment lui était resté travailler la terre, s'était inscrit à la garde nationale, et avait vu ses amis disparaître. Mon attention fluctuait, ainsi que ma compréhension des faits, mais dès qu'il sentait qu'on m'oubliait, il revenait vers moi pour m'inclure de nouveau dans la conversation.

J'avais décroché encore une fois, mes pensées s'étaient envolées. Il l'avait remarqué.

« Écoute donc un peu, mon garçon, m'a-t-il dit avec une sévérité feinte. On n'a pas toujours vécu de cette manière-là, tu sais. On a travaillé dur, nous autres. Toi aussi, il faut que tu travailles, tu m'entends ? » J'ai hoché la tête en essayant de sourire. « Il écoute pas un mot. Pas grave. Il en restera peut-être quelque chose malgré tout. Je me souviens de mon grand-père, comment il travaillait dur, alors ça doit bien être encore là quelque part. Une merveille, le père de mon père. Il louait une ferme à Lord Binley, mais il en exploitait deux autres par-dessus le marché ! Il devait cultiver dans les quatre cents hectares. Quand il a pris sa retraite, il avait deux faneuses, deux machines à vapeur, tout l'attirail. Il se démenait comme un beau diable. *Et toi, tu m'entends, tu dois te démener comme un beau diable !* »

Sa grosse main s'est abattue sur mon ventre.

« Oui, oui, ai-je acquiescé dans l'espoir de m'en sortir facilement.

— Et ton père ? a commenté Dee. Ça s'est pas si bien passé pour lui, pas vrai ?

— Ça a été plus rude. Mais dans les années 20, c'était dur d'être paysan. Enfin, lui et ses frères, c'étaient des bons à rien. Sans doute que ça saute une génération. » Il m'a lancé un regard que je n'ai pas compris.

Dee a sorti une Rothman de son paquet, qu'elle a laissé pendouiller entre ses doigts pleins d'arthrite, pareils à des racines noueuses. Mon grand-père s'est penché vers moi, en ouvrant grand les yeux, et d'un geste rapide, il a tiré une allumette enflammée de sous son pantalon. Ce vieux tour me faisait toujours rire. Il a tendu la flamme vers elle, puis il a fourré l'allumette dans sa bouche, l'a mâchée et avalée avec contentement. Je n'avais encore jamais réussi à le surprendre au moment où il la recrachait. Dee a pris une bouffée, puis soufflé une ligne bleue au parfum âcre et délicieux, qui s'est peu à peu dissipée en rubans marbrés au-dessus de nos têtes.

« Et puis évidemment, le jeune Lord Binley a repris l'affaire, a dit mon grand-père. Et sa fille s'est avérée une sacrée drôlesse. Un jour, on a retrouvé sa petite culotte dans un champ où elle avait fricoté avec un gars du coin. » Et toujours, si on cherchait bien, cette petite étincelle au fond de ses yeux : la possibilité que le gars en question, ce soit lui.

« Tu n'as jamais fait ça.

— Sa Seigneurie ne valait pas mieux. Un vrai étalon. Il avait une bite en bois.

— Oui, il bandait la moitié de la nuit, pas vrai ? a déclaré Dee.

— Il était connu pour ça. Il avait cette Rolls-Royce spéciale, avec une ouverture à l'arrière.

— Pour l'amour du ciel, Bob ! s'est exclamée ma grand-mère.

— Qu'est-ce qu'y a ? ai-je demandé, sentant que ça devenait intéressant. Pourquoi est-ce qu'il avait besoin d'une ouverture à l'arrière ?

— Tu devines pas ?

— Bob, est-ce que tu as vraiment besoin de lui raconter ça ? Il n'a que dix ans. Qu'est-ce que je vais dire à sa mère si elle me demande d'où il tient toutes ces histoires ?

— Sa mère, elle la connaît, l'histoire. Il avait une ouverture à l'arrière pour pouvoir se mettre debout quand il avait une amie avec lui.

— C'est pas vrai, a repris Dee.

— Mais si. Comme ça, il pouvait se garer où il voulait pour une petite partie de jambes en l'air.

— Tu as une imagination dégoûtante.

— Et un jour, il s'était arrêté sur un chemin pour donner du bon temps à une fille, et la voiture a été bousculée par un tracteur. Il a eu les deux jambes cassées. On a failli l'amputer. »

Dee était une complice hors pair. Plus petite que ma grand-mère, elle était aussi plus malicieuse et avait le rire plus gras. Elle avait mené *une vie de patachon*. Mais elle avait toujours eu une santé précaire. Après la guerre, elle s'était mariée à un Polonais qui s'appelait Joe et qui était mort depuis, et elle aimait raconter qu'une fois son heure venue, elle *monterait sur Joe*. Elle m'appelait le *génie*, et je pouvais lui poser toutes les questions que je voulais tant que je ne lui demandais pas comment elle allait.

J'allais peut-être trouver le courage de dire quelque chose à mon tour, en prenant garde à ne pas aller trop loin. Je pouvais raconter n'importe quoi à Dee et à mon grand-père, mais ma grand-mère s'offusquait plus facilement, même si elle faisait semblant. Un peu plus tôt dans la soirée, mon grand-père nous avait raconté l'histoire de l'homme de Devizes, aussi m'a-t-il semblé naturel de réciter la suivante, que je connaissais, même si je ne voyais pas très bien en quoi c'était drôle.

*Il y avait un jeune gars à Rhodes*
*Qu'avait la queue si longue qu'elle ployait*
*Pour qu' ce soit plus commode*
*En deux il la pliait*
*Et au lieu de faire crac-crac, il faisait pipi.*

« Juste ciel », a dit ma grand-mère.

Mais lui, il était parti. Il n'arrivait plus à parler. Des vagues de rire le secouaient, mais il ne me quittait pas des yeux, à part pour jeter un regard à Dee.

Ce n'était pas la chanson paillarde en soi – qu'il m'avait sans doute apprise lui-même. C'était d'entendre ces mots dans ma bouche. Max le malin, si précoce pour ses dix ans !

« Quand je pense qu'il connaît ça ! a dit ma grand-mère. Mais quelle honte. »

*Et au lieu de faire crac-crac, il faisait pipi.* Je pensais juste qu'il s'agissait de caca ou pipi.

La première vague de rire tarie, suivait un instant de suspens. On courait le risque que le silence s'installe, à la limite du malaise. Ils s'interrogeaient en fait, je l'ai compris plus tard, sur leur statut de parents de substitution, se demandant s'ils n'étaient pas allés trop loin. Mais cette fois-là, j'ai eu de la chance. Alors que l'hilarité faiblissait, Jack le border collie est revenu, et a ouvert la gueule pour rapporter la carcasse de poulet, tas gris sur le carrelage. Après que ma grand-mère l'eut chassé, passé la serpillière et tout désinfecté, elle s'est mise à rire autant que nous autres.

Ensuite, il m'envoyait au piano dans la pièce voisine, exécuter des versions simplifiées de ragtimes de Scott Joplin pendant qu'ils faisaient la vaisselle, puis nous allions profiter des dernières lueurs du jour à l'extérieur. Ce soir-là, nous avons jeté aux chiens une lourde boule de chêne qu'il avait fabriquée pour eux sur son tour à bois. Il la lançait dans l'allée qui menait au parc avec de grands moulinets du bras. La balle de bois s'envolait dans les airs, masse compacte suivie d'une queue de comète, puis s'abattait à terre, soulevant des nuages de lumière de fin d'été. Jack et le chiot se battaient pour l'attraper et la rapporter, jusqu'à ce que la balle se fende, la gueule des chiens écumant d'un mélange rose de salive et de sang.

« On n'est pas bien chez nous ? a-t-il dit en savourant les senteurs d'herbe du couchant. Y a pas de meilleur endroit sur Terre. »

Puis le soleil a disparu, l'air a fraîchi, et je suis allé avec lui m'occuper des animaux une dernière fois avant la nuit. Les chiens dormaient dans une étable près de son atelier, ils avaient une caisse remplie de paille et de sciure, et de l'odeur puissante de pâtée pour chiens, d'haleine de chiens, de poil de chiens. Leur nourriture se présentait dans des boîtes de conserve sans étiquette, sous plastique, rangées sur une palette. Il en a pris deux, les a ouvertes avec l'ouvre-boîte fixé au mur, puis les a agitées au-dessus d'une écuelle ; propulsée par un geste sec, la pâtée s'est abattue dans un bruit de succion, sous forme de cylindre de viande. Il a jeté les conserves vides et les couvercles dans une autre caisse, et il a reculé pour regarder les bêtes manger par-dessus la demi-porte de l'étable.

« Vingt pence la pièce que je les paye, ces boîtes de pâtée. L'année dernière, j'ai essayé de leur en ouvrir une pour deux. Puis, je me suis dit : *Allez, c'est Noël*, et j'ai commencé à leur en donner une chacun. Maintenant, ils sont gras comme des cochons. »

Il piquait du nez devant la télévision avant d'aller se coucher. Ma grand-mère était trop dure d'oreille pour suivre, aussi préférait-elle s'asseoir en compagnie silencieuse, à essayer de comprendre ses poètes. Elle avait ses préférés – Auden, Blake, Eliot – et elle les absorbait suivant un cycle constant, attendant patiemment qu'ils se révèlent à elle. Elle avait beau se livrer à cette activité devant tout le monde, c'était en réalité pour elle une affaire très intime, et la profondeur de ses réflexions ne m'est apparue qu'après sa mort, lorsque j'ai été assez grand pour déchiffrer les interrogations qu'elle avait notées dans les marges de ses exemplaires des *Chants de l'innocence et de l'expérience* et de *Quatre Quatuors*. Comme mon grand-père, elle n'avait pas reçu la moindre instruction depuis qu'elle avait quitté l'école à l'âge de quatorze ans.

Sa crainte récurrente était qu'il meure sans qu'on s'en aperçoive. Elle ne pouvait l'entendre ronfler, à moins qu'il ne ronfle comme un sonneur, c'est donc à ses mouvements qu'elle évaluait s'il était encore en vie, et quand il restait trop longtemps sans bouger, sa voix fendait l'air :

« Bob ? Tu es toujours avec nous ? »

J'avais songé à lui dire que je pouvais me charger de l'écouter pour ne pas qu'elle s'inquiète, mais je ne trouvais pas les mots pour le lui proposer. En outre, c'était une responsabilité écrasante, et c'était peine perdue de changer leurs habitudes maintenant. Il ne lui fallait pas plus de deux interventions pour être rassurée : une soudaine expiration, comme un ballon qui se vide de son air, suivie de quelques petits ronflements et d'un étrange réalignement des dents. Avant même que tout ce manège soit terminé, elle était retournée à sa poésie.

Que cela le réveille ou non, de toute façon, il se levait bientôt pour son dernier plaisir de la journée : des Coco Pops, ensuite, j'entendais son pas lourd résonner dans l'escalier. Un peu plus tard, en allant me servir un verre d'eau à l'évier de la cuisine, je découvrais sa denture qui attendait là, vision toujours surprenante, enveloppée de volutes chocolatées.

La nuit, il se relevait, et passait une heure à lire le *Farmers Weekly* en s'enfilant une pinte de thé, mais il n'avait pas besoin de ses dents pour ça, et il ne les remettait pas avant de se lever pour de bon cette fois, à six heures, lorsqu'il sortait pour aller ouvrir aux chiens et entamer une nouvelle journée.

Voilà comment les choses se passaient.

C'est peut-être un peu fantaisiste d'imaginer qu'on m'ait transmis la sagesse des aînés autour de cette table, qu'on m'ait préparé pour l'avenir. Mais le code de conduite de mon grand-père était bien plus qu'un simple divertissement. Il était basé sur la compassion. Ce qui vous rendait allergique à la cruauté. Son credo était simple. Travaille dur. Vis bien. Sois gentil. Dis les choses. Surtout, dis les choses.

## 2.

Né en 1921, il avait grandi dans la ferme où son père était métayer, manquant souvent l'école pour aller traire les vaches, avant d'arrêter complètement, à l'âge de quatorze ans, afin de travailler pour lui à temps complet. Après son mariage, on lui avait proposé d'exploiter une autre ferme en piètre état, et il s'était si bien débrouillé qu'il l'avait acquise. Il détruisit le vieux bâtiment pour en construire un nouveau. Il réalisa son allée lui-même après avoir acheté un bulldozer et un rouleau compresseur, qu'il revendit avec un profit. Le père que ma mère avait connu dans sa jeunesse était infatigable.

Ensuite, il y eut les autoroutes : d'abord, la M1, puis une jonction avec la M6, qui morcela ses terres, et le força à prendre sa retraite à cinquante et un ans. Il était trop tôt pour arrêter de travailler, trop tard pour racheter une autre ferme, mais il voulait quand même investir son argent dans la terre. Il entendit parler d'un manoir en ruine à vendre dans les environs, en racheta les terres et les dépendances, et transforma l'ancienne remise en maison. Le portail par lequel passaient les voitures à cheval fut aménagé en fenêtres au rez-de-chaussée, et les quartiers des conducteurs devinrent des chambres. La cour de l'étable se changea en jardin, ses pavés bleus furent parsemés d'allées de graviers et de massifs. Il fit pousser de la rhubarbe dans une brouette rouillée, et rangea des pots de fleurs dans le ventre éviscéré de pianos droits.

Après la guerre, le manoir avait été dépouillé de tous ses atours par une série de propriétaires sans scrupule. Le toit de plomb vendu, la détérioration s'était accélérée. Le bâtiment aurait pu être détruit et remplacé par un lotissement de standing. Finalement, ce fut un financier de Londres qui acheta la ruine, pour servir de décor à une garden-party qu'il donnait chaque année, payant mon grand-père et un vieux type appelé Tom Slingsby – qui avait travaillé là comme palefrenier dans les années 1920 – pour maintenir le terrain en l'état. Pendant des années, tous deux avaient donc entretenu les jardins à la perfection tandis que la bâtisse se délitait tranquillement derrière. Puis le financier s'était lassé de son jouet. Un promoteur lui avait fait une offre, et avait converti l'ancien manoir en appartements de luxe. Le bâtiment avait été restauré, divisé, mais il était resté.

Et voilà mon grand-père, qui avait travaillé assez dur pour acquérir ses propres terres, dédaigné par ce tas de lords du dimanche, qui considéraient la campagne comme un terrain de jeu. Ils faisaient semblant de l'apprécier, le laissaient réparer leurs tondeuses, mais même à dix ans, je savais ce qu'ils disaient dans son dos. Cela les faisait enrager de savoir que mon grand-père était propriétaire de ce parc, qu'il refusait d'embellir et plus encore de vendre. Ils voulaient clôturer les terres, installer un troupeau de cerfs. À la place, ils avaient de la boue et des bœufs, et mon grand-père qui caracolait dans sa 4L, au rythme trépidant de Louis Armstrong et de Fats Waller. Des morceaux de machines agricoles gisaient épars, dans un état de déréliction plus ou moins avancé. L'été, les chardons poussaient en touffes outrageuses, qu'il décapitait au passage en conduisant, visant les nuages duveteux qui couronnaient les corolles afin de les disséminer le plus loin possible. L'hiver, il nourrissait les bêtes avec des déchets de l'usine de frites McCain, sorte de purée puante de pelures de patates fermentées qu'il appelait de la *bouillie*. J'aime toujours à me représenter les relents de bouillie montant jusqu'au manoir, pour venir titiller les narines de ses occupants tandis qu'ils sirotaient leur petit verre de sherry en se lamentant sur la crasse des lieux.

Sur les photos prises avant son départ en retraite, c'est un autre homme. Mince comme un fil, la pipe à la bouche, et possédant toutes ses dents. Il avait toujours aimé les bonbons. Un jour, sans doute après avoir pris du poids, il en avait eu marre de ces histoires de dentiste, et il avait tout fait arracher. L'homme des photos semble faux. Sa dentition trop prononcée. Il a l'air d'un boxeur avec un protège-dents. À l'époque où je l'ai connu, il était d'une confortable corpulence churchillienne, le cou épais, la tête couverte de cheveux blonds grisonnants. Sa sagesse n'avait rien à voir avec l'instruction, elle était tout entière tirée de son expérience. L'oisiveté le rendait furieux, mais rien ne le dégoûtait plus que ceux qui vivaient en avares, ou sans grâce. Ces gens-là, disait-il, il fallait *leur tirer dessus avec des boulets de canon.*

Toute sa vie, la modernité l'avait poursuivi, mais il la voyait venir, et chaque fois, il parvenait à l'éviter. La ferme où il avait travaillé avec son père était devenue un domaine industriel dans la banlieue de Coventry, la maison où il avait vécu, un hôtel où l'on célébrait des mariages. Mais ça ne lui faisait ni chaud ni froid, pas plus que le manoir transformé en résidence de luxe. Il était des Midlands, et connaissait trop bien la terre pour laisser quelques changements l'affecter. En d'autres termes, il était d'ici autant qu'on peut l'être, ce que je n'ai jamais éprouvé moi-même. Je n'ai jamais connu le sentiment de sécurité que procure un lieu où l'on a ancrage. Pas plus que d'ancrage.

*Tu dois te démener comme un beau diable.*

J'ai entendu ce refrain-là pendant des années, surtout entre vingt et trente ans, à l'époque où il craignait que je foute ma vie en l'air à force de picoler. Quel que soit le nombre de ses nuits de beuveries (auxquelles, en temps voulu, je participerais), je ne perdais jamais de vue combien mes grands-parents avaient travaillé dur pour en arriver là. Il ne buvait pas tant que ça à l'époque, déclarait-il, même si ses meilleures histoires se déroulaient toujours sur fond de cuite, et qu'on n'acquiert pas ce genre d'habitude sans pratique.

« On n'avait pas besoin de choisir entre boire et conduire, m'a-t-il révélé un jour où ma grand-mère n'était pas dans la pièce. Je me souviens qu'on était assis à l'arrière d'une Ford 8, avec Jim et cette fille qui s'appelait Minnie et une bouteille de porto. Il lui faisait des bisous pendant que je m'occupais de la bouteille, et après c'est moi qui lui faisais des bisous pendant qu'il s'occupait de la bouteille. Merveilleux. »

Un autre soir d'été, d'autres animaux à nourrir. Au bord de la lavogne, derrière l'atelier, je tenais le seau à grain, qu'il jetait par poignées, décrivant des arcs rubanés qui attiraient les canards à tire d'aile depuis l'autre rive. Quand les derniers grains se furent éparpillés dans l'herbe, nous nous sommes installés à table, au bord de la berge. À côté de lui, un sac rempli d'invendus qu'on lui avait donnés à la boulangerie du coin. Il a pris une miche, et s'est mis à l'émietter. Le premier morceau de croûte flottait tranquillement à la surface, puis une gueule orange béante est venue l'avaler. Les dos noirs d'autres carpes ont fusé comme des flèches tandis que les morceaux de pain pleuvaient. J'ai ouvert plus grand le sac, respirant un bouquet d'éclairs, de beignets et de *Chelsea buns*.

« Y en a beaucoup qui sont pas rassis du tout, ai-je dit en me léchant les doigts entre deux lancers.

— Je sais. Ils sont pourris gâtés, ces poissons-là. Et on peut même pas les manger. Ils bouffent ce qu'il y a dans la vase. Ils auraient un sale goût. Mais juste ciel, ils savent faire des petits. »

On a arrêté de les nourrir pour observer la surface agitée. Il s'est servi un verre de vin, puis a ouvert une canette de Coca et me l'a tendue. Il y avait deux pots en terre sur le plateau, un de pâté de poulet, l'autre de tapenade, qu'il avait préparés tous les deux.

« On se couche tôt, ce soir. Y a le marché, demain.

— Je peux venir avec toi ?

— Ta grand-mère va dire non parce que tu as cet entretien, à l'heure du déjeuner. »

J'avais complètement oublié.

« C'est à quelle heure, l'entretien ?

— Midi. Tu serais de retour à temps, mais elle a peur que tu sois fatigué.

— Je serai pas fatigué.

— Très bien. Je viendrai te réveiller. Et si tu bondis pas hors de ton lit, je glisserai le chien sous tes draps. »

Comme pour nous donner la réplique, un concert d'aboiements a éclaté près de la maison, nous informant de l'arrivée de Tom Slingsby, dans sa Ford Fiesta grise et crachotante. Il en est sorti lentement en attrapant sa canne, qu'il a plantée devant lui. Il a vu mon grand-père lever un bras, et à son tour a levé sa main tannée en venant vers nous.

« File, mon garçon, va l'aider. »

J'ai couru vers Tom, et je me suis mis à marcher à son allure, pour qu'il puisse poser une main sur mon épaule.

« T'es un bon petit gars, Maxy », a-t-il murmuré. Il avait des cheveux blancs, une tête ronde et ridée et, avec son allure voûtée, il me faisait penser à un gentil gorille.

Mon grand-père lui a lancé « Comment que tu vas ? », puis il lui a présenté la chaise que j'occupais jusqu'à présent. « Va chercher un verre pour ce vieux brigand, m'a-t-il dit.

— Je veux pas causer du dérangement, Bob.

— Tais-toi et assieds-toi. »

Tom installé, nous nous sommes remis à jeter dans l'étang le reste des invendus de la boulangerie.

« Mlle Bandy est dans tous ses états à cause de son épagneule, a dit Tom. Elle dit qu'elle sait pas du tout qu'est-ce qui s'est passé.

— Tu parles ! C'est pas rien de s'occuper d'une portée de chiots à son âge. Je le lui ai dit : cette chienne est grosse. Elle va avoir des petits. Sauf qu'elle m'a pas cru. » Une carpe luttait pour arracher un morceau de pain coincé au milieu des herbes, alors je me suis agenouillé pour le détacher. « Pour sûr que j'avais un train d'avance sur elle.

— Qu'est-ce que tu veux dire, Bob ? » a demandé Tom à voix basse.

À présent, mon grand-père avait le fou rire. « Jack a monté sa chienne bien comme il faut. Je l'ai vu faire pendant que je taillais les rosiers à Mlle Bandy. »

Tom est parti à son tour, emporté par un éclat de rire.

« Qui je suis pour m'interposer entre eux ? J'allais pas l'empêcher de prendre son pied ? » Puis il s'est souvenu que j'étais là, et il a remis la conversation sur les rails. « Demain, c'est le grand jour pour ce petiot-là. Il passe un entretien à l'école sur la colline.

— Qu'est-ce qu'il faut faire ? a demandé Tom en s'essuyant les yeux.

— On n'en a aucune idée. Ça doit pas être grand-chose. Surtout vu combien que leur paye la boîte de son père pour le prendre. Mais il veut malgré tout aller au marché avec moi.

— Tu sais à quelle heure il se lève, hein ? Tu vas avoir un choc quand il va venir te réveiller. »

Le vieil homme et son aîné se sont remis à rire tandis que les carpes continuaient de se nourrir dans l'eau laiteuse, apparemment insatiables.

J'ai été arraché à un rêve de plages brûlantes et de méduses quand j'ai senti des griffes sur ma cheville et une haleine sur ma peau : il avait lâché son terrier sur mon lit.

« Tu vas te lever, espèce de feignant ! » Sa colère feinte, pleine de joie. « Il est cinq heures moins le quart.

— Je descends dans une minute, ai-je grommelé.

— T'as intérêt, sinon je m'en vais sans toi. »

Il est sorti en sifflant les premières mesures de *Hello, Dolly*. Mouvement étouffé au rez-de-chaussée. Ululement grêle de la bouilloire. Noir total à la fenêtre.

En arrivant dans la cuisine, je l'ai trouvé debout près de la jarre de pierre où il faisait son vinaigre de cidre. Il y a plongé une tasse en fer-blanc, a bu un coup, rempli la tasse à nouveau, puis il me l'a tendue.

« Tu bois cul sec, sinon t'y arriveras pas. » Trop endormi pour ne pas obéir. Décharge électrique. Ondulations sur mon crâne. Feu dans mon ventre. « C'est bon pour la santé. Ça va te maintenir en forme, mon garçon. »

L'aube imprégnait peu à peu le ciel quand la 4L est arrivée aux abords de Leicester, où les lampadaires s'éteignaient les uns après les autres. En passant près d'une boîte de nuit, nous avons croisé un jeune couple qui se disputait dans la rue.

« Nom d'un chien, regarde-moi ces deux-là, ils sont pas encore couchés. » Alors qu'on ralentissait, le garçon a dû dire à la fille quelque chose qui dépassait les bornes, et elle a laissé tomber son kebab pour lui coller une beigne. « Regarde ça ! Vas-y, ma fille. Fous-lui-z'en une autre. » Il a failli s'arrêter pour observer la scène dans son rétroviseur, il adorait ce genre d'incidents. « Ouh là, ouh là là ! Elle y est pas allée de main morte. » Il était toujours aussi réjoui en arrivant au marché. Répit momentané dans cette vie pas à la hauteur de ses aspirations. Peu importe les contrariétés que lui réserverait la journée , il pourrait toujours se raccrocher à ça.

Nous sommes entrés dans la caverne à l'odeur de terre, éclairée au néon, résonnant des bips des chariots élévateurs, et il a commencé à charger son Caddie de fruits et légumes. Il achetait en telles quantités que bien des négociants le prenaient pour un épicier. Ceux qui le connaissaient savaient sa préférence pour les achats en gros, destinés à fournir ensuite sa famille et ses amis. La blague habituelle, c'est que tout était pour ma grand-mère.

*Alors, Bob, comment elle va ? Il lui faut un autre sac d'échalotes, c'est ça ?*

Nous sommes revenus à la 4L plusieurs fois avec le chariot plein avant qu'il estime en avoir assez pour que nous prenions le petit déjeuner. Je luttais contre une nausée due à la fatigue lorsqu'il a commandé *deux saucisses-frites et deux mugs de thé* à la buvette locale crasseuse.

« L'été sera bientôt terminé », a-t-il dit en regardant l'horloge sur le mur, notant l'heure à laquelle se levait le soleil. Ce genre de chose déclenchait en lui une certaine mélancolie, une tristesse falstaffienne lorsqu'il voyait se profiler la fin des réjouissances. Cela contrebalançait sa sagesse de paysan qui voyait la roue tourner, savait qu'il restait toujours quelque chose à apprécier, qu'il suffisait de savoir où regarder. « Je parie que ce pauvre couillon est encore en train de se frotter la tête quelque part », a-t-il commenté en souriant. Il a posé sa fourchette et bu son thé. « Allez. Rentrons à la maison pour te présenter à l'inspection. »

Avant l'entretien, ma grand-mère m'a fait prendre un petit bain, puis m'a donné une chemise propre et m'a brossé les cheveux en examinant mon reflet dans la porte du four. Elle a roulé en chignon ses longs cheveux gris qui lui arrivaient à la taille, et nous sommes partis dans le break Citroën. Mon grand-père avait déchargé ses fruits et légumes et s'était mis au travail dans l'allée qui bordait le parc ; nous sommes passés près de lui, dans son tracteur, il taillait la végétation au bord du chemin. Nous avons ralenti et il m'a souhaité bonne chance en me lançant par le toit ouvrant une pêche bien mûre, que je mangerais plus tard, m'a dit grand-mère, pour ne pas tacher ma chemise.

Nous avons franchi le pont en dos d'âne au fond de la vallée, puis grimpé le versant opposé en traversant des villages inconnus en pierre ferrugineuse. La route devenait plus escarpée, puis nous sommes passés entre deux piliers surmontés de têtes de taureaux en pierre. À ma gauche se trouvait la chaumière du gardien, puis nous avons descendu une longue allée bordée de chênes et de frênes. Un employé juché sur un tracteur-tondeuse faisait le tour d'un terrain de cricket en ronronnant.

J'ai découvert les lieux sous leurs plus beaux atours. Remparts à l'assaut d'un ciel violemment bleu. Pierre de miel dans la pleine lumière de l'été. L'église avec son clocher penché, estropié. Les magnifiques écuries surmontées d'une tour d'horloge. Une balustrade ornée d'urnes débordant de fleurs. L'odeur de l'herbe coupée. Un border terrier et un labrador noir paressant sur la pelouse. J'éprouvais un sentiment surréaliste d'ascension, de m'être élevé depuis la crasse du marché et de l'entrepôt jusqu'à ce plateau bordé de murailles anciennes aux jardins parfumés. C'était un autre monde.

Nous sommes descendus de voiture et nos pieds se sont enfoncés dans le gravier gris. Tandis que ma grand-mère cherchait l'entrée, je contemplais les roses qui grimpaient le long du porche, perdues dans les replis et crevasses. Au-dessus de la porte principale, dans une niche, une autre tête de taureau surmontée d'une couronne dentelée toisait d'un air sévère les nouveaux venus. Ma grand-mère a ouvert la porte et nous sommes entrés dans ce qui était, je l'apprendrais plus tard, la grande salle. Épées et boucliers sur coussins de velours. Une immense cheminée aux parois noircies, où l'on tenait debout. Tapisseries, lambris et silence. J'ai ressenti à mon tour le malaise de ma grand-mère.

Une femme aux cheveux blonds coiffés en arrière, portant une veste en toile huilée et un trait de rouge à lèvres, est venue nous accueillir. Dans les années qui ont suivi, je l'ai rarement vue apprêtée différemment, et je n'ai jamais senti chez elle la moindre trace de chaleur humaine. Elle faisait partie de ces Anglaises si fières de leur dureté.

« Fiona Sutton. Ou madame la directrice », a-t-elle ajouté à mon adresse.

Elle a tout de suite semblé déçue par ma grand-mère. Trop terre à terre. Trop réelle. Avec son accent campagnard, sa jupe en velours côtelé, sa surdité. Elle l'a prise par le bras et l'a emmenée, comme un animal dont on veut se débarrasser, me laissant près de la porte avec un grand type bègue qui, après plusieurs faux départs déclenchant des vibrations dans sa jambe, est parvenu à en dire suffisamment pour me faire comprendre qu'il était son mari. Et c'est ainsi, je l'ai compris plus tard, qu'a commencé l'entretien.

Nous nous sommes assis dehors, sur un banc de pierre. Il m'a parlé de l'école en utilisant la première personne du pluriel, à croire qu'il ne faisait qu'un avec les lieux. Qu'ils étaient fiers des sept siècles d'existence du bâtiment. Enfin, avec une grande solennité, bégayant plus que jamais, il m'a demandé d'épeler *Leicestershire*. J'ignore si j'ai commis une faute.

Il m'a ensuite fait visiter les lieux. Parquets cirés. Ombre du grand cèdre de la pelouse nord. Rangées de lits d'acier portant des étiquettes avec des noms. Puis il m'a emmené aux anciennes écuries, où se trouvaient les salles de classe, et nous sommes ressortis près d'un bassin bétonné de forme rectangulaire.

« Voici ce que nous appelons avec une certaine emphase l'é-l'étang de navigation, a dit Tony Sutton. Et ça, a-t-il ajouté en désignant un garçon accroupi au bord de l'eau, c'est l'un de vos futurs camarades de classe. Sa mè-mère est ma secrétaire, aussi a-t-t-il la jouissance des lieux pendant l'été. Ma-Max Denyer, je vous présente Simon Drake. »

Il était grand pour dix ans, avec le nez piqueté de taches de rousseur, et une cascade de cheveux châtain clair qui lui tombaient devant les yeux. Il s'est levé, et a tiré sur l'antenne d'une télécommande avec laquelle il téléguidait un petit bateau à moteur puissant à la surface de l'eau.

« Il est rapide, ai-je dit conscient que Sutton nous avait laissés seuls.

— J'ai bricolé le moteur. Ils leur donnent jamais assez de puissance parce qu'ils ont peur qu'ils explosent. Tu vas venir à l'école ici ?

— Peut-être. C'est comment ? »

Il a haussé les épaules. « Ça dépend si tu aimes être chez toi.

— Chez moi, c'est très loin d'ici.

— T'as pas vraiment le choix, hein ? » Il a désigné la balustrade d'un geste sec. « Tu vois cette urne, là ? Tout au bout ? Dans toutes les autres, y a des fleurs, mais celle-là, elle a un couvercle. Dedans, ils ont mis les cendres d'un garçon qui est mort écrasé parce que l'urne précédente lui est tombée dessus. Ils l'ont enterré dans une copie du truc qui l'a tué. »

Je cherchais quelque chose à répondre, quand ma grand-mère m'a appelé pour venir dire au revoir aux Sutton. Je ne me souviens plus de ce que nous avons ajouté d'autre. Je me rappelle seulement que sur le chemin du retour, après que les remparts eurent disparu derrière nous, j'ai mordu dans la pêche, bien renfoncé dans mon siège pour que tout le jus tombe sur ma chemise.

# 3.

L'église se trouvait au bout d'une longue allée, derrière le mur qui longeait le chemin de la remise. Une porte y avait été aménagée et sa peinture était tout abîmée par les griffes des chiens, dont les grattements et gémissements pouvaient devenir violents si on ne leur ouvrait pas assez vite. Dès que nous avons poussé le battant, ils se sont précipités, filant dans le virage comme des lévriers. Mon grand-père marchait à mes côtés, tenant la lourde clé de l'église entre ses mains.

« Qu'est-ce qu'on va faire ? ai-je demandé.

— L'horloge est cassée », a-t-il répondu sur fond de crissement de gravier ponctué par le souffle haletant des chiens, qui avaient fait le tour de l'édifice et déjà s'en revenaient. « Y a ça, et puis on doit voir comment arranger un peu les choses pour les gens du *Domesday Book*. » On fêtait alors les neuf cents ans de ce grand inventaire de l'Angleterre réalisé pour Guillaume le Conquérant, et certains bâtiments notables qui s'y trouvaient recensés devaient être rénovés en vue des cérémonies.

Mon grand-père a poussé la porte grillagée du porche, puis a ouvert l'accès principal avec sa clé.

Les chiens ont bondi à l'intérieur. Il a pris de l'eau bénite au creux de ses mains et s'est penché pour donner à boire au chiot, puis il a tapoté le bord du bénitier. Jack est arrivé aussitôt, a lapé l'eau à grand bruit, et s'est laissé tomber par terre, rassasié.

Mon grand-père s'est approché du clocher et m'a appelé. « Dès que je te le dis, tu attrapes ça, m'a-t-il ordonné en désignant la corde des cloches. Et ne la lâche pas. » Il a tiré un bon coup dessus, a laissé la corde s'envoler, il a tiré encore une fois. La troisième, il y a mis tout son poids, a lâché et s'est écarté. « Vas-y ! » Un son clair et métallique a résonné au-dessus de nous. J'ai saisi la corde, et j'ai été soulevé de terre, trop effrayé pour laisser éclater ma joie. « Je te fais monter au ciel en un éclair, mon garçon, a-t-il dit quand j'ai à nouveau touché terre. Tu veux essayer l'orgue ?

— Pas aujourd'hui. » J'ai regardé l'autel. « Pourquoi est-ce que tu ne communies jamais ?

— Parce que je pense que c'est un ramassis de bêtises. Quand on est mort, on est fini. J'irais pas boire avec ces gens-là, de toute façon. Le nombre de personnes que tu vois faire la queue là, le dimanche, pour souiller le vin avec leurs rhumes et je sais trop quoi d'autre. Tu peux être malade tout l'hiver avec ça.

— Tu ne crois à rien de tout ça ?

— Tout ça c'est des histoires inventées, pas vrai ? Par des hommes. Et qu'est-ce qu'ils en savent, en fait ?

— Et les sermons ?

— J'ai pas besoin qu'un gars en soutane me dise ce qui est bien et ce qui est mal. Leur merde sent pareil que celle de tout le monde. Et ça, je le sais pour sûr parce que c'est moi qui débouche les tuyaux.

— Alors pourquoi tu es marguillier, si tu y crois pas ?

— Faut bien que quelqu'un s'occupe de l'entretien des lumières. Allons voir cette horloge. »

Je n'étais pas venu là seulement pour lui tenir compagnie. Je suis arrivé en haut de l'escalier de pierre en colimaçon qui menait au beffroi, mon grand-père m'avait emboîté le pas et, le souffle court, il m'a donné ses instructions depuis la porte pendant que j'avançais à travers la charpente. Le problème était évident : une masse sombre et texturée pendait entre les poutres, exhalant une odeur de moisissure et de charogne.

« C'est des choucas ? » ai-je demandé.

Il a acquiescé. « Ça doit faire trois ans qu'ils construisent ça, les pauvres bougres. Enlève-le de là. Tiens-toi aux solives et tout ira bien. »

J'ai regardé en bas en suivant les cordes des yeux, jusqu'aux dalles.

« Pourquoi je dois rester dormir là-bas ? Pourquoi je peux pas y aller la journée et revenir ici le soir ? Je peux prendre le bus si vous voulez pas me conduire. »

Il m'a répondu d'une voix brisée : « C'est pas si simple. On est trop vieux, mon petit. Et puis ça dépend pas de nous. Tout est payé par l'entreprise de ton père. Fais donc attention où tu mets les pieds. »

C'était un angle malaisé, mais je me suis penché et j'ai tiré à deux mains sur la base du nid. Des plumes, de la mousse et de la laine de mouton sont tombées par terre.

« Tu pourras leur poser la question plus tard, hein ? C'est le jour du téléphone. Et puis, on sera pas loin. Au bout de la route. »

Embarrassé par ma propre appréhension, j'ai tiré un bon coup cette fois. Le nid s'est abattu dans un nuage de brindilles, m'entraînant presque dans sa chute à travers les poutres. Mon grand-père s'est mis à rire bien avant que je comprenne moi-même que je n'avais rien.

« On va mettre la radio pour voir si y a pas eu de catastrophes », a dit ma grand-mère en saisissant le bouton de la Roberts verte à côté de moi, pour augmenter le volume de la voix sombre de l'Autorité à un niveau assourdissant.

Puis elle a continué de préparer le déjeuner, passant les casseroles d'un feu sur l'autre pour les maintenir au chaud, rechargeant son inépuisable pot de jus de viande. Assis à table, j'attendais le coup de fil. Quand le téléphone a sonné avec ce bruit strident et métallique, j'ai éteint la radio et décroché le combiné. Par-dessus les parasites, j'ai entendu la voix de mon père.

Pendant de longues années, ce genre de fond sonore continuerait de me rappeller ces conversations : le bruit blanc de la télévision ; le cliquetis du murmure de la FM ; les grésillements hachés à l'époque de l'Internet bas débit. La ligne ne cessait de sauter. Causant un décalage déstabilisant. Il ne fallait pas être pressé pour s'échanger des nouvelles. On ne pouvait pas aller plus vite que la musique.

« Le voilà ! Comment va mon grand garçon, aujourd'hui ?

— Bien.

— Quel temps fait-il ? Tu n'imagines pas comme il fait chaud ici, ce matin.

— Quelle heure il est chez toi ?

— En toute honnêteté, je ne pense pas que tu bougerais beaucoup si tu étais là, sans parler de courir. On a dormi avec la clim à fond. Mais c'est magnifique. Je vois une volée de perruches… comment ?

— Maman va bien ?

— Il est dix heures du matin. Je prends l'avion tout à l'heure, donc je ne vais pas pouvoir rester longtemps.

— Où tu vas ?

— Oui, elle va bien. Et toi, ça va ? Tu ne fatigues pas trop tes grands-parents ?

— Je peux lui parler ? »

Et là, avec un accent espagnol exagéré : « Yucatan, señor ! »

Je l'imaginais debout dans le couloir sonore avec son sol dallé et ses meubles en bois sombre. Vêtu d'un polo et d'un pantalon de coton pour voyager. La valise remplie de costumes de travail. Le chauffeur l'attendant au-dehors, à l'ombre des cocotiers de l'allée commune.

« N'oublie pas qu'ils sont plus âgés que nous, alors c'est important que tu… Maman ? Elle a dû se rendre à un gala de charité. Elle te rappellera plus tard. »

Ma grand-mère se tenait derrière moi, s'essuyant les mains sur un torchon.

« Grand-mère veut te parler.

— Nick ? a-t-elle dit. Tout va bien ? Oui, ici aussi. On fait aller comme de bons petits soldats. Hein ? Ah, c'est un endroit un peu particulier, mais ils ont semblé l'apprécier. »

C'était mon troisième été en solo. Le premier avait été dicté par la nécessité, et tout s'était si bien passé que je suppliais chaque année mes parents de me laisser repartir. Leurs mises en garde, m'enjoignant de ne pas être un fardeau, m'étaient de plus en plus pénibles, mais à vrai dire, cet arrangement convenait à tout le monde. Mes grands-parents en profitaient pour me gâter. Mes parents cessaient de s'inquiéter sur la façon de m'occuper pendant ces longues semaines de vacances. Et moi, j'entretenais les liens qui m'unissaient à mon pays et à ma famille. Dans l'univers de mes parents, mon environnement changeait constamment et rien ne durait. Ici, je trouvais une stabilité : le chemin avec les nids de poule ; l'atelier ; la pompe rouillée dans l'enclos.

Et voilà que survenait cet entretien, prospectus replié entre les pages de l'été, tout aussi menaçant que la brochure *PROTECTION ET SURVIE* que j'avais trouvée dans un des volumes de poésie de ma grand-mère, et qu'elle utilisait en guise de marque-page. (Je l'avais lue une fois, et ensuite j'avais essayé de ne plus y penser, bien que ses phrases radioactives soient restées luminescentes dans mon esprit. *Si des engins nucléaires sont utilisés à grande échelle, même ceux d'entre nous qui vivent à la campagne pourraient être exposés... En cas de danger de retombées nucléaires, vous entendrez trois coups sonores, ou trois sifflements rapprochés...)*

L'entretien supposait la fin de l'excitation douillette qu'il y avait à vivre dans deux endroits. Plus question de jouer les vétérans parmi les mineurs non accompagnés, les changelins, les gosses d'une tierce culture accoutumés à la solitude et à l'étiquette autour du cou. Les hôtesses de l'air les plus chevronnées me voyaient arriver et me considéraient tel un des leurs. Les plus jeunes tentaient une approche maternelle, tout en sourires et contact parfumé. Elles apprenaient vite. Je tolérais leurs efforts puis je leur demandais un Coca et des noix à grignoter en leur assurant que j'étais très bien tout seul. Je bâillais face aux turbulences. Baissais le volet du hublot devant les nuages d'argent et les levers de lune roses pour me concentrer sur ma lecture ou pour dormir. J'étais un citoyen du monde.

C'était un comportement acquis.

Mon père *se démenait comme un beau diable* d'une manière que son beau-père ne comprenait pas mais ne pouvait que respecter. Après l'université (il était le premier de sa famille à y aller), il avait répondu à une offre d'emploi promettant des opportunités de voyages à l'étranger, et depuis il parcourait le monde tout en grimpant les échelons dans la hiérarchie de cette compagnie multinationale qui produisait des biens de consommation. Au cours de mes dix années d'existence, son travail nous avait menés pour des périodes prolongées à Rotterdam, Singapour et, depuis trois ans, à Mexico. Plus nous voyagions, plus il évoluait, et plus mes parents s'éloignaient des possibilités étriquées que leurs origines, à savoir une ferme des Midlands et la banlieue de Liverpool, leur laissaient entrevoir. Mon père avait outrepassé l'univers restreint de sa jeunesse avec une férocité quasi désespérée. Il était capable de lire un menu en chinois. De graisser la patte à un policier en espagnol. J'étais un apprenti fervent, très tôt en extase devant les dernières révélations de ce que le monde pouvait offrir. *C'est le Nouvel An chinois. C'est du surf. C'est un tiramisu.* Je referais tout ce chemin de l'autre côté de la barrière avec mon propre fils le jour où il serait là. Stupéfaction renouvelée devant toutes ces habitudes humaines que nous tenons pour acquises. Les piscines. Noël. Le steak frites. Mais pour l'instant, j'étais encore en phase d'apprentissage.

Le Mexique avait été bon avec moi. Fêtes au bord de la piscine, jeans blancs, chemises hawaïennes, des filles qui voulaient m'embrasser et qui savaient s'y prendre. Week-ends à la plage, à dormir avec les enfants des collègues de travail de mon père. Odeur de citron vert, de viande grillée, de crème solaire. Des poules qui picorent des os de poulet sous les auvents.

Tout ce qui incite à se poser des questions.

*

Très bien, puisqu'il le faut.

La multinationale était une couverture. En réalité, mon père était un agent secret. Ses vrais employeurs du Foreign Office lui avaient expliqué qu'en raison des risques inhérents à son emploi, il était plus sûr pour tout le monde qu'il se débarrasse de la charge encombrante que constituait un enfant.

Ou :

Me trimballer à travers le monde commençait à peser sur mon psychisme. Je me mettais à souffrir de dissociation. Je n'avais pas d'amis. Je me perdais de vue moi-même. Par moments, je donnais l'impression d'être ailleurs, et ils craignaient que je ne revienne plus. Il était urgent de me procurer un peu de stabilité.

Ou :

Je m'intégrais trop. Je parlais davantage espagnol qu'anglais. Mes parents avaient vu ce qu'étaient devenus les jeunes un peu plus âgés que moi, leur haleine sentait l'herbe, ils racontaient leurs aventures sexuelles, aussi avaient-ils décidé qu'il était temps de me remettre dans le droit chemin. Puis ce fut la goutte d'eau qui avait fait déborder le vase : je m'étais enfui de l'école avec un ami. Nous avions disparu pendant plusieurs jours, pour finir par réapparaître dans une station balnéaire, à plusieurs kilomètres de là, où mon camarade avait été victime d'un horrible accident.

Ou :

Les enlèvements se multipliaient. Une fille de ma classe avait été kidnappée et il avait fallu deux doigts envoyés par la poste avant que ses parents comprennent et acceptent de payer la rançon. Ensuite, lors d'une conférence, mon père avait fait la connaissance d'un homme d'affaires brésilien charismatique, qui lui avait raconté que la même chose était arrivée à sa fille, et que si ça ne tenait qu'à lui, il n'y réfléchirait pas à deux fois. *Avec toutes ces merveilleuses écoles que vous avez chez vous, je ne comprends pas que vous laissiez votre fils flirter ainsi avec la mort.*

*

La vérité, moins rocambolesque, c'est qu'il s'agissait tout simplement de la politique de l'entreprise. Le problème de l'assurance santé entrait vite en ligne de compte. D'autres privilèges susceptibles de définir un cadre de vie se sont succédé. Mon père avait atteint un certain niveau dans la hiérarchie, où on lui proposait de payer les frais de scolarité en Angleterre. Cela arrivait à point nommé, juste au moment où ils commençaient à se demander si ma culture ne risquait pas de prendre une forme qui serait désormais définitive. Et l'offre perdurait, dans l'intérêt de l'enfant, pendant trois années après le retour au pays. Néanmoins, je ne suis pas certain qu'ils l'auraient acceptée. Ils ne venaient pas de ce milieu-là. Et puis il y a eu ce concert de chants de Noël.

À l'époque, j'ai senti que ça avait compté, même si je ne savais pas pourquoi. C'est resté gravé dans ma mémoire. Lors d'un voyage en Angleterre deux ans plus tôt, nous étions allés assister à la messe de Noël dans une de ces écoles privées. C'était dans le Nord-Ouest, où la mère de mon père vivait encore. Une longue chapelle de grès en décembre : cierges, manteaux, encens, et une solennité très anglaise. Le mutisme d'un orgue magnifique, des souliers parfaitement cirés pour la circonstance. Puis dans ce silence assourdissant, la voix d'un choriste de treize ans entonnant le premier vers de *Once in Royal David's*

*City*. La lente procession. Le cierge de ce soliste blond illuminant son visage rond, ses yeux ronds, le O de sa bouche. Les notes, glaciales, friables. Je me suis aperçu que ma mère pleurait quand elle a reniflé, juste avant que l'orgue commence à jouer, j'ai surpris la trace brillante de ses larmes, tandis que la pureté et le mystère de ce premier vers étaient engloutis par le grondement médiocre de la congrégation.

Cet instant où, je l'ai compris plus tard, j'en avais beaucoup appris sur le dédale des classes sociales, avait planté une graine dans son esprit. Elle m'avait vu vêtu de ce surplis. Bien qu'en partant vivre à l'étranger mes parents soient devenus des réfugiés, échappant à cette société de classes, ou peut-être à cause de cela, elle tenait à me faire entrer dans le système qui avait produit ce garçon. Pour m'abreuver d'opportunités et me voir m'élever socialement. Il faudrait encore un peu de temps avant que l'occasion ne se présente, mais l'idée avait germé ce soir-là.

Parfois, je songe à rechercher ce jeune choriste pour savoir ce qu'il est devenu. A-t-il coulé ou appris à nager ? Mais je ne suis pas certain de vouloir le savoir.

# 4.

« Qu'est-ce qui t'arrive ? m'a-t-il dit.

— Rien.

— T'as pas dit un mot depuis ce matin. »

Je n'ai pas répondu.

« Alors, on le fabrique, ce coffre, ou pas ? » a-t-il lancé.

On était dans son atelier, encerclés de pièces détachées destinées à son nouveau projet de rénovation : un vieux tracteur à chenilles, dépouillé de sa carapace, radiateur posé devant, tel le portique d'entrée dans le monde des pistons et des vilebrequins.

Cette vieille remise était la salle des machines de la grande maison. Les vitres y étaient verdâtres, le calme incrusté de poussière, les outils graisseux, rangés dans des boîtes sur mesure. Tout cela m'ensorcelait. L'irrésistible perceuse avec sa roue de contrôle à lamelles. Le tour à bois magique qui transformait les morceaux de bois en pieds de meubles élégants. La pompe à air comprimé qui rendait les chiens mabouls quand il dirigeait le jet vers leur gueule. La scie électrique rouge sang et sa lame dentée tourbillonnante. L'éclat apocalyptique du fer à souder, le masque de verre fumé qu'il revêtait avant de l'utiliser, se transformant en véritable extraterrestre dans cette impossible lumière.

Debout sur le cric, je pompais, morose, pour me hisser dans les airs. « Pourquoi faut qu'on fabrique le coffre maintenant ? Je m'en vais pas avant Noël. »

Pour une raison inconnue, il avait été décidé que je ne commencerais pas à la rentrée prochaine, mais que je ferais un dernier trimestre dans mon ancienne école, au Mexique. Pour l'instant, cela signifiait peut-être que le changement d'école n'interviendrait pas, concluais-je pour moi-même.

« Ça veut pas dire que t'en auras pas besoin. » Il prit une des planches de chêne qu'il avait découpée pour l'occasion. « Ils donnent les dimensions maximales dans la lettre, donc je vais le faire aussi grand que possible. Ils ne remarqueront rien si ça dépasse un peu. »

Je l'ai regardé faire comme on assiste à la fabrication de son propre cercueil. « Et qu'est-ce que je suis censé y mettre si je n'ai pas le droit d'avoir ma propre nourriture ?

— Je suppose qu'il y a un magasin de bonbons. Et dis donc, si on faisait un double-fond, au cas où tu aies envie de faire entrer un truc en douce ? »

J'ai souri. « D'accord.

— Et il faut qu'on inscrive ton nom sur le dessus. » Le fer rouge était prêt, et il a tracé les lettres rapidement. MAX DENYER. L'odeur de bois brûlé a empli l'atmosphère. Déprimé devant la tête que je faisais, il a lissé de sa main le bord des lettres, qui refroidissaient, et posé le fer. « On n'est pas obligés de finir aujourd'hui. Dis-moi plutôt ce que tu as envie de faire. »

J'ai désigné la luge accrochée au mur, qui n'avait pas servi depuis l'hiver précédent. « Je veux faire de la luge.

— Tu sais que tu as l'esprit de contradiction ? On est en août ! » Il m'a regardé, puis s'est tourné vers la magnifique journée d'été au-dehors. « Allez, c'est bon. »

Ce rire semblait sourdre d'un endroit que je n'identifiais pas, et plus c'était dangereux, plus la bouse de vache m'aspergeait la figure, plus il devenait hystérique. Jamais mon grand-père ne ralentissait, même quand il ne me voyait plus dans le rétroviseur, même quand je craignais que la corde ne casse. À plus de soixante à l'heure, il me tirait hors de mon marasme, me donnant honte d'être aussi morose face à un monde tel que celui-ci.

Lors d'une fête au manoir, peu de temps après. Événement qu'il redoutait, et que la perte de Tom Slingsby, la même semaine, rendait plus pénible encore. Il a finalement accepté de s'y rendre, mais seulement après qu'on eut passé un peu de temps tous les trois autour de la lavogne, avec un des cubis de vin qu'il avait rapportés de France, pour boire à la santé de *ce pauvre vieux Tom*.

« Quel âge il avait ? » ai-je voulu savoir en contemplant l'endroit même où quelques semaines plus tôt, il s'était assis, et en me demandant si l'un d'eux utilisait le même verre que le défunt.

« Quatre-vingt-six, a répondu mon grand-père. Il avait l'âge du siècle.

— Il était malade depuis très longtemps, a ajouté ma grand-mère.

— Il était censé mourir depuis qu'on avait emménagé ici, il y a quatorze ans.

— Il n'était même pas censé vivre à la naissance. »

Finalement, il a chargé le cubi sur un diable, qu'il a tiré derrière lui jusqu'au manoir. Ma grand-mère avait attaché ses cheveux en chignon, et mon grand-père portait son plus beau gilet, mais il n'était pas tranquille. « Pourquoi est-ce qu'ils font ça d'ailleurs ? Et c'est qui, le traiteur ?

— Chacun apporte quelque chose.

— Nom de Dieu. Écoute, mon garçon. Ne mange rien tant que t'as pas vu quelqu'un y goûter et qui soit encore là pour en témoigner. »

Tous les trois, nous avons traversé la cour de l'écurie, puis franchi les grilles blanches qui menaient aux jardins du manoir, la musique du cloître saluant notre approche. Les résidents étaient là, tout à leur ivresse et à leurs rires.

Il a braillé un bonjour puis a hissé son cubi sur une table à tréteaux. Je les ai vus jauger son offrande, l'air mal à l'aise. On m'a montré des bouteilles de Corona citron, et je me suis servi, à l'insu des deux femmes qui disposaient la nourriture.

« En parlant de personnages, laissez-moi vous présenter Bob ! a dit l'une d'elles. Le vieux fermier propriétaire du parc. Il n'a rien à envier à Pa Larkin. »

Elles se sont approchées avec des plats à la main. Il a pris un gressin qu'il a trempé dans une substance, l'a porté à sa bouche, puis il a écarquillé des yeux alarmés. Il m'a fait signe de venir en faisant la grimace.

« Mais par l'enfer, c'est quoi ce truc rose ? a-t-il chuchoté. Je pensais que c'était un genre de mousse à la fraise. »

Un homme en costume, arborant un air de propriétaire, progressait à travers le groupe.

« Puis-je vous présenter notre secrétaire d'État aux Transports ? a dit l'une des femmes.

— Comment que ça va ? a dit mon grand-père.

— Le secrétaire d'État vient d'emménager à Gatehouse. Il aura une magnifique vue sur vos tracteurs.

— S'il est secrétaire d'État aux Transports, ça tombe à pic.

— Bob est un homme merveilleux qui a entretenu les jardins pendant toutes ces années où le manoir vivait ses heures sombres.

— Y avait pas que moi. Y avait Tom aussi, pauvre vieux.

— Qui est Tom ?

— On l'enterre mercredi, si ça vous intéresse.

— Et vous, jeune homme, a dit l'hôtesse qui s'appelait Mme Fowler. Il paraît que vous vous destinez à l'école sur la colline.

— Pas avant l'année prochaine, ai-je répondu.

— Il profite de sa liberté tant qu'il peut ! »

À mesure que la soirée avançait, il devenait de plus en plus charmant avec les dames, éclusant gaillardement son cubi, tandis que les autres s'en tenaient avec prudence à leur propre vin mis en bouteille de manière plus sûre. Je discernais quelques changements de ton dans la conversation. Puis j'ai senti que son humeur tournait à l'aigre. Enfin, il y a eu un éclat de voix d'une franchise qui ne semblait pas de mise.

« On voudrait vraiment que vous nous laissiez racheter. On vous en donnerait un bon prix, et ensuite vous n'auriez plus à vous en soucier. »

Il a laissé le silence s'épaissir avant de répondre : « Occupez-vous de vos affaires et laissez-moi gérer les miennes. »

Alors, nous avons pris le chemin du retour, ma grand-mère traînant le diable vide, tandis qu'il tentait de garder l'équilibre au moyen de sa canne de marche.

« *Tarrismalata !* gueulait-il aux étoiles. On aura tout vu.

— Tu deviens très cosmopolite, a-t-elle dit.

— Aucun d'entre eux n'a bu de mon vin. Et ces sandwichs au bacon, ils avaient le goût du cochon qui a pissé dessus.

— Baisse d'un ton. » Elle s'est mise à rire en pressant le pas.

« Cette canne, elle porte pas mon poids. Ramène-toi donc un peu par ici, mon garçon. » Il y a eu un bruit de gravier éparpillé, un doux soupir, et soudain il n'était plus auprès de moi, mais quelque part à terre. « Je crois que je me suis pissé dessus », a-t-il dit, perdu entre le rire et l'obscurité.

J'étais là le lendemain quand Mme Fowler est apparue, hissant gauchement le cubi vide hors du coffre de sa voiture. Il était tout propre.

Il l'a regardée faire sans se lever de son banc, près de la porte de derrière. « Soirée épatante, hier.

— Eh bien ! Merci pour votre délicieux vin.

— Ah, vous l'avez fini alors ! C'était pas rien que de ramener tout ça depuis la France dans la caravane. Je suis content que ça soit une bonne maison qui en ait profité.

— C'était très généreux d'en avoir apporté autant.

— Y avait de la bonne bouffe aussi. »

Soudain, sans réfléchir j'ai pris la parole, répétant sa phrase en me souvenant uniquement de son rire. « Grand-père a dit que le bacon avait le goût du cochon qui a pissé dessus. »

Non seulement il ne m'a pas dit de me taire, mais il s'est mis à rire, comme il l'aurait fait si elle n'avait pas été là, sans le moindre effort pour s'en cacher.

« Continue à dire les choses comme ça, mon gars, a-t-il déclaré après son départ. Faut leur montrer, à ces gens-là. »

Il était écrit que tout ça se terminerait mal. À mesure que les jours passaient et que mon retour au Mexique approchait, je me rendais douloureusement compte que mon prochain séjour se déroulerait dans des circonstances très différentes.

Il réparait la 4L. Le pot d'échappement ne cessait de se décrocher sur le terrain irrégulier du parc, aussi avait-il décidé de le trafiquer avec un tuyau semblable à un tuba de plongée, qui remontait sur le devant. Les yeux écartés de la 4L l'ont regardé d'un air anxieux relever son capot, puis la réparer en plusieurs endroits, et y percer un trou. Assis sur le siège du conducteur, je ressassais en jouant avec le levier de vitesse, que je tirais et poussais sur le tableau de bord, tel un trombone à coulisse. Sur l'autoradio, Louis Armstrong jouait les notes mélancoliques de *A Kiss to Build a Dream On*.

Je l'ai dit deux fois avant qu'il m'entende. Il a éteint la meuleuse, relevé sa visière, et sa tête est apparue à la fenêtre. « Tu quoi ?

— Je veux pas partir.

— Hein ?

— Tu me dis toujours de dire les choses que je pense. Je veux pas partir. »

Il a soupiré. « Tu sais comment ça se passe, où ils sont, pas vrai ? Infichus de tenir en place. C'est dangereux. Et puis ça sera pas pour toujours. Il se débrouille bien, ton papa. Il veut seulement ce qu'il y a de mieux pour toi.

— Pourquoi est-ce que je peux pas rester avec vous ? »

Il a perdu patience, sans doute parce qu'il se sentait pris au piège au beau milieu d'un travail dangereux, et qu'il n'avait pas les réponses à des questions qui ne dépendaient pas de lui. « C'est pas moi qui décide. Tout ce que je sais, c'est que tu dois faire ce qu'on te dit. »

Ma grand-mère nous a appelés pour venir déjeuner. Il a posé ses outils et s'est traîné jusqu'à la maison en maudissant la douleur dans ses doigts rongés d'arthrose. À l'intérieur, il a appuyé sur la pompe du flacon de Swarfega, au bord de l'évier, et s'est enduit les mains du savon parfumé et grumeleux. Sans dire un mot, il s'est penché vers moi pour m'en donner à mon tour, comme d'habitude. J'ai secoué la tête. C'était un rejet délibéré de notre intimité coutumière. Ma mauvaise humeur l'a mis en rage. Il a levé sa main dégoulinante ainsi qu'il l'aurait fait face à un animal. « Il faut que tu fasses un effort pour obéir à ce qu'on te demande. Tu as une sacrée chance. À ton âge, je trayais les vaches pour mon père.

— Au moins, tu étais avec lui.

— Tais-toi, maintenant, ça suffit. »

J'aurais dû comprendre qu'il était frustré autant que moi. Au lieu de cela, je me suis écrié : « *Que no quiero hacerlo, cabrón !* »

Que je crie ainsi n'était pas le pire. Non, le pire c'était d'aboyer en espagnol, pour avoir l'air le plus étranger possible. Il a souri de confusion en se frottant le bras. Je voulais corriger le tir, lui assurer que j'étais toujours moi-même, mais c'était trop tard car je l'avais fait exprès, et que ça avait marché. Alors j'ai reculé d'un pas, et j'ai marché sur Jack qui, déjà énervé par les cris, a grogné et m'a mordu au mollet.

Je me suis enfui en courant, et ne me suis pas arrêté avant d'arriver à la glacière, dans le parc. Je suis descendu sous le linteau de pierre pour regarder à l'intérieur, m'appuyant contre le mur car je savais à quel point la pente était escarpée. Dans l'obscurité apparaissait la forme blanche d'un mouton mort depuis longtemps. Je me suis laissé tomber à l'intérieur, et j'ai retrouvé les vieux appuis taillés dans la paroi. La chaleur du jour était tenue en respect comme par une porte invisible. J'ai regardé le carré de lumière oblique au-dessus. Relevé les jambes de mon pantalon à la recherche de sang, sûr d'y trouver au moins des bleus.

Je me détestais d'avoir fait semblant d'être un étranger pour lui ; d'être plus au fait du monde. Mais ce qui me rendait vraiment malade, c'était l'idée qu'il ait pu voir clair dans mon jeu, comprendre toute la malice qu'il y avait derrière. La méchanceté était bien réelle, et il n'y avait aucun moyen de revenir en arrière.

La veille du jour où ils devaient m'amener à l'aéroport, une tempête a balayé le parc, soufflant les fenêtres de la cuisine. Il a passé la journée dans son atelier, de la fumée sortant de la cheminée, et je ne l'ai pas revu avant le soir, après que la pluie se fut enfin arrêtée.

« Ça te dirait, un petit tour ? » m'a-t-il dit en se dirigeant vers la 4L, sans attendre ma réponse. À mon arrivée, il était assis sur le siège passager.

Il m'a donné tranquillement ses instructions lorsque nous nous sommes élancés dans l'allée. Comme j'avais du mal à atteindre la pédale d'embrayage, il tenait le volant pour que je puisse m'étirer au maximum, et il changeait les vitesses pour moi. De temps à autre, nous entendions le paf ! des chardons mouillés fauchés par le pare-chocs. Le nouveau pot d'échappement oscillait en rythme à chaque dénivelé. J'ai enfin compris comment m'y prendre, et il s'est mis à chanter.

« *A life on the ocean wave, ta da da da da da tee dum.* Autrefois, y avait pas de clôtures à la campagne, tu sais.

— Comment on savait où s'arrêtait un pré et où l'autre commençait ?

— Ils savaient pas. Les gens laissaient leurs animaux pâturer où ils voulaient. Personne n'était propriétaire de la terre. *Et les oiseaux, les arbres, les fleurs qui n'ont pas de nom, Tous soupirèrent quand les clôtures injustes de la loi s'en vinrent.*

— C'est une chanson ? Je l'ai jamais entendue.

— Un poème, je crois. Ta grand-mère le récite parfois. Rétrograde, c'est un peu raide, là ». Nous approchions d'une zone de dépression à l'orée d'un bois qui s'appelait Sandpits. « Stop. » Il a coupé le moteur et tiré sur le frein à main.

« Qu'est-ce qu'y a ?

— Ne bouge pas. Regarde par là. »

Une renarde et ses trois petits jouaient devant leur terrier, à l'endroit où la terre était tassée. Nous les avons regardés malmener et mordiller le cou de leur mère puis s'arrêter soudain, comme si leur cerveau s'était débranché. Sorte de bavoir de fourrure blanche autour du cou de la renarde. Promesse rusée de danger dans ses yeux étrécis. Nous n'avons pas bougé, pas parlé avant qu'ils ne soient tous rentrés dans leur terrier.

« C'est vraiment incroyable. On ne voit pas souvent ce genre de choses », a-t-il dit.

Ce soir-là, il est resté une heure assis dans son fauteuil à m'écouter patiemment m'exercer au piano avec maladresse. Il a dit qu'il en avait besoin pour tenir le coup au cours des mois à venir. Le lendemain, j'étais parti.

# 5.

Plus tard, des années après leur décès et la dispersion de leurs biens, j'ai hérité du vieux piano droit sur lequel je jouais les blues et les ragtimes qui le rendaient si fier. Parfois, je soulève le couvercle, je passe la tête à l'intérieur, j'utilise l'instrument telle une machine à remonter le temps. Odeur de velours et de poussière. Éclat ferreux des cordes. Ces petits marteaux obéissants, prêts à frapper de l'avant et à changer d'air. Fermez les yeux, inspirez, écoutez le frémissement de toute la musique qui l'a traversé, et peut-être serez-vous happé hors du présent, pour vous retrouver projeté à un moment donné de l'histoire de ce piano.

Noël ! Les cloches de l'église, les petits matins de givre, le manoir et son allure formelle qui, à cette époque de l'année, faisait plus sens que jamais. Des cartes disposées telles des guirlandes de fanions. La table encombrée de sa ligne de production de chair à saucisse, qui devait farcir les dindes de la moitié du village. Les chants de Noël. Moi au piano, lui sur son vieux saxophone.

Nous étions de retour, tous ensemble cette fois. J'avais achevé le dernier semestre de cette vie désormais terminée, oubliant presque ce qui m'attendait. Maintenant, on y était.

Toujours ce sentiment d'appréhension la première fois que je le revoyais après une séparation, à croire que son affection ait pu se flétrir. Toujours la joyeuse disparition de ce sentiment dès qu'il prononçait les mots qui ravivaient cette excitation nerveuse à l'idée de vivre à ses côtés.

Le grand salon. La seule fois où cette pièce servait vraiment. Voilà ma mère. Elle se détend, recroquevillée sur le canapé à la manière d'une jeune fille. Après tout, elle est avec ses parents. Ils lui manquent quand elle est loin. Voilà mon père. Voyez comme il a du mal à rester en place. Après tout, il est dans sa belle-famille. Son esprit est ailleurs, il court le vaste monde, même en cet instant où il essaie avec tendresse de s'intégrer à cet environnement.

Il sort marcher, puis revient après avoir erré dans le noir.

« T'es pas resté longtemps », lui dit mon grand-père. Il le charrie parce qu'il n'est pas à l'aise dehors, il fait ça dès que mon père s'attaque à quelque chose de pratique.

Ses tentatives pour parler le langage de mon grand-père se retournent contre lui. Il évoque la chignole, et on le reprend gentiment en lui disant que c'est un vilebrequin.

Vit-il mal parfois le fait que son fils soit si proche de son beau-père ? Cela le dérange-t-il que je sois capable de finir la plupart des phrases de mon grand-père, alors qu'il m'arrive de ne pas comprendre ce qu'il dit, lui ? Si je n'étais pas obnubilé par mon adoration pour mon grand-père, je pourrais noter combien mon père est doué pour s'adapter à son environnement. Quelle importance qu'il ne fasse pas la différence entre une chignole et un vilebrequin puisqu'il est capable d'apprécier l'atmosphère d'une réunion en japonais, ou de marchander un bateau de pêche dans le golfe du Mexique ? Ce sont là ses talents : se mettre au diapason des lieux où il se trouve. Comme j'aurai moi-même très vite l'occasion de le faire.

La veille de Noël, mon grand-père et moi nous sommes allés chercher la dinde dans une remise près de son atelier. La terre givrée craquait sous nos pas. Les clochent carillonnaient, appelant aux vêpres. Son terrier nous a suivis et a décidé de se faire un canard au milieu de la lavogne, là où les volatiles avaient réussi à empêcher la surface de geler. Nous avons seulement compris que le chien était tombé dans l'eau aux bruits d'éclaboussures de ses pattes, et mon grand-père a braqué sa torche, éclairant les deux points verts que formaient les pathétiques rétines canines.

« On va prendre le bateau, ai-je dit, je vais le faire glisser sur la glace, et si elle se brise, je flotterai.

— On n'a pas le temps. Et si la glace ne rompt pas, tu restes coincé dessus. Apporte l'échelle de l'atelier, tu vas avancer dessus. Ça va répartir ton poids.

— Et si ça marche pas ?

— Alors tu seras mouillé. »

J'ai couru à l'atelier, pris l'échelle, et je suis revenu. Je l'ai étendue sur la glace, je me suis retourné vers mon grand-père, et je me suis mis en marche, un barreau après l'autre, à pas hésitants d'abord, me hâtant dès que j'ai été plus à l'aise.

Ce scintillement qu'on entend sur les rails à l'approche d'un train. Ce tremblement aigu. La glace qui craque a sa tonalité bien à elle.

Lorsque la surface s'est rompue sous moi et que l'échelle a basculé, plongeant irrésistiblement vers le fond, la dernière chose que j'ai entendue, c'était la voix de mon grand-père :

« Balance tes bottes. »

*Oh,* ai-je pensé. *Je suis sous la surface.* L'horrible intimité de l'eau glacée pénétrant mes vêtements. Plus d'échelle. Plus de trou. Entraîné vers le fond par mes bottes qui se remplissaient.

Mais comme ses mots étaient avec moi, au lieu de céder à la panique, j'ai fait ce qu'il me disait et je me suis débarrassé de mes bottes, ce qui m'a permis de pédaler dans l'eau, et de chercher le trou au-dessus de ma tête, gardant les yeux fermés pour mieux me concentrer sur la seule chose qui comptait jusqu'à ce que je rejoigne la surface. Chaque fois que j'essayais de me hisser sur la glace, elle se rompait, si bien que j'ai tracé un chenal vers la rive, dans lequel le chien s'est engouffré à ma suite, tout en jurant avec toute la hardiesse que permettait mon vocabulaire du haut de mes dix ans.

Tandis que j'étais assis dans un bain chaud, tentant de vaincre le froid, mes parents et grands-parents étaient venus se presser autour de moi pour s'assurer que j'allais bien. Déjà l'histoire trouvait plusieurs variantes humoristiques : moi passant à travers la glace, puis mes gros mots en revenant à la surface. Leur soulagement avait quelque chose d'hystérique. Soudain, j'ai eu honte de ma nudité et je leur ai demandé à tous de sortir.

C'était la seconde fois que je frôlais la mort dans cet étang. La première fois, j'avais sept ans, et mon grand-père draguait le fond avec une dragline d'excavation. Je jouais dans l'eau peu profonde d'un bassin nouvellement creusé dans la pente boueuse de la berge, quand j'ai senti un courant d'air, le câble s'était cassé, laissant filer le godet de quatre tonnes qui se balançait soudain, semblable à une boule de démolition sur sa corde, et qui était passé à quelques centimètres de ma tête. Chaque fois, nous avons ri. Chaque fois, j'ai seulement compris quel danger j'avais couru lorsqu'il a laissé émerger sa propre peur, un peu plus tard, après avoir bu un verre.

Il n'était pas du genre à me préserver du danger. Son style, c'était plutôt de me laisser m'y confronter dans l'espoir que je sois suffisamment armé.

L'année précédente, nous avions participé au réveillon du Nouvel An tapageur qu'organisait chaque année un de nos voisins mexicains. On avait aligné tous les enfants sur le bord de la piscine, chacun un feu de Bengale à la main. Un des pères était passé devant nous en allumant les mèches tandis que les autres adultes comptaient jusqu'à dix. Les étincelles jaillissaient sur nos bras. Minuit a sonné, et nous avons tous sauté dans l'eau. Je me souviens que, peu après, une fille nommée Carolina m'a embrassé.

Cette année-là, j'ai passé le réveillon du Nouvel An devant la télévision, près de la cheminée électrique, tandis que ma grand-mère cousait mon nom sur une pile de vêtements gris, et que mon grand-père ronflait là-haut. Mes parents étaient repartis – rappelés par le travail, m'a-t-on dit. J'étais sûr qu'ils étaient rentrés pour assister au réveillon chez le voisin, et j'ai songé que je ne pouvais guère les blâmer.

*

La neige a commencé à tomber la veille de la rentrée des classes, pour ne plus s'arrêter. Assis à la table de la cuisine dans l'obscurité de l'après-midi, mon grand-père a tendu la main vers mon oreille et de derrière en a sorti une grosse pièce ancienne. La face en était si lisse qu'elle était presque plate par endroits, mais on distinguait encore les traits d'une jeune femme.

« C'est une couronne victorienne. Frappée en 1844, juste quelques années après le couronnement. Elle est tombée de la poche de mon oncle Laurie quand j'avais dix ans, pareil que toi aujourd'hui. Un soir, il est rentré chez lui bourré comme un coing et il est tombé à la renverse dans l'escalier. La semelle de ses chaussures a laissé une grande trace en forme de croissant sur le mur. Ma tata était tellement fâchée contre lui qu'elle m'a donné la pièce en me disant que s'il n'était pas capable de veiller dessus, autant que ce soit moi qui l'aie. Depuis, je l'ai gardée.

— Pourquoi tu me la montres maintenant ?

— Je te la donne. Garde-la avec toi tant que tu resteras là-bas. J'en ai une autre. Je vais la chercher et la garder sur moi. Comme ça, elles communiqueront ensemble, et je saurai que tu vas bien.

— C'est possible, pour de vrai ?

— Mais oui ! Essaie si tu en as besoin. Tu verras. » Il a tapé sur la table. « Bon. Allez, on ferait mieux de se remettre au boulot et d'aller nourrir les canards. Ou ils vont croire qu'on les a oubliés. »

Sur une photo, on me voit emmitouflé dans mon duffle-coat près de la voiture, les mains dans les poches, lançant une grimace espiègle à la tempête de neige. Ma malle est déjà chargée dans le coffre. Derrière, on voit mon grand-père à genoux, qui jure tout en mettant les chaînes sur les pneus. J'imagine que ma grand-mère m'avait donné un dernier coup de peigne en examinant mon reflet dans la porte du four. Max 87, frais émoulu, s'en allant de par le monde.

Cet hiver puissance dix, digne de Narnia, était si fantastique que nous n'avons parlé de rien d'autre pendant tout le trajet. La vallée ensevelie. Les pneus avec leurs chaînes qui grondaient en labourant la neige vierge. Les haies n'étaient plus que des monticules blancs, bordés de stalactites miroitantes.

Nous avons traversé en trombe les villages que j'allais prendre l'habitude de dénombrer un par un pour mesurer la distance restante, culminant dans le hameau où vivaient beaucoup de professeurs, dans un lotissement de petites chaumières étagées. Puis nous sommes arrivés en vue de l'allée, les terrains de sport et la cabane à bottes oscillants, monochromes, derrière les arbres, comme un film muet. Nous avons franchi l'entrée, et nous nous sommes garés le long de la balustrade. J'ai pensé au garçon mort, dans l'urne.

Des flocons en loques assombrissaient le ciel quand nous sommes sortis. J'ai vu deux malles empilées près de la porte d'entrée, mais l'absence d'autres personnes était criante. Nous avons commencé à nous demander à voix haute si nous ne nous étions pas trompés de jour. Puis un tracteur est arrivé, tirant une remorque bâchée dont deux garçons aux visages rouges ont sauté pour en tirer leurs affaires – il s'agissait des fils d'un agriculteur, un dénommé West. C'était le bon jour, mais tout le monde n'avait pas de pneus-neige.

« Je suppose qu'on ferait aussi bien de rentrer à la maison, hein ? » a dit mon grand-père. Explosion de joie.

Mais à l'instant où il prononçait ces mots, un barbu en parka bleue est apparu à l'angle du bâtiment principal. Il a plissé les yeux derrière ses petites lunettes, et s'est approché en levant la main. Un setter irlandais couvert de bave titubait autour de lui dans des éclaboussures neigeuses.

« Bravo ! » a-t-il dit. Ses cheveux étaient dressés sur sa tête d'une manière étrange, comme s'il venait de se lever. Ses yeux plissés et sa coiffure lui donnaient l'air bizarre, même si sa voix était à la fois chaleureuse et autoritaire . « Comment allez-vous ?

— On survit. Et vous ? » a demandé ma grand-mère.

Il s'est arrêté, a contemplé le sol, à croire qu'il découvrait quelque chose : « Vous savez, a-t-il déclaré, je me sens extraordinairement bien. Ian Crighton. Directeur adjoint. Mais les jeunes m'appellent Crimble, donc, je pense que vous y êtes autorisé vous aussi. Et vous êtes Max Denyer.

— Oui, ai-je admis.

— Nous ne nous sommes pas vus lorsque vous êtes venu passer votre entretien.

— Non.

— Mais je suis tout à fait informé à votre sujet, n'ayez crainte. C'est votre grand-mère ? »

J'ai hoché la tête.

« Et votre grand-père. Bravo à vous tous. Il ne doit pas y avoir beaucoup de tempêtes de neige au Mexique, j'imagine ! Comme vous le voyez, ils sont nombreux à ne pas avoir réussi à venir jusqu'ici, alors disons que nous sommes encore en vacances jusqu'à leur arrivée. C'est plutôt amusant. »

J'apprendrais plus tard que son degré d'excentricité était variable. La version non édulcorée était exclusivement réservée aux élèves. Auprès des parents, surtout les nouveaux, sa fantaisie risquait de paraître déplacée, aussi l'atténuait-il. Chaleureux mais ferme. Enthousiaste, mais sous contrôle.

« Où est-ce qu'il doit mettre ses affaires ? a demandé mon grand-père.

— C'est juste, a répondu Crimble. David West ! Aidez ce garçon avec sa malle et montrez-lui où il va dormir. »

Le garçon qu'il avait interpellé a abandonné la bataille de boules de neige qui s'était déclenchée près des écuries. Non loin de là, quelques silhouettes emmitouflées glissaient sur l'étang gelé. Les sons se détachaient, clairs et mats sur fond de froid.

Quand ils sont partis, j'ai serré dans ma poche ma couronne victorienne. Je n'avais pas envisagé le fait qu'ils allaient s'en retourner, et pas moi. C'était au-dessus de mes forces. Et pourtant, ils sont bien repartis, glissant lentement dans l'allée tandis que je leur faisais au revoir en mordillant mon manteau. Après ça, il n'y avait plus rien d'autre à faire que de rentrer à l'intérieur.

# 6.

Un tapis rouge usé recouvrait le sol de pierre de la grande salle. Sur le mur, apparaissait en hauteur une sorte de petit balcon intérieur à l'air branlant. Au-dessus, je distinguais la lumière grise de l'après-midi à travers la charpente sombre du toit. Des garçons étaient assis près du feu sur deux vieux canapés bancals, où ils lisaient des bandes dessinées. C'était une parodie du monde des adultes, Bugsy Malone au Club des Gentlemen. À feuilleter *Tintin* ou *2000 AD* en attendant de voir si le thé serait bientôt prêt.

Les présentations ont été faites. Il était capital de montrer une certaine nonchalance, avec un zest de privilèges. *Tu es nouveau, c'est cool. Ouais, je suis nouveau, c'est cool.* J'étais bien conscient qu'il y avait dans tout ça une part de comédie, et j'ai compris qu'il faudrait un certain temps avant que je sache réellement à quoi m'en tenir.

*D'où ça vient, ton accent ?* Question fréquente dans les jours qui allaient suivre, et qu'on ne m'avait jamais posée. J'étais classé parmi ceux qui venaient d'ailleurs. Un mélange d'odeur de feu de bois, de cire pour les meubles et de radiateur poussiéreux s'est attaché à jamais à cette pièce et à ce moment.

Frottement brusque de semelles sur le tapis, soudaine prise de conscience qu'un doigt se trouvait dangereusement proche de mon visage. Juste le temps de m'apercevoir que ce doigt était sale, sans parfum, puis une sensation de piqûre d'aiguille sur ma joue.

« Tac ! Bienvenue. » Le garçon crasseux s'est approché de sa victime suivante, se rechargeant en électricité statique sur le tapis.

« C'est déjà reparti ? » a demandé un garçon avec lassitude. Mais d'autres s'étaient levés, l'espace devant la cheminée s'était transformé en une arène de gamins rigolards aux doigts tendus. Certains s'écartaient à l'approche du doigt, d'autres opposaient une défense. D'autres encore tendaient la joue en guise de cible pour le plus grand plaisir des spectateurs.

L'agitateur, instigateur du mouvement et du geste, c'était Luke Price.

« Tu as besoin qu'on te fasse visiter ? Ou tu as déjà fait le tour quand tu es venu pour l'entretien ?

— C'était en août. » Une autre vie. « Je ne suis pas revenu depuis.

— Tu es là, maintenant. Pas de chance. » Il m'a conduit à travers un couloir aux dalles de pierre usées, meublé de vieilles armoires en bois. « Les casiers. Qui bien sûr ne ferment pas à clé. C'est là aussi que tu ranges ta boîte à bonbons, où évidemment tu n'as pas le droit de mettre de bonbons. Tu as un hamster ?

— Il en faut un ?

— Tu as le droit d'apporter de la nourriture dans ce cas. Pour le hamster. Le vestiaire, a-t-il poursuivi en descendant dans une longue pièce basse où étaient alignés des bancs et des portemanteaux. Qui étrangement sert à se changer. Enfin parfois. »

Il y régnait une atmosphère chaude et confinée. Des tuyaux brûlants serpentaient le long des murs.

J'ai aperçu, sous chaque portemanteau, une étiquette avec un nom écrit à la main, dans l'ordre alphabétique : *Adams, Adebayo, Beech, Butler-Wilson...*

« Essayons de trouver le tien. Denyer ça commence par un D ?

— Oui », me suis-je contenté de répondre, il était trop tôt pour les sarcasmes. J'ai accroché mon sac au portemanteau et, imitant Luke, je me suis assis.

J'ai entendu des bruits de pas, quelqu'un approchait : un grand garçon aux longs cheveux châtains, serrant un sac rebondi. Nous avions déjà fait connaissance.

« Simon Draaake ». Luke a étiré la syllabe de son nom pour se moquer de lui, soulagé que quelqu'un vienne lui donner un coup de main pour la corvée qui consistait à me faire visiter les lieux.

« Ça y est, te voilà, a dit Simon en regardant à travers le rideau de ses cheveux. Contrairement à la plupart des autres. Qu'est-ce qu'on fait là, alors qu'il n'y a personne ?

— J'imagine que toi, tu n'as pas d'excuse, a répondu Luke. La mère de Simon travaille pour l'ennemi.

— Il le sait. » Il s'est approché des lavabos avec un gobelet en plastique, et nous l'avons entendu pousser une exclamation exaspérée : « Y a pas d'eau !

— Les tuyaux ont éclaté, a expliqué Luke. Faut que tu te laves les dents avec de la neige. Et que tu ailles chier dedans aussi, a-t-il ajouté à mon intention en souriant. Tu crois que je plaisante ? C'est ce qu'on a fait hier. Un bon conseil : ne perds pas l'équilibre. C'est déjà dégueulasse par terre.

— Pourquoi tu es arrivé hier ?

— Mon frère et moi, on est là depuis trois jours. Nos parents ont dû partir pour leur maison en Italie. Ils nous amènent toujours plus tôt s'ils le peuvent, et Sutton est un ami de la famille. »

Quand j'ai eu besoin d'y aller, j'ai demandé où c'était au garçon qui me paraissait le moins effrayant, et qui m'a dirigé vers le jardin clos en haut de la pelouse nord. Je m'étais déjà changé pour la nuit, donc je suis sorti avec ma nouvelle robe de chambre, glissant sur les dalles du cloître, pour subir ensuite la morsure de la neige fraîche à travers mes chaussons en franchissant la pelouse. J'ai croisé Simon qui revenait avec un seau, les flocons dansant autour de lui.

« Pas. Marrant. » Il m'a tendu un rouleau de papier toilette. « Y a des seaux là-bas. Il faut que tu en rapportes un rempli à chaque fois pour qu'on puisse se laver et se brosser les dents. Ramasse pas la neige trop près de là où on chie. » Il est reparti en secouant la tête. Il en rajoutait, mais il était doué pour mimer le dégoût, et cela m'a fait sourire.

Le jardin clos était un alignement désolé de rangées de légumes et de rosiers miséreux. Le froid s'installait sur ma peau. J'ai humé dans l'air une odeur de feu de bois. En baissant mon pantalon de pyjama pour m'accroupir, j'ai remarqué le toit illuminé d'une cabine téléphonique orné d'un dôme de neige fraîche, qui dépassait derrière le mur. J'ai songé que mon grand-père aurait adoré cette histoire. Seulement nous n'étions pas autorisés à avoir de l'argent, et je savais déjà que les appels téléphoniques étaient strictement interdits.

Quand je suis reparti avec mon seau de neige, j'ai vu une maison décrépite, presque figée, nichée contre le mur du fond du potager. Devant se tenait un vieil homme vêtu d'un manteau noir. Il ne me regardait pas, s'intéressant à un perchoir à oiseaux à proximité. Il tenait un sac de graines à la main, et il en a déposé une poignée devant lui, ainsi que des boules de graisse attachées à des fils.

« Le problème, c'est qu'on ne sait jamais combien il faut leur en donner. Les conditions climatiques sont terribles pour eux en ce moment. Mais il ne faut pas les rendre dépendants. Cela émousserait leurs capacités de survie. » Son regard a croisé le mien, paresseux, comme s'il sortait de sa bulle. « Vous êtes nouveau ? » J'ai hoché la tête. « Ah, je suis sûr que mon fils prendra soin de vous. » Il a garni le perchoir d'une nouvelle poignée de graines. « Rentrez vite avant d'attraper la mort. »

Il est décédé un peu plus tard dans l'année, si bien que ça a été ma seule et unique rencontre avec M. Sutton senior.

Mon dortoir était baptisé Azincourt, c'était l'un des plus petits : cinq lits, trois d'un côté, deux de l'autre. J'avais celui du milieu dans la rangée de trois, sous la fenêtre qui donnait sur la pelouse nord. La pièce était tapissée de sombres lambris cirés. Les sections, par leur uniformité, me rappelaient les boucliers de la tortue romaine. Seul dans le dortoir, j'ai passé en revue les noms de mes futurs compagnons, chaque lit portant une étiquette, puis je me suis couché en me demandant si je devais éteindre la lumière.

« Toc, toc, a dit Crimble depuis la porte. Oh, une chambre privée. Le luxe. Avez-vous de la lecture ? » J'ai sorti le magazine de bandes dessinées d'horreur en espagnol que j'avais apporté. Sur la couverture, un loup-garou plantait ses crocs dans la gorge d'une femme en chemise de nuit. « Parfait. Un tuyau : je crois que les autres se réunissent à Hastings. Bien qu'ils ne m'en aient rien dit, évidemment. Vous arriverez sûrement à trouver votre chemin après mon départ. »

Il m'a lancé un clin d'œil.

Je lui ai répondu de même, perplexe.

« Le voilà », ont-ils dit quand j'ai poussé la porte. Ils étaient rassemblés autour d'une plaque électrique où ils faisaient griller du pain accroché à un cintre. « Viens autour du feu de camp. Alors, tu as réussi à déjouer Crimble ?

— C'est lui qui m'a dit de venir ici », ai-je répondu.

Nul n'a relevé, comme si j'avais dit quelque chose d'embarrassant.

Ils avaient volé le pain à la cuisine. Ils roulaient les tranches et les mangeaient en vitesse, du beurre fondu coulant à chaque extrémité. Ils m'en ont dit un peu plus sur ce à quoi je devais m'attendre. Je n'ai pas voulu les croire.

Il a neigé de plus belle pendant la nuit, et les parents se sont faits encore plus rares le lendemain à tenter le déplacement, si bien que les cours ont été annulés. J'ai songé que nous avions été vraiment stupides de nous précipiter ici. C'était la première fois que j'en voulais à mon grand-père d'être aussi efficace.

Et puis il y a eu les luges. On nous l'a annoncé au petit déjeuner. Sur la vingtaine d'élèves présents, plusieurs avaient apporté leur propre équipement, une idée qui ne me serait jamais venue à l'esprit. Cet après-midi-là, avec Simon, nous sommes montés en haut de la colline surplombant l'étang pour les voir glisser sur la neige.

« Poussez-vous », a dit David West. Il portait une combinaison de ski violette et des lunettes réfléchissantes. Il a chaussé ses skis et s'est lancé dans un slalom, évitant de peu deux garçons sur des luges.

Tandis que nous serrions et desserrions nos mains pour nous prémunir du froid, Luke est arrivé avec un sac d'engrais découpé.

« Faites comme ça. » Les bras le long du corps, les mains perpendiculaires, il s'est mis à monter et descendre les épaules. « Pompez du sang dans vos mains. » Nous avons suivi ses conseils.

David West était de retour, ses skis sur l'épaule. « Vous avez l'air de pingouins, tous les trois. C'est ce genre de truc qu'il vous faut. » Il a sorti de sa poche un étui de cuir noir qui ressemblait à une boîte à cigarettes. Il me l'a tendu et j'ai senti l'étrange chaleur qui s'en dégageait. « Une chaufferette de poche », a-t-il expliqué en l'ouvrant pour nous montrer un morceau de charbon brûlant.

« Tu veux essayer la mienne ? a dit Simon. Enlève ton gant et mets ta main là.

— Très drôle. Et y a ta bite au bout, c'est ça ?

— Dans la poche de mon duffle-coat ? J'ai toujours dit que cet établissement n'enseignait pas assez la biologie. »

David West a mordu à l'hameçon, puis s'est rétracté. « Alors c'est un rat, espèce de bâtard dégénéré.

— Une hermine, je crois. Et c'est moi qui la garde au chaud, pas le contraire. Elle est morte depuis trois jours. »

West a remis son gant, dégoûté. « Je vois que Simon Drake est toujours aussi bizarre malgré les vacances de Noël. Jolie luge », a-t-il ajouté en désignant le sac de Luke.

Il s'est éloigné sur ses skis, semant un voile de poudreuse sur la berge de l'étang gelé.

« Ce type est un connard », a précisé Luke.

Au moment où West commençait à remonter la pente, Luke a jeté son sac par terre, l'a empoigné par les coins, et s'est élancé sur le versant. Il avait bien visé. West n'a pas eu le temps de s'écarter, et Luke l'a renversé dans un fracas de skis et de bâtons. Simon et moi l'avons entendu jurer, puis le rire de Luke a résonné et il a poursuivi sa descente jusqu'au lac, dont la couche de glace s'est aussitôt rompue sous son poids. Il est revenu en titubant, boueux, dégoulinant, l'air triomphal.

« Voilà une belle manière de débuter l'année », a dit Simon.

Au troisième jour, le dégel a commencé. Les berlines se succédaient dans l'allée, entre les balustrades. Crimble s'était fait propre et portait à présent une cravate et une veste de tweed. Simon et moi avons regardé la population grossir depuis l'étage. Soudain, avec le changement de temps, les jours précédents nous sont apparus comme un rêve. À l'intérieur, l'atmosphère était lourde. La moindre cellule en éveil. Les garçons couraient. Les filles se rassemblaient dans leur ghetto. Car il y avait des filles.

Tandis que j'assistais aux nouvelles arrivées, aux adieux larmoyants, Simon travaillait à son projet du moment – augmenter la mémoire d'un micro-ordinateur BBC – en farfouillant dans un sac rempli de tournevis et de câbles.

« Qu'est-ce qui va se passer maintenant ? ai-je demandé.

— Le rassemblement. Weathers des Vices va s'en charger.

— Qu'est-ce que ça veut dire ?

— Qu'il faut te laver les mains.

— Je l'ai fait ce matin.

— Alors recommence. Frotte jusqu'à ce que la peau s'enlève.

— T'es sérieux ? »

Il a posé son tournevis et m'a regardé dans les yeux.

« À mort. »

Des voix qui carillonnent en continu, puis se brisent dans l'air comme du verre.

Dans la galerie basse, la masse s'agitait et grouillait. Les nouvelles coupes de cheveux étaient accueillies par les moqueries de circonstance, à l'instar de tout ce qui n'avait pas subi de changement notable. On distribuait des coups. On dépoussiérait les vieilles blagues pour voir si elles marchaient encore. Les derniers gadgets de Noël étaient exhibés pour inspection. Chandails fraîchement lavés, pantalons à pinces, souliers cirés : jamais nous ne serions si propres.

« Price ! Dans le rang ! »

Un instant j'ai cru que Luke avait perdu la tête, car la personne qui venait d'aboyer le nom de Price était Luke lui-même, tout du moins si l'on avait arrangé un peu mon nouvel ami. C'est alors que j'ai noté les différences : la raie sur le côté hitlérienne, un visage plus fin, une stature plus grande. Puis j'ai suivi son regard et j'ai avisé le vrai Luke. J'ignorais que son frère lui ressemblait autant, et qu'il était préfet des élèves. Son frère – qui se prénommait Ali – l'appelait-il aussi Price à la maison, ou était-ce seulement lorsqu'il devait jouer son rôle à l'école ? Et où Ali avait-il passé ces trois derniers jours ?

Devant ce rappel à l'ordre, Luke a fait la moue, et repris sa place. Puis la salle s'est figée dans le silence car Eric Weathers-Davis – dit Weathers des Vices – est entré, suivi de Mlle Fletcher, l'infirmière, avec ses yeux de Bambi et son casque de cheveux défiant les lois de la gravité.

Il savourait ce lourd silence, comme si on lui avait refusé ce plaisir pendant toute la période des fêtes. Il l'a mis à l'épreuve en avançant, un pied devant l'autre sur les dalles de pierre, écoutant le bruit se réverbérer. Son regard a glissé le long de la rangée, à travers les verres jaunes de ses lunettes de chasseur, un sourire relevant les commissures de ses lèvres. Sa veste beige était constellée de boutonnières et de poches.

« Une nouvelle année, a-t-il déclaré. Tout reste à faire. J'ai un bon pressentiment au sujet de 1987, et j'espère que vous aussi. Êtes-vous heureux d'être de retour à la maison, Webb junior ?

— Oui, monsieur.

— Mlle Fletcher et moi-même sommes très heureux d'être ici, n'est-ce pas, mademoiselle Fletcher ?

— Ravis, monsieur Weathers-Davis.

— Nous débordons d'énergie, n'est-ce pas ?

— Absolument.

— Et nous allons démarrer sans tarder. Tendez vos mains pour l'inspection. Je sais bien que votre chère maman vous a récurés des pieds à la tête pour le nouveau trimestre, par conséquent cela ne devrait pas être trop douloureux. »

Silence, hormis le couinement de ses semelles en caoutchouc sur le sol.

« Dieu tout-puissant, Wallace. C'est ce qu'on appelle une coupe de cheveux à Londres ? N'imaginez pas un instant que vous finirez la semaine ainsi. Nous allons vous envoyer Mlle Fletcher et ses ciseaux en moins de temps qu'il ne faut pour le dire. »

Rires.

« Price junior. » Il ferma les yeux comme si un souvenir pénible refaisait surface. « Est-ce trop vous demander que le jour de la rentrée vos ongles ne renferment pas déjà assez de terre pour faire pousser un rosier médaillé ?

— Je suis là depuis trois jours, monsieur.

— Et regardez les mains de votre frère. Il est là depuis trois jours lui aussi. Mais il n'est pas revenu au stade de créature des marais à l'instant où vos parents ont joyeusement embarqué dans l'avion qui les ramenait en Toscane. Cela vous empêche-t-il de dormir la nuit, Price junior, de savoir que déjà votre frère est bien mieux préparé pour la suite que vous ?

Que vous avez perdu la bataille avant même qu'elle ait commencé ? »

Rires nerveux.

« Allez vous récurer. Utilisez une brosse à ongles, pour l'amour du ciel. Et voyez cela comme un premier tir de sommation. Le prochain atterrira dans le mille. Je vais couler votre cuirassé. *Capice* ? » Luke est parti, et la voix de Weathers des Vices est montée d'un cran, explosant soudain. « Nous n'allons pas démarrer l'année du mauvais pied. » Il a passé le doigt sur un lambris, déplaçant une chenille de poussière, dont il s'est débarrassé en faisant la grimace. Il se tenait à présent devant moi. Mouvements d'insectes de ses yeux derrière ses lunettes, tandis qu'il enregistrait de nouvelles informations. Il a rentré le bout des doigts dans son pantalon.

« Nom ?

— Denyer.

— Denyer quoi ?

— Max Denyer.

— Max Denyer quoi.

— Monsieur, monsieur.

— Et d'où débarquez-vous, *Denyer ?* Nous n'avons pas l'habitude de recevoir de la chair fraîche au milieu de l'hiver.

— Du Mexique, monsieur.

— Dieu nous préserve. » Il a tourné la tête, entrouvrant les lèvres. Puis il a aperçu quelque chose par-dessus mon épaule, et son expression s'est à nouveau chargée d'hostilité. « Que personne ne bouge. Si c'est un lance-pierre, Overton, vous feriez mieux de l'abandonner tout de suite, si vous voulez voir la fin de la journée. »

Et ainsi de suite.

Nous sommes partis vers le réfectoire, longeant les toilettes et l'espace où l'on nettoyait les chaussures, les odeurs d'urine et de cirage étant déjà associées à l'idée du repas imminent. La porte était coincée en position ouverte, et j'ai vu Luke qui se récurait les ongles devant le lavabo, visiblement en chantant.

La cantine avait atteint ses pleines capacités, ballet de thés au lait sortant d'énormes jarres d'acier, de tranches de viande de porc en boîte, de tartines de pain de mie badigeonnées de margarine. Les murs étaient couverts de panneaux vert petit pois, surmontés d'une frise où étaient inscrits les noms de ceux qui étaient passés dans les écoles supérieures.

De tourbillon bouillonnant, la conversation est devenue beaucoup plus calme. Luke nous a rejoints, d'humeur joyeuse, mais il a aussitôt déchanté en voyant son assiette.

« J'y crois pas. Ils vont pas me refaire le coup ?

— Qu'est-ce qu'y a ? ai-je demandé.

— Il a un passif avec le maïs, m'a expliqué Simon.

— Je leur ai dit. Ils le savent. Je parie qu'il a fait exprès après l'histoire des ongles sales.

— Tu peux pas juste laisser ce que tu ne veux pas ? ai-je dit.

— Ouais, tu peux toujours essayer, a dit un garçon qui s'appelait Ishaq Jaffari. « S'il vous plaît, m'sieur, j'en veux moins. » Tu verras bien ce que ça donne.

— Y en a trop, s'est-il lamenté. Regarde ça, j'en ai le double d'Ish. Ou de toi, Simon. Ils le savent.

— Il t'a à l'œil, a répondu Simon. Mange-le.

— Ah ouais ? » Il a sorti une enveloppe de sa poche et sans perdre des yeux Weathers des Vices, y a fourré tous les grains de maïs de son assiette.

« Joli, ai-je dit. Tu pourras le mettre à la poubelle plus tard.

— Oui, c'est exactement ce qu'il faut faire, a renchéri Simon.

— Mais ce serait gâcher un très beau papier à lettres. »

Luke a porté à ses lèvres l'enveloppe de couleur rouge et donc reconnaissable, l'a fermée, et remise dans sa poche. Quand nous sommes repartis, Weathers des Vices était occupé à l'autre bout du réfectoire. Simon m'a donné un coup de coude en voyant Luke glisser l'enveloppe dans la mallette qu'il avait laissée posée sur la table des maîtres, avant de prendre la poudre d'escampette.

Les tuyaux n'ayant toujours pas été réparés, nous nous sommes lavé les dents avec de la neige fondue, avant de filer directement à la prière, magnifique histoire du soir pour laquelle tout le monde se rassemblait dans la galerie basse afin d'entendre un élève lire un passage de la Bible ou un extrait du *Reader's Digest*, que le professeur d'instruction morale utilisait comme matériau pour en tirer une leçon édifiante.

Ma nouvelle robe de chambre avait été dénichée par ma grand-mère chez un ancien fournisseur de vêtements pour pensionnats, alors qu'elle était en vacances au pays de Galles. Elle était en laine épaisse, avec une longue corde dorée ressemblant à celle d'un clocher. En l'enfilant devant tout le monde ce soir-là, j'avais eu l'impression d'attirer les regards, mais puisque le chauffage ne marchait toujours pas, elle me tenait chaud.

« Qu'avons-nous appris grâce à la lecture de ce soir, mes enfants ? a dit Weathers des Vices. Vous pouvez aller au lit et méditer cet enseignement en silence. J'aime beaucoup la robe de chambre de M. Denyer, a-t-il ajouté quand je suis passé devant lui. Je n'ai jamais vu pareil article de luxe. Et une bonne longueur de corde monastique pour la tenir en place. »

Ils parlaient souvent ainsi, comme s'ils faisaient des commentaires à l'adresse d'un autre adulte, afin de se rappeler qu'il existait encore des adultes, et que les jeunes personnes qu'ils surveillaient n'étaient pas les seuls êtres vivants présents sur Terre.

Ce soir-là, après l'extinction des feux, j'ai entendu un soupir suivi d'éclaboussures sur le tapis, et j'ai compris à l'odeur que mon voisin de lit était malade. C'était un garçon frêle du nom de Neil Lynch, qui avait un air de bête traquée et trébuchait sur ses lacets. Il ne cachait pas le fait qu'il avait des problèmes, même si je n'ai jamais vu les autres élèves lui témoigner autre chose que de la sympathie, en partie parce que sa sœur jumelle était très appréciée. On a rallumé les lumières ; le visage de Neil était pathétiquement penché au bord de son lit.

« Pardon, a-t-il dit.

— Tu veux que j'aille chercher quelqu'un ? ai-je demandé.

— J'attendrais demain matin, si j'étais toi, a dit le garçon responsable du dortoir.

— Mais ça va sentir. Quelqu'un doit prévenir Mlle Fletcher.

— Vas-y, alors. »

De quoi pouvaient-ils avoir peur ? Il y avait du vomi par terre. Il fallait le signaler. J'ai enfilé ma robe de chambre avec gratitude, et je suis parti à travers les couloirs sombres, longeant Somme et Passchendaele, pour arriver sur le palier donnant dans la cuisine de l'infirmerie. J'avais vu des garçons faire la queue à cet endroit avant d'aller se coucher afin de recevoir quelques cuillérées d'extrait de malt mesurées avec précision.

La porte était fermée, mais j'entendais des voix à l'intérieur. J'ai frappé, puis ouvert la porte.

L'infirmerie était plongée dans le noir, mais je voyais la lumière briller au fond, dans les appartements de Mlle Fletcher. Supposant qu'il n'était pas nécessaire de m'annoncer davantage, j'ai traversé l'infirmerie et j'ai ouvert l'autre porte.

Weathers des Vices et Mlle Fletcher étaient assis face à face, autour d'une table pliante, devant un poêle électrique disposé dans un âtre de carreaux de faïence verts. Il avait ôté ses chaussures. Elle portait une robe de chambre rose par-dessus une chemise de nuit bleue. Elle avait emprisonné ses cheveux ramenés en chignon de manière spectaculaire dans une espèce de filet menaçant. La puanteur douceâtre de l'alcool remplissait la pièce – pas cette vieille odeur de vin qu'on sentait dans l'étable après une des soirées de mon grand-père, mais une odeur familière. Il me semblait donc des plus naturel de les saluer d'une formule chère à mon grand-père.

« À la bonne vôtre, leur ai-je souhaité.

— Plaît-il ? a dit Weathers des Vices.

— C'est ce qu'on dit aux gens qui boivent un coup.

— Vous allez vous taire, espèce de petit malotru impudent.

— Mais je... »

Son haleine sentait la pomme pourrie. « Vous entendez, mademoiselle Fletcher ? Je n'adhère vraiment pas à ce "il faut leur laisser quelques semaines pour s'habituer."

— Je crois que Denyer essayait juste d'être poli, monsieur Weathers-Davis. Qu'y a-t-il, Max ? Que faites-vous là ?

— Neil est malade, à Azincourt, mademoiselle.

— Et voilà, c'est parti. Allons, venez, Max. »

Elle a ouvert un tiroir dans l'infirmerie, d'où elle a sorti une boîte de margarine Stork vide, et une cuillère à long manche. En arrivant au dortoir, elle s'est agenouillée et en quelques coups de cuillère efficaces, elle a fourré tout le vomi dans la boîte. Puis elle a fermement fixé le couvercle, a prononcé quelques paroles gentilles à l'attention de Neil, et s'est dirigée vers la porte.

« Vous utilisez pas du désinfectant ? ai-je demandé en pensant à ma grand-mère.

— Dieu du ciel, celui-là n'a pas sa langue dans sa poche, a-t-elle marmonné. Je passerai du désinfectant demain matin, monseigneur, ça vous va ? Lynch, la prochaine fois, essayez de vous rendre aux toilettes. Je n'ai pas envie qu'on vienne me déranger à nouveau. »

Après l'extinction des feux, j'ai regardé le plafond en me concentrant pour oublier l'odeur.

Les tuyaux ont forcément été réparés à un moment, mais je n'en ai pas le souvenir, et c'est là que l'incident commence à se fondre dans l'habitude. De la même manière, j'ai fait l'expérience de la première douche, mais des années de pratique se sont mêlées pour en faire un éternel instant présent.

Un bouillon de vapeur et de corps. Le savon rose craquelé qui lutte contre l'eau dure pour tenter de mousser. Les douches collectives carrelées de blanc pour les courageux, le relatif isolement, en comparaison, des cabines individuelles sans rideau pour les autres, or on peut douter qu'elles soient plus intimes car on y est aussi debout et pas forcément seul. Tout est extrême : l'air est glacial, l'eau bouillante. Mélange détonnant quand on arrive après le sport et que des irritations apparaissent sur la peau.

Différents maîtres, différents styles. Wagstaff, force de la nature épanouie, Homme Bon, de sa voix de stentor, il nous pourchasse, nous pousse à faire des concours de pompes. Crimble, lui, s'appuie au chambranle de la porte telle une cigogne, le regard fixé à mi-distance. Weathers des Vices apporte une chaise de la galerie basse, trône depuis lequel il nous observe, nous mettant au défi de tenter la moindre transgression.

La seule constante, ce sont les garçons, qui s'éclaboussent, glapissent, s'amusent, ou bien se cachent, fuient, se dérobent, en fonction de leur personnalité et de leur degré d'intégration au sein du groupe. Il est des stigmates paradoxaux liés à la puberté : ceux qui ont démarré tôt sont parfois moqués à cause de leurs poils et de leur pénis indécis. Ceux qui sont sur le point de se transformer – qui n'ont pas encore éclos mais presque, dont la voix est encore haut perchée en laissant deviner déjà une certaine profondeur – sont les plus assurés. Le plus téméraire de mon année, bien sûr, est Luke Price, qui fait des trucs avec sa bite à la moindre provocation, la manipule de manière alarmante, tente de la faire se dresser à grand renfort de mouvements de la main, en gestes compulsifs et fanfarons qui ne donnent pas grand-chose, mais dévoilent clairement son intention.

Comment me suis-je comporté lors de cette première douche ? Quelle a été ma stratégie ? J'ai sans doute bondi dans une des cabines avant de me jeter sur ma serviette, qui portait encore l'odeur rassurante de la maison.

Je me souviens d'avoir cru que les lavabos étaient eux aussi partagés, mais la règle était différente. Je me rappelle surtout la gratitude que j'ai éprouvée quand Simon, dont je m'étais rapproché pour partager le lavabo tout en me brossant les dents, a craché une tache rougeâtre de Signal vers le trou en m'expliquant très calmement : « C'est individuel », avec un léger sourire.

Différents maîtres, différents styles. Le blitzkrieg d'Eric Weathers-Davis avait été un électrochoc, remettant le semestre sur les rails, donnant la possibilité aux autres de se montrer plus décontractés. Prier avec Crimble, en comparaison, s'avérait spirituel. Magie et incantations. Où aller ? La version de lui-même mise en scène pour les parents n'était plus d'actualité, et nous étions suspendus à ses lèvres. Il savait nous galvaniser sans nous effrayer. Il ne se parlait pas à lui-même. Il écoutait.

« Je vais vous dire des choses sur le sommeil que vous ignorez peut-être, a-t-il annoncé un soir. La première c'est qu'il est quasiment impossible de dormir avec les jambes croisées. Essayez donc si vous ne me croyez pas. Vous resterez éveillés toute la nuit. C'est vrai, réfléchissez. Vous avez déjà vu quelqu'un dormir les jambes croisées ? Autre chose : il ne faut jamais dormir la main sur la gorge. Lorsqu'on dort avec quelque chose dans la main, de puissants réflexes de contraction se produisent. Le besoin de serrer est irrésistible au bout d'un moment, et si vous ne vous réveillez pas, vous serez incapables de vous arrêter.

— Vous voulez dire...

— Oui. Il y a de fortes chances pour que vous vous étrangliez tout seuls. »

Ses paroles étaient une prophétie autoréalisatrice. Bien sûr qu'on ne peut s'endormir si l'on se concentre très fort pour que quelque chose arrive. Mais cette nuit-là, dans mon lit, pour la première fois je n'ai pas pensé à la maison. À la place, je suis resté allongé, les doigts posés sur ma gorge, tenant le sommeil en respect. Puis j'ai senti une odeur, et j'ai compris que, cette fois, Neil Lynch avait fait pipi au lit.

Mlle Fletcher n'avait pas d'invité ce soir-là, aussi les choses se sont-elles passées de façon plus formelle. Elle a allumé la lumière et lui a ôté son drap et son pyjama, les tenant de façon ostensible, tandis qu'il restait nu, dans le froid.

« Allons-nous encore avoir ce genre de problème, Lynch ? a-t-elle dit en s'occupant du linge de la honte. Va-t-il falloir mettre une alèze en plastique comme pour les bébés ? »

Il y avait là toute une histoire dont je n'avais pas connaissance. Cela revenait à s'engager au milieu d'une autoroute très fréquentée.

Peu de temps après, une fois le dortoir redevenu silencieux, j'ai aperçu la lumière d'une lampe torche sur le mur. J'ai gardé les yeux fermés en entendant des voix qui chuchotaient, et quand je les ai rouverts, la porte s'était refermée, Neil Lynch n'était plus là. Ensuite, la cloche du réveil a sonné, et il était à nouveau là, assoupi dans son lit près de moi.

# 7.

Les visites n'étaient pas autorisées au cours des premières semaines. Cette période de confinement était juste assez longue pour que des craintes d'un nouveau genre succèdent à la nostalgie du foyer. Le week-end, nous avions beaucoup de temps à tuer.

Les jours de chance, nous avions la permission de faire une *promenade libre*. Appellation trompeuse. Car que pouvions-nous faire au juste ? Au village, il y avait un pub et une cabine téléphonique, mais si jamais on approchait de l'un ou de l'autre, on était mort. Nous sortions, remplis de joie malgré tout. Joggings bleus et écharpes rayées. Nous étions quatre : moi, Luke, Simon et Ish.

La magie de l'hiver avait cédé la place à un temps plus maussade, mais au moins la boue était encore gelée. Je songeais à la mosaïque du carrelage d'un bleu profond de la piscine publique au Mexique, à ses bassins déserts où s'accumulaient les feuilles et les cosses des graines, tombées des arbres tropicaux.

Nous avons longé le champ interminable qui s'étendait en deçà de l'école, en cherchant par terre des pigeons d'argile. Un ball-trap était installé à cet endroit tous les samedis matin (on entendait les tirs pendant les cours), et en rapporter des exemplaires intacts à l'école permettait de récolter des bons points.

« Qu'est-ce qu'on va faire quand on sera là-bas ? ai-je demandé.

— C'est là qu'Ish entre en scène, a dit Simon. Il y a une serveuse au Graven Image qui a un faible pour lui. En général elle est assez sympa et elle nous file des chips et un Coca.

— Elle a un faible pour toi ?

— C'est juste une amie de la famille. Son père tient un des magasins de mon père. Mais peut-être qu'elle ne travaille pas aujourd'hui, a répondu Ish en ramassant ses pigeons.

— Eh, les gars, vous allez passer tout l'après-midi à vous trimballer avec des tas de pigeons d'argile dans les bras ? » a dit Simon, qui lui-même voyageait léger puisqu'il était chargé d'une canne à pêche et de tout son matériel, au cas où.

J'ai parcouru des yeux la longueur du champ, réalisant un peu tard combien sa topographie offrait un champ de vision cruellement parfait sur l'ensemble de la vallée.

« Qu'est-ce que tu regardes ? a demandé Luke.

— C'est là-bas que mes grands-parents habitent.

— Et ils sont où, tes parents ? » a fait Ish.

J'allais lui offrir une des réponses fantaisistes que j'avais déjà servies à ceux qui m'avaient posé la question. Et sentant peut-être leur appréhension quant à ce qui pouvait être le pire, j'ai dit : « Ils sont morts.

— Oh. Désolé », a dit Luke.

Simon n'a pas bronché. Il savait que je mentais, mais l'acceptait sans difficulté.

« Comment ?

— Je n'aime pas en parler.

— Mon père est mort, lui aussi, a-t-il dit.

— Je suis désolé ». Pour le mensonge, je voulais dire. Il a hoché la tête.

« Sympa, la balade », a déclaré Luke.

Le village était complètement endormi et faisait piètre figure. On est arrivés en roulant des mécaniques, comme des guerriers, puis on a traversé le pré au milieu du village, et on est entrés au Graven Image, un relais de poste bâti avec les mêmes vieilles pierres que l'école. À l'intérieur, on s'est retrouvés au milieu de la foule des adultes qui venaient là le samedi après-midi. Des cigarettes se consumaient dans des cendriers en aluminium. Conversations suspendues aux haleines empestant la bière. Nous avons attendu près de la porte tandis qu'Ish allait au bar demander si son amie était là.

« C'est son jour de congé, a dit le propriétaire. Allez, maintenant dehors, vous autres. Vous savez que vous n'avez pas le droit d'entrer. »

« Connard, a pesté Luke en sortant. Il peut pas avoir pitié de nous pour une fois ? Très bien. Il nous reste la cabine téléphonique. »

En arrivant devant, il a ouvert la porte d'un coup sec, et il est entré dedans.

« Tu ne vas pas t'attirer des ennuis ? ai-je demandé.

— Pas si personne ne nous voit, a dit Ish. Tu peux toujours… appeler tes grands-parents, je suppose ? »

La sympathie ardente qui se dégageait de ses mots m'a fait honte. J'ai compris qu'il faudrait que j'avoue mon mensonge, mais pour l'instant, je n'en étais pas capable. Les autres s'étaient éloignés car Luke avait besoin d'intimité, alors je les ai imités, mais son appel s'est avéré bref et inintelligible.

« Après, c'est moi, a dit Ish.

— Qu'est-ce qu'on doit dire ? ai-je demandé à Luke.

— Ce que tu veux. Tu peux demander à pépé et mémé de te rapporter des trucs quand ils viendront. Des gants, par exemple. »

Depuis la cabine, j'ai entendu Ish s'adresser à l'opératrice, puis la conversation a basculé dans une langue que je ne comprenais pas. Lorsqu'il est sorti, j'ai regardé Simon, mais il a secoué la tête. « Moi, je vois ma mère tous les jours.

— Et toi ? m'a dit Luke.

— Non. »

Nous sommes revenus au ruisseau qui traversait la grand-place du village, Simon a sorti sa canne à pêche et commencé à assembler les morceaux.

« Tu vas rien attraper ici, a déclaré Luke.

— Ça veut pas dire que ça vaut pas la peine de pêcher », a répondu Simon.

Je ne cessais de jeter des coups d'œil à la dérobée à la cabine téléphonique. Tandis qu'ils se chamaillaient, j'ai rebroussé chemin, j'ai décroché le combiné, composé le 100 et donné à l'opératrice le numéro de mes grands-parents. J'ai attendu au fil des sonneries tout en regardant les autres faire les idiots sur le pont.

« Deux cent soixante-dix-sept ? a dit la voix chevrotante de ma grand-mère.

— Acceptez-vous un appel en PCV ?

— Hein ?

— Grand-mère, c'est moi.

— Madame, acceptez-vous cet appel ?

— Quoi ? »

L'opératrice a eu pitié d'elle. « Bon, allez-y.

— Allô ? a hurlé ma grand-mère.

— C'est Max, ai-je crié.

— Max ? Tout va bien ? Qu'y a-t-il ?

— Rien. Je suis au village, alors j'ai eu envie d'appeler.

— Comment ça se passe ?

— L'eau est revenue. On a dû se laver les dents avec de la neige pendant un moment.

— Dieu du ciel. J'imagine que ça devait être glacial. Grand-père est à l'atelier. Tu veux que j'aille le chercher ? »

J'ai réfléchi au temps que cela prendrait, et même si j'avais envie de l'entendre franchir la porte de derrière, puis s'égosiller en appelant « Bob ! » à une fréquence susceptible de vous transpercer les tympans, même si je désirais plus que tout imaginer mon grand-père descendant lentement la colline, nous n'avions pas le temps.

« Dis-lui juste que ça va. Je n'ai pas encore eu besoin d'utiliser sa pièce.

— Hein ?

— Rien.

— Ta mère doit appeler ce soir. Elle sera heureuse de savoir que tu vas bien. »

Au moment où nous nous sommes dit au revoir, j'ai aperçu une lumière bleue à la périphérie de mon champ de vision. Deux camions de pompiers étaient arrivés dans le village et s'étaient arrêtés devant le pub. Luke, Simon et Ish avaient disparu. Je suis sorti de la cabine téléphonique et j'ai vu les pompiers revêtus de leur lourd attirail encercler le bâtiment, inspecter le toit, les fenêtres, avant d'entrer. Les habitués se sont rangés près de la porte en maugréant.

Ils ont commencé à discuter avec les pompiers, et ont pointé un doigt dans ma direction, alors j'ai tourné les talons et j'ai commencé à m'éloigner, quand soudain a résonné à mes oreilles une voix masculine qui m'a lancé un « Dis donc, toi », avec une urgence très claire. Pas question que je m'arrête. « Eh ! » a crié la voix. Mais j'étais déjà parti à fond de train.

J'ai frappé à la porte entrebâillée et je suis entré. Plancher recouvert d'épais tapis. Énormes cabinets de bois sombres remplis de verres qui tintaient à chacun de mes pas. C'était la première fois que je pénétrais dans les appartements privés depuis mon entretien. Wagstaff m'avait attrapé dès que j'étais rentré, il m'avait aussitôt demandé si j'étais allé à la cabine téléphonique, puis il m'avait sommé de me rendre chez le directeur avant le repas.

J'entendais les pas de Mme Sutton dans la pièce voisine. Je me suis raclé la gorge. Les pas se sont arrêtés, puis sont repartis dans ma direction.

« Denyer, c'est ça ? » a-t-elle dit, à moitié dissimulée dans l'ombre des lambris de chêne. Parfum.

« Oui.

— Il est dans son bureau. » Elle a désigné une arcade à ma droite, où j'ai aperçu le pied d'un escalier de pierre en colimaçon. « Allez-y, nous avons des invités pour le dîner. »

J'ai grimpé les marches en m'agrippant à l'épaisse corde qui servait de rampe. Il était recroquevillé à son bureau, derrière un halo lumineux.

« V-vous n'avez pas pu vous empêcher de téléphoner, hein ?

— Je suis désolé, monsieur. Je voulais juste donner de mes nouvelles à mes grands-parents pour leur dire que tout allait bien.

— Vraiment ?

— Oui, monsieur. Désolé, monsieur.

— Et vous n'avez passé aucun autre a-appel ?

— Quoi ?

— Est-ce que vous sa-savez combien les pompiers sont occupés ? Que répondre à des petits plai-plaisantins met des vies en danger ?

— Les pompiers ? Je n'ai pas...

— Oh, taisez-vous ! Je ne veux pas vous entendre. On vous a vu partir en courant. » J'allais apprendre qu'il ne bégayait jamais quand il était en colère. « J'espère que nous n'aurons pas de problèmes avec vous. »

De derrière son secrétaire, soupirant sous l'effort, il a sorti un bâton. Pas une badine souple et agile, non, un bâton noueux de sorcier. Qui ne laisserait pas de traces rouges et bien définies. Mais des meurtrissures. Des hématomes.

« C'est la pre-première mise en garde. La prochaine fois, vous aurez droit à la cein-ceinture. Pour aujourd'hui, ce sont les doigts qui ont composé le numéro, ce sont donc les d-doigts qui seront punis. Tendez votre main.

— Monsieur, je...

— Plus un mot. Tendez la main ! » Je me suis exécuté. Il a fermé les yeux devant ma sottise. « Puisque vous êtes nouveau, je vais me mon-montrer clément. Êtes-vous certain de vouloir me présenter votre main droite ? Ré-réfléchissez. »

J'ai donc tendu la main gauche, paume relevée, et il l'a retournée, toujours aussi patient et pédagogue. Il a saisi mon poignet et il a frappé, trois fois, comme s'il achevait un animal blessé.

Le premier coup m'a engourdi. Le deuxième a mis ma main au centre du monde. Le troisième l'a envoyée très très loin, dans un endroit situé en deçà de ce tapis, plus bas que le pied de la tour. Alors j'ai été transporté ailleurs, j'ai vu des méduses suspendues à la paroi sombre d'une vague immense qui allait se briser, dont le fracas imminent était pareil à un bruit blanc qui noyait la douleur, qui était la douleur. C'est seulement la sensation de la sueur perlant dans ma nuque qui m'a ramené à ce bureau et à ce moment. J'ai regardé autour de moi, comme si je voulais solliciter un public invisible.

« Regardez droit devant vous », a-t-il dit en serrant gentiment mon poignet, geste étrange, avant de frapper à nouveau trois fois.

L'affaire n'avait duré qu'un instant, mais elle demeurerait à jamais. Rien ne brûle dans la mémoire comme l'injustice.

« J'imagine que c'est une façon d'apprendre parmi d'autres, a dit Simon en évaluant les dommages. Dans le doute, mens.

— Mais pourquoi j'aurais menti ? Ce n'est pas nous qui avons appelé les pompiers.

— Et qui Luke a-t-il appelé, selon toi ? Ses parents sont en Italie. Il n'aurait pas pu leur téléphoner même s'il avait voulu. Et il n'y a pas grand-chose qui l'arrête quand il trouve qu'une situation est injuste. »

# 8.

Écho de la porte qui grince, puis claque quand j'entre courageusement dans les toilettes. Il y faisait toujours plus frais qu'ailleurs, qu'importe le temps. Huit W.-C. peints en bleu foncé. La faible lumière d'hiver entravée par les lucarnes couvertes de toiles d'araignées. À la nuit tombée, on distinguait les vagues reflets des occupants sur ces cloisons, si on y jetait un coup d'œil. Deux des W.-C. étaient occupés en ce samedi soir. Je suis entré tranquillement dans l'un de ceux qui étaient libres, j'ai tiré le verrou, défait mon pantalon, et je me suis assis. Chair de poule sur mes cuisses minces. Le froid comme une toux terrée dans votre poitrine. La conversation se poursuivait.

« Qu'est-ce que tu fais ? » Voix plus âgées, confiantes.

« Je mets du papier dans le trou. Tu fais jamais ça, toi ? Pour empêcher les éclaboussures. Amortir la chute.

— Pourquoi t'as peur d'un peu d'eau ?

— C'est ce qu'il y a dans l'eau qui me fait peur. »

Ah, ah, ah.

Il y avait déjà une masse de papier au fond de la cuvette quand j'étais entré, mais je n'avais pas pris la peine de tirer la chasse. L'amortissement était visiblement une pratique répandue.

La conversation s'est ensuite orientée sur *Donjons et dragons*, et j'ai attendu qu'ils s'en aillent avant de pouvoir me détendre à mon tour. Précieux silence. Lumière austère. Gouttes froides. *MAINTENANTONSELAVELESMAINS.*

La curiosité du jour : la visite d'un équipage de chasse. Je faisais partie du groupe qu'on avait chargé de leur apporter du sherry, tandis qu'ils attendaient à califourchon sur leurs énormes montures. Verres pleins glissants sur des plateaux d'argent fourbis, tandis que nous évitions les sabots qui massacraient la pelouse – en temps normal, on nous aurait battus pour y avoir posé le pied. Plus rien ne me surprenait.

J'ai inspecté ma main gauche. Elle avait dégonflé, mais pendant la semaine les ecchymoses étaient passées par un large spectre allant du bleu-noir au jaune bilieux. La douleur était encore féroce, et le processus de guérison engendrait de terribles démangeaisons.

Rares étaient mes vêtements qui conservaient encore le parfum de la lessive utilisée par ma grand-mère. La plupart à présent avaient été assimilés par le système et étaient imprégnés d'une odeur étrangère. Pourtant aujourd'hui, des relents fantômes de la maison montaient encore de mon pull. J'ai serré ma manche contre mon visage et je l'ai respirée, gâchant cette fragrance que je croyais limitée. Pour la première fois, j'ai cru que j'allais pleurer, et j'ai été heureux que ce moment de faiblesse se produise ici. Je me suis laissé aller. J'ai pris un peu de papier toilette pour m'essuyer le visage et me moucher, puis je l'ai jeté.

Calme étrange. Je devais être en retard. Je me suis levé et j'ai tiré sur la chaîne. L'eau a cascadé dans la cuvette, mais le papier, qui formait une boule, n'a pas bougé. J'ai attendu que la chasse d'eau se remplisse, et j'ai recommencé. Le niveau de l'eau a monté, monté, jusqu'au bord, fragments dansants. Il était temps de mettre les voiles.

Était-ce la panique, ou bien le verrou était-il grippé par le froid, je n'ai pas réussi à ouvrir la porte. L'anxiété m'a saisi. Alors je me suis glissé dans l'espace sous la cloison qui me séparait du W.-C. voisin, et j'ai filé.

*MAINTENANT ON SE LAVE LES MAINS.*

L'horreur. La chasse d'eau a retenti à l'autre bout des toilettes, que je croyais désertes, et dans le miroir est apparu derrière moi le visage d'Ali Price.

Il allait me demander ce que je faisais là. Rédiger un rapport. En plus de tout le reste.

Mais ses traits étaient de marbre. Il avait l'air complètement ailleurs. Il ne s'est pas lavé les mains, n'a même pas semblé remarquer ma présence. Si je n'avais su à quoi m'en tenir, j'aurais pu croire qu'il était en souffrance.

Le lendemain, dimanche, était le jour des lettres. Essayer de dire la vérité était une perte de temps. L'enveloppe était remise sans être cachetée, par conséquent, si vous écriviez quelque chose qui ne leur plaisait pas, ils vous faisaient recommencer. Mieux valait écrire ce qui leur convenait afin de pouvoir passer à autre chose. Nous étions assis en silence à des pupitres disposés les uns derrière les autres dans l'une des plus grandes salles du rez-de-chaussée, à gribouiller différentes variantes des mêmes informations insipides et frauduleuses. Dans l'air, une odeur d'encre et de rognures de crayons taillés, sur fond de viande et de légumes car le déjeuner se préparait en coulisses.

Posée en haut de mon bloc-notes, ma main gauche tremblait tandis que j'essayais de répondre sur le ton voulu à l'aérogramme bleu ultra fin que j'avais reçu de ma mère. Elle me demandait de tout lui raconter au sujet de ma nouvelle vie, et me rassurait en disant que je ne manquais rien, là-bas, dans cet endroit que, je le savais à présent sans le moindre doute, j'avais forcément rêvé.

Weathers des Vices s'est approché de mon pupitre en souriant : « Comment va votre main, Denyer ? J'avoue que c'est merveilleux de voir quelqu'un s'adapter avec autant d'entrain au mode de vie de notre école. Je sais tout de vos répugnantes excentricités avec les pompiers, et je vois que M. Sutton a su régler les choses. Il ne me déçoit jamais. »

L'entretien aurait pu se prolonger sans l'arrivée surprise de Clive Whittle, l'homme à tout faire, qui est alors apparu à la porte, une ventouse à la main, en disant : « Je voudrais vous dire un mot, Eric, s'il vous plaît. »

Weathers des Vices s'est retourné comme un soldat. « Il va sans dire qu'en mon absence, vous ne faites rien d'autre que griffonner des platitudes à vos mamans. »

Après son départ, deux garçons plus âgés ont sans enthousiasme roulé en boule leurs premières tentatives ratées pour les lancer, mais dans l'ensemble, le calme a été respecté, si bien que nous étions tous penchés sur nos pupitres quand il est revenu, et il nous a fallu du temps pour comprendre ce qui se jouait, car la scène que nous avions devant les yeux n'avait aucun sens.

« Parfait. » Triomphal. Incandescent. Entre ses mains, un énorme paquet de papier dégoulinant, avec quelque chose de sombre au milieu. L'eau coulait par terre. Il s'est posté derrière le bureau du surveillant et a posé dessus le répugnant objet en forme de ballon de rugby en plus gros. Des ruisselets se sont formés sur le pupitre, filant jusqu'aux bords.

« M. Whittle vient de m'informer que quelqu'un a jugé intelligent non seulement de boucher les toilettes, mais d'en sortir en se faufilant sous la cloison de séparation en laissant la porte verrouillée tandis que l'eau continuait de couler, ce qui a causé une importante inondation. Bien sûr, c'est hilarant, et le responsable de tout cela va à présent en assumer la responsabilité. »

Je me suis demandé qui avait pu faire une telle chose, soupçonnant aussitôt Luke Price. Puis j'ai senti le sang me monter au visage, et battre contre mes tympans.

« J'ai toute la journée. On ne m'attend nulle part. »

Il se réjouissait de cet incident car il allait pouvoir s'en donner à cœur joie. La situation ne pouvait qu'empirer, et j'ai songé que si j'expliquais tout, alors il serait évident que je n'avais rien fait de mal, aussi, dès qu'il est passé à côté de moi, j'ai levé la main, dans l'espoir que ma sincérité jouerait en ma faveur, et j'ai fermé les yeux, anticipant sa réaction lorsqu'il me verrait.

Mais il n'a rien vu. Simon Drake a bondi du pupitre voisin pour reposer ma main sur le bureau, d'un geste sec, en me lançant un regard d'une telle intensité que ma volonté de me confesser s'est aussitôt évaporée. Pendant ce temps, Weathers des Vices s'était arrêté devant le pupitre de Luke avec un rictus qui présageait le pire.

« Pourquoi est-ce que vous me regardez ? J'ai rien à voir avec tout ça. » Toujours cette approche directe face à lui, impavide.

Weathers des Vices a répondu d'une voix doucereuse : « Je me contentais d'admirer ce beau papier à lettres rouge que vous utilisez. » Il a fouillé dans sa poche, et en a sorti l'enveloppe, à présent vieille de plusieurs semaines, pour la lancer sur le pupitre.

« Ça ne prouve rien ! N'importe qui aurait pu jeter son maïs là-dedans.

— Imbécile. » Il a attrapé Luke par le col, l'a arraché à sa chaise et l'a cloué au mur, l'avant-bras appuyant sur son cou. Le déséquilibre était flagrant. « Vous êtes en train de me dire ce qu'il y avait dans l'enveloppe ? Imbécile. »

Les phrases suivantes ont été hachées chaque fois que le corps de Luke était brutalement projeté contre le mur. Il y avait une pile de chaises à cet endroit, mais plutôt que de se déplacer, Weathers des Vices les a utilisées en cognant Luke aussi contre leurs dossiers, au risque de les faire s'écrouler, usant de tous les moyens pour assouvir sa rage. Il était rare qu'une occasion si belle se présente.

« … ai assez que vous pensiez que vous pouvez vous en tirer comme ça sans montrer le respect… »

Nous étions muets, au bord de la nausée. On pourrait croire que j'avais depuis longtemps cessé de me poser ce genre de questions, mais non. Pas encore.

*Comment peuvent-ils faire ça ?*

J'ai fermé les yeux, afin de limiter ma perception des choses. J'avais beau être arrivé de fraîche date, j'avais compris que nous étions liés par notre détermination à garder le silence. Des années plus tard, je repenserais avec fierté à notre obstination à nous taire, car ainsi nous faisions encore plus honte au professeur. Ce qui était vrai. Seulement, ce n'était pas pour ça que nous nous taisions. Nous nous taisions parce que nous étions des enfants terrifiés.

Ce qui rendait Luke si différent.

La dernière fois que Weathers des Vices l'a poussé contre les lambris, Luke baissait la tête, si bien que quand il a parlé, l'autre ne l'a pas compris. « Parlez plus fort. Qu'est-ce que vous dites ? »

Il a reniflé le sang qui coulait. Les mots sont sortis avec un mépris glacial : « Je dis : vous avez apporté ici une boule de papier toilette pleine de merde. Vous devriez vous laver les mains. »

L'irrépressible éclat de rire qui a jailli lui a coupé l'herbe sous le pied. Weathers des Vices a voulu finir par une gifle, mais il a regardé Luke dont le visage rougi le fixait froidement, le mettant au défi de continuer. Il a même agité la manche déchirée de son pull, tel un trophée.

Reconnaître le mal est une chose. Avoir dix ou onze ans et le dénoncer en est une autre.

« Nous allons voir ce qu'en dit M. Sutton. Vous autres, terminez en silence et laissez vos lettres sur les pupitres. Haut les cœurs ! a-t-il beuglé depuis la porte en tenant toujours Luke par le col. Aujourd'hui, il y a du poulet à la King à la cantine ! »

Tout ça, en ce jour que j'attendais avec une telle impatience. Jour qui me ramenait pour un maigre moment à ce qui naguère était tout simplement normal. Mais la matinée s'était dressée devant le reste de la journée et à présent tout était foutu.

Il fallait le leur accorder : leur système avait été peaufiné avec art et il était d'une efficacité monstrueuse. Une semaine plus tôt, seulement, j'aurais pu tout raconter à mon grand-père. À présent, il venait et repartait, et ma vie nouvelle poursuivait son cours tonitruant. Ce qui ne veut pas dire que mon cœur ne se soit pas soulevé de bonheur en sortant de la chapelle et en apercevant la 4L garée auprès des berlines et des breaks des parents en visite.

Ainsi a commencé la première de ces précieuses demi-heures passées sur le siège passager à maudire le déjeuner dominical. Je suis monté au milieu de l'odeur des chiens, Jack a bondi vers moi depuis la banquette arrière, et jamais les coups de langue d'un border collie n'ont été accueillis avec autant de bonheur.

« Comment que tu vas ? » m'a-t-il demandé.

J'ai tiré la manche de mon manteau sur ma main gauche, puis je l'ai baissée le long du siège. Il m'a tendu une boîte de caramels Thornton. Il ne m'a pas posé de questions. Il voulait que je puisse moi-même décider de ce que j'avais ou non envie de lui raconter.

« Il a fallu qu'on serve du sherry à un équipage de chasseurs.

— Nom de Dieu.

— J'ai dû leur apporter sur un plateau d'argent.

— Quelle bande de dégénérés. J'aimerais bien les voir, moi, au fond des bois, poursuivis par une meute de chiens, je me demande comment ils se débrouilleraient. »

Weathers des Vices s'en revenait par l'allée menant à la chapelle, passant dangereusement près de nous. Verres teintés. Veston sport couleur moutarde. Cravate rentrée dans le pantalon. Ces deux mondes n'auraient jamais dû se rencontrer. C'était contre les lois de la physique.

Mon grand-père a éclaté de rire en le voyant. « C'est qui, ce guignol ?

— Le prof d'histoire », ai-je marmonné. Le nommer risquait d'attirer l'attention sur le fait que nous parlions de lui, et ensuite, qu'arriverait-il ? Au passage, il a jeté un regard à la boue qui collait aux flancs de la 4L, au capot bosselé, au pot d'échappement vertical. Il nous avait entendus. Il n'y avait aucun doute. « Il est strict.

— C'est à dire ?

— Il se fâche quand les gens ne se lavent pas les mains.

— Il leur crie dessus ?

— Il les frappe aussi, parfois. Je crois.

— Bon, alors, on va peut-être pas trop se ficher de lui. Prends un autre caramel. »

J'ai secoué la tête. Déjà, le premier me rendait malade.

« Tu peux signer un papier pour que je sois autorisé à avoir de l'extrait de malt ?

— Quoi ?

— C'est un truc qu'on donne à certains garçons avant d'aller se coucher. Il faut la permission.

— Et à quoi ça sert ?

— C'est un genre de nourriture, ai-je répondu en haussant les épaules.

— D'accord, je dirai à ta grand-mère de leur écrire. Tiens. Je t'ai apporté quelque chose. » Derrière mon siège, il a attrapé un grand sac plastique sans inscription. « Livraison spéciale. Noisettes, raisins secs et pépites de chocolat. Mange pas le chocolat en premier, sinon t'auras plus envie du reste. »

Mais quelle idée. « Je ne peux pas le prendre.

— Bien sûr que si. Mets-le sous ta veste, et après tu le caches dans le double-fond de ta malle. Comme ça, t'auras pas besoin de ce fichu extrait de malt pour être en forme ! »

Il était impossible de lui expliquer à quel point nous vivions désormais dans des mondes différents. Je voyais déjà Weathers des Vices me guetter derrière la porte, extirper le paquet de sous mon manteau, et m'envoyer chez Sutton pour une bonne correction en guise d'apéritif. « La prochaine fois, tu peux m'apporter mes gants ? Et une lampe de poche pour lire.

— Pour sûr.

— Faut que j'y aille. C'est l'heure du déjeuner. » J'ai vu un garçon traverser en courant le parking, puis il a saisi la corde de la cloche, sur le côté du bâtiment, et il l'a fait sonner de toutes ses forces.

À mi-chemin, j'ai ralenti, luttant contre l'envie de faire demi-tour et de lui dire : « Démarre. Démarre tout de suite ». Je savais qu'il l'aurait fait sans poser de question.

C'était un moment extrêmement dérangeant. Pourquoi n'en avais-je pas dit plus ? J'étais sidéré par les termes de ce contrat que je n'avais aucun souvenir d'avoir signé. Le système m'imposait déjà sa propre logique, si violemment qu'il me paraissait désormais absurde de demander à la personne en qui j'avais le plus confiance au monde si c'était bien ainsi que les choses devaient se passer.

Il n'aimait pas repartir avant que je sois hors de vue. Habitude qui plus tard me terrasserait quand je le verrais patienter tranquillement derrière son volant devant la gare, pendant que j'attendrais mon train. Toutefois ma marchandise de contrebande n'allait pas se dissimuler toute seule, aussi ai-je couru à l'intérieur, en essayant de me convaincre qu'il n'allait pas repartir tout de suite, que j'étais juste rentré chercher quelque chose.

Je traversais en trombe la grande salle pour arriver jusqu'à ma malle avant d'aller déjeuner, répétant dans ma tête la combinaison du cadenas, quand une voix sortant de derrière un exemplaire béant du *Sunday Telegraph* près de la cheminée m'a cloué sur place.

« Était-ce votre grand-père dans ce véhicule, sans doute agricole ?

— Oui, monsieur.

— La plupart des parents trouvent l'énergie de saluer les maîtres lorsqu'ils viennent ici en visite. Et ils font l'effort de se rendre à la chapelle.

— Je pense qu'il était surtout là pour me voir, moi.
— Ah ! »

J'ai essayé de repartir à la même allure en pensant *guignol guignol*, telle une incantation, dans l'espoir de retenir le point de vue de mon grand-père, alors même qu'il disparaissait à présent dans l'allée, en sifflotant du Louis Armstrong. Je suis passé en courant devant ma malle, j'ai foncé aux toilettes, et j'ai lâché tout le paquet dans la poubelle avant de filer à la cantine.

« La rumeur était vraie, a dit Simon en étudiant le menu tandis que je me glissais sur le banc à ses côtés. C'est du poulet à la King. »

À la fin du repas, Tony Sutton s'est levé pour nous parler. C'était toujours une torture. Tout le monde s'est tu. Ceux qui craignaient d'éclater de rire pendant les insupportables silences qui ponctuaient son discours commençaient à mettre en place leurs stratégies pour rester de marbre. Ce n'était pas que nous nous moquions de son bégaiement, mais il existait une compétition très ancienne qui consistait à faire rire les autres pendant qu'il s'adressait à nous, la jambe tressautante face à l'obstruction de sa bouche entêtée. Le Saint-Graal du sabotage. Si on parvenait à faire rire quelqu'un pendant le discours, Dieu sait quel châtiment s'abattrait sur nous.

Il a commencé par quelques informations domestiques, puis il a dit : « Il n'a échappé à l'attention de personne qu'un éq... », talons tremblants, yeux fermés, savourer l'air sérieux des autres professeurs, comme s'ils étaient en compétition pour savoir qui montrerait le plus d'empathie, « équipage de chasseurs est venu hier m-matin. La tradition veut que le jour suivant, si le t-temps le permet, nous j-jouions à la... ? »

Silence, car tout le monde imaginait qu'il cherchait ses mots, et soudain, il nous a regardés avec l'air d'attendre quelque chose.

La litanie a commencé si doucement qu'au début je n'ai pas compris ce qu'ils disaient, jusqu'à ce que cela enfle et devienne un cri, suivi d'une tempête de pieds tapant par terre.

*Chasse au lièvre. Chasse au lièvre. Chasse au lièvre.*

Nous nous sommes alignés en tenue de sport. La lumière dorée de l'hiver éclaboussait les arbres, faisant ressortir les masses sombres des nids de corneilles entre leurs branches. Tout le monde portait un bonnet et des gants, même ceux qui s'enorgueillissaient d'habitude de jouer à la dure, sans accessoires.

Wagstaff était le maître de cérémonie. « Eh bien, petits veinards. Les excuses ont été présentées, et tous ceux qui se sont déballonnés sont allés plaider leur cause auprès de Mlle Fletcher, donc d'après mes calculs, nous devons avoir à présent quarante-trois joueurs bons pour le service. Voilà le seau de la joie. Prenez une boule et une seule. Et dépêchez-vous. N'essayez pas de la tâter. Et que ça saute ! »

Le seau en question contenait quarante-trois boules de papier froissé. Bientôt, chacun des élèves, filles et garçons, en a eu une dans la main.

« À trois, ouvrez la boule. »

J'imaginais qu'il s'agissait d'une sorte de course d'orientation, aussi ai-je déplié la mienne en m'attendant à y trouver des instructions écrites. À la place, j'y ai découvert un ruban rouge enroulé. Les autres autour de moi sautaient tous de joie car leur feuille de papier froissée était vide.

« Denyer ! Denyer est un lièvre, monsieur.

— Wags. » J'ai été surpris de voir Simon lever la main. « Je pense que c'est pas juste pour lui. Il est nouveau. »

Wagstaff a poussé un profond soupir. « Bien ! Et que proposez-vous, monsieur Drake ? Voulez-vous prendre sa place ?

— Si vous voulez.

— Quelle noblesse ! Mais songez combien votre geste va priver le pauvre Denners ici présent. Songez à la honte qu'il ressentira.

— Je peux le faire, ai-je déclaré. Peu importe ce que c'est.

— C'est bien, mon garçon », a commenté Wags.

Simon s'est mis à me parler à toute vitesse et il a fallu que je me repasse tout dans la tête ensuite pour saisir. « Écoute-moi. Ils vont tous vers la colline principale. Alors ta meilleure option, c'est de prendre l'allée de derrière, mais pas là où on est allés l'autre jour. Si tu entends quelqu'un venir, cache-toi. Même si c'est juste moi. Personne n'a le droit de se comporter normalement pendant la partie. S'ils te voient, cours. Si tu les entends qui se rapprochent et que tu ne sais pas où aller, grimpe en hauteur. Le truc le plus important…

— Fini les bavardages ! Mettez-vous en ligne. Les rubans autour de vos bras. Bien haut et bien visibles, pour que tout le monde les voie. »

Nous avions deux minutes d'avance. Un coup de sifflet a retenti, et les quatre lièvres ont décampé, dévalant la colline. Je connaissais un des autres, il s'appelait Ross Hawkins. Nous avons couru côte à côte, jusqu'à ce qu'il en ait assez et me dise de prendre une autre direction. Mais j'ai dû perdre du temps à décider où aller, car presque aussitôt, j'ai entendu l'appel froid d'un cor de chasse, et le glapissement de voix haut perchées.

J'ai trébuché dans un fossé criblé de trous de renards. La terre avait été retournée la veille. J'ai trouvé une touffe de poils, je l'ai ramassée et je me suis frotté la joue avec. Dans l'espoir hasardeux que cela me porte davantage chance qu'à son propriétaire. Puis j'ai entendu un bruit de fougères foulées aux pieds, et j'ai vu un grand type mou qui s'appelait Chris Webster, fixant la clairière.

Il m'a fait des gestes frénétiques : « Sors de là. Fous le camp.

— Mais c'est pas la fin de la partie ? Tu m'as trouvé.

— C'est pas comme ça que ça marche.

— On peut pas se cacher ensemble ?

— S'ils découvrent que je te cache, ce sera pire pour moi. Barre-toi. »

Je l'ai regardé sans comprendre. Son regard a changé, il s'est précipité vers moi et il m'a donné un coup de pied dans la cuisse. « Mais putain, casse-toi. Une minute, et après je rejoins les autres. »

J'ai détalé, glissé sur la boue, maculant mon bas de jogging. J'ai trouvé un arbre où j'ai grimpé, plus haut que nul ne penserait à regarder.

Le cor. Les voix en contrebas. Mon souffle assourdissant. Silhouettes en deux dimensions. Têtes et bras.

« Il était là, a dit Chris Webster pour sauver la face. Je l'ai vu. Il est pas loin. » Je retenais ma respiration en tentant l'impossible exploit de me cacher derrière des branches nues.

Une silhouette en jogging bleu trop long qui traînait derrière a levé les yeux, et le regard de Simon a croisé le mien. Il a aussitôt tourné la tête. « Là ! » a-t-il crié en tendant le bras.

« Où ça ?

— Dans le buisson de houx. Allez ! »

La foule a encerclé le buisson. Des bâtons se sont tendus pour explorer. Ross Hawkins a soudain jailli et parcouru quelques mètres avant que les autres ne le rattrapent et ne le jettent à terre.

Au bout d'un moment, ils ont poursuivi leur chemin, Jack West brandissait le ruban au-dessus de sa tête, laissant le pauvre lièvre brisé gisant dans les fougères.

Hawkins s'est enfui en reniflant doucement. J'ai attendu jusqu'à ce que je n'entende plus aucun bruit humain, m'autorisant à m'abstraire de cette situation comme je l'avais fait dans le bureau de Sutton. Puis je suis redescendu et je suis parti.

La température baissait, la lumière diminuait, le sol était truffé de pièges. Je m'étais entaillé au niveau du genou à travers mon survêtement. J'ai remonté ma jambe de pantalon et j'ai vu un fin delta de sang couler sur ma cheville. J'ai avancé en décrivant des cercles à travers le terrain, jusqu'à ce que sonne la cloche du dîner, alors j'ai pris un chemin détourné par les bois, qui m'a ramené sur la pelouse nord. De là, je voyais les vitres embuées derrière lesquelles se déroulait le repas, au milieu des récits de la chasse et des « file-moi ton jambon et je te donne mon pâté de poisson », du thé laiteux qui sortait du distributeur, tandis que quelques-uns peut-être se demandaient où j'étais passé. Il était tentant de prendre la tangente car je savais qu'apparaître en plein milieu du repas pourrait attirer sur moi une attention malvenue.

Cela me laissait la possibilité d'aller me doucher seul. Je suis entré en passant par le cloître et j'ai plongé dans la chaleur et le silence des vestiaires. Mes vêtements raidis ont glissé sur le sol. J'ai pris une serviette et je suis entré dans la cabine avec la grosse pomme de douche, les yeux clos j'ai senti s'étendre le feu des engelures sur ma peau.

Comment avais-je pu perdre ainsi mon charme dans cet endroit ? Il fallait y travailler. Je me mettrais ces gens dans la poche, ou je me perdrais à essayer.

« Lièvre ! »

Ce cri a résonné depuis la porte, puis s'est transmis à toute une file d'enfants qui avaient fini leur repas et sont venus voir.

« Vous m'avez pas attrapé. Ça veut pas dire que j'ai gagné ? »

Ils se sont engouffrés dans la cabine de douche. Les coups de pied sont venus les premiers. Je me suis recroquevillé en boule, et j'ai regardé l'eau qui se précipitait dans le trou en formant un tourbillon.

*Lièvre ! Lièvre ! Lièvre !*

« Ça suffit. » Weathers des Vices s'est frayé un chemin jusqu'à moi et il m'a toisé. « Eh bien, Denyer, vous vous êtes encore attiré des ennuis. Pourquoi n'étiez-vous pas présent au dîner ? Nous étions morts d'inquiétude.

— J'étais le lièvre, monsieur, et ils ne m'ont pas attrapé, alors...

— Nul ne doit manquer un repas. Allez voir le directeur quand vous serez habillé. »

# 9.

Je passais plus de temps seul. J'étais capable de supporter la solitude sans en souffrir. Ce n'était pas la première fois que je me retrouvais dans une nouvelle école. Mais mes entorses au règlement n'étaient pas passées inaperçues.

Les filles étaient ici une sorte de pièce rapportée sur le tard, récemment incorporées dans le but d'augmenter les rentrées d'argent de l'établissement en acceptant les sœurs des élèves mâles. Elles étaient une vingtaine tout au plus. On voyait que leur présence gênait certains professeurs. Néanmoins, elles étaient là.

Regard brûlant lorsque je suis sorti de la boutique un dimanche avec mes bonbons. Le kiosque du cloître n'était ouvert qu'une fois par semaine, et comme tout le monde, j'avais pris mes petites habitudes quant au contenu du sachet blanc. J'aimais garder le mien à la main, dans l'anticipation de ce qui s'y trouvait. Des bonbons en forme de bouteilles de bière ou de coca. Des pépites de chocolat couvertes de vermicelles colorés. Je m'étais peut-être un peu trop lâché sur les Caramac, qui faisaient un gros trou dans mon budget de trente pence par semaine.

Becky Lynch et deux de ses amies attendaient près de la balançoire sur la pelouse nord. Elle était dans mon année, mais paraissait plus âgée. Elle faisait parler d'elle. C'était la sœur jumelle de ce pauvre Neil, mais ils n'auraient pas pu être plus différents en matière d'aisance et d'intégration. Je me souviens d'avoir un jour entendu Weathers des Vices dire en plaisantant qu'elle avait dû lui piquer sa ration dans le ventre de leur mère.

« Tu manges pas tes bonbons ? » a dit Becky en montrant mon sachet plié.

M'y sentant autorisé, je me suis approché. « Ça ne va pas tarder.

— Tu ne peux pas les garder pour plus tard. C'est interdit à cause des rats.

— J'en avais pas l'intention.

— Tu es ami avec Simon Drake.

— Oui.

— Il est bizarre. Pourquoi tu l'aimes bien ?

— Il est gentil avec moi.

— Si on ne boulotte pas nos bonbons, faisons un tour de balançoire. » Elle s'est dressée sur le siège. « Tu viens ?

— Tu veux que je fasse quoi ?

— Mets-toi debout en face de moi, tiens. »

Les deux autres filles, une Marocaine et une Anglaise, ont échangé quelques mots avant d'éclater de rire. J'ai rangé mes bonbons dans ma poche et j'ai saisi la chaîne de la balançoire en me hissant avec assurance. Becky a écarté les pieds, m'obligeant à placer les miens entre les siens. Je l'avais déjà vue faire avec d'autres, et maintenant c'était mon tour.

« Maintenant on fait quoi ? ai-je demandé.

— À ton avis ? »

Je humais son haleine anisée et la transpiration à travers son tee-shirt Aertex. Je sentais une pression au milieu, car nous occupions mutuellement l'espace de l'autre.

Elle s'est élancée dans un plongeon dynamique, insufflant un mouvement, et me faisant monter en arrière. Dans ses yeux, j'ai lu que je devais l'imiter. Mais je n'ai rien fait. Nous sommes revenus à notre position initiale.

« Il est bon à rien, celui-là, a-t-elle crié pour la galerie. Ça marche seulement si on est deux à bouger. »

Cette fois, j'étais prêt. Quand nous avons atteint la hauteur maximale, j'ai rassemblé toutes mes forces dans mes mains, qui agrippaient les chaînes, et je les ai dirigées vers mes pieds.

L'énergie de son centre de gravité. Le contrôle surprenant qu'elle exerçait. Ses cheveux qui me fouettaient le visage. Nos yeux qui se rencontraient, son sourire, puis elle s'est mordu la lèvre pour s'appliquer davantage et me renvoyer encore plus haut. Mal à l'aise au début, puis plus du tout. D'abord adversaires, puis œuvrant de concert.

Un peu plus tard dans la semaine, j'ai épousé Becky Lynch sur le parvis de la chapelle illuminé de soleil. Ses amies de la balançoire officiaient. En guise d'alliances, nous avons utilisé des languettes de canettes de Tango récupérées après avoir fait du bateau au réservoir.

Ce genre d'unions ne durait pas mais on était engagé tant qu'elles étaient officielles. Ce n'était pas des amourettes. Des partenariats, voilà un terme qui les décrit mieux. On pouvait s'asseoir côte à côte pour faire nos devoirs. Se laisser des petits mots dans nos casiers respectifs. Se retrouver en secret, par exemple dans la cabane à bottes, ou dans le pavillon de cricket. Les rumeurs allaient bon train quant à ce que faisaient les couples pendant ce temps. Toute cette attention gonflait notre vanité. Les participants se donnaient de grands airs, comme s'ils étaient arrivés. Que personne ne dise que nous ne nous préparions pas à devenir adultes.

Les interclasses, où différents groupes se mêlent dans les couloirs. Les bavardages qui montent, libres après le silence du cours.

Je ne cherchais pas Becky Lynch. Je l'ai seulement remarquée parce qu'un mec blond et bruyant de dernière année qui s'appelait Joel Evans s'était faufilé derrière elle et commençait à mimer un acte sexuel tel un gobelin en rut. Sans réfléchir, alors même qu'il avait deux ans de plus que moi, je l'ai attrapé par les cheveux et je l'ai tiré en arrière. Par miracle, il a perdu l'équilibre et tout le reste est venu avec. La foule s'est mise à rire. Becky Lynch s'est retournée.

« C'est quoi ton problème, Denyer ? a-t-il dit par terre, le visage rouge.

— Elle pouvait même pas te voir. »

J'avais enfreint tant de règles qu'en dresser la liste aurait été trop long.

Le lendemain, Joel Evans et moi, nous nous sommes affrontés sous les arcades des écuries, entourés d'un cercle de spectateurs qui criaient, tandis qu'une deuxième rangée nous couvrait, au cas où on nous repère. Nous avions nommé des témoins. Simon a pris mon manteau, l'air résigné, pressé de retourner à son ordinateur.

J'avais hâte que ce soit fini, mais je voulais aussi qu'ils sachent que j'étais sérieux, et mes deux objectifs ont paru s'aligner. Je l'ai frappé au niveau de la bouche, et mon poing s'est écrasé contre une dent. La lèvre a commencé à saigner. Visages pétrifiés. Tout ça n'était qu'une mise en scène, mais je ne l'avais pas compris.

*

Quand j'ai commencé à pleurer pour de bon, j'observais la scène depuis une chambre intérieure bien fraîche. On aurait dit que cela arrivait à quelqu'un d'autre.

Je redoutais le moment où cela se produirait devant les autres, chose inévitable. Pourtant, personne n'y a prêté la moindre attention. À croire qu'un ordre supérieur s'était imposé, piétinant toute empathie. Élèves et professeurs détournaient les yeux, comme si cela n'existait pas.

Du coup, j'ai continué de plus belle. Je me suis lancé dans un grand projet de larmes publiques. La question de la honte était superflue. Puisque personne ne remarquait rien, il n'y avait pas de raison de se cacher. Je pleurais dans la chapelle. Je pleurais sur le terrain de jeu. Au cours des repas. En me couchant. En classe, on me posait une question, et j'étais capable de répondre sans m'arrêter de pleurer.

Toujours rien. On aurait dit qu'ils étaient tous persuadés que le volume, quel qu'il soit, était limité et que le flot finirait par se tarir, aussi la meilleure solution était-elle de continuer comme si de rien n'était, jusqu'à ce que le problème se règle de lui-même.

J'ai commencé à douter de ma propre existence. À me demander s'il existait quelque chose que je ne puisse faire, puisqu'ils étaient témoins de tout cela et qu'ils ne prenaient aucune mesure. Je pouvais me déshabiller. Allumer un feu. Regarder sous les jupes des filles. Les suivre dans les douches. Blesser quelqu'un. Me blesser moi.

Le soir, je ne lisais plus et me concentrais sur le plafond. Je perfectionnais ma technique pour m'échapper de moi-même en contemplant un bout de ruban adhésif resté collé là-haut, vestige d'une décoration de Noël suspendue longtemps auparavant, jusqu'à ce que ni le scotch ni moi n'ayons plus aucun sens. Je songeais à la mort, j'imaginais que je m'y préparais. Que ce néant y ressemblait.

J'ai découvert l'incroyable pouvoir purificateur d'un bon rêve – ceux que je faisais à l'époque étaient plus puissants qu'aucun autre dont je me souvienne, peut-être parce que j'en avais tant besoin. Environnements tropicaux de fleurs et de colibris. Bars à burgers et guérites de gardien. Du jaune, des cités infinies.

Je me demandais si j'étais responsable de ce qui m'arrivait. Si le fait de vivre à l'étranger avait définitivement fait de moi un étranger. Pour ceux qui avaient toujours vécu ici, il était normal d'être battu parce qu'on enfreignait une règle qu'on n'avait pas vraiment comprise. Normal que des ongles sales mènent à des coups de badine sur les fesses. Que porter la mauvaise paire de chaussures, ou la bonne mal nettoyée, fasse s'abattre sur vous la brutalité d'une personne incroyablement puissante et féroce. Que le fait de parler à sa famille ou de se trouver en possession de nourriture conduise à une agression physique.

Mon grand-père me manquait, ses mots pour désigner les choses. *Gugusses*. *Frisouilles*. *Croque-poux*. Je me languissais de son monde à lui. De n'importe quel autre monde. Car il était capable de trouver n'importe quel autre monde charmant en raison de l'humanité qu'il y devinait. Si j'apprenais à penser comme lui, cela pourrait-il m'aider dans la situation présente ?

J'étais allongé, serrant fort sa couronne victorienne, et j'entendais sa voix. Je le laissais me parler, me raconter toutes sortes de vieilles histoires. L'oncle Harry qui s'était tiré une balle dans le bras. L'oncle Laurie, tombé dans l'escalier. Et soudain, j'ai découvert que tout ça ne servait à rien. Il ne pouvait pas m'aider, même si je m'accrochais de toutes mes forces à sa pièce. J'étais seul. Ça m'a beaucoup calmé.

Un soir où j'étais au lit, peu de temps après, je me suis mis sur le côté pour pleurer, plissant les paupières le plus fort possible pour faciliter l'écoulement avec cette approche pragmatique que j'avais désormais. Si bien que je n'ai pas vu la lueur de la lampe torche sur le lambris quand Crimble est entré. C'était une sorte d'océanographe curieux descendant explorer les abysses, dont le faisceau faisait briller le sillage de mes larmes, façon bioluminescence. La lumière se reflétait sur les verres de ses lunettes. Son visage était mal défini à cause de sa barbe. Il m'a parlé tout bas pour que je sois le seul à l'entendre, sans réveiller les autres.

« Levez-vous. »

Il a attrapé ma robe de chambre et me l'a tenue tandis que je l'enfilais. À présent, j'étais gêné d'avoir été surpris en train de pleurer, parce que quelqu'un avait reconnu ce que je faisais. Je me suis concentré pour ralentir mon souffle en le suivant hors de la pièce. Dernier frisson. *Arrête, maintenant*.

Le tapis glissait sous mes pieds là où les tringles des marches ne tenaient plus. Depuis l'escalier, j'entendais les hamsters qui couraient dans leurs roues. Odeur d'animaux et de sciure.

Ses appartements se trouvaient au bout d'un long couloir, en face des deux dortoirs, Waterloo et Trafalgar. Il y avait un bureau, une commode et un lit. Je sentais l'odeur de son chien, mais il n'était pas là. Il m'a dit de m'asseoir sur le lit, a versé du lait dans une casserole et l'a mis à chauffer sur une plaque électrique posée sur la commode.

« Vous avez eu des débuts difficiles. C'est très fréquent. Et parfaitement normal. Vous le comprenez ?

— Peut-être.

— Aussi vous n'avez pas à avoir honte de vous sentir ainsi. Tous ces durs à cuire que vous côtoyez ont éprouvé les mêmes choses au début. Compris ?

— Compris.

— Qu'est-ce qui vous rend triste en particulier ce soir ? » J'ai haussé les épaules. « Votre famille vous manque. » J'ai hoché la tête. « Eh bien... si vous me parliez d'elle. Que feriez-vous aujourd'hui si vous étiez chez vous ? »

J'aurais pu lui parler de ma vie au Mexique. Du chauffeur qui m'amenait à l'école. Du club où je jouais au polo le samedi matin. Mais il m'a semblé plus facile d'évoquer la vie avec mes grands-parents, au bout de la vallée. Il m'a écouté, il a ri et m'a posé des questions. Et sans m'en rendre compte, je me suis mis à lui raconter des histoires plus longues, ménageant mon auditoire. Pendant que je parlais, il a mis quelques cuillérées de chocolat en poudre dans un mug, et a versé le lait par-dessus. Puis il me l'a tendu, et le mug était si brûlant que j'ai eu du mal à le tenir. J'ai pensé que c'était une très bonne chose qu'il mette des heures à refroidir, comme ça je pourrais rester là plus longtemps.

« Ce dont il faut vous souvenir, c'est que rien de ce que vous m'avez décrit n'a disparu. Tout sera là à votre retour. Et les vôtres ne seraient-ils pas plus heureux en sachant que vous l'êtes également ici ? Voulez-vous qu'ils se sentent mal ? Ne leur devez-vous pas de tirer le meilleur parti de cette expérience ? »

Je réfléchissais à ce que j'allais répondre quand j'ai entendu un drôle de bruit émanant d'un objet que je n'avais pas identifié : une espèce de gros cube dissimulé sous un plaid chamarré. La première chose qui m'est venue à l'esprit c'est qu'il avait un perroquet en cage. Il a soulevé le tissu, et j'ai découvert une machine avec des boutons et des cadrans lumineux, qu'un câble reliait à un micro.

« Un kit de radio amateur, a-t-il dit. Ça permet de parler à des gens n'importe où dans le monde. Même si on ne les connaît pas.

— Pourquoi est-ce qu'on voudrait parler à des gens qu'on ne connaît pas ? » J'avais baissé la garde. Je parlais sans y penser. Je m'autorisais à être heureux.

« Et pourquoi pas ? On trouve toutes sortes de gens sur la bande. On peut parler de tout. On pourrait sûrement trouver quelqu'un au Mexique. Vous pourriez lui parler en espagnol. Seulement pour l'instant, ce n'est pas possible, car la machine est cassée.

— Qu'est-ce qui s'est passé ?

— La technologie n'est pas mon fort, je le crains. Je n'ai pas la moindre idée de la façon dont fonctionnent ces appareils. C'est sans doute juste une mauvaise connexion. Alors en ce moment, tout est brouillé, et hélas, je ne fais pas suffisamment confiance à M. Whittle pour le laisser fourrer son nez à l'intérieur. Enfin bon… dès que cette radio remarchera, vous reviendrez et nous ferons le tour du monde. Ça vous plairait ?

— Oui.

— Dans ce cas, c'est entendu.

— Mon grand-père pourrait sûrement la réparer. »

Il a souri. « Votre bon vieux grand-père. Je vois que vous êtes proches, tous les deux. Mais jamais je n'irai lui imposer mes petits problèmes. Où habite-t-il déjà ?

— À dix kilomètres environ. » J'ai répété le nom du village. « J'aurais pu ne pas être pensionnaire, seulement mes parents ne voulaient pas que je reste vivre chez mes grands-parents parce qu'ils sont vieux et fatigués. »

Il s'est mis à rire. « Vous êtes très franc.

— Grand-père dit que c'est important de dire ce qu'on pense, même si les autres n'apprécient pas.

— Eh bien, il semble que ce soit un homme très sage. »

*

Étant donné que sa mère vivait tout près, et qu'elle était là presque tous les jours, il paraissait étrange que Simon ne rentre pas dormir chez lui – c'était un crève-cœur pour moi. Mais je comprenais que cette double citoyenneté avait ses avantages. Puisqu'il avait toujours la possibilité d'être ailleurs, et que sa mère était employée à l'école, même si elle n'était pas professeure, il avait la chance unique de pouvoir veiller lui-même à ses propres intérêts. Quand le besoin se faisait sentir, il pouvait dévaler la colline avec sa canne à pêche, ou allumer son ordinateur et s'évader. J'avais appris à ouvrir mes écoutilles intérieures pour m'évader, mais Simon possédait de véritables échappatoires. Et cet avantage, cet atout de compétition n'était jamais aussi manifeste que pendant ce que l'on appelait alors les *cours de technologie de l'information*.

Son niveau d'expertise était bien supérieur à celui de n'importe lequel d'entre nous, au point que pendant ces cours, on lui laissait un ordinateur pour lui tout seul, où il pouvait poursuivre ses propres travaux sans être interrompu, ne s'arrêtant que lorsqu'on avait besoin de lui pour aider les autres, y compris le professeur.

Les cours étaient dispensés par un retraité de Cornouailles, ancien aviateur, au nom resplendissant d'Austin Spinks. Roux, avec un visage rouge si anguleux qu'on l'aurait cru moulé dans un cube. Comme toujours, il ne fallait pas plaisanter avec lui – il était connu pour distribuer généreusement les coups avec son mètre en bois quand il s'emportait en cours de mathématiques – mais dans ce contexte précis, il faisait preuve de déférence.

« Drake, je me demandais si vous pourriez me donner un coup de main ici », disait-il en se grattant la tête, le regard vissé sur son écran.

Sa perplexité faisait plaisir à voir.

« Tout de suite, monsieur », répondait Simon en essayant de garder son sérieux.

Ce genre d'interruption m'offrait une chance en or de me rendre sur le poste de Simon et de saboter son travail, pour rigoler. Sur le moniteur de son Commodore 64, une image pixélisée en bleu et violet, légendée de ce texte :

VOUS ÊTES À L'EXTÉRIEUR D'UNE CAVERNE.
COMMAND > W
À L'INTÉRIEUR DE LA CAVERNE, IL FAIT FRAIS, HUMIDE, ET PAR TERRE IL Y A DES CAILLOUX.
COMMAND >

Le jeu s'appelait *Mindshadow*, et chez lui c'était une obsession. On se réveillait sur une plage en ayant perdu la mémoire, et on devait se frayer un chemin sur une île déserte, jusqu'à ce que l'on trouve le moyen d'être sauvé. Ensuite, il y avait un niveau sur un bateau pirate, un autre à Londres et à Amsterdam, et enfin, après avoir entré les bonnes données, on arrivait dans une chambre d'hôtel où l'on découvrait la vérité au sujet de la personne qui vous avait trahi et laissé pour mort. Simon passait des heures dans cet univers. Il considérait qu'il s'entraînait pour construire son propre jeu de labyrinthe basé sur la topographie de l'école.

J'ai quitté le jeu, redémarré l'ordinateur, et j'ai tapé la seule ligne en basic que je connaissais, avant de retourner à mon ZX Spectrum de l'autre côté de la pièce.

```
10 PRINT 'MAX DENYER RULES'
20 GOTO 10
```

Ce message se déroulait en boucle à l'infini sur l'écran quand Simon est revenu à son poste.

« Hilarant, Max Denyer », s'est-il exclamé sans lever les yeux.

« J'ai un boulot pour toi », lui ai-je dit après les cours, en lui expliquant le problème de la radio de Crimble. J'imaginais qu'il serait trop heureux de relever le défi. Mais sa réaction s'est avérée mitigée.

« Pourquoi est-ce que j'aurais envie de réparer sa radio ?

— Parce que tu aimes réparer des trucs. »

Il a détourné les yeux. « Je vais y réfléchir. »

Intuition : « C'est quoi le problème ? Tu l'aimes pas ?

— Comment est-ce que je pourrais ne pas l'aimer ? Tout le monde aime ce bon vieux Crimble, pas vrai ?

— Je comprends pas.

— Pourquoi tout le monde lui fait de la lèche comme ça ? Pourquoi toi, tu veux que j'aille réparer sa radio ?

— Il a été gentil avec moi.

— Ah ouais. Crimble est brillant. C'est un saint. » Il s'est arrêté de marcher, et il a fait un effort pour me parler sans se montrer agressif. « Je sais que tu essaies de m'aider en faisant semblant de ne pas savoir, mais c'est pas nécessaire, OK ?

— De pas savoir quoi ?

— Attends, t'as rien entendu ? Personne t'a mis au courant ?

— Non. »

Il a soupiré. « Il a… une relation avec ma mère.

— Oh.

— En tout cas, c'est ce que tout le monde raconte. T'en as jamais entendu parler ?

— Non.

— Tu ne dis pas ça juste pour me faire plaisir ? Je pensais que tout le monde en discutait.

— Pas avec moi en tout cas. Est-ce qu'il reste chez elle et tout ça ?

— Je ne veux pas le savoir. Tu es sûr que t'as rien entendu ?

— Non. »

Je comprenais bien qu'il soit sur ses gardes. Sans même parler de cette relation bizarre entre un professeur et sa mère, la stratégie de survie de Simon consistait à ne jamais avoir la moindre relation avec les enseignants dans la mesure où il pouvait l'éviter. C'est ainsi qu'il demeurait dans les bonnes grâces de Sutton, Weathers des Vices et des autres.

Après avoir eu cette conversation, j'ai commencé à prêter l'oreille aux rumeurs. Aux remarques irrespectueuses. Aux bruits de couloir à propos d'un traitement spécial. La chose se savait. Mais jamais les gars ne se montraient aussi méchants qu'il le redoutait, et finalement, il a été décidé que tout ça appartenait à une autre sphère. Je crois que la plupart de nos camarades ressentaient une certaine compassion. Nous avions beau avoir envie d'être chez nous, nous n'aurions pas voulu que ce chez nous soit ici, et surtout pas que notre mère soit si intimement mêlée à la vie de l'école.

La mère de Simon n'apparaît jamais dans le récit de mes débuts étranges dans cet établissement parce que c'était une personne normale. Sa compagnie était une bouffée d'air frais. C'était une grande brune, qui toujours affichait une expression grave, ce que tout le monde prenait pour argent comptant : son mari était mort, il n'y avait donc rien d'étonnant à ce qu'elle soit triste. Cela rendait ses remarques acerbes encore plus jouissives et subversives quand on avait la chance d'être là pour en profiter. Elle composait avec les pratiques singulières de l'école, mais ceux qui l'entendaient savaient qu'elle les jugeait ridicules. Ce qui menait naturellement à la conclusion que sa vie quotidienne avec Simon devait être elle aussi simple et ouverte. Je la vois à présent, debout dans un recoin tranquille, faisant sa pause après avoir tapé les courriers de Tony Sutton aux parents, écrasant l'un de ses innombrables mégots de cigarettes, croyant que personne n'était au courant. Je la vois, percevant les choses telles qu'elles étaient réellement – ou du moins c'est ce qu'il me semblait à l'époque.

Simon avait l'air nerveux en attendant sur le pas de sa porte que Crimble vienne ouvrir. J'ai cru qu'il allait se dégonfler et décamper. Crimble n'escomptait pas notre visite et il avait les cheveux en bataille comme quelqu'un qui vient de se lever. Nous sommes entrés et il a détaché l'arrière de sa radio. Simon a jeté un coup d'œil puis déballé son matériel, tandis que Crimble sortait deux Mars en disant :

« Il faut bien nourrir les travailleurs. »

Simon a réussi à identifier le câble responsable du problème, et l'a réparé. Il n'a pas fallu longtemps avant que la radio se remette à crachoter.

« Vous êtes un génie, a dit Crimble. Vous gâchez votre talent ici. Vous devriez aller de par le monde pour essayer de le rendre meilleur. »

Simon a souri malgré lui. « Vous auriez pu le faire vous-même.

— Mais je ne l'ai pas fait. Parce que je n'en ai pas eu besoin. Et maintenant, je peux à nouveau discuter avec mes amis. Vous me rendez très heureux, vous savez. Allez, à présent vous feriez mieux tous les deux d'aller faire vos ablutions. M. Weathers-Davis est de service ce soir, alors quoi que vous ayez pu faire pour moi, je crains que votre sort ne repose entre ses mains. »

# 10.

Je pourrais dire qu'après ça, tout a changé, et ce serait vrai, et même si Crimble en était la raison principale, il n'en était pas la seule. Ce qui vous paraît étrange au début ne l'est plus au bout d'un moment. Regardez ce qui s'est passé après le crash dans les Andes de cet avion qui transportait l'équipe de rugby d'Uruguay. Au début, ils se contentaient de prélever de petits morceaux de chair dans la cuisse des personnes ensevelies dans des avalanches. Quand on les a retrouvés, ils avaient mis en place toute une chaîne de production : des morceaux de chair séchaient le long du fuselage de l'avion ; ils avaient fabriqué des bols avec le crâne de leurs amis. On s'habitue vraiment à tout.

Ainsi, je me suis fait à cet endroit, comme tous les autres avant moi. Et que ça vous écorche ou que ça vous confère des pouvoirs spéciaux, tout le monde était obligé de rentrer dans le moule. Les amitiés s'intensifiaient et déclinaient. On faisait des parties de Wizard avec des dés multifaces, et en plus de ça on lisait des livres-dont-vous-êtes-le-héros, car ils nous offraient cette possibilité de choisir qui nous manquait si cruellement dans la vie réelle. Sorcières et magiciens étaient une chose, mais l'idée du choix était pour nous bien plus fantastique. À partir de tout ça, on extrapolait pour créer nos propres jeux. On développait nos habitudes et coutumes excentriques. Jour après jour, nous devenions des êtres que nos parents ne connaissaient plus, et notre propre étrangeté passait totalement inaperçue tant que nous nous conformions à celle qu'imposait l'école.

Quand j'y repense, je suis frappé de constater combien la vie quotidienne était marquée par la violence. Il y avait en permanence une sorte de concours officieux à qui fabriquerait l'arme la plus dévastatrice : compas à pointes multiples et lames de rasoir en provenance des cours d'arts plastiques ; élastiques transformés en lance-pierres pour rapporteurs ; carrés collés l'un sur l'autre et affûtés pour former une étoile de jet ; boules de Blu-Tack hérissées de punaises ou de crayons aiguisés. Nous possédions des accessoires qui n'étaient pas de simples jouets, mais dont le potentiel de destruction était terrible. Nous les utilisions, soit pour marquer des points, soit pour lancer des attaques éclair sur nos terrains habituels : peu importait la cible du moment que c'était drôle. *Essaie seulement de dégainer ta nouvelle règle incassable, si tu l'oses*. Dès qu'une des personnes concernées l'avait repéré, l'engin était tordu, ébréché, cassé. Le mot en soi était une provocation.

Nos blessures disaient notre histoire. Nous jouions avec, nous les chérissions. Il était tout à fait normal de relier au stylo à bille deux piqûres laissées par la pointe d'un compas, ou de rester assis à contempler une peau à demi arrachée en se demandant s'il valait mieux tenter de la recoller ou au contraire la grignoter. Nos passe-temps ordinaires étaient épicés par la douleur. Une partie de cartes ne pouvait être aboutie sans infliger au perdant, garçon ou fille, de lui mettre les phalanges à vif en y frottant les cartes du gagnant. Nos jeux étaient d'ailleurs bordés de traces marron, résidus du sang des vaincus. Nous avions un rapport fétichiste aux catalogues de carabines et de lance-pierres, que nous commandions avant tout pour l'excitation de recevoir du courrier. Weathers des Vices les feuilletait d'un air approbateur par-dessus nos épaules, la bouche déformée par la fascination, nous conseillant sur nos achats hypothétiques.

« Celui-là est très bien. Splendide. »

C'était une violence sans passion, née moins de la colère que de l'ennui et de l'exemple qu'on nous donnait. Au bout du compte, nous savions que c'était nous contre eux. Même si la prise de conscience était longue, tout le monde finissait par convenir que beaucoup d'entre eux étaient furieux contre nous, et qu'il était inutile d'essayer de comprendre pourquoi.

Il n'était donc guère étonnant que nous nous raccrochions tous à Crimble. Il offrait un répit par rapport aux autres. À toutes les horreurs que nous nous infligions mutuellement quand aucun adulte ne regardait. Et à l'anxiété corrosive que nous sentions émaner de tant de ses collègues.

C'était un tout constitué de parties différentes. Beaucoup de personnages inoffensifs, et d'autres même très gentils en dehors des coups de martinet. Des femmes en robe à fleurs, les cheveux dans les yeux. Des types hagards avec des empiècements aux coudes, qui sentaient le tabac et la sueur. Un vieux Canadien chauve nous enseignait les sciences dans un pandémonium de criquets en liberté et d'expériences dangereuses. Une succession de gars du Nord en pleine santé, qui faisaient une apparition le temps de nous apprendre tel ou tel sport. Un homme avec une longue barbe, qui nous enseignait l'art et la calligraphie, il se prenait pour un personnage tout droit sorti de la Bible et recourait au passé simple dans les conversations ordinaires.

Je comprends à présent que nombre d'entre eux étaient consumés par l'ennui. Ceux qui avaient pris perpète comptaient sur leurs loisirs pour s'échapper. Spinks et ses ordinateurs. Crimble et sa radio. Weathers-Davis et ses vices. Les membres du personnel les plus jeunes voyaient l'endroit tel qu'il était, et souvent, lorsqu'ils croyaient que personne ne les regardait, ils paraissaient tout aussi abasourdis que nous de se retrouver là.

Quand les vacances sont arrivées, nous avons regagné les autres compartiments de nos vies, sans nous retourner. Parce que les enfants n'analysent pas, ils se contentent de vivre. Il est bien plus facile de reléguer l'autre monde au statut de rêve, en espérant que celui-ci ne se reproduise pas.

Après ce premier semestre, les choses se sont mises en place, et les souvenirs des années suivantes coexistent dans ma mémoire comme dans le bric-à-brac d'un grenier. Incidents, habitudes et légendes sont indistincts les uns des autres. Une fois l'étrangeté du quotidien acceptée, les événements m'ont marqué pour des raisons moins évidentes, ou bien elles le sont apparues mais plus tard.

La cantine vert d'eau par un matin d'hiver. Les distributeurs de thé fumant avec fureur. La vapeur si épaisse qu'elle paraît granuleuse, transpercée par les rayons qui jaillissent depuis la pelouse nord. Les vitres où coule la condensation, la crasse accumulée dans les courbures des cadres de pierre. Ce pourrait être une scène agréable si nous étions autorisés à parler plutôt qu'à murmurer, mais puisque Weathers des Vices considère que les bavardages ont pour effet d'augmenter la condensation, un silence mortel règne sur le repas.

Assis à côté de moi, l'homme en personne, qui préfère souvent à la table des maîtres la fosse des enfants, pour mieux étouffer toute velléité de conversation. Maussade, il lit le *Telegraph*, tout en s'occupant d'une assiette d'œufs et de pain grillé. De temps à autre, il ricane quand quelque chose le divertit, puis il pose le journal pour engouffrer une bouchée, mélangeant jaune et blanc sur un carré de pain miroitant avant de l'enfourner dans sa bouche et de rouvrir le journal. On le croirait dans la salle du petit déjeuner d'un hôtel.

À la table voisine, une dispute a éclaté au sujet du pot de Marmite. Quelqu'un en veut. À l'autre bout de la tablée, on le lui refuse. Mais comme Weathers des Vices est de service, tout se joue en silence. Je jette un coup d'œil, Ali Price à une extrémité tient le pot, sourcils relevés. À l'autre bout, Guy Robertson lève un bras pour le réceptionner. C'est de la folie. De chaque côté, dix élèves, un champ de mines de tasses et d'assiettes si jamais les choses tournent mal.

Les paris sont ouverts. Un coup d'œil pour s'assurer que Weathers des Vices ne fait pas attention, et Ali lance le pot, qui suit une trajectoire parfaite pour arriver jusqu'à Guy à l'autre bout, même si le lancer est si puissant que ce dernier doit se lever de sa chaise pour l'attraper et manque presque de tomber à la renverse. Cri de triomphe réprimé : cent garçons et vingt filles partageant un glorieux secret.

« Ah ! » s'écrie Weathers des Vices.

Coup au cœur. Il sort son couteau Bowie de son fourreau attaché à sa ceinture. Il découpe l'article du journal qui l'a interpellé. Égalise les coins, le pose sur la table, et y plante l'arme imposante. Derrière lui, Robertson lance le pot de Marmite en l'air de triomphe, puis le rattrape, et le visage d'Ali Price s'éclaire de joie.

Weathers des Vices darde vers moi un regard irrité, puis balaie la pièce et revient à son journal. « Denyer, si vous voulez qu'on vous prenne au sérieux, dans la vie, il va falloir apprendre à ne pas rester bouche bée de peur au moindre bruit. Les gens penseront que vous êtes cinglé. »

Dimanche matin, la même année. L'été ? Allez savoir. Je longe une classe où Ali Price, en tant que préfet, a le privilège de faire ses devoirs seul en écoutant de la musique. Je le salue par la porte ouverte. Il ne répond pas, se lève et me ferme la porte au nez. Ensuite, il met en marche son *ghetto blaster*, et soudain résonne l'introduction de *Money for Nothing*. La mauvaise humeur a sa place en ce monde. Elle est non seulement tolérée, mais encouragée entre élèves, ce qui aujourd'hui me sidère. Plus tard, je penserai que cela a quelque chose à voir avec le fait d'être adulte. Avancer d'un pas pressé en montrant que vous avez des problèmes dont vous ne voulez pas parler. Mais ce jour-là, le comportement d'Ali Price est étrange. Tandis que les autres vaquent à leurs occupations dominicales, il reste cloîtré dans sa salle de classe à écouter encore et encore l'intro de ce morceau, rembobinant la bande chaque fois que la chanson démarre vraiment. La voix haut perchée de Sting par-dessus le chœur. *I Want my MTV.* Les accents métalliques de la guitare de Mark Knopfler. Anxiété grandissante. Batterie. Le même crescendo insupportable, qui jamais ne trouve son aboutissement.

Une dernière bribe de cette première année, car je peux la dater. Juin. Soir d'élections. Sans savoir de quoi je suis témoin au juste, je vois des garçons grimper les escaliers quatre à quatre pour aller annoncer la bonne nouvelle : « Elle a réussi ! Elle est réélue ! » Tout ça, avant même que Wagstaff nous annonce officiellement le lendemain matin que « cette remarquable victoire du parti conservateur » signifie que nous n'aurons pas classe l'après-midi, et pas de devoirs non plus. *Quatre ans de plus !* Ils se pressent dans les escaliers, leurs robes de chambre s'envolant derrière eux, euphoriques devant quelque chose qu'ils ne comprennent pas.

# II

# SOS

# 11.

Premier mai. Little Venice, Londres. Cavalcade sur les canaux. Barques décorées dans la marina. Banderoles. Bâtards portant des bandanas autour du cou. Rayons de soleil.

À cette évocation du 1er mai, on pourrait croire qu'il s'agit là d'une déclinaison nationale de cette atmosphère de fin du printemps où, quand on monte dans un bus ou un train, on a soudain envie de s'envoyer la moitié des gens qui vous entourent. Printemps et phéromones. Le soleil darde avec précision ses rayons sur les bureaux de vote. L'empire du mal a été destitué. Sauf que ce n'est pas comme ça que je m'en souviens.

Je suis resté assis sur le toit de la péniche à attendre Holly. Nous n'avions pas la télé, j'ai donc pris la température du pays depuis mon transat, tandis que les fêtards passaient le long du chemin de halage, chaque groupe plus tapageur que le précédent en annonçant le nom du dernier bastion électoral qui venait de tomber.

Je suis demeuré là toute la soirée, à espérer qu'elle arrive, fumant la fin de mon tabac pour calmer ma faim. J'ai bu quatre grandes canettes de bière blonde, puis une demi-bouteille de vin que j'avais mise de côté pour nous deux, puis la seconde moitié de la bouteille. La dernière chose dont je me souviens avant d'être allé me coucher, c'est une passante disant à quelqu'un d'autre qu'ils se *rappelleraient cette nuit-là toute leur vie*, se gravant ainsi sans le vouloir dans ma mémoire.

C'était en 1997, peu de temps avant mon vingt et unième anniversaire.

Il était plus de quatre heures du matin quand Holly est rentrée. J'étais endormi malgré des réveils intermittents, mais j'étais suffisamment en alerte pour me remettre sur le ventre en entendant ses talons claquer sur la passerelle. C'était la meilleure position stratégique au cas où je bande déjà lorsqu'elle se mettrait au lit, ce qui me ferait paraître soit en manque, soit présomptueux, ou les deux à la fois. J'espérais toujours qu'elle se lance dans une exploration à tâtons, mais il fallait prendre en compte l'élément théâtral.

Elle a juré en trébuchant, j'ai entendu la fermeture Éclair de sa robe glisser, et elle est venue près de moi. Un relent aigre dans l'air laissait deviner qu'elle avait vomi. Les effluves puissants au premier plan indiquaient qu'elle avait continué de boire ensuite. Elle s'est lancée sans attendre dans une série de ronflements dignes d'un tuyau d'aspirateur perdu dans une piscine, et j'ai pensé que le moment était passé. Puis les ronflements ont cessé, et peu après, j'ai senti sa main baladeuse sur mon caleçon. J'ai fait semblant de me réveiller.

Ça ne me dérangeait pas d'être sa roue de secours. Ni même d'être occasionnellement son second partenaire de la journée. J'avais accepté le rôle de lot de consolation : la bonne vieille tartine de fromage, toujours là pour se caler l'estomac après le dîner gourmet. Cela se passait toujours la nuit, uniquement lorsqu'elle voulait, et nous n'en reparlions jamais le matin. Pour tolérer pareil arrangement, je me disais que je devais être singulièrement atteint. Aujourd'hui, je crois que j'acceptais ça précisément parce que je ne l'étais pas.

Elle n'était pas la première personne avec laquelle je couchais, mais c'était la première avec qui je l'avais fait plusieurs fois. Elle savait comment prendre son plaisir, et considérait que c'était son problème à elle. Sa capacité à agir ainsi, sans se soucier de ce qui se passait dans sa tête, me paraissait admirable à l'époque. C'était comme se retrouver en compagnie d'un voyageur éclairé qui vous fait passer la douane avec un minimum de problèmes.

« T'inquiète pas, m'a-t-elle dit cette nuit-là. Ton secret est en sécurité avec moi. »

Puis elle s'est endormie, tandis que moi, plus réveillé que jamais, je restais à contempler les tourbillons des eaux du canal qui, dans la lumière du soleil levant, se reflétaient au plafond.

La péniche appartenait à une tante de Holly, une universitaire détachée en Allemagne pour une année. Quand elle reviendrait, quelques mois plus tard, tout ça prendrait fin. Il y avait quelque chose de rassurant à l'idée que cela n'était qu'un intermède. Ma vie était faite d'intermèdes, mais je ne le savais pas toujours à l'avance.

Nous nous étions rencontrés par un après-midi de novembre au cours de ma deuxième année, alors que j'avais déserté les bars d'étudiants en quête d'un endroit plus calme où boire, et que j'avais remarqué une tête rousse et une main blanche qui collait une petite annonce avec une frange de numéros de téléphone.

*PIANO CHERCHE BILLIE DINAH ELLA NINA*

Chaque fois que je pense à elle, je revois sa longue écharpe rayée. Dans mon souvenir, elle est tout en automne, pareille à une affiche de film.

« Et pourquoi pas Sarah ? » ai-je lancé, et tout à coup, ses épaules sont retombées, et elle m'a répondu sans se retourner que c'était la première chose utile qu'on lui ait dite de la journée.

Elle m'a fait passer un test cet après-midi-là quand nous avons trouvé un pub avec un instrument à peu près correct. Au moment où elle avait ouvert la bouche, j'avais compris que tout était suspendu au fait que je sois suffisamment bon pianiste, mais nous étions déjà saouls et de toute façon je lui plaisais. Ne pas étudier au même endroit était un avantage, de même que le fait de nous servir de la musique pour rompre notre solitude.

À la fin de l'été suivant, nous nous produisions assez souvent pour gagner notre vie. Elle m'a fait comprendre que mon projet d'accepter un poste d'assistant d'anglais à Madrid pour préparer mon diplôme de troisième année n'allait pas faciliter les choses. Elle m'a demandé si j'avais vraiment l'intention de *tout laisser tomber pour aller gaver d'anglais un tas de petits Espagnols*. Ensuite, elle a sorti la carotte, qui consistait à me loger pendant un an sur la péniche. Alors que nous la contemplions, elle a fait observer qu'il y avait un seul lit, et que nous ferions aussi bien d'éliminer tout de suite le problème du sexe. Elle plaisantait, mais il n'a pas fallu longtemps avant que cela arrive.

Comme la plupart des jeunes, à vingt ans, je me considérais parfaitement adulte, mais lorsque je regarde des photos de l'époque, je vois un gosse. J'aimais porter un manteau noir et des Doc Martens. J'avais des cheveux bêtement longs que je ne lavais jamais. Mon amitié avec Holly était la meilleure chose dont je pouvais m'enorgueillir. Il ne s'agissait en effet que d'amitié. Notre façon de dormir avait été établie de manière à ce que nous ne l'oubliions pas : nous nous couchions tête-bêche, avec des oreillers en plus pour nous protéger des pieds de l'autre. Cet aspect de notre espace par ailleurs sans limitation était strictement réglementé. Nous partagions chastement le même lit, sauf quand nous n'étions pas chastes.

Pour manger, nous appliquions une stratégie héritée de mon grand-père : acheter un poulet le week-end. Rationner la viande le plus longtemps possible en faisant des sandwichs et autres préparations, et en rajoutant des légumes à mesure que les ressources diminuaient. Lorsqu'il ne restait absolument plus rien, faire bouillir la carcasse pour la soupe. En général, cela nous durait jusqu'au mercredi ou au jeudi, mais les vendredis étaient maigres.

Quoi qu'il en soit, en me levant le lendemain matin je l'ai laissée dans les draps avec sa gueule de bois et je suis sorti chercher des cafés et des sandwichs au bacon. Notre budget boisson allait en prendre un coup, mais je savais qu'elle s'en remettrait. Où était-elle allée cette fois ? Avec quelqu'un qui payait l'addition, à l'évidence.

Je suis sorti dans la lumière éclatante de ce nouveau monde et je me suis rendu derrière Paddington Station, aux murs noirs de fumée. Des infirmières s'étaient évadées le temps d'une pause-cigarette, leurs blouses tranchaient contre les briques de l'hôpital St Mary. Les banlieusards qui faisaient la navette avaient comme toujours l'air harassé. Tandis que j'attendais devant le stand de nourriture sur le parvis de la gare, une brindille m'est tombée dans les cheveux, et en levant les yeux, j'ai vu deux pies qui saccageaient un nid entre des poutrelles. Impossible de savoir si c'était le leur ou s'il s'agissait de vandales s'en donnant à cœur joie.

Sur le chemin du retour, je me suis arrêté à une cabine téléphonique pour passer un coup de fil à mon tuteur académique, lui assurant que mon année à Madrid se déroulait parfaitement bien. J'avais tellement appris. L'immersion culturelle était aussi enrichissante qu'il l'avait promis. J'étais certain que cela se refléterait dans le mémoire sur Cervantès que je devais lui remettre et auquel j'apportais à présent la touche finale. Je le contactais ainsi régulièrement depuis neuf mois, alors que je n'étais qu'à trois kilomètres.

« Salut », ai-je dit en mettant le pied sur la péniche. Elle avait investi le lit en s'étendant de tout son long en diagonale, et maintenait un oreiller contre son visage. Lourde odeur de sueur alcoolisée. « Une journée à marquer d'une pierre blanche. »

Elle a retiré l'oreiller d'un coup. « Qu'est-ce que ça peut te faire ?

— Je croyais que c'était le genre de choses qu'on disait. » Je lui ai tendu son café. Son haleine était chargée.

Elle s'est assise et a attrapé *The Real Book of Jazz Standard* avec sa reliure à spirale, son support préféré pour rouler. « J'imagine que tu n'as pas acheté de tabac ? »

J'ai secoué la tête. « Avec le café et la charcut', j'ai plus un rond.. »

« Tant pis. » Elle a pris le cendrier, à la recherche de mégots réutilisables. « Combien de goudron tu peux encaisser ce matin ? »

Je l'ai observée qui dépiautait les mégots, repêchant le tabac, formant un petit tas sur le livre. Le minuscule sachet d'herbe rationné en attente.

« Alors, tu as passé une bonne soirée ?

— Je suis tombée sur un groupe de joyeux chercheurs. Très généreux avec les tournées. Et apparemment très critiques face à la victoire. Je les ai largués un peu plus tard. La conversation devenait… monotone.

— Et où tu as terminé ? »

Elle a attrapé avec soin le paquet de feuilles Rizla+ et en a prélevé une.

« Chez le Russe ?

— Mais putain !

— Tu n'es pas obligée de me le dire.

— Oui, chez le Russe.

— Comment va-t-il ?

— Bien. Merci de poser la question. » Elle a porté à ses lèvres un pétard miraculeusement passable et a léché la feuille. Puis elle l'a posé, détendue par anticipation. Elle a ôté le couvercle de son gobelet de café, et elle est restée assise comme ça, le temps de rassembler ses esprits. « Si tu mettais un truc ? »

J'ai choisi un enregistrement de 1976 de Nina Simone à Montreux, et nous nous sommes laissés envahir par l'introduction au piano de *Little Girl Blue*. Nous nous livrions à une espèce de concours consistant à choisir la chanson parfaite pour chaque moment, la règle cardinale étant que ce choix ne soit pas trop prévisible. J'espérais que cette douce phrase d'introduction empruntée à *Good King Wenceslas* ne se heurte pas à un vendredi matin de mai, mais le situe entre le beau et le mélancolique.

« Bien, mec, a-t-elle murmuré.

— Heureux que tu approuves.

— On devrait le jouer demain », a-t-elle dit quand nous avons tous les deux été sous le charme de cette voix et de cette atmosphère voilées par la fumée. Holly s'est irrésistiblement laissée emporter par la conclusion de la chanson : *All you can count on is yourself... Little lady... Miss Sadie...* Et putain, qu'est-ce que tu le joues bien.

— Qu'est-ce qu'il y a de prévu ce week-end ? ai-je demandé, rayonnant de son compliment.

— Le concert dans cet endroit dont on est d'accord pour dire qu'il contient les trois mots les plus répugnants de la langue anglaise.

— Comment ai-je pu oublier. Qui irait organiser une soirée à l'Imperial War Museum, franchement ?

— Je crois que tu sais précisément de qui il s'agit. »

Nous nous racontions nos histoires. Nous tracions des cartes des aspects que nous souhaitions que l'autre connaisse de nous. Dessinant les sommets et les abîmes.

Les siens étaient plus hauts et plus profonds que les miens. Elle avait eu une grande sœur, qui était morte bébé, avant sa naissance, catastrophe qui, disait-elle, avait défini sa relation à ses parents. Durant toute son adolescence, elle s'était à la fois sentie couvée par eux, sans pourtant jamais les satisfaire complètement parce qu'elle n'était pas cette autre qu'elle n'avait jamais connue. Elle attribuait à tout cela le *comportement impulsif* qui avait caractérisé la fin de son adolescence.

Une prodige rebelle, en somme. Mais clairvoyante : elle savait que la musique la sauverait, aussi ne l'avait-elle jamais rejetée, même si elle dominait sa vie. Représentations en public à un âge précoce. Études dans une coûteuse école du Cheshire que ses parents n'auraient pas été en mesure de payer autrement. Elle avait fait un passage éclair au Royal College of Music, pas pour chanter, mais pour jouer du violoncelle. Le chant, elle se le gardait pour elle. Quand je lui ai demandé pourquoi elle n'avait pas passé une annonce au Royal College pour trouver un pianiste, elle a répondu : « Ils sont trop talentueux. Trop flippés à l'idée d'accidents intéressants. »

Sa passion pour la musique des femmes noires n'allait pas sans complications : elle s'interrogeait sans fin sur sa légitimité, chose qui ne me serait jamais venue à l'esprit. Une des nombreuses façons dont elle m'a ouvert les yeux, et m'a obligé à me voir tel que j'étais. En fait, elle était meilleure que moi dans tous les domaines où j'avais envie d'être bon. L'indépendance (au moment de notre rencontre, elle n'avait pas parlé à ses parents depuis six mois). La musique. Le sexe.

Là, je marchais sur des œufs. Je savais que les questions n'étaient pas les bienvenues, mais dès le départ, elle avait envoyé suffisamment de signaux pour que je comprenne que quelque part dans son passé, elle avait connu une mauvaise expérience avec un homme. C'est pour ça qu'entre nous, c'était toujours elle qui initiait la chose, et toujours elle qui venait sur moi (je l'ai compris plus tard) : pour s'assurer qu'il ne pouvait y avoir la moindre coercition de ma part. Et aussi parce que j'aimais ça.

Nous suivions des trajectoires différentes. La musique ne serait jamais qu'une distraction pour moi. On ne jouait pas dans la même cour. Mais ça n'avait aucune importance, parce que pendant les concerts Holly attirait toute l'attention. Tout ce que j'avais à faire, moi, c'était de rester dans le tempo et de ne pas faire trop de fausses notes.

Le seul fait de la regarder me retournait, même quand elle était enrhumée. À l'époque, cela suffisait pour fixer les choses.

Un de nos passe-temps communs consistait à choisir au hasard une cassette dans la collection de l'autre pour l'écouter intégralement. Si nous jugions qu'elle déméritait, elle était jetée hors de nos quartiers exigus. Par un paresseux après-midi de printemps, la même année, où le poêle chauffait et la pluie martelait le toit, elle a pris une de mes cassettes et l'a insérée dans le lecteur sans m'avertir. Le son qui en est sorti nous a tous deux fait lever la tête.

« Putain, c'est quoi, ça ? ai-je demandé.

— D'après ce qui est marqué sur la boîte : *Tango in the Night*. Mais j'ai l'impression que ce n'est pas ça qu'on écoute, là. »

Clic. Respiration superficielle, près du micro. Deux reniflements. Détresse. Puis un murmure, urgent, désespéré.

*Au secours. Au secours. Au secours.*

Nouveau clic, et Fleetwood Mac a jailli.

C'était un moment totalement bizarre.

Tandis que la musique continuait de se diffuser, elle m'a lancé un regard interrogateur.

« Intéressant, ai-je dit.

— C'était toi ? »

Le souvenir a refait surface. Retour au dortoir, les cheveux encore dégoulinants d'eau chlorée, le dos en feu, haletant. J'attrape le magnétophone et j'appuie sur Enregistrer, dans l'urgence de faire sortir ce qui me ronge avant de l'emprisonner de nouveau.

« Oui, je crois bien que c'est moi.

— C'était quand ? »

Je suis réveillé par de l'eau qui me coule sur le visage. Je me redresse d'un seul coup, ne sachant pas si ce qui se passe est hostile ou bénin, et là je découvre Simon, qui tient le verre que j'ai laissé sur ma chaise, concentré sur les gouttes qu'il fait dégouliner dans mes yeux.

« Qu'est-ce que tu fiches ?

— Lève-toi. Sans faire de bruit. »

Le scintillement nucléaire de la vieille montre de mon père m'indique qu'il est vingt-trois heures passées. Nous sortons en catimini du dortoir et descendons l'escalier. Dans la galerie basse, il grimpe sur un radiateur, se hisse par une fenêtre ouverte et retombe dehors.

« Où est-ce qu'on va ? » chuchoté-je.

Le gravier crisse. Quelque chose brille au clair de lune près de son sourire. « Crimble a laissé les clés de la piscine sur son bureau. »

Il referme la porte puis la verrouille derrière nous. Dans les vestiaires, les formes tordues des maillots de bain secs pendent aux patères. Les points orange sur les douches électriques luisent dans les cabines. Nous nous changeons.

Nous arrivons au bord de la piscine et restons à côté. Nos bras sont tout proches. L'air tiède entre nous subtilement déplacé. La lumière verte qui indique la sortie de secours constelle de points minuscules la surface presque immobile. L'odeur de chlore monte de la surface. Allons-nous oser ?

Je me demande ce qu'il faudrait dire pour nous y encourager, quand Simon disparaît soudain. Éclair de ses pieds lorsqu'il plonge. Gerbes d'eau sur les rebords. Un instant je me demande si je suis arrivé ici en somnambule, si je n'ai pas rêvé la présence de Simon, et me retrouve seul au réveil. Puis il fend la surface au centre du bassin, et je sens l'impact de la balle de tennis mouillée qu'il me lance en pleine poitrine.

Nous nageons dans la pénombre, libérés de la pesanteur affligeante de la gravité. L'eau est tiède, ce qui nous permet d'y rester un moment avant de décider que nous en avons assez. Nous raccrochons nos maillots sur les patères, observant le protocole alors même que nous transgressons les règles. L'escapade manque de gaieté. On dirait que nous faisons cela uniquement parce qu'on nous l'a intimé.

Mais le frisson de nous en être tirés nous ragaillardit sur le chemin du retour, et en atteignant la fenêtre, nous osons même nous parler bien que ce soit le moment le plus périlleux. C'est seulement quand Simon se retourne vers moi, pris de panique, que je m'aperçois que la fenêtre a été refermée.

Derrière nous, le décor nimbé de lune ressemble à une illustration dans un livre lorsque la fenêtre se rouvre. Une lampe torche éclaire nos visages.

« Messieurs, déclare Weathers des Vices, entrez, je vous en prie. »

Nous repassons à l'intérieur.

« Vous deux, restez là. »

Au lieu de refermer la fenêtre, il l'ouvre plus grand encore. Nous demeurons là, cheveux mouillés plaqués sur nos visages.

« Robes de chambre, s'il vous plaît. »

Nous les retirons et les lui donnons.

« Pyjamas. »

Nous hésitons.

« Je suis certain que vous n'êtes pas restés habillés pendant votre petite sortie à la piscine. Alors il ne devrait vous falloir qu'un instant pour vous en débarrasser à nouveau. »

Nous ne bronchons pas.

« Maintenant. »

Il nous force à rester nus devant la fenêtre. Il retourne deux chaises et nous demande de les tenir par le dossier à deux mains. Il en place une pour lui, face à nous.

Il a tout son temps. Discipline, règles, responsabilité. Il nous fait la totale. Lorsque la leçon est terminée, nous grelottons. Je m'aperçois qu'il a retiré la ceinture de ma robe de chambre, fait des nœuds à une extrémité, et enroulé l'autre à son poignet.

« La corde monastique de Denyer, murmure-t-il. Ça fait des années que je meurs d'envie de mettre la main dessus. Ne lâchez ces chaises sous aucun prétexte. »

Avec dextérité, je recule devant les coups. Ma respiration ralentit, mes épaules pointent vers l'avant. J'observe Weathers des Vices qui s'acharne, et je ne ressens rien. Il alterne entre nous, frappe un peu partout entre les genoux, le cul et le dos. Les nœuds sont efficaces, mais plutôt mourir que de lui montrer que nous avons mal. La frustration émousse son adresse. Je garde les yeux fermés, au cas où il s'égarerait trop haut, si bien que je ne remarque pas que Wagstaff est entré avant qu'il prenne la parole.

« Je pense que ça suffit, maintenant, Eric. » Wags a l'air calme, mais sa respiration le trahit. « Vous deux, retournez vous coucher. »

Weathers des Vices déroule lentement la corde attachée à son poignet. Simon me tape entre les omoplates, et je comprends que moins on passera de temps à ressasser, plus il sera facile de prétendre que ce n'est jamais arrivé.

Nous rassemblons nos affaires et filons vers nos dortoirs en silence, et la querelle qui monte s'estompe.

« Ça te suffit ? ai-je demandé à Holly.

— Non. Ce n'est même pas un début. »

Lorsque je lui parlais de moi jusque-là, je privilégiais d'autres épisodes. Mon enfance passée à déménager d'un pays à l'autre. La vie d'avant la Chute, auprès de mon grand-père. Les tours et détours de mon éducation. Et les fois où j'abordais la période de l'école sur la colline, je jouais sur le côté excentrique des lieux, en passant sous silence la brutalité et la peur.

Elle venait de déterrer quelque chose de beaucoup plus intéressant.

Alors j'ai continué. L'arrivée glaciale. Les brossages de dents avec de la neige. L'apprentissage de la violence. Nos maigres façons de nous unir et de les vaincre. Dans l'ensemble, elle n'arrivait pas à croire au simple anachronisme de cette histoire si récente. La sensation d'être la dernière génération à faire les frais de ce particularisme anglais. Elle m'a interrogée de manière si exhaustive au sujet de l'école que j'ai commencé à me demander si elle me trouvait réellement de l'intérêt avant cela. Nous n'en avons plus beaucoup parlé ensuite, mais c'était là. Je sentais qu'à chaque instant cela concourait à façonner son opinion à mon sujet.

# 12.

Sur le parvis du musée, nous nous sommes retrouvés face aux canons de deux monstrueuses pièces d'artillerie de marine montées devant l'entrée. De puissants spots illuminaient la coupole verte du vieil hôpital Bethlem Royal, amputé de ses ailes et rempli d'armes anciennes. Nous devions jouer dans l'atrium principal, autrefois cour Bedlam, transformée en salle d'exposition de machines de guerre.

Le lieu nous renseignait sur l'événement, mais qu'en disait-il au juste ? Peut-être l'intention était-elle de rappeler aux visiteurs les vicissitudes de l'histoire récente. Peut-être, tout simplement, que leurs clients aimaient boire une coupe de champagne entourés de reproductions de Fat Man et Little Boy, avec un Spitfire pendu au plafond. Ensuite, j'ai remarqué la banderole accrochée sur les colonnes, dévoilant le nom de l'exposition dont avait lieu, ce soir-là, le vernissage : « Héritage de l'empire ».

Nous nous sommes arrêtés près d'un morceau du mur de Berlin couvert de graffitis, à gauche de l'entrée (*CHANGEZ DE VIE*). Tout près, quelques gamins de notre âge en smoking tiraient sur leurs Marlboro Light.

« Je vois le genre », a dit Holly en observant leur assurance et leurs coupes de cheveux très *pensionnat privé*. « Je commence à comprendre ce qui nous attend. Et pourquoi on a toujours droit à un connard avec un pantalon écossais ? » Elle s'est assise sur un banc et a ouvert le sac où elle rangeait ses escarpins. « Ils m'ont promis que tout serait installé à l'heure, donc avec un peu de chance, on n'aura rien à faire. »

L'atrium était bondé d'invités, certains en tenue de soirée, d'autres en uniforme militaire. Deux jeunes hommes en fauteuils roulants, sans doute vétérans de la guerre du Golfe, faisaient l'objet d'une grande attention.

« On est en retard ? ai-je demandé.

— Non, ils sortent seulement de l'expo qui a lieu à l'étage supérieur. Tu vas nous chercher à boire ? »

De chaque côté de l'escalier par lequel descendait à présent le public, des serveurs tenaient des plateaux remplis de flûtes de champagne. J'en ai pris deux, puis j'ai fendu la foule pour retrouver Holly qui inspectait notre piano et notre micro, installés devant un décor de tank de la Première Guerre mondiale.

« Ça a l'air d'aller, ai-je dit.

— Tu ne devineras jamais ce que le connard libidineux qui nous a embauchés vient juste de me demander, a-t-elle enchaîné en prenant son verre et en affectant un accent distingué. *"Nous avons pensé que ce serait un bon emplacement pour vous, ainsi, voyez-vous, vous pourrez vous vautrer sur les chenilles du tank pendant que vous chantez."*

— Vautrer ?

— C'est ça. "Me Vautrer ?" *j'ai répété. Et il a renchéri :* "Oui, comme Michelle Pfeiffer. Vous voyez ce que je veux dire ?"

— Hum. »

Mais elle avait déjà retrouvé le sourire. « En fait, c'est pas un si mauvais plan. »

Peut-être que tout se passerait bien, en définitive. Je me suis assis au piano, les mains agiles et confiantes. Après le champagne, qui s'ajoutait à ce que nous avions bu avant de venir, j'étais juste assez ivre pour oublier mon stress, et à voir l'humeur de Holly, je savais qu'elle allait leur en mettre plein la vue.

Nous avions préparé quelque chose de spécial pour cette soirée. Nous avions repris la chanson-titre de la campagne électorale victorieuse, en émoussant son rythme pop trépidant en une sombre complainte à la Nina. Holly avait décidé que ce serait encore mieux si elle adoptait sa voix soul la plus rauque, pour railler les paroles et torpiller leur optimisme.

*Les choses… ne peuvent qu'aller mieux. Aller mieux… maintenant que je t'ai trouvé.*

Dans sa bouche, la chanson semblait présager le pire. Sa promesse annonçait forcément une mauvaise nouvelle, une force séductrice et dangereuse attirant l'infortunée victime vers les ténèbres. Elle était encore plus impatiente de la chanter maintenant qu'elle avait un aperçu démographique du public, présumant que le résultat des élections de la veille était pour ces gens un désastre. Puis, à peine avons-nous commencé à jouer qu'une clameur s'est élevée, et j'ai compris que notre auditoire était avant tout motivé par un sentiment de détachement héroïque vis-à-vis de toute gravité.

À mesure que l'ambiance montait, je me suis aperçu qu'un homme d'âge mûr me dévisageait. Puis une femme qui devait être son épouse l'a rejoint, il lui a posé une question et elle a répondu quelque chose. J'ai su qu'elle prononçait mon nom.

Tout cela était assez déconcertant. Puis l'espace a commencé à se remplir, l'alcool pénétrait leur système, les gens se massaient autour du piano, ce qui me rend toujours claustrophobe. Quand une main s'est posée sur mon épaule, cette transgression a déclenché en moi une poussée d'anxiété, puis d'hostilité. J'ai tourné la tête d'un coup sec pour lancer un regard noir à cet imbécile afin qu'il s'écarte. La main s'est certes retirée, pour revenir quelque temps plus tard me tripoter, plongeant jusqu'à la poche de poitrine de mon veston et y glisser quelque chose. J'ai baissé les yeux et aperçu les tons roses et rouges d'un billet replié de cinquante livres.

« Laissez-moi finir cette chanson et vous me direz ce que vous voulez que je joue, ai-je dit.

— Ça marche, maestro. »

Quelque chose dans cette voix.

Le morceau terminé, je me suis retourné pour lui demander ce qu'il voulait, et je me suis retrouvé face à face avec un visage à la fois familier et totalement nouveau.

« C'est bien toi ! Putain de merde », a-t-il dit.

Ses traits me sont revenus en tête. « Luke.

— Ma mère a dit qu'elle t'avait vu, mais au début je ne l'ai pas crue. Où t'étais passé, putain ? »

Huit ans s'étaient écoulés, avec tous les changements liés à la puberté. Sa mâchoire était devenue plus proéminente et ses cheveux plus blonds, peut-être teints. Mais ses yeux bleu pâle et son air espiègle n'avaient pas changé. Il était là, devant moi. À l'aise dans son costume. Capable de jeter cinquante livres par la fenêtre pour obtenir ce qu'il voulait.

« Le garçon qui a disparu de la surface de la terre. J'y crois pas », a-t-il ajouté.

Je me suis levé pour lui serrer la main, et il m'a pris dans ses bras, tapotant mon dos, à grand renfort de

*Putain comment tu VAS, mec,* et de *Un sacré BAIL !!!* Je l'ai imité du mieux que j'ai pu, encore sous le choc.

Holly observait la rencontre avec intérêt. « Ne vous inquiétez pas, l'a-t-elle interpellé avec un sourire qui m'a aussitôt inquiété. Je travaille à l'idée de me "vautrer" pour vous. Au deuxième set, peut-être »

J'ai été sauvé de la nécessité de m'engager plus avant dans la conversation par le tintement d'un couteau sur un verre, et la foule a tourné son attention vers l'homme sous les traits duquel j'ai reconnu le père de Luke.

« Bienvenue mesdames, bonsoir messieurs, dans ce que l'on a qualifié de "plus beau dortoir de garçons de Londres", a commencé Roger Price. Et merci d'être venus soutenir notre exposition. »

Dans son discours, il a ensuite affirmé que l'objectif d'un bon commissaire d'exposition était de poser des questions, et que celle qu'il s'était posée à lui-même, dans le cas présent, consistait à savoir si l'orgueil avait ou non sa place dans une discussion sur le passé impérial. Puis il a déclaré qu'il ne croyait plus que l'histoire soit condamnée à se répéter, car *la grande vague de la démocratie libérale* s'était répandue sur le monde au cours de la décennie passée, ce qui nous permettait de *tirer notre révérence avec grâce* d'endroits comme Hong Kong, qui allait passer sous administration chinoise dans précisément deux mois. Pendant qu'il parlait, j'ai remarqué un jeune militaire qui s'avançait dans ma direction. Son uniforme et sa démarche déterminée m'ont poussé à m'écarter de sa route, mais en arrivant à ma hauteur, il s'est arrêté.

« Ça fait du bien de te revoir », a murmuré Ali Price. Il m'a serré la main avec une sincérité que j'ai trouvée étrangement émouvante, un stigmate sans doute des termes hiérarchiques qui avaient naguère présidé à nos relations.

« Comment vas-tu ? ai-je dit lorsque son père s'est tu.

— Trop de travail. Tu sais ce que c'est.

— Franchement, non. Qu'est-ce que tu fais ?

— Je me suis fait caillasser la semaine dernière à Belfast-Ouest.

— Ce n'est pas exactement du travail, ça. »

Il s'est mis à rire. « C'étaient de vraies pierres en tout cas. Enfin bon, merci pour ta participation de ce soir. Elle est très appréciée. »

Il ne m'a pas semblé utile de lui préciser que c'était un pur hasard.

La tête de Holly a surgi de derrière un plateau de petits fours à proximité. « On sera payés. Il n'y a aucun doute là-dessus, n'est-ce pas ? »

Ali a de nouveau éclaté de rire et pris congé.

Pendant le deuxième set, Luke a insisté pour diriger l'attention des convives sur nous, une large foule s'est rassemblée autour du piano, reprenant en chœur les refrains. Après quelques chansons, il a interprété en duo avec Holly *All That Meat and No Potatoes* de Fats Waller. Au dernier couplet, il s'est lancé dans une sorte d'imitation gutturale de Satchmo, étonnamment mélodieuse bien que d'un goût douteux. Alors que leur performance déclenchait les acclamations, il a embrassé Holly sur les deux joues. Son assurance était sidérante.

« Où est-ce que tu cachais ce gars-là ? a-t-il demandé à Holly. Il disparaît complètement, puis il réapparaît soudain derrière un piano, comme s'il avait toujours été là.

— C'est là qu'il se sent le plus heureux », a-t-elle répondu, charmée au point de se montrer sincère.

Les convives ont commencé à s'en aller et les serveurs à ranger l'atrium, jusqu'à ce qu'il ne reste plus que moi, Holly, et la famille Price. J'ai fait la connaissance de Katharine, la petite sœur d'Ali et Luke, que je me souvenais vaguement d'avoir vue lors d'une compétition sportive alors qu'elle était encore bébé. C'était à présent une minuscule jeune fille de onze ans à l'air très sérieux, qui avait obtenu une autorisation spéciale de l'école sur la colline pour assister à cette soirée en plein cœur du trimestre. Elle en parlait avec une familiarité désarmante. J'avais presque du mal à croire que l'endroit existait encore.

« Que faites-vous à présent, Max ? m'a demandé Selina Price.

— Je suis en troisième année de lettres modernes.

— Parfait. Ainsi vous ne resterez peut-être pas pianiste de cocktail toute votre vie ? »

Avant de partir, la famille s'est rassemblée autour de nous pour nous remercier et se réjouir de cette heureuse coïncidence. C'est là que l'un d'entre eux, je ne sais plus lequel, a lancé qu'il fallait absolument que nous venions jouer à la réunion des anciens.

« Bien sûr, ai-je répondu. Où ça ?

— À ton avis ? » m'a répondu Luke.

Je savais que Holly voudrait minimiser l'ampleur de la séduction qu'il exerçait sur elle. Toutefois, ça ne la dérangeait pas de parler d'école privée, comme si c'était quelque chose qui n'arrivait qu'aux autres. Dans le métro qui nous ramenait chez nous, elle a passé en revue l'enveloppe que lui avait remise Roger, pour s'assurer qu'il y avait le compte. À un moment, un type est entré dans la rame, il faisait la manche, et Holly a sorti un billet de vingt, l'a plié et l'a déposé dans son gobelet en polystyrène.

« C'est de l'argent sale. Prends-le avant que je change d'avis. »

Puis, alors même que nous marchions sur le chemin de halage, sous les guirlandes lumineuses du festival Canalway Cavalcade, elle m'a demandé de lui parler de Luke – comme je pressentais qu'elle le ferait !

« Ton secret est en sécurité avec moi », a-t-elle répété cette nuit-là, séparée de moi par un oreiller.

« Quel secret ? ai-je demandé cette fois.

— Je sais que tu es un bourge qui se planque. »

« *Aujourd'hui nous nommons les pièces* », lit Crimble. *Hier,/Nous avons fait le nettoyage quotidien. Demain matin, /Nous verrons que faire après avoir tiré. Mais aujourd'hui,/Aujourd'hui nous nommons les pièces.* »

Les enfants bâillent l'un après l'autre aux pupitres voisins, et aujourd'hui nous nommons les pièces.

Il se lève pour incarner davantage le rôle qu'il s'est donné de sergent-major entraînant ses jeunes recrues. L'agressivité est risible chez lui.

« *Voici la grenadière du bas. Et voici/La grenadière du haut, dont vous verrez l'usage,/Quand on vous remettra votre bretelle. Et puis la grenadière pour attacher plusieurs fusils,/ Dont, pour l'instant, vous ne disposez pas.* »

Dans les jardins, les branches forment leurs gestes éloquents et silencieux, dont, pour l'instant, nous ne disposons pas.

À la fin du poème, il nous fait revenir dessus ainsi qu'à son habitude, tentant d'éveiller notre compréhension. Cela parle de la façon dont un système réussit à pousser les gens à accomplir l'impensable en les assommant avec la routine, en répétant la même terminologie et les mêmes croyances étranges jusqu'à ce qu'il devienne impensable que le système puisse être différent. C'est ainsi que la guerre et sa lourde artillerie deviennent la normalité. Et que la nature, offerte et vibrante de vie, si tant est que vous preniez la peine de jeter un coup d'œil par la fenêtre, apparaît déformée au point de devenir étrangère.

Ou autre chose du même effet.

Seulement, comme d'habitude, il se soucie moins que nous le comprenions que de l'inscrire dans notre mémoire en le répétant, ainsi que les vers célèbres de ses autres poèmes préférés : *Quel glas sonne pour ceux qui meurent comme du bétail ? / Seule la colère monstrueuse des canons...* – et c'était sûrement mieux ainsi, car si nous n'avions pas eu treize ans et n'avions pas détourné les yeux, nous aurions peut-être pris garde à ce que le poème disait.

*Le garçon qui avait disparu de la surface de la terre.*

Seulement de la sienne. Mais il est vrai que je n'étais resté en relation avec aucun d'entre eux. Au début, on s'était écrit de temps en temps, mais qui garde le contact à treize ans ? Soit les gens sont là, soit ils ne le sont pas. En tout cas jusqu'au jour où leur visage d'adulte bouffi attire l'attention sur les réseaux sociaux, des années plus tard.

Et puis bien sûr, il y a eu *La conversation*.

Quand j'ai quitté l'école sur la colline, mes parents étaient rentrés en Angleterre, et cette fois-ci ils ne devaient plus en bouger. Mon père avait atteint un échelon qui limitait les postes à l'étranger, si bien qu'ils se sont installés dans le sud-est du pays, près du siège social de la société, où il allait terminer sa carrière. Ils ont acheté une maison dans la zone de prédilection des magnats de la finance, avec une haie de lauriers et un double garage au portail télécommandé. Lui s'est mis à boire davantage, à prendre du poids, et c'est devenu un autre homme, qui s'asseyait autour d'une table pour évoquer toutes les choses qu'il avait vues.

Fidèle à sa parole, son entreprise a continué de financer mes études dans un pensionnat tout proche. Nous sommes allés visiter cette école. Elle paraissait aussi vaste que la ville. Les élèves dans leurs vestes de tweed et leurs jupes aux chevilles ressemblaient à des adultes. Si j'y étais allé, peut-être que je serais tombé sur des gens comme Luke et Ali lors de compétitions sportives et autres activités inter-établissements, car nous aurions continué à fréquenter le même monde. Mais je n'y suis jamais allé.

Nous étions en vacances près de Toulouse. Mes parents et grands-parents avaient loué le genre d'endroit qu'ils adoraient, une petite maison entourée de tournesols courbant la tête. Il n'y avait que quelques semaines que j'avais quitté l'école sur la colline. Les préparatifs étaient en cours pour que je rejoigne ma nouvelle destination. Uniforme acheté et étiqueté. Malle prête à être remplie à nouveau. Mais pour l'instant, il s'agissait de se rendre au marché et de préparer des déjeuners qui débordaient sur l'après-midi, avec du vin et du fromage, tandis que moi j'allais nager ou lire.

Au dîner. Des histoires. Mon père et mon grand-père en compétition : des histoires de fermiers un peu lestes, face aux séduisants récits internationaux de l'autre. Le lieu aidait certainement. Je ne pense pas que j'aurais parlé aussi librement ailleurs, même dans la cuisine de mes grands-parents. Mais nous étions au soleil, sous une pergola couverte de végétation, et rien ne semblait avoir de conséquences.

J'étais absent. L'esprit ailleurs. Désireuse de m'inclure dans la conversation, ma grand-mère a mentionné mon changement d'école prochain. « Au moins, tu n'auras pas à te sauver jusqu'au village pour passer un coup de fil en PCV quand tu as envie de bavarder.

— Et je ne serai pas battu pour ça au retour », ai-je répondu sans y penser.

Quatre visages me regardaient, chacun avec une expression différente.

« Comment ça, battu ? »

*Surtout, dis les choses.*

Je me suis éclairci la gorge. « Ben... ils nous frappent. Tout le temps. Je pensais que vous le saviez.

— Juste ciel, a dit ma grand-mère.

— Mais comment l'aurions-nous su ? a demandé ma mère.

— Je croyais que vous aviez signé pour ça, quoi.

— Mais ils te frappent pour quelles raisons ?

— N'importe quoi. Passer des appels en PCV. Ne pas cirer ses chaussures. Avoir les ongles sales.

— Mais ils se montrent brutaux ? Ils frappent avec quoi ?

— Des baskets. Des bâtons. Des règles. Certains ont des instruments de prédilection auxquels ils ont même donné des noms. Des brosses à cheveux et autres. »

Ils avaient bu et l'atmosphère était conviviale. Aussi, leur première réaction a-t-elle été d'en rire. Après tout, j'en riais moi-même. Et profitant de ce public captif, j'ai continué à parler. Pour la première fois, je n'ai rien omis. Je leur ai raconté qu'il m'avait fallu des semaines avant de pouvoir à nouveau fermer le poing après l'incident de la cabine téléphonique. Que Weathers des Vices aimait balancer les garçons dans l'escalier et les clouer au mur. Que Sutton utilisait même une cravache. Ensuite, j'ai continué en racontant les expériences des autres et j'ai décrit les corrections sévères que Luke et d'autres avaient reçues. C'est seulement en arrivant au cas de ce pauvre Neil Lynch que j'ai compris que j'étais allé trop loin. Les rires s'étaient tus. Ma grand-mère a tendu un mouchoir à ma mère, et je me suis aperçu qu'elle pleurait.

Je n'étais pas le seul à avoir des secrets. Ils m'avaient caché le fait que ma mère avait tout bonnement fait une dépression après mon entrée dans cette école. J'avais toujours su qu'il y avait une raison à leur retour précipité au Mexique la première fois : j'apprenais à présent que ma mère craignait en réalité que sa présence ne rende mon départ plus traumatisant encore.

Jusqu'à maintenant, mon père avait manifesté vis-à-vis de mon école une sorte d'amusement sans conséquences. Les idées qu'il se faisait de ce genre de pensionnats privés ne venaient pas de son expérience personnelle, mais des livres qu'il avait lus étant jeune : Jennings, Molesworth, Billy Bunter. Ce que je venais de dire avait tout balayé. Peu importait que le nouvel établissement où je devais aller soit complètement différent, ou à quelques kilomètres seulement de l'endroit où ils vivaient désormais. Je n'irais pas.

Cette simple conversation m'a arraché à la trajectoire qui devait faire de moi le jumeau du jeune soliste au surplis, et a sonné le glas de toutes les promesses de leur entreprise. L'ironie de la chose est que j'aurais sans doute été beaucoup moins éloquent pour dépeindre l'école sur la colline si je n'y avais pas été instruit en premier lieu.

# 13.

Le malaise que j'aurais pu ressentir à l'idée d'assister à la réunion des anciens élèves de ma propre école en tant qu'employé s'est trouvé annulé du fait que Holly m'accompagnait. Je ne me serais pas senti capable d'y aller seul. En outre, elle allait rencontrer mes grands-parents.

« Là, on y est vraiment, ai-je dit quand le taxi s'est arrêté dans l'allée.

— Chez toi ?

— On peut dire ça.

— C'est le chemin vers l'église ? »

Elle se le rappelait. Elle avait en mémoire toutes mes anecdotes autoréférentielles. J'aurais aimé l'amener à cet endroit en étant plus qu'un simple ami. Et je savais que même si j'insistais sur ce point, mon grand-père prétendrait autre chose.

« C'est bien qu'on arrive de bonne heure. Ils ne peuvent pas déjeuner plus tard que midi. »

Les chiens attendaient déjà à la porte du taxi. Le chiot était très vieux désormais, et Jack était mort depuis longtemps. Ce nouveau border collie était son fils ou son neveu, et je ne le connaissais pas. Mon grand-père était assis sur son banc près de la porte de derrière, épluchant des pommes de terre au-dessus d'un saladier, un verre de rouge posé à côté, maculé de jus de patates. Je lui ai tendu la bouteille que j'avais apportée.

« Comment que tu vas ? » a-t-il dit.

Il avait anticipé les difficultés de mobilité à venir et y avait paré grâce à des solutions ingénieuses : une rampe le long du mur, des tabourets placés à des endroits stratégiques. Il refusait avec détermination la tristesse du grand âge. Les piluliers avec leurs petites cases et le déambulateur, ce n'était pas pour lui : ses médicaments étaient rangés dans une boîte en cèdre cirée, et pour marcher il s'appuyait sur une canne victorienne avec un pommeau ivoire pornographique.

Mais les choses se délitaient. À chaque visite, il me paraissait plus diminué. On lui avait mis une prothèse de hanche, et la deuxième devait suivre. En outre, les épisodes d'absence de ma grand-mère étaient de plus en plus fréquentes et prolongées. Elle avait commis de sérieuses bévues en conduisant, et ils se livraient à une véritable guerre verbale pour savoir si elle pouvait ou non continuer à prendre le volant. L'esprit de l'une et le corps de l'autre lâchaient au même rythme. Ni l'une ni l'autre ne parvenaient à trouver d'ajustements, et ils fusionnaient lentement en une seule personne.

Au seuil de la porte, il a vacillé, incapable de hisser son propre corps.

« Attendez, je reviens dans une minute », a-t-il dit en riant.

Holly n'a pas saisi, mais moi j'ai bien vu quel effort il faisait. Ils ont mis le paquet pour nous distraire. Il m'a laissé m'occuper des légumes et s'est assis à côté de Holly à la fin du repas.

« Occupe-toi d'elle, m'a-t-il dit en désignant ma grand-mère. L'autre jour, elle a versé de la crème anglaise sur mon rosbif.

— Et je parie que tu l'as mangé quand même. »

Il a baissé d'un ton pour qu'elle n'entende pas : « Je rigole pas. La semaine dernière, je l'ai perdue sur le parking de Tesco, et il m'a fallu une heure avec un petit gars qui travaille là-bas pour la retrouver.

— Qu'est-ce qu'il dit encore sur moi ? » a-t-elle marmonné, plus pour elle-même que pour nous.

Ils égrenaient leurs souvenirs sur un ton moins allègre que naguère. Maintenant, ils se contentaient de rester tranquillement assis à citer de temps à autre le nom des morts, ma grand-tante Dee étant finalement décédée l'année précédente. Mais l'on pouvait encore s'amuser de la folie des vivants.

« J'ai lu cet article à propos de l'argent de la loterie, a-t-il dit pendant le déjeuner, alors que nous avions dévoré un énorme tas de côtelettes et que nous passions enfin au fromage. Il paraît qu'on va en attribuer une partie pour faire des *baraques à baise* pour les gays. Ils ont vraiment besoin de ça ? »

Il semblait réellement intéressé. Holly s'est dévouée pour lui expliquer que c'était une vieille pratique chez les gays de se retrouver pour des rencontres furtives dans les toilettes publiques, sans laisser entendre qu'il aurait pu mal comprendre cette histoire de projet financé par des fonds publics. Ce qui a conduit mon grand-père, le vin aidant, à considérer qu'il s'agissait d'une source fiable.

« Et les lesbiennes ? a-t-il poursuivi. Je me demande toujours comment ça marche. Est-ce qu'elles doivent utiliser une de ces choses avec deux bouts ?

— Je n'ai pas assez d'expérience en la matière, a-t-elle dit. À moins qu'on prenne en compte les attentions non sollicitées de ma prof de gym au lycée.

— Attentions non sollicitées, a-t-il répété en riant. Bien sûr on va tous te les caser dans un fichier, ceux-là. Il va y avoir une liste.

— Qui ça ? a demandé Holly

— Vous savez. Ceux qui font des trucs. Comme ton type, m'a-t-il dit.

— Quel type ? ai-je demandé.

— Tu l'as pas vu ? Ta mère a dit qu'elle allait te l'envoyer.

— Vu quoi ? »

Il a voulu se lever, mais c'était un processus lent.

« Dis-moi de quoi tu as besoin et je vais te le chercher, ai-je proposé.

— Tu sais pas où il faut regarder. »

Ma grand-mère l'a suivi dans la pièce voisine et nous avons entendu le ton monter.

« Qu'est-ce que tu cherches ?

— Mais nom de Dieu, qu'est-ce que tu crois que je cherche ? *L'article !* »

Il a fini par revenir avec une coupure de la presse locale. C'était un minuscule entrefilet, mais il disait clairement qu'un ancien enseignant du coin, Eric Weathers-Davis, avait été arrêté et mis en examen pour *attentat sur mineurs*. Les plaintes portaient sur une période ancienne, entre 1975 et 1982.

Le simple fait de lire son nom m'a suffi.

Au fil des années, j'avais bien des fois songé à leurs différentes personnalités. Wagstaff, au bord de l'apoplexie sur le banc de touche. Spinks, frappant les garçons sur la tête avec son mètre. Les millions de choses que nous avions apprises avec délice grâce à Crimble. Mais par-dessus tout le reste, la colère d'Eric Weathers-Davis.

Il arrivait lorsque je m'endormais, ou juste avant mon réveil. Il défonçait ma porte et restait en travers. Qu'un type se mette à crier dans les environs, et il débarquait, Weathers des Vices, en rage, se repaissant de ses propres paroles, attisant les braises de sa propre indignation. Fournissant les réponses, avant de les mettre à mal. Tout le but de l'exercice consistant à s'échauffer les sangs le plus possible.

*... je ne suis pas venu là pour vous voir METTRE LA PAGAILLE comme des bébés...*

*... et je suis censé rester là sans RÉAGIR ? Non, monsieur. PAS sous MA responsabilité !...*

J'ai relu l'article, à croire qu'il avait encore quelque chose à m'apprendre.

La voix de ma grand-mère est soudain montée d'une octave, quand l'idée lui est passé par la tête : « Personne ne t'a jamais touché, n'est-ce pas ? » Elle n'a pas attendu ma réponse. « Dieu du ciel. Rien que d'y penser.

— Un monstre », a déclaré mon grand-père. Il a remué sur sa chaise. « Bon. Dans dix minutes, je vais dormir. Alors, vous allez me jouer un petit air ou pas ? »

Nous nous sommes décidés pour *Ain't She Sweet*. Il chantait, affalé sur le fauteuil, son terrier sur le ventre, à moitié rentré dans son pantalon déboutonné pour l'effet comique. Dans sa voix, une fragilité qui me brisait le cœur. Holly marquait le rythme et créait de merveilleuses harmonies d'un timbre voilé.

*Oh me oh my. Ain't that perfection.*

Après, elle a fait un commentaire à propos de la vue sur la cour, devant l'étable.

« Je me rappelle quand tu fonçais sur ton vélo, m'a-t-il dit. Tu y passais des heures, à tourner en rond. On te regardait des fois, par la fenêtre, on se demandait si tu allais bien.

— J'allais très bien, ai-je répondu un peu perplexe.

— Si vous l'aviez vu le jour où on l'a amené là-bas, a dit ma grand-mère. Debout à la porte, dans son duffle-coat. Je ne me suis jamais sentie aussi mal.

— Et tu te rappelles le temps qu'il faisait ? a-t-il ajouté.

— Oh oui. Ce terrible ouragan. Partout des arbres arrachés.

— Il neigeait ! a-t-il crié. La tempête, c'était plus tard dans l'année. Il neigeait la première fois où on l'a amené.

— Ah bon ?

— Mais oui. Et on l'a laissé là, sans avoir parlé à personne. Vraiment, c'était terrible. On aurait dû mieux réfléchir. » Son regard se voilait, le vin le rendant plus émotif.

« Mais vous ne m'avez pas laissé tout seul en arrivant. Il y avait un professeur. Crimble.

— Qui ça ?

— M. Crighton. Vous lui avez parlé.

— Je me souviens juste d'être reparti en me disant qu'on avait fait là quelque chose d'horrible, a-t-il dit.

— C'était un drôle d'endroit, quand même, hein ? a ajouté ma grand-mère. Mais finalement, tu t'en es sorti. »

Il s'est penché vers Holly pour lui montrer l'exemplaire presque en morceaux du second volume d'*À la recherche du temps perdu*. « Vous avez vu ce qu'elle lit ? Je crois bien que ça fait six ans qu'elle est dessus. Lorsqu'elle arrive au bout, elle recommence au début. Parce qu'elle arrive pas à se rappeler. »

Plus tard dans l'après-midi, pendant que Holly se préparait, j'ai remarqué qu'il avait fini sa sieste et je suis allé le voir dans son atelier. Une armoire à moitié montée gisait en pièces sur la table.

« Qu'est-ce que tu penses de tout ça ? »

Il a reniflé. « Horrible. Mais j'avais un œil sur toi. Je l'aurais su s'il s'était passé quelque chose. »

Dans sa voix on sentait le malaise. Je me suis demandé si c'était une manière plus subtile de me poser la même question que ma grand-mère.

« Je sais.

— J'ai pensé à aller là-bas pour lui parler.

— À qui ?

— Au gars qui a été arrêté. Weathers-Davis.

— Qu'est-ce que tu lui aurais dit ?

— Je sais pas. Qu'il entendrait parler de moi s'il cognait les garçons. Et si jamais je découvrais qu'il t'avait touché, je viendrais avec une masse et je m'occuperais de lui. Sauf que je l'ai pas fait. J'étais qui, pour faire un truc pareil ? Cet endroit se croyait tellement… supérieur. »

Je me suis senti maladroit face à la puissance de son amour. « Ça allait. Tu le sais.

— J'aurais dû faire plus. »

Je l'ai pris dans mes bras pour la rituelle demi-accolade due à sa corpulence, qui avait désormais tourné en ma faveur en raison de ma taille et de sa fragilité. « Tu en as fait assez. Tu as fait tout ce qu'il fallait. »

Ce moment familier de l'approche. L'estomac qui se noue. Notre chauffeur jovial, remis d'aplomb par sa sieste. J'essayais de la jouer serein, mais ça ne lui a pas échappé.

« Si vous aviez vu dans quel état il se mettait au fil du trajet, a-t-il dit à Holly tandis que nous descendions dans la vallée. À ce stade, il disait plus rien. Il regardait dans le vide. On aurait cru qu'on l'emmenait à la guerre.

— Tout juste, ai-je confirmé.

— Écoutez-le, ce grand couillon. Vous autres, vous savez pas de quoi vous parlez. »

Il y avait quelque chose d'infantilisant à se faire conduire à nouveau là-bas, et étrangement, j'ai aimé cela. J'ai ressenti une bouffée d'affection idiote à l'égard de Holly parce qu'elle m'accompagnait. C'était la deuxième fois de la journée. Il fallait que je fasse attention.

« Inutile de discuter, tu ne reviens pas nous chercher, ai-je dit alors que nous passions entre les deux têtes de taureaux qui ornaient les piliers du portail. Je sais que tu auras envie d'aller te coucher. On appellera un taxi.

— Sois pas idiot.

— Tu ne viens pas nous chercher. OK ? »

Puis tout le monde s'est tu dans la voiture, comme chaque fois que les gens voyaient se dessiner les bâtiments au travers des arbres.

Les retrouvailles avaient lieu sur la pelouse nord, leurs ombres se projetant dans l'éclatante lumière de l'été. Un homme dégarni, qui avait dû étudier ici vingt ans avant moi, semblait à la manœuvre. Il nous a montré un piano droit et un micro dans le cloître. Jouer en début de soirée offrait l'opportunité d'observer les choses sans y participer. Et puisque personne ne connaissait Holly, ceux qui passaient ne faisaient pas attention à moi, imaginant que nous étions de simples musiciens engagés pour l'occasion. Tout en jouant, je scrutais la foule sur la pelouse. J'ai vu Ali Price en grande conversation avec quelqu'un de son année, ce qui signifiait que Luke devait être quelque part pas loin. D'autres visages émergeaient du groupe, allongés, renflés.

Nous avons fini sous des applaudissements sommaires et nous avons commencé à boire pour rattraper notre retard, tout en contournant la foule. Holly apprivoisait encore la beauté des lieux, la lumière qui filtrait à travers les branches les plus hautes du cèdre, cette première impression éblouissante de sanctuaire et de privilèges.

« C'est donc là que tu es allé à l'école. Ça explique beaucoup de choses.

— Je suis passé par pas mal d'écoles.

— Ouais, mais c'est celle-là qui compte, pas vrai ? »

Le dîner a été annoncé, et la foule a commencé à cheminer dans le cloître pour gagner l'intérieur. J'ai emmené Holly jusqu'à l'entrée principale pour lui faire faire un rapide tour des lieux. Je lui ai montré la grande salle, puis nous sommes montés visiter quelques dortoirs, avec leurs lits en fer bien alignés. C'étaient les vacances de la mi-trimestre, les lits étaient donc faits et étiquetés. L'endroit était à la fois plus décrépit et plus confortable que dans mes souvenirs. Il y avait çà et là de petites touches chaleureuses, comme des dessins d'enfants accrochés aux murs de nombreuses chambres. J'ai vu le nom de Katharine Price au bas d'un joli dessin représentant le bâtiment des écuries. Le changement le plus stupéfiant était la présence d'un téléphone à pièces fixé au mur dans un couloir du bas. Je l'ai examiné, en me demandant comment exprimer à quel point la chose était impensable, quand une voix familière a résonné derrière moi.

« Vive le Children Act ! Vous auriez sûrement apprécié d'avoir accès à un de ces téléphones, hein, Max ? »

Wagstaff portait un veston blanc avec une cravate rayée rouge et or. Ses cheveux étaient plus gris, les rides de son sourire plus profondes, ce qui lui donnait l'air plus aimable que jamais. Il a demandé si Holly était ma femme, ce qui montrait combien sa perception du temps était fluide. La plupart d'entre eux étaient là depuis des décennies. L'âge que nous avions à présent n'avait plus d'importance.

« J'avais tellement hâte d'être à ce soir. Il est si rare que nous voyions revenir ici nos anciens élèves pour qu'ils nous racontent ce que la vie leur a réservé. Mon seul souci, c'est que toute cette histoire avec Eric ne finisse par troubler la fête. Nous n'avions plus du tout de ses nouvelles. Il vit dans l'Est, je crois… est-ce que c'est à Great Yarmouth ?… et le voilà de retour, avec toutes ces choses déplaisantes… Épouvantable. » Soupir. « Je passais mon temps à me quereller avec lui. Je lui disais : tu ne peux pas les battre ainsi. Et il finissait par le reconnaître. C'était une véritable lutte.

— Mais… il ne s'agit pas seulement de violences physiques, n'est-ce pas ?

— Argh. C'est affreux. Ne passons pas toute la soirée à parler de ça. Cela me contrarie tellement. Quel gâchis. » Il a avalé une grande gorgée de vin. « Allons, Max. Dites-moi ce que vous faites à présent. Je vois que vous avez continué la musique.

— Vous nous avez écoutés ?

— C'était très beau. Surtout vous, ma chère, ne le prenez pas mal, Max. Cela ne me surprend pas. Vous étiez toujours collé au piano. Je me souviens encore de ce jour où on a installé un clavecin dans la chapelle, vous êtes passé devant tout le monde avec un sang-froid incroyable, et vous avez joué *Maple Leaf Rag*. La tête de Tony. Il s'imaginait que vous alliez massacrer une pièce de Mozart, mais vous n'avez pas fait ce qu'on attendait de vous. Je vous ai toujours respecté pour ça. Allez, on ferait mieux d'aller casser la croûte. Et que ça saute ! »

« Diantre. Le mystère s'épaissit, a dit Holly en franchissant la galerie basse menant au réfectoire.

– Wags faisait partie des gentils, ai-je expliqué. Il disait aux garçons qui avaient fait des bêtises de raconter qu'il les avait battus pour ne pas avoir à le faire.

— Ah ouais, sympa.

— Oui… sous la menace d'une bonne correction s'ils mentaient mal.

— Ah. »

Ils avaient sorti des bougies et loué des verres à vin, mais l'eau était servie dans les brocs en plastique et les verres familiers de la cantine. Voix d'adultes, effluves d'alcool : ce retour commençait déjà à influer sur mes souvenirs, et le passé devenait moins distinct.

On sentait une note de défiance dans la manière dont les gens se comportaient, surtout ceux qui avaient quitté l'école plus récemment (ils n'avaient invité aucun élève de moins de dix-huit ans). Le désir sans doute de montrer à l'institution qu'ils étaient assez grands pour se défendre à présent. Je sentais circuler des courants contraires. Certains voulaient clairement affirmer qu'ils méprisaient les prétentions de l'école (pourtant, ils étaient là). D'autres se pavanaient d'une autre manière, faisant largement savoir qu'il s'agissait seulement d'une étape sur le long chemin qu'ils étaient en train d'achever.

Luke avait établi une enclave sur la table la plus proche de la fenêtre pour les gens de notre année. J'ai reconnu les frères West, Chris Webster, Becky Lynch et quelques autres filles. Il nous a appelés, Holly et moi, et a fait tout un cirque pour qu'elle s'assoie à côté de lui.

« Alors, qu'est-ce que tu en penses ? a-t-il demandé à Holly.

— Vous avez tous l'air en pleine forme pour des gens qui sont allés à l'école dans les années 1950.

— Et ce bon vieux Weathers des Vices, hein ?

— Quelqu'un a enfin réussi à pincer ce salopard.

— Pour quelles raisons vous pensez qu'il a été arrêté ?

— Tu plaisantes ! a fait David West. Ça, on le sait tous. Tu te rappelles comment il nous faisait mettre en rangs ? Comme ça il pouvait regarder à l'intérieur de nos shorts pour vérifier qu'on ne portait pas de slip, parce que c'était soi-disant contre le règlement. C'est le scoop le moins surprenant de tous les temps.

— Les anciens des promos précédentes ne parlaient que de ça, tout à l'heure, dehors, a ajouté son frère. Apparemment, trois personnes ont porté plainte contre lui. Toutes racontent qu'il les a tripotées vers la fin des années 70 début des années 80.

— Eh bien, a fait Luke. En voilà, une nouvelle.

— Un peu de maïs pour toi ce soir, Luke ? a dit Chris Webster.

— Arrête.

— C'était un sacré numéro, celui-là, a dit Chris à Holly. C'est pas toi qui es arrivé devant cette jeune infirmière avec une énorme érection ?

— Je ne ferai pas de commentaire, a répondu Luke.

— Mais oui, c'était toi. Et la nana lui dit : "Tout va bien, inutile de vous sentir gêné, remettez-la juste entre vos jambes." Et Luke qui lui répond : "C'est entre les vôtres que j'ai envie de la mettre." »

Et toutes les vieilles histoires sont ressorties. La légende du garçon qui un matin avait ouvert son œuf, pour y trouver un embryon de poussin, et qu'on avait forcé à tout manger, y compris le bec gélatineux. Les histoires de fantômes, la Dame Grise et l'Homme Suspendu. Le jour où Weathers des Vices avait roulé en voiture sur le terrain de cricket pendant un match, le générique de *L'Agence tous risques* à plein volume, faisant semblant de mitrailler les joueurs avec une canne. Toutes les autres fables que nous nous échangions et que le temps avait embellies. A suivi l'inévitable inventaire de tous les aliments qui nous avaient mis à la torture, dans cette même salle. La viande de porc en boîte. Le pâté de poisson. Le foie. Les gâteaux au fromage. Le pudding. La crème dessert à la rhubarbe. Les charlottes à l'ananas. Le tapioca. Tout ça écrit sur les menus, dont l'en-tête en lettres rouges nous annonçait, menaçant : *LES MANIÈRES FONT L'HOMME.*

Mes yeux ne cessaient de revenir se poser sur Becky Lynch, qui était devenue d'une beauté renversante et le savait. Elle fréquentait toujours le même groupe d'amies. Il ne m'était pas venu à l'esprit que certains aient pu rester aussi unis sans jamais s'éloigner. Aucune trace de Neil, ce qui n'était guère surprenant. Dans l'espoir de capitaliser sur l'évocation des souvenirs, j'ai interpellé Becky, avec une remarque du genre : « Et si on faisait un petit tour de balançoire après dîner ? », mais j'ai mal calculé mon coup et elle avait détourné les yeux quand j'ai prononcé la phrase. C'est à cause de cette gêne mineure que j'ai regardé par la fenêtre au bon moment. Essayant de me rattraper après une plaisanterie tombée à l'eau. Une demi-heure plus tard, la lumière du jour se serait évanouie, et je n'aurais distingué que mon propre reflet se dessinant sur ces vitres familières.

Se découpant sur fond de soleil couchant, une haute silhouette, les cheveux aux épaules, marchait le long du mur, tout au bout de la pelouse. L'homme a traversé un massif de fleurs et s'est approché du bâtiment. Cardigan noir trop grand. Jean déchiré. Sac à dos en toile. À peine l'avais-je vu qu'il a disparu en tournant à l'angle du bâtiment.

Je me suis à nouveau concentré sur la conversation de la tablée. Enhardis par le vin, ils racontaient à présent des anecdotes de moins en moins respectueuses. Jack West s'était lancé dans une imitation outrageuse du bégaiement de Tony Sutton qu'aucun de nous n'aurait osée faire auparavant. Encouragé par l'accueil qu'il avait reçu, il a déclaré à Holly : « Tu chantes très bien, au fait. Tu étais quelques années après nous, c'est ça ? Je t'ai toujours trouvée très belle.

— Quoi, quand j'avais dix ans ? C'est pas un peu glauque, là ? »

J'ai remarqué que Luke l'observait de près. Et comme toujours face aux gens qu'elle ne connaissait pas, elle s'est lancée dans ce qu'elle faisait le mieux : apprivoiser le plus impudent parmi eux, sans laisser deviner si elle l'appréciait ou le détestait. Laissant une petite moue de dégoût frétiller, pareille à une mouche alléchante sur une rivière.

« Qu'est-ce qu'il y a de si intéressant dehors ? m'a-t-elle dit.

— Je reviens dans une minute. Ça ira si je te laisse toute seule ?

— Tu veux rire ? Je vais en faire de la chair à pâté de ces gars-là. »

En sortant de la cantine, la vision de la porte des toilettes et des vestiaires a soudain fait ressurgir un souvenir de plein fouet.

Weathers des Vices sur sa chaise, surveillant les douches, trônant au-dessus d'une grotte remplie de novices qui glapissent.

« Qu'est-ce que t'en penses ? dis-je à Simon en désignant les toilettes.

— Tu ne vas pas oser.

— Tu crois ça ?

— Avec lui juste à côté ? T'oseras pas. »

Défi accepté.

Coup de pied dans la porte, carrelage en échiquier. Qui colle aux pieds. Odeur douceâtre d'urine incrustée. La bête a l'esprit ailleurs, mais c'est jouer avec le feu. Je prends deux poignées d'essuie-mains en papier, je les jette dans le lavabo, ouvre le robinet à fond. Je pompe du savon liquide, que je répands sur les serviettes en papier trempées, puis j'en fais trois boules. J'en prends une, la soupèse, puis la lance au plafond de toutes mes forces. Elle s'y colle dans un délicieux bruit mouillé, et reste en place. Si on sait s'y prendre, elles adhèrent à la surface et sèchent sur place comme des cabochons, jusqu'à ce qu'on envoie ce pauvre Whittle les nettoyer. C'est devenu ma signature. Les menaces de représailles sont encore plus féroces. Si l'on découvre le responsable, les conséquences seront inimaginables. Mais ils ne m'attraperont pas de sitôt. Je fais partie du système à présent. J'en connais tous les ressorts.

Ma deuxième boule est prête, et je me prépare à un geste théâtral pour amuser Simon. Son rire nerveux se transforme en sursaut de terreur quand la porte s'ouvre brutalement derrière lui.

« EH BIEN !

— Salaud. »

Le rire se transforme en soulagement hystérique car c'est Luke qui apparaît, dans sa meilleure imitation de la démarche de Weathers des Vices, tout propre et souriant. « Je savais que vous mijotiez quelque chose, bande de fieffés coquins.

— Connard. »

Adepte de la subversion, et jamais en reste, Luke se présente devant les urinoirs et lâche un jet contre la paroi, qui remonte jusque sur le mur. Il tire sur la peau, met toute la pression, et le jet devient soudain d'une ahurissante puissance, grimpant jusqu'au plafond, où il essaie de viser un de mes cabochons.

Simon et moi, nous nous enfuyons, laissant Luke glousser derrière la porte, prêt à accepter le blâme pour toutes ces sottises, si nécessaire, le désirant presque, parce qu'il est assez pervers pour ça.

Le bruit du réfectoire diminuait puis a été complètement étouffé derrière les portes fermées. Je me trouvais au pied de cet escalier lugubre. Pas de hamsters pendant les vacances, juste des relents de clapiers. Vision d'un garçon sortant de sa cage l'animal qui faisait l'orgueil et la joie d'un camarade, pour le faire parader devant les autres dans son petit poing moite. *Si on serre assez fort, ils ont les yeux qui sortent des orbites.*

Le tapis glissait toujours sous les tringles aux endroits habituels. Souvenir d'avoir suivi Crimble d'un pas grégaire, la nuit où il m'avait surpris en larmes. Lui progressant dans le couloir, moi à sa suite, prêt à tout plutôt que rester dans ce dortoir sombre.

J'ai jeté un coup d'œil à la porte close de ses appartements, et j'ai continué par l'autre escalier. La porte basse dans le mur était entrouverte. Je l'ai poussée et je me suis hissé en tenant la corde effrangée qui servait de rampe. Le grenier était vide. J'ai traversé le plancher nu, jusqu'à la fenêtre qui donnait sur le toit.

Me tournant le dos, Simon fouillait dans son sac, le soleil couchant éclaboussait les champs autour de lui. « Oh, mais qui cela peut-il être, je me le demande », a-t-il dit avant de se retourner.

Il était aussi grand qu'attendu. Fort et musclé. Étincelle dans les yeux, taches de rousseur éparses. Sous son cardigan noir, il portait un tee-shirt blanc trop grand, déchiré en plusieurs endroits. La peau de ses bras présentait un drôle d'aspect, constellée de cicatrices.

« Comment tu vas, mon vieux poteau ? » a-t-il dit en posant la main sur mon épaule. Il sentait la fumée et la sueur. Sa voix éraillée avait également changé. Ses voyelles s'étaient arrondies. Il finissait à peine ses mots. Son élocution était moins claire qu'à l'époque où l'on nous formait ici à devenir de vrais petits lords. Nous ne nous étions plus écrit depuis l'âge de quinze ans, deux ans après avoir quitté cet endroit. Je me demandais si on pouvait prétendre que nous nous connaissions encore.

« J'ai pensé que tu viendrais ici. »

Il a souri. « Qu'est-ce qui leur prend à tous de revenir comme ça ? C'est ridicule. J'ai bien aimé ta façon de jouer. D'après ce que j'ai entendu depuis le mur.

— Qu'est-ce que tu deviens ?

— C'est sympa de te voir, même si ce n'est pas le moment le plus pratique pour discuter. Où est-ce que tu vis ?

— À Londres. Paddington. Et toi ?

— Acton. Mais ce soir, je dors chez ma mère.

— Elle est ici ? »

Il a secoué la tête. « Ça fait des années qu'elle n'a plus rien à voir avec cet endroit. Par contre elle n'est pas loin. Écoute, je rentre en ville la semaine prochaine. Faisons les choses correctement, d'accord ? On est presque voisins ! »

Il a remonté la manche de ma veste et déboutonné celle de ma chemise. Il a sorti un marqueur de son sac à dos et écrit sur l'intérieur de mon avant-bras son numéro de téléphone.

« Ça va pas s'effacer tout de suite. Au cas où tu oublierais qu'on s'est vus. Ce qui ne serait peut-être pas une mauvaise idée. »

Pendant un bref instant de folie, je me suis demandé s'il comptait poser une bombe.

« Tu ne vas pas descendre ? Luke est là. »

Il a souri. « Je l'ai vu. Dis à ce vieux bâtard qu'il a toute mon affection, OK ?

— Pourquoi tu ne viens pas lui dire toi-même ?

— Appelle-moi à ce numéro la semaine prochaine. On prendra le temps de tailler une bavette. D'accord ? »

J'ai essayé de ne pas avoir l'air impressionné par le fait qu'il possédait un téléphone portable. Ni de trop me laisser distraire par le fait qu'il était désormais le genre de personne qui utilisait des mots comme *vieux poteau* et *tailler une bavette*.

« Bonne soirée, a-t-il dit en se retournant. J'espère que la bouffe est meilleure qu'autrefois. »

Tout cela avait duré moins d'un quart d'heure. J'étais de retour avant même qu'ils aient fini les entrées. Après dîner – roulade de saumon fumé, suivie d'un plat de chevreuil expiatoire –, Wags s'est levé pour prendre la parole. « Soyez tous les bienvenus. Cette année, notre réunion a une dimension un peu différente de d'habitude.

— Tu parles ! » a fait David West. Ricanements. Était-ce seulement dans notre petit coin, ou bien l'atmosphère devenait-elle soudain plus électrique ?

« Comme vous le savez, a continué Wags, M. Sutton a pris sa retraite. Il n'est pas exagéré de dire qu'il a consacré sa vie à cet établissement. Trente-cinq ans en tant que directeur, et avant cela, dix ans sous l'égide de son père. »

J'ai enfin remarqué la présence de M. et Mme Sutton. Ils avaient l'air vieux, un peu désorientés, en retrait de la vie. Je ne m'étais pas même demandé jusqu'ici pourquoi les professeurs étaient si peu nombreux à assister à cette soirée.

« Beaucoup d'entre vous ont généreusement contribué à son cadeau de départ, et je suis heureux d'annoncer que nous allons le lui remettre ce soir. Mais pour cela il va falloir que vous sortiez. »

Sur la pelouse, on avait allumé des braséros et le café était servi sur des tables à tréteaux. Certains des plus jeunes sont allés s'asseoir plus loin dans l'herbe pour fumer. Holly s'est installée à côté de Luke et de quelques autres, et s'est diligemment mise à rouler des pétards. Elle en allumait un, tirait une ou deux taffes, le faisait tourner dans le groupe, puis recommençait.

Wags a repris son discours, mais il régnait désormais une atmosphère ouvertement irrespectueuse, et il a dû crier pour se faire entendre. « Comme vous vous en souvenez peut-être, il fait très sombre ici, la nuit. Aussi allons-nous jeter un peu plus de lumière sur ces vieilles pierres. Mesdames et messieurs, j'ai le plaisir de vous présenter le Mémorial Lumineux Tony Sutton. »

Le public s'est dûment exclamé, presque avec sarcasme, quand on a appuyé sur l'interrupteur et que la façade du bâtiment a été soudain mise en relief avec éclat – réaction qui quasiment aussitôt a été noyée sous une véritable déferlante de rire quand l'auditoire a découvert la banderole. Un tissu flottait en haut du mur. Austère, avec des lettres majuscules. Un vieux drap. Noir sur blanc.

QUE SAVAIENT-ILS
VRAIMENT ?

Tony et Fiona Sutton étaient tels un dictateur et son épouse, ignorant que les sentiments de la foule s'étaient retournés contre eux. Ils continuaient de parler à ceux qui les entouraient comme s'ils n'avaient rien vu, et qui sait, peut-être n'avaient-ils réellement rien vu.

Mes souvenirs de la fin de cette soirée sont flous. Wags grimpant là-haut pour retirer la banderole, dénonçant furieusement celui qui l'avait mise en place. Holly, le visage collé à celui de Luke Price, sur un banc pour enfants. Ali pris de folie, bondissant sur la balustrade pour renverser les urnes remplies de fleurs. Et soudain tout cela a été emporté par la vague de culpabilité que j'ai ressentie en découvrant mon grand-père dans sa voiture, à la même place qu'autrefois, près de la chapelle, et que j'ai compris qu'il attendait patiemment depuis un certain temps, bien longtemps après l'heure à laquelle il se couchait.

# 14.

Le souffle chaud du métro m'a propulsé dans les marches. Dans l'ouest de Londres. Acton. Atmosphère d'été, air vicié de gaz d'échappement, gorgé de pollen. J'ai suivi les indications de Simon jusqu'au pied d'un haut bâtiment de béton, j'ai appuyé sur le bouton de l'interphone et attendu qu'il se mette à grésiller.

« Entre. » Décor d'un luxe prétentieux. « Septième étage. L'ascenseur est probablement en panne. Et il pue. Mais essaie quand même. »

L'ascenseur est monté, tremblant dans sa gaine. J'ai atterri sur un palier à la moquette d'un marron fonctionnel, aux murs bleus éraflés par des traces de vélos. Au milieu du couloir, une porte était ouverte. Je me suis avancé et le bruit de fond d'un programme télé pour enfants venant d'un appartement voisin s'est fondu dans les synthés nerveux de Prodigy.

Dans une étroite cuisine en forme de couloir, Simon me tournait le dos, tandis qu'il essorait des sachets de thé dans deux mugs. Il était pieds nus et portait un tee-shirt blanc et un sarong *tie-and-dye*. Dans l'air, l'habituelle brume d'herbe, à travers les vieux voilages on distinguait les tours du stade de Wembley.

« Du thé, ça te va ?

— Tout à fait.

— Je n'ai pas pu en boire pendant des années. Syndrome de stress post-traumatique. Jus de chaussette et lait UHT en doses individuelles. Le plus infime relent de thé suffisait à me ramener à la viande de porc en boîte, aux crèmes desserts à la rhubarbe et à tout le reste. » Il a pris les sachets pour les jeter à la poubelle. « Mais maintenant, je le laisse infuser plus, et je fais barrage à ces souvenirs en faisant les choses comme il faut. » Il a ensuite posé la cuillère et s'est tourné vers moi, comme si j'étais une friandise qu'il se réservait pour la fin. « Salut mon vieux. Maintenant, je vais te serrer dans mes bras. »

Après m'avoir enlacé, il a gardé un bras passé autour de mes épaules en me dévisageant, si longtemps que j'ai fini par demander : « Tout va bien ?

— J'essaie juste de reconnecter les deux versions de toi.

— Comment sais-tu qu'il y en a seulement deux ? »

Il a souri. « Ah, le voilà. »

Le salon baigné d'une lumière jaune soleil couchant était pour l'essentiel occupé par deux énormes canapés rouges encombrés de câbles. Entre les deux, sa malle d'autrefois faisait office de table basse. Des tours de matériel hors d'usage s'élevaient depuis le sol. Un cône de signalisation avec un trou au sommet servait de cendrier géant, les télécommandes y étaient attachées par des fils, pour pouvoir les exhumer de sous son bazar. Le long des murs s'entassaient des boîtes à chaussures, par piles de dix, leurs petites façades marquées au feutre de différentes années, ou de lettres.

« On dirait que je suis pas très doué pour jeter les trucs, a-t-il dit en poussant deux manettes Nintendo pour que je puisse m'asseoir. Regarde ça. »

Il a sorti une boîte marquée 1989 comme un conservateur de musée sortant un objet d'une vitrine. Il a ôté le couvercle et sorti une partie du contenu. Cahiers. Marrons rabougris. Ficelle. Puis il en a extirpé un Post-it, où il était écrit en majuscules tremblantes de mon écriture d'ado de treize ans :

*SI VOUS CHOISISSEZ D'AFFRONTER L'OGRE, ALLEZ À LA LETTRE O DANS LA BIBLIOTHÈQUE. SI VOUS CHOISISSEZ DE FUIR, ALLEZ À LA LETTRE F DANS LA CABANE À BOTTES.*

« Tu te rappelles de ça ?

— Ah oui, bien sûr. C'est un indice. De notre jeu. *Monstres anglais.* »

Il a souri et rangé le Post-it dans la boîte. « Tout ce temps gaspillé à essayer de s'occuper. »

« Toute cette histoire d'Azincourt est très stimulante, a dit Crimble. Mais ma scène préférée dans *Henry V* est celle d'avant la bataille, lorsqu'il punit *les traîtres en son sein*. Ils essaient de gagner les faveurs de Henry V en lui conseillant de ne pas pardonner à ceux qui ont comploté contre lui, ignorant qu'il sait que ce sont justement eux les conspirateurs. Il les écrase complètement :

> *La clémence habitait notre cœur, mais vos conseils l'ont étouffée, assassinée ; oser parler de clémence, dans votre bouche, c'est une honte ! Vos propres arguments se retournent contre vous comme les chiens contre leurs maîtres, pour vous déchirer. – Voyez-vous, mes princes, et vous mes nobles pairs, ces monstres anglais ?*

La loyauté, les garçons, c'est tout. Il faut toujours soutenir les vôtres. »

Simon et moi avons commencé à élaborer ce jeu l'après-midi même. C'était une sorte de chasse au trésor, avec un scénario à la *Donjons et dragons*. Tout s'est vite compliqué. On laissait des notes à travers toute l'école : dans les livres de la bibliothèque, sous les bureaux, derrière les toilettes. Des histoires secondaires inexploitées étaient reprises dans de nouvelles aventures. L'endroit a bientôt été recouvert par son équivalent imaginaire. J'aime à penser que d'autres élèves plus tard ont retrouvé certaines notes, devenant peut-être constitutives de leur propre mythologie.

*

La vie de Simon s'étendait là, entre papiers et ficelles. Et lui, il se trouvait dans sa boîte remplie de boîtes, cette personne que j'avais si bien connue. Nous avions vécu selon les principes de Crimble, en montrant les uns envers les autres une loyauté inaltérable, en prenant des balles à la place des autres chaque fois que nous le pouvions. Ouvrir cette boîte à chaussures, c'était sa manière de ressusciter tout ça. Je n'avais jamais visité cette pièce là-haut dans le ciel, mais à présent, il me montrait que je m'y trouvais déjà.

Comme autrefois, beaucoup de choses n'ont pas été dites. Mais il y avait aussi une part de mise en scène. Une façon de manifester la nouvelle personnalité que nous voulions faire découvrir à l'autre. Il me considérait comme insaisissable, ce qui me plaisait. Quant à lui, il était agité et ravagé, mais je ne voyais aucune volonté de fuite. Ses fragilités étaient manifestes. Son honnêteté lui conférait une apparence invulnérable.

Il a allumé un pétard, en nous l'échangeant nous lâchions les cendres dans le cône. Une fois fini, il a laissé choir le mégot à l'intérieur. En entendant un bruit d'eau qui grésille, j'ai compris que le cône de signalisation était à moitié rempli de liquide. Je lui ai parlé de ma vie avec Holly sur la péniche. De mes parents, de mes grands-parents, de ce qu'ils devenaient.

« Je suis encore en contact avec certains, m'a-t-il dit à son tour. Zhara Mosi. Becky Lynch. Tu n'avais pas un faible pour elle, à une époque ?

— On s'était mariés.

— Mais oui, bien sûr. »

Son aisance intacte vis-à-vis de ces noms que j'avais depuis longtemps oubliés me fascinait. Il était resté attaché à ces lieux, avait continué à fréquenter ces gens. Contrairement à la mienne, sa vie n'avait pas été remise à zéro périodiquement, la scène vidée pour permettre à une nouvelle troupe d'entrer. Il était allé dans un autre pensionnat privé, qui par comparaison était relativement inoffensif. Mais ça s'était mal terminé, et il avait dû retourner vivre avec sa mère le temps de terminer les examens de *A-level*, menacé d'être renvoyé. Après quoi, il n'était pas allé à l'université mais avait été embauché par une compagnie d'informatique comme développeur de jeu.

« Regarde, je vais te montrer. » Il a déconnecté le câble de la Nintendo 64 derrière la télévision pour brancher un PC visiblement puissant. « Le jeu a encore besoin d'être amélioré. J'ai des trucs à régler sur le C++. Mais tu vas voir l'idée générale. »

Il a attrapé un clavier par terre et pianoté quelque chose. Une fenêtre est apparue sur l'écran, suivie d'une image très travaillée d'un bâtiment pixélisé. On ne pouvait se tromper : les créneaux des remparts, la flèche penchée de la chapelle.

« Vu le nombre de fois où ils nous l'ont fait dessiner en cours d'arts plastiques. Je n'ai même pas eu besoin d'une photo.

— C'est très ressemblant. »

Des lettres vertes se sont mises à dégouliner.

*MONSTRES ANGLAIS*

Des bras sont apparus, tenant un fusil. Selon une perspective à la première personne d'une précision dérangeante, le personnage s'est avancé.

« Le son viendra plus tard. On entendra une respiration et des bruits de pas, à ce moment. Où est-ce que tu veux aller ? Dans la grande salle ? Sur la pelouse nord ?

— On entre, je suppose. »

Ce n'était pas le réalisme de cette démo qui me mettait mal à l'aise, ni le fait que j'étais défoncé. C'était le désir primaire de franchir ce seuil avec une arme chargée.

Ses mains se sont activées sur le clavier. « J'en ai fait une maison hantée au lieu d'un pensionnat, bien sûr. Le problème c'est qu'il se cherche encore, entre jeu de tir ou jeu de rôle. Beaucoup de développeurs pensent qu'il faut choisir entre violence et jeu de rôle, mais je ne vois pas pourquoi on ne pourrait pas avoir les deux. » Quand le personnage est arrivé devant la porte d'entrée, Simon a ouvert une boîte de dialogue et tapé une commande. « Imagine des bruits de coups bien sonores. » La porte s'est ouverte, et une créature replète en uniforme de majordome est apparue, portant une cravate un peu lâche, orange et or. Le visage était constellé de cicatrices et très enflé, pourtant je l'ai reconnu.

« Wags !

— J'ai pensé qu'il ferait un parfait gardien. Ce n'est pas vraiment lui – tout du moins une version croisée avec Fungus le Croquemitaine.

— Et les autres ?

— Je ne les ai pas encore tous créés. Weathers des Vices est une espèce de sergent-major zombie. Avec beaucoup d'armes. Spinks est une momie. »

Wags se balançait entre les poutres, lançant des balles de cricket qui explosaient à l'atterrissage. Simon a tapé une commande et nous avons quitté la grande salle. Les couloirs grouillaient d'espèces de rongeurs répugnants aux yeux d'insectes.

« Crimble y est ?

— Bien sûr. C'est mon Dr Jekyll et Mr Hyde. » Il a mis le jeu sur pause et il est passé à un autre niveau. Un barbu mince au regard doux, vêtu d'une redingote grise, est apparu devant nous. Sa bouche s'est ouverte sur un hurlement, et une autre paire de bras a surgi de son manteau. Des griffes sont apparues sur ses quatre mains lorsqu'il s'est avancé.

Simon s'est mis à rire de sa création. « Il faudrait que je calme un peu le jeu. Moi-même, ça me fout les jetons. N'empêche, je pense qu'il trouvera ça drôle.

— Tu es toujours en contact avec lui ?

— Plus tellement maintenant.

— Comment va-t-il ?

— Égal à lui-même. » Il a mis le clavier de côté. « Est-ce que j'en roule un autre, ou on passe à la bière, ou les deux ? »

On a bu quelques canettes. Fumé. Rigolé. Les premières barrières étaient tombées. J'ai fini par comprendre qu'il n'en parlerait pas si je n'évoquais pas le sujet.

« Alors. La réunion des anciens. Tu es resté pour assister aux conséquences ?

— De quoi ?

— De ta banderole. »

Il a souri. « Non. Comment c'était ?

— À l'évidence, ça a fait son effet !

— J'avoue que ce n'était pas très subtil. Mais je savais qu'autrement ils allaient tous s'en tirer en faisant comme si de rien n'était. Et je me suis dit que ça n'allait pas.

— Quel salopard, ce Weathers-Davis. Je n'arrive toujours pas à y croire. J'imagine qu'on a eu de la chance qu'il se contente de nous balancer dans les escaliers.

— Ouais. On a eu du bol.

— Tu crois qu'il le faisait encore quand on était là-bas ?

— Oui, dit-il, je le crois. Il a agressé des gars qui étaient en cours avec nous, j'en suis certain.

— Qui par exemple ?

— Ali Price, par exemple.

— Tu crois ?

— Rappelle-toi. Regarde entre les lignes.

— Allez. Tu ne peux être sûr de rien. T'as des preuves ?

— T'as une cervelle ?

— Quoi ? »

Il a passé une main sur son visage comme pour en chasser l'hostilité. « Pardon. Je peux te poser une question ?

— Évidemment.

— Tu as réellement l'air surpris par tout ça. Tu l'es vraiment ?

— Je n'en avais pas la moindre idée.

— Sérieusement ? Parce que si je puis me permettre... » Il a paru se raviser.

« Quoi ? Vas-y !

— J'ai toujours pensé que ça t'était arrivé à toi aussi. »

Je l'ai dévisagé. « Moi ?

— Oui. » Il soutenait mon regard. « Si c'est le cas, tu peux me le dire. Je ne jugerai pas. Et je ne le dirai à personne.

— Ça ne m'est pas arrivé, non.

— OK. » Il s'est levé pour aller à la cuisine. « Une autre bière ? »

Il est revenu avec deux canettes fraîches et s'est mis à inspecter ses CD. « Qu'est-ce qu'on s'écoute maintenant ? Ah, *Leftism*. Ce sera très bien.

— Qu'est-ce qui t'a fait croire ça ? À mon sujet. »

Il a lancé le disque et s'est rassis. « Ce n'était pas cool de te poser la question. Mais j'y ai souvent pensé au fil des années, c'est pour ça qu'il fallait que je te demande. Maintenant, c'est fait.

— Mais qu'est-ce qui t'a fait penser cela ?

— Le fait... je suppose... qu'il t'emmenait parfois dans sa chambre le soir. »

Silence, tandis que nous soupesions tous deux ses propos.

« Crimble ? ai-je dit.

— Oui.

— Mais de quoi on parle, là ? Est-ce qu'on parle toujours de la même chose ?

— C'est aussi arrivé dans mon autre école, mais on était plus vieux, du coup on savait de qui il fallait se méfier. Et quand on grandit, on arrive à s'organiser en équipe. Pour se tenir informés les uns les autres.

— Comment ça, c'est arrivé aussi ?

— Tu veux que je te fasse un dessin ? »

Ma peau me démangeait. L'atmosphère devenait étouffante. Ses mots remplissaient la pièce, esquissant une forme énorme, en creux.

« Je veux dire, avec notre petit groupe. Ses favoris. C'était du sur-mesure, tu ne trouves pas ?

— T'es pas sérieux ?

— OK, on est pas obligé d'en parler si tu veux pas.

— Crimble ? » ai-je répété. Simon s'est rassis et a haussé les épaules. « Alors comme ça, tu crois qu'on va venir l'arrêter à son tour ?

— Je sais pas. Mais si ça arrive, j'aurai des trucs pour eux. »

J'ai scruté la pièce à la recherche d'indices : insectes morts, écailles de peinture, poussières suspendues. Il est revenu vers son mur de boîtes à chaussures et en a prélevé une, portant l'étiquette *Crim*, en révélant une autre cachée derrière. Il l'a lancée sans ménagement sur le canapé, derrière moi. « Pour les mauvais jours. »

J'ai soulevé le couvercle pour trouver des paquets d'enveloppes bien lisses, attachées ensemble par un ruban. J'ai tout de suite reconnu cette écriture. Elle se trouvait aussi sur mes textes de théâtre, mes devoirs d'anglais, et la bible qu'il m'avait offerte lors de mon départ.

*Alors que tu avances dans la vie, souviens-toi que le Christ te montre le Chemin, la Vérité et la Lumière.*

« L'écriture manuscrite, a dit Simon d'un air dévastateur. Dans quelques années, on se demandera comment on a pu s'appuyer autant dessus. Enfin bref. Regarde ça. Tu peux en lire autant que tu veux. »

J'ai dénoué le ruban, et le paquet s'est défait sur mes genoux. J'en ai pris une au hasard, et je l'ai dépliée. Dans les replis du papier, la langue rouge d'un billet de cinquante livres.

J'ai parcouru quelques paragraphes. Noms. Dates. Allusions à des rendez-vous.

Mais ce ton, tout de même !

« Parfois c'était seulement un billet de vingt quand on se voyait en vrai. Mais dans les lettres, toujours cinquante. Ça faisait lourd, sur son salaire. À l'origine, c'étaient les vieux billets avec Christopher Wren, évidemment, mais comme ils ne sont plus en vigueur depuis l'année dernière, je les ai changés contre les rouges. Au cas où un jour j'en aie besoin. »

J'ai regardé d'autres lettres. Certaines étaient manuscrites, d'autres imprimées au moyen des premiers traitements de texte, gagnant en qualité. Elles avaient toutes un point commun : chacune d'elles contenait un billet de cinquante livres. Il y avait aussi des cartes postales. D'Écosse. Du Peak District.

Simon était reparti dans la cuisine.

« Il doit bien y avoir mille livres là, ai-je crié. Pourquoi tu ne les as pas dépensés ?

— Je te l'ai dit : c'est ma réserve pour les mauvais jours.

— Pourquoi est-ce qu'il t'a donné autant ? Tu m'as dit qu'il avait cessé de fréquenter ta mère il y a des années. »

Il a passé la tête par la porte avec un sourire de compassion, à croire qu'il m'avait joué un mauvais tour. « Je crève la dalle. Je vais aller chercher un truc à bouffer.

— Je viens avec toi.

— Non. Reste ici. Lis tout ça. Je serai pas long.

— Tu veux du liquide ? ai-je dit en lui tendant la boîte avec le sourire.

— Ça, ça reste où c'est. J'ai mon argent à moi. Je reviens tout de suite. »

Avant que j'aie eu le temps de dire quoi que ce soit, il m'a abandonné avec les lettres. Elles reflétaient la lumière d'une manière qui rendait le coucher de soleil inadéquat.

J'ai ouvert la première et j'ai commencé à lire.

« J'ai pris du poulet, j'espère que ça te va. » Il s'est attardé à la porte, comme si c'était mon intimité qu'il risquait de déranger et non la sienne.

Plus d'une heure s'était écoulée. J'étais toujours assis sur le canapé, là où il m'avait laissé. Après avoir lu les lettres – il y en avait vingt-deux en tout –, je les avais rangées dans l'ordre chronologique, en paquets bien nets, puis je les avais remises dans leur boîte. Cela me paraissait important de le faire avant son retour, de même qu'on recoud un corps après une autopsie. Puis j'étais resté assis, résistant au besoin de me lever, au cas où je ne pourrais m'empêcher de fouiller davantage dans sa vie, écoutant le rugissement du passé revisité.

Il a posé sur la table un sac en plastique humide et odorant. Il s'est écroulé à côté de moi, à croire que me laisser avec ces lettres l'avait en quelque sorte détendu. À sa démarche et à son haleine, j'ai compris qu'il était passé au pub.

« J'ai des questions à te poser.

— Oh, ça, je m'en doute. »

La confiance que nous avions établie des années plus tôt avait gagné en maturité. Nous voulions tous les deux que la conversation imminente ait lieu, mais ni lui ni moi n'osions nous lancer.

« Commençons par une question simple. Ça veut dire quoi "poster" ?

— Ah. » Sourire de gratitude. Tel un professeur applaudissant à la question pertinente d'un élève. Il a baissé les bords du sac et ouvert la boîte qui contenait le poulet. « C'était un jeu entre nous. Sur la façon dont il me donnait l'argent. J'ouvrais mon pantalon et il postait l'enveloppe dans mon slip. Parfois ça prenait plus de temps que d'autres. » Il a posé une serviette en papier sur mes genoux et m'a fait signe de me servir avant de prendre un pilon et de mordre dedans.

« Quand ? Où ça ? »

Il s'est essuyé la bouche. « Dans toutes sortes d'endroits. Il venait me chercher à mon école et m'emmenait prendre le thé. Parfois, on pique-niquait. À la maison aussi, pendant les vacances. N'oublie pas que je restais sur place, moi.

— Simon. Et ta mère ?

— Elle était assez occupée comme ça à essayer de le garder. Plus tard, une fois qu'elle a eu renoncé à l'idée qu'ils se mettent vraiment ensemble, il est devenu une sorte de figure paternelle de substitution, cela n'avait donc rien d'étonnant qu'on continue à se voir. »

Je ne posais pas les bonnes questions. Les plus évidentes refusaient de sortir. Elles étaient trop stridentes, trop obscènes. Et le ton des lettres y avait déjà répondu de toute manière.

« Je ne sais pas quoi te demander après ça. Par où commencer ? »

Il a jeté l'os de poulet et poussé la boîte vers moi. « À mon tour de parler un peu. »

Il semblait incapable de se tenir tranquille, faisant les cent pas à travers la pièce, mangeant, picolant : tout pour détourner l'attention de ses révélations sans fard. Il oscillait entre frontalité et désinvolture, mais ne disait jamais rien sans jauger ensuite ma réaction.

« Tu te rappelles comment tu as appris à te branler ?

— Bien sûr.

— Quelqu'un t'a montré ?

— Ben, c'était pas comme si personne n'en parlait.

— Donc c'était là-bas, à l'école ?

— Ouais.

— Moi aussi. Sauf que moi, on m'a montré comment faire. Crimble m'a appris.

— Non.

— Ce n'est pas si bizarre que ça, quand on y songe.
— Si, Simon, c'est bizarre.
— D'ailleurs, ce n'est même pas comme ça que ça a commencé. C'est avec les entretiens.
— Les entretiens ?
— Filmés. Tu te rappelles cet énorme caméscope qu'il avait ? Forcément que tu t'en souviens. Je pourrais te le dessiner là maintenant, tellement je le connais. Il me filmait tous les six mois. C'était un genre de journal vidéo. Pour rendre compte de mon développement. Comment je changeais. Et puis les questions ont commencé à devenir étranges.
— Ça se passait où ?
— Dans sa chambre. Assis sur son lit. Une ou deux fois dans sa maison.
— Et il t'a vraiment appris à... ?
— D'un côté, c'était utile. Faut bien apprendre. » Il était d'une sincérité désarmante, mais c'était le ton qu'il avait choisi. « Il faut que tu comprennes... Il était comme un ami pour moi. »

Si je ne posais pas la question maintenant, je ne le ferais jamais : « Jusqu'où c'est allé ? »

Il a passé le doigt dans l'ouverture du cône de signalisation et l'a traîné par terre brutalement, jusqu'à l'endroit où il était assis. « Si on s'embarque là-dedans, j'ai besoin de plus de munitions. Oh putain, mais qu'est-ce que je fous ? Accélère. Ça n'arrivera qu'une seule fois. Si t'enchaînes pas, je vais péter un plomb.
— Excuse-moi.
— Avant que tu te lances, n'oublie pas que tout ça a eu lieu au fil des années. Et pour être tout à fait honnête, sur le moment, ce n'était pas si terrible que ça. On parle du choc, la première fois, quand ça arrive aux gens. Comment ils tournent en rond, incapables de comprendre ce qui leur est arrivé.

Tout à coup, étrangers dans leur propre corps. Mais moi, je n'ai jamais ressenti ça, parce que tout s'est passé très lentement. Par étapes. Et puis un jour, tu te retournes, et tu penses : "Où suis-je ? Comment ai-je pu m'habituer à ça ?"

— Et ?

— Et quoi ?

— À quoi tu t'étais habitué ?

— Pose-moi la question.

— À ses baisers ?

— Bien sûr.

— Avec la langue ?

— Évidemment.

— Cette barbe.

— Ça grattait. Allez ! » s'est-il écrié en faisant les cent pas. Il a pris une balle de cricket dans une de ses boîtes à chaussures, et s'est mis à la lancer d'une main à l'autre. « Vas-y franchement. Je te dirai tout, mais il faut que tu me poses la question. »

La nuit était tombée. J'ai repris ma respiration. « Il t'a obligé à lui toucher la bite ?

— Obligé ? » Il a souri. *Prends ça dans la gueule. Prends tout ce que tu as loupé dans ta putain de gueule.* « Ouaip.

— Putain.

— Mais pas au début. C'était l'inverse, pendant longtemps. Il touchait la mienne. Il touchait la sienne. Il y a eu des étapes. Des années. N'oublie pas. Continue. »

J'ai fermé les yeux. « Il a joui ?

— Bien sûr. Avec ce drôle de bruit comme s'il était surpris ou qu'il écoutait des ragots, ou qu'il avait trouvé une souris dans sa boîte à biscuits. » Il savait que ça allait me faire rire. « Allez ! Y aura pas de deuxième séance !

— Je ris seulement parce que tu ris !

— C'est la seule façon de faire. Je serais foutu si j'en rigolais pas. » Bouffée d'énergie maniaque. Il sautillait sur la pointe des pieds.

« Des trucs avec la bouche ?

— Par étapes, toujours. Et oui. Dans les deux sens.

— Je commence à comprendre pour l'argent.

— L'argent, c'était pour que je reste dans de bonnes dispositions. Même si ça n'a jamais été présenté de cette façon. Et puis ce n'est pas comme si j'avais l'intention d'intenter une action.

— Pourquoi pas ?

— Je ne veux pas. Continue.

— Est-ce qu'il a...

— Est-ce qu'il a quoi ?

— Tu sais.

— Il y a eu des tentatives.

— Mais pas...

— Juste une fois en fait. Un dérapage. Il avait bu, je crois. Il a dit : "Ça va peut-être faire mal." C'était le cas. Ça n'a pas été long. Et après, il était dans tous ses états. Il a même pleuré.

— Putain de merde.

— À bien y réfléchir, tu peux retrouver précisément le jour où ça s'est produit. C'était la veille de la fois où je suis allé chez tes grands-parents pour cette sortie bonus. Tu te rappelles ? Il était furieux que je sois sorti. Il a dû croire que j'allais tout te raconter. Ou le dire à ton grand-père. Après, la tension est retombée. Mais ça a mis du temps. »

Des os grisâtres et des morceaux de peau grillée jonchaient la table.

Une fois cette terrible révélation passée, nous avons pu revenir un peu en arrière, et parler d'autres choses pendant un moment. Mais c'est toutefois resté au cœur de la conversation. Enfin, nous sommes arrivés à des questions plus terre à terre. Le quotidien. Son actualité.

« Quand as-tu eu de ses nouvelles pour la dernière fois ?

— J'ai cessé de répondre à ses lettres après avoir été viré de l'école. Il y en a eu encore une après ça, pour mes dix-huit ans. Elle est arrivée chez moi. Tu l'as vue. Celle où il parle de ma majorité. Je n'ai jamais répondu. » Nous étions à présent complètement ivres. D'un air interrogateur, il m'a demandé : « Alors c'est tout ? Tu n'as plus d'autre question à me poser ? Pas de "Tu gardes des séquelles ?" » Il m'a lancé un regard salace : « Ou "tu y as pris du plaisir ?" »

Je n'avais pas la maturité nécessaire pour exprimer ce genre de pensées. Et je ne suis pas certain qu'il aurait su y répondre. D'ailleurs je ne le souhaitais sans doute pas.

« Tu penses que Crimble a fait ça avec d'autres élèves ? ai-je demandé à la place.

— Je sais pas trop. J'en doute sérieusement. Mais après confirmation de l'histoire de Weathers des Vices, j'ai réfléchi. S'il n'y a pas eu qu'un seul prof, ça ouvre toutes sortes de perspectives perverses, tu penses pas ? De collusion. De collaboration. Histoire de se couvrir mutuellement. Par exemple, est-ce que les Sutton savaient ?

— Comment ils auraient pu savoir ?

— Comment auraient-ils pu ne pas savoir ? On était nombreux à savoir ! Pas toi, bien sûr, apparemment, mais ceux d'entre nous qui étions capables de sentir un peu les choses. Ne te méprends pas : je comprends, maintenant que je vois à quel point tu étais déconnecté de tout ça. Tu as toujours été… un peu plus jeune, d'une certaine manière. C'est un des trucs que j'aimais chez toi. »

*Et lui ?* ai-je eu envie de dire. *Ce personnage affectueux et magique qu'il prétendait être ? Tout ça n'était qu'un putain de mensonge.* Mais visiblement, pour Simon, ce personnage-là n'avait jamais cessé d'exister.

« Et voilà. Personne n'est au courant en dehors de toi et moi. Et lui, bien sûr. Je pense qu'il n'a jamais rien dit. Ce pauvre con doit se chier dessus de peur en se demandant si je vais le poursuivre en justice. Ce que je ne ferai pas. Mais peut-être que quelqu'un d'autre le fera. On verra. »

*On devrait s'en occuper*, ai-je pensé. *Il devrait y avoir une foule brandissant des torches devant sa maison.*

« Tu dois aller voir la police. Je t'accompagnerai. »

Il a secoué la tête. « Pas question. Et même si je le voulais, je ne peux pas.

— Mais pourquoi ? On ne peut pas dire que tu manques de preuves. Regarde-moi tout ça. »

Il était en colère contre moi à présent : « À. Cause. Des. Cassettes.

— Tu crois qu'il...

— Il me l'a seulement dit deux fois. Mais j'ai compris le message. C'était tout à fait clair. “Ne t'inquiète pas pour les cassettes. Elles sont parfaitement en sécurité.”

— Je n'arrive pas à croire qu'il n'y ait rien à faire.

— Et qu'est-ce que je ferais ? L'envoyer en prison ? Ce n'est pas ce que je veux.

— Si seulement...

— Arrête, maintenant. OK ? » Ton ferme. « Je ne t'ai pas raconté tout ça pour que tu fasses quoi que ce soit. Tu m'as aidé en m'écoutant, mais ça n'ira pas plus loin. Je voulais surtout savoir si ça t'était arrivé à toi aussi. Ce n'est pas le cas. C'est très bien comme ça. Tu as eu de la chance.

— J'aurais peut-être mieux fait de te dire que ça m'était arrivé. Pour que tu te sentes mieux.

— Pourquoi tu crois que je me serais senti mieux ? Ça aurait pu être pire de savoir que je n'étais pas le seul. De toute façon, je l'aurais su si tu m'avais menti. Ça se voit à un kilomètre. Mais bon, ça faisait si longtemps que je ne t'avais pas vu, alors... »

Alors.

Toutes mes histoires d'un réconfort complaisant, peaufinées au fil des années. Pendant ce temps, une dimension de l'expérience des autres m'avait totalement échappé. Ce que je qualifiais de traumatisme ayant défini ma jeune existence s'avérait d'une banalité absurde et pathétique.

Une excursion oubliée sur un terrain de jeu revenait à la vie. La musique grondait en prenant de la vitesse. Des images criardes se mettaient à scintiller. Les souvenirs étaient mon film Zapruder, ma lettre de l'Éventreur. *En arrière toute et à gauche. Attrapez-moi si vous pouvez, M'sieur Lusk*. Soudain j'ai compris une chose terrible.

« Tout est ma faute, ai-je dit.

— Comment ? Mais de quoi tu parles ?

— C'est moi qui t'ai mené à lui. Je t'ai convaincu d'y aller. C'est ma faute. »

Énervé, il a jeté sa canette de bière et s'est levé.

« Ouais, bien sûr. Parce que pendant les deux ans avant ton arrivée, il ne s'était jamais approché de moi avant que tu lui révèles mon existence. Rien ne s'était passé avant toi. Mais putain, Max ! Tu crois vraiment que tout a commencé à ton arrivée ? »

Je le contemplais, vaincu. « Je ne sais pas quoi dire.

— Alors ne dis rien. Sois heureux et passe-moi la bouteille. »

Quand je suis reparti le lendemain matin, tellement soulagé à l'idée de ce à quoi j'avais échappé, le monde m'est soudain apparu vivant, luxuriant. Puis la colère est revenue. Je suis resté assis seul sur la péniche, gonflé d'énergie, à scruter les foulques et les poules d'eau au-dehors.

Plus j'y repensais, plus je me rappelais uniquement Crimble venant me chercher dans mon lit. Je n'avais aucun souvenir qu'il m'y ait ramené. Je me remémorais le soulagement éprouvé en m'asseyant au bord de son lit en pyjama. Je sentais l'odeur du lait chaud, tandis qu'il le remuait pour dissoudre la poudre de chocolat. Était-ce si difficile d'imaginer comment les choses auraient pu tourner à partir de là ? De faire un pas de plus et de peupler les ténèbres ?

Mais comment fait-on ? Comment passe-t-on de la passivité à l'action ? Est-ce qu'on vise d'abord la bouche, comme avec un amant adulte ? Des petits baisers barbus dans le cou ? Une intimité non désirée ? L'odeur du frigo de quelqu'un d'autre. La voiture spacieuse d'un camarade d'école. Se servir accidentellement de la brosse à dents de votre père. Baisser son bas de jogging bleu. Relent sombre d'homme mûr. Non. Il aurait été propre, n'est-ce pas ? Il était très à cheval là-dessus. Il en avait toujours après l'hygiène. Et sensible avec ça, sans le moindre doute. Il était clair, d'après ses lettres, que pour lui c'était de l'amour. Du moins en apparence. Mais les apparences s'avèrent souvent trompeuses face à la réalité tangible. La peau de poulet du scrotum de Crimble, le bulbe chercheur de sa bite.

Et tout ça, sans parler de ce bon vieil Eric. Quel degré de douleur atteignait-on quand la peau se déchirait ? Que ressentait-on à être ainsi conquis ? Y avait-il un moment de blanc, après, lorsque vous pensiez vous être lavé, et qu'assis sur le rebord de la baignoire, vous déposiez un baiser rouge sur l'émail ? Une croûte se formait-elle à l'intérieur, pareille à une pierre en vous-même ? Un arôme composite de sang, de selles et de sperme ?

Il est une chose que je peux nommer mais que je ne pourrai jamais imaginer, c'est la honte. Car l'empathie a des limites qui se heurtent à l'absence d'expérience. On peut se représenter intellectuellement les choses, mais on ne peut se forcer à les éprouver.

J'étais passé si près du gouffre. Mais je lui avais donné l'impression que le pari était trop risqué. Que j'aurais forcément parlé. Même si en réalité je n'aurais sans doute rien dit. Parce que franchement, qui ose dire ce genre de choses ?

Les jours suivants, j'ai mis au point une nouvelle méthode de dissociation afin de gérer l'explosion des souvenirs réactivés et reconfigurés par les révélations de Simon. Je voyais ma main sur une vieille manivelle en métal au cœur d'un carrousel géant de diapositives. À mesure que je la faisais tourner, toutes les images possibles que je pouvais faire resurgir apparaissaient autour de moi, jusqu'à ce que la machine s'arrête et qu'un souvenir émerge, j'entrais alors dedans. C'était une manière de donner à ce manège un semblant d'ordre. Il n'y avait pas moyen de l'arrêter. J'avais beau faire tout ce que je pouvais pour penser à autre chose, mon esprit était déterminé à rester tourné vers le passé, imposant à mes souvenirs une nouvelle logique à la lumière de ce que j'avais découvert. Quoi qu'il propose, le présent, prévisible, se contentait de ronronner. C'était dans le passé que tout se passait.

# 15.

*Si on veut y aller, il est temps de se mettre en route.*

Sa voix douce qui se mêle à mes rêves.

Il est doué pour réveiller les gens. Il fait ça tranquillement. Il n'est pas du genre à vous défibriller la conscience en lâchant un chien sous vos draps.

Il récolte les élus avant l'aube, le groupe augmente de dortoir en dortoir comme la bande de Zorro sortant de derrière les rochers. Nous dégringolons dans nos shorts et nous précipitons à travers les prés couverts de rosée sous ses cris d'encouragement. Son chien décrit des cercles autour de nous. Nous ne sentons plus nos jambes pleines de fièvre. Il porte un jogging, et nous sommes autorisés à nous moquer de lui.

« Qu'est-ce qui se passe, monsieur Crighton ? On a peur d'un peu de fraîcheur ? » lançons-nous en l'imitant. Nous savons jusqu'où aller sans craindre de perdre notre charme.

« J'ai un million d'années de plus que vous, et l'état de mes jambes vous ferait peur. »

Pendant que nous grimpons avec difficulté la colline, il trottine devant nous, barbe mouillée, lunettes embuées, criant de plus en plus fort, pour nous stimuler. Une fois en haut, il partage un gâteau

Kendal à la menthe et nous en distribue des portions généreuses. Le sucre au goût de menthe donne un coup de fouet à nos organismes, flambée d'énergie au petit matin. Nous rentrons en temps voulu pour nous doucher avant le petit déjeuner, qui n'est jamais aussi bon qu'après ces escapades matinales.

Les exclus ravalent leur mépris.

« La bande à Crimble », fait Luke d'une voix traînante, les yeux incrustés de sommeil, couvant sa tartine œuf-tomate. « Vous êtes complètement dingues. »

Mais nous baignons encore dans le sillage de notre sortie. « Ça fait du bien d'aller se dégourdir les jambes, répondons-nous. Regarde comme nous avons bonne mine. » À nouveau, les mots de Crimble.

Avant que celui-ci ne soit entré dans ma vie, le seul passe-temps qui me permettait de m'échapper réellement, c'était le piano. Au début, je me faufilais dans une des salles de musique et me jetais sur le premier instrument disponible. Je choisissais parmi les chansons préférées de mon grand-père, et je les jouais jusqu'à être capable de les interpréter les yeux fermés, ce qui me permettait de pénétrer si profondément dans la mélodie que j'entendais presque la respiration de mon grand-père, tandis qu'il écoutait, assis à mes côtés. Ce fut mon premier pas vers la prise de conscience que la musique était la meilleure arme dont nous disposions contre le temps.

Deux ans plus tard, je continue toujours. Mais à présent, grâce à Crimble, j'ai d'autres distractions qui m'aident à m'évader. L'une d'elles, ce sont les activités harassantes qu'il nous propose. Les livres en sont une autre. Pas seulement les histoires d'horreur que je choisirais spontanément, mais les romans qu'il nous pousse à lire. Ces phrases brûlent dans ma mémoire. Je les écris.

*M. Holmes, c'étaient les empreintes d'un chien géant.*

*Oh, mon pauvre vieux Jeckyll, si jamais je lus la signature de Satan sur un visage, c'est bien sur celui de votre nouvel ami.*

*Le seul moyen de se délivrer de la tentation, c'est d'y céder.*

*Nul n'aurait cru que ce monde était surveillé de près et avec tant de soin par des intelligences supérieures à celles des humains, et pourtant tout aussi mortelles.*

Est-ce qu'il les choisit à dessein, ces histoires de transformation ? Pour moi, elles sont parfaitement réalistes. Bien sûr qu'un tableau peut prendre vie. Bien sûr qu'un homme peut devenir un monstre après avoir avalé une potion. Bien sûr qu'une personne peut devenir invisible. Et bien sûr que les Martiens existent. Regardez-moi cette fine équipe.

Depuis deux ans, il me nourrit de distractions. Dès que j'atteins un plateau, une nouvelle colline surgit. Courir. Jouer la comédie. Faire de l'escalade. Il m'a coopté dans son réseau de responsabilités et récompenses.

Ma responsabilité porte un titre. Je suis le capitaine de Gallipoli, le dortoir des garçons les plus jeunes. En raison de mes débuts hasardeux, je me trouve dans la position idéale pour veiller sur les nouveaux, dont certains n'ont que huit ans. Leur fragilité et leur confusion sont évidentes pour tout le monde. Certains sont aussi tendres que les animaux en peluche qu'ils serrent contre eux. Œufs fécondés, éclos trop tôt. Leur dortoir est dans l'aile est, à côté de celui des filles, dont les quartiers, récemment installés, ont été baptisés Goose Green.

Quand les plus jeunes dont j'ai la charge cessent de pleurer et s'endorment, je reste lire dans un fauteuil dans le couloir avant d'aller me coucher à mon tour. Les filles vont et viennent par deux ou trois.

« Max Denyer. Qu'est-ce que tu lis comme livre bizarre ce soir ?

— C'est l'histoire des nazis pendant la guerre qui mettent la main sur la lance qui a percé le flanc du Christ, et ils l'utilisent pour avoir des pouvoirs surnaturels et gagner la Seconde Guerre mondiale.

— C'était quoi le dernier, déjà ?

— Des rats mutants qui dévorent les gens à Londres. »

Je vois à travers leurs pyjamas. Je sens leur odeur. J'éprouve un sentiment enivrant de vulnérabilité à être ainsi le seul mâle en leur compagnie.

« C'était celui avec un bras coupé en couverture ?

— Non, celui-là, c'était l'histoire avec les crabes tueurs radioactifs.

— C'est quoi la différence ?

— Celui avec les crabes se passe surtout en mer.

— Y a des bons passages dans celui-là ? » me demande Becky Lynch. Le rouge me monte aux joues. Les autres ne comprennent pas ce qu'elle veut dire, mais moi si. Les rats ou les crabes, ou ce que vous voudrez, aiment frapper leurs victimes après qu'elles ont passé une page et demie à faire l'amour, avec force détails. Relations sexuelles bien sûr interrompues à la première morsure ou piqûre sur le corps innocent de la femme (presque toujours). J'ai fait lire ce genre de passages à Becky, qui affecte du dégoût, puis demande à les relire, assise tout près de moi.

Bruit de pas pressés et essoufflés.

« Vite, Zhara a encore une vision. »

*Mon Dieu.*
*Laissez-moi faire.*
*Ne restez pas toutes autour d'elle.*

Zhara prétend être particulièrement sensible aux esprits qui hantent ces lieux ; dans des moments choisis avec soin, elle nous sert ses visions hystériques de regards maléfiques aperçus à la fenêtre, de la Dame Grise ou de l'Homme Suspendu. Je comprendrai plus tard que, comme les autres élèves d'origine étrangère, elle avait transformé sa différence en atout. Métamorphosant sa faiblesse en force. Perdant un peu ses repères dans l'affaire. C'est une réponse parfaitement naturelle face à un lieu où mythes et réalités sont interchangeables.

Elle sait choisir son moment avec précision. Tout le monde est électrisé. Public en quête d'une représentation. Lorsque j'arrive dans sa partie du dortoir, le spectacle bat son plein. Elle regarde à nouveau la fenêtre et hurle. « Il y avait un visage, un VISAGE, et il voulait me dire quelque chose.

— Calme-toi, Zhara. Allez, il faut vraiment que tu te calmes. »

Elle prend une posture catatonique, manifestant aux yeux de toutes sa sensibilité. « Il avait l'air si triste », ajoute-t-elle.

Mlle Fletcher jaillit dans l'encadrement de la porte. « Retournez vous coucher, les filles. » Je demeure impassible, certain que sa colère sera réservée à mes camarades féminines. Puis elle se retourne vers moi. « Quant à vous, jeune homme.

— Quant à moi, quoi ?

— Modulez votre ton. Vous êtes seulement autorisé à lire à l'extérieur quand les garçons dont vous avez la responsabilité dorment. Mais vous n'êtes nullement autorisé à entrer dans ce dortoir. Ces petits imbéciles sont en train de faire la foire à côté pendant que vous êtes là à vous mêler de ce qui ne vous regarde pas. M. Crighton aura deux mots à vous dire à ce propos, j'en suis sûre. »

Le rapport a lieu le lendemain dans sa chambre. Il n'y a pas de chocolat chaud. La CB n'émet pas son grésillement réconfortant. Il ne m'invite pas à m'asseoir sur son lit.

« Avons-nous commis une erreur en vous confiant la responsabilité de Gallipoli ? Vous n'avez pas l'air de vous en sortir. Si vous êtes à la hauteur, alors pourquoi allez-vous vous mêler des affaires des filles de l'autre côté ? Et vous pouvez m'épargner les histoires de fantômes. C'est inutile. Après tout ce que j'ai fait pour vous. Il vous a fallu plus de temps qu'à quiconque pour vous adapter, et c'est ainsi que vous nous remerciez. J'ai très envie de vous administrer une dose de Jemima. »

*Jemima*. Son arme pour nous battre. Une grosse brosse plate.

*Arrête. Tu n'es pas si faible que ça.* Mais voilà les larmes traîtresses. Essaie de garder les yeux grands ouverts pour qu'elles y restent. Vaine tentative comme toujours. Les larmes s'amassent, puis le barrage cède, les gouttes coulent entraînées par leur propre poids.

« Vous pleurez. C'est très bien. Cela signifie que vous prenez les choses au sérieux.

— Puis-je m'en aller maintenant ?

— Une chose encore que je voulais vous demander : viendrez-vous au club de musique ce samedi ?

— Oui.

— Rendez-vous utile et essayez de convaincre Simon de venir aussi. En ce moment, je n'arrive à l'intéresser à aucune activité.

— D'accord, j'essaierai. »

*

Nous arrivons au bout de l'allée au moment où la nuit commence à tomber.

« J'arrive pas à croire que je suis là, dit Simon.

— Tu préférerais regarder *Doctor Who* en pyjama avec les autres ? fais-je.

— Ou t'amuser avec tes circuits intégrés ? demande Ish.

— *Ne pas en être ?* renchérit Becky.

— C'est chouette, dis-je. On écoute de la musique et il nous donne à manger. »

Simon continue de grommeler jusqu'à ce qu'on arrive au bas de la colline, puis il se tait quand Crimble nous accueille. Mais son humeur s'égaye en voyant les burgers arriver, et nous nous rassemblons autour de la chaîne hi-fi dans son salon encombré d'objets, aux relents de chien.

« Eh bien, nous interroge Crimble, que venons-nous d'écouter ?

— Louis Armstrong, dis-je.

— Ce bon vieux Satchmo. Un homme extraordinaire. » Bouffée de plaisir pathétique. « Mais au bout d'un moment, sa musique ne semble plus très sophistiquée, vous ne trouvez pas ? Si c'est le jazz qui vous plaît, que pensez-vous de ça ? » Il sort le disque, le pose sur la platine, puis installe le bras. Enregistrement live. Une phrase hésitante au piano. Répétée plusieurs fois, avant qu'un saxophone ténor ne vienne se caler tristement dessus. « Ellington et Coltrane. *In a Sentimental Mood*. Deux écoles de jazz se rencontrent pour la première fois. Le plus âgé fait preuve de déférence envers le plus jeune. Le laisse en mettre plein la vue. Et en réponse, le plus jeune joue avec une réserve magnifique. Vous entendez ? »

Simon a l'air de s'ennuyer ferme. On mange nos burgers. Crimble apporte un gâteau.

« Je ne veux pas vous entendre prononcer un mot pendant les seize prochaines minutes. Nous partons en voyage. » Le son d'une caisse claire résonne doucement. La voix de Crimble s'élève avec la musique tandis que les cordes se font entendre et que la mélodie prend forme. « Je veux que vous chassiez de votre esprit toute idée de patin à glace. Ce morceau est beaucoup trop important. Ravel le décrit ainsi qu'un long crescendo très progressif. Mais c'est plus que ça. L'orchestre ajoute couche après couche, essaie de dominer la mécanique des percussions grâce à la mélodie. Mais il échoue. Il doit s'adapter à la rythmique. Ça, mes enfants, c'est la *modernité.* »

Nous passons ensuite à Flanders et Swann, son idée à lui de la facilité. Puis un peu de Brahms. Ensuite, il demande si quelqu'un a apporté un disque qu'il désire nous présenter. Nous sortons nos cassettes. Bon Jovi. Paul Simon. Soul II Soul. Il écoute avec attention toutes nos propositions.

À la fin de la séance, il fait une annonce. « C'est le moment de procéder à la distribution des rôles. Et je veux que vous participiez tous. Y compris les nouveaux. » Anticipant déjà les objections de Simon, il ajoute : « Il y aura un important travail technique en plus des rôles d'acteurs. Et quiconque se plaindra se verra confier un rôle plus difficile. Allez, que le spectacle commence ! »

Avant de nous quitter, la conversation revient sur les fantômes, ce qui arrive souvent ces temps derniers. La Dame Grise qui arpente les couloirs. L'Homme Suspendu dans la galerie supérieure.

« Ah ah ! fait Crimble en avisant le rictus de Simon. Vous croyez que ce sont des sornettes ? Naturellement. Nous savons tous que vous êtes un homme de science.

— Je n'en ai jamais vu, dit Simon.

— Ah, moi aussi j'ai la tête sur les épaules. Mais j'ai vu des choses se déplacer par là-bas, à la nuit tombée, que je ne m'explique pas.

— Quoi par exemple ?

— Je viendrai vous chercher un de ces soirs, et nous irons faire un tour. »

En remontant la colline, j'ai déjà hâte de la redescendre pour la prochaine soirée musicale. Le monde paraît plus puissant, comme si soudain on l'avait branché sur un courant plus intense qui donne à tout un aspect à la fois plus audacieux et plus précaire.

« Cette pièce, dit Simon du fond de sa propre rêverie. De quoi il parle à ton avis quand il mentionne un important travail technique ?

— Je sais pas.

— C'était bien tenté. Mais ce sera sans moi. »

*Réveille-toi.*

Cette voix, à nouveau. Qui ne s'adresse qu'à moi. Mes gosses endormis. Les verres de ses lunettes illuminés par sa lampe torche, formant dans la nuit une vision aussi délicieuse que celle des fenêtres d'une maison aimée. Mais il n'est pas seul.

« C'est l'heure de la chasse aux fantômes », dit une voix calme à ses côtés, et là, dans la lueur reflétée, le visage animé de Simon apparaît.

Je rassemble l'équipage étrange de mes pensées, ces nouvelles informations jouent avec les vestiges de mes rêves.

« Et eux ? dis-je à Crimble en montrant les élèves dont j'ai la charge.

— Ils survivront. »

Et nous voilà partis, suivant le halo de sa torche, vers la galerie supérieure. Des chaises en toile sont rangées contre le mur, la télévision sur son étagère en hauteur, la scène silencieuse du théâtre fermé.

« Je vois que vous regardez tous les deux en l'air. » À ces mots, nous levons les yeux. « Et je sais ce que vous cherchez.

— Vous l'avez déjà vu ? demandé-je.

— L'Homme Suspendu ? C'est drôle. Il est très célèbre. Il est cité dans de nombreux livres sur les maisons hantées en Angleterre. Mais j'ai toujours pensé que c'étaient des bêtises. Et puis une nuit, il s'est passé quelque chose qui m'a fait changer d'avis. »

Il déroule son récit. Il fait sa ronde par une nuit brumeuse, quand il aperçoit une forme pâle parmi les poutres de la charpente. Il entend une corde craquer. Les rideaux bougent. Il veut fermer les fenêtres, mais elles le sont déjà. Puis il détecte un bruit venant de sous le plancher. Un gémissement, comme un animal pris au piège.

« Vous saviez qu'il existe un tunnel là-dessous ? On peut y accéder depuis la trappe, sur la scène. C'est très pratique pour la mise en scène. Mais je pense que ce tunnel existe depuis bien plus longtemps que notre petit théâtre. »

Simon descend le premier. Crimble éclaire le passage avec sa torche, mais ne la lui donne pas. « Si vous voulez que quelque chose se produise, mieux vaut être dans le noir complet. »

On entend les mouvements de Simon en bas, qui s'éloigne en rampant. Je descends à sa suite. Derrière moi, la lueur de la torche. Je vois les chaussons de Simon, son pyjama garni d'une fourrure de poussière.

« Bonne chance », nous dit Crimble. Il referme la trappe derrière nous.

Rires nerveux. Nous avançons. Simon entend d'abord une respiration, je l'entends à mon tour. Puis il hurle.

Plus tard, après de nombreuses questions, je finis par comprendre ce qui est arrivé. Il jure, tout à fait sérieux, que là en bas, dans le noir, quelque chose lui a léché le visage.

Crimble nous enjoint de garder cette histoire pour nous, sachant pertinemment que c'est impossible. Quand j'arrive à la première répétition, deux jours plus tard, Simon est assis au premier rang, comme s'il en avait toujours eu l'intention.

« Le plus important, c'est que vous sachiez votre texte avant le début des répétitions, dit Crimble. Les répliques doivent sortir de votre bouche comme le meilleur mensonge que vous ayez jamais proféré. »

Nous sommes assis en cercle sur les chaises en toile dans la galerie supérieure. Parmi nous, les initiés jettent un coup d'œil à la trappe sur la scène en se demandant si cela fera partie du spectacle.

Crimble a toujours le chic pour lire dans nos pensées : « Au fait, nous n'allons pas nous produire ici. La première partie se jouera dans la grande salle, à la lumière du feu. C'est là que nous verrons à l'œuvre les Tentateurs, et ce pauvre Thomas marcher volontairement vers son destin. Arrêtez ça, Price, sinon votre rôle sera réduit à celui de troisième assistant. Ensuite, pendant l'entracte, le public se déplacera jusqu'à la chapelle, où le gracieux archevêque fera son sermon, et où se déroulera l'atroce conclusion de la seconde partie. Et les chevaliers s'adresseront directement au public pour se justifier de leur action, devant son corps gisant sur le sol.

*La dernière tentation est la pire trahison : / Faire le bien pour la mauvaise raison.*

« Que cela signifie-t-il ? Il s'agit là du cœur de la pièce. Thomas sait que mourir en martyr est la meilleure chose à faire, mais il doit être certain de ne pas le faire par vanité. Car il sait que sa mort le rendra célèbre. Immortel, même. Drake, il faudra que vous y songiez plus qu'aucun autre. »

Simon se redresse sur sa chaise. « Pourquoi ?

— Parce que j'ai décidé que vous serez notre Thomas. »

C'est un coup de maître. Le défi lancé en public, quand la confiance de Simon est au plus haut. Malgré tout, Crimble doit encore le convaincre. J'apprends plus tard qu'il a promis à Simon de nombreuses séances de répétition en privé pour l'aider à mieux appréhender son rôle. Que lui, Crimble, fera en sorte que tout se passe sans anicroche. Et que moi, Max, serai chargé de l'aider à connaître son texte à la perfection.

Luke enrage. La seule concession qu'il fasse au culte de Crimble, c'est qu'il lui réserve le meilleur rôle dans la pièce chaque année. Il a un véritable talent de comédien, et jusqu'ici il a toujours occupé le devant de la scène. Il était visiblement persuadé que le rôle de Thomas lui était réservé.

« Pourquoi est-ce qu'il l'a donné à Simon ? Il n'en veut même pas.

— Il pense sûrement que ce serait bon pour lui, dis-je.

— La vache, les avantages que tu as parce que Crimble s'envoie ta mère. »

*

Sifflement ténu de mon talkie-walkie dans l'obscurité. Toux dans les lits adjacents.

« Une sorcière difforme à la chevelure répugnante se tient devant toi. Tu la combats ou tu fuis ? Terminé. »

« C'est Mlle Fletcher ? Terminé », dis-je.

« Arrête de tergiverser. Choisis, répond la voix de Simon par-dessus les grésillements. Si tu fais le mauvais choix, les conséquences seront désastreuses. Tu ne pourras t'en vouloir qu'à toi-même. Terminé. »

« Pourquoi est-ce que je ne peux pas retourner au pied de la montagne ? Terminé. »

« Parce que la montagne est ravagée par un incendie, imbécile. Tu dois entrer, ou bien tu ne pourras jamais affronter l'Homme Suspendu avant de te retrouver face au Premier Monstre. Terminé. »

« Attends une minute. Dans ton lit ! Pourquoi c'est toujours toi, Miller ? » Je scrute la pièce pour être sûr que les autres se tiennent tranquilles. « Assez joué. Revenons à la pièce. Il craint que tu ne saches pas ton texte à temps. »

« Vraiment ? Allez... »

« Tu as posé le texte ? Ça sert à rien si tu le gardes à la main. »

« Je l'ai posé. »

« Super. Recommence à partir de *La joie correspond à la mélancolie*. Terminé. »

« OK. *Nous ne connaissons pas l'avenir, / Mais nous savons que de génération en génération, / Les choses se produisent encore et encore...* »

Le jour des essayages, Simon et moi allons chercher nos costumes, quand nous apercevons une voiture de police garée devant l'entrée principale. Crimble est là, flanqué de deux agents. Il nous fait signe d'approcher.

« Voici, je pense, les deux personnes que vous cherchez, déclare-t-il.

— Bonjour les garçons, dit un jeune policier sympathique. On voulait vous parler des talkies-walkies.

— Des quoi ?

— Tout va bien. Vous n'êtes accusés de rien, précise Crimble. Vous les avez utilisés pour apprendre votre texte pour la pièce, n'est-ce pas ?

— Est-ce que je me trompe en disant que vous ne les avez pas achetés dans ce pays ? demande le policier.

— Mon père les a achetés au Japon, réponds-je.

— C'est ce que je pensais. Il va falloir qu'on vous les confisque, malheureusement.

— Pourquoi ?

— Parce que tout ce que vous dites est diffusé sur la fréquence de la police, jusqu'au dernier mot. Voilà pourquoi. Il nous a fallu un moment pour localiser la source, mais après avoir repéré quelques éléments précis dans ce que vous disiez, on a compris que cela ne pouvait venir que d'ici. Ne craignez rien, on ne répétera pas à M. Crighton ce que vous avez dit à son sujet. »

Le policier croit avoir fait une bonne blague.

Je leur donne les objets incriminés, et ils s'avisent qu'il s'agit de simples jouets.

« Bon, gardez-les, conclut le policier. Mais ne les utilisez plus ici, d'accord ? »

Lorsqu'ils sont repartis, Crimble tend la main. « Les radios.

— Mais il a dit...

— Faites ce que je vous demande, nom d'un chien. »

Crimble est tellement ailleurs pendant toute la répétition qu'il ne fait pas le moindre commentaire sur la manière dont elle se déroule, et reste assis, les doigts serrés sur les talkies-walkies comme s'il s'agissait d'objets mortels. Son humeur ne s'améliore qu'à la fin, quand un incident se produit au moment du meurtre de Becket. Il nous a en effet préparé un mélange de betterave bouillie, de rhubarbe et de nourriture pour chien, censé être la cervelle de l'archevêque. Je le conserve dans ma poche, dans un sac de congélation. Après que Luke, Ish et moi avons fendu le crâne de Simon à coups d'épées, je suis censé me baisser pour examiner ses blessures et déposer le sac derrière lui avant de me relever pour lui asséner un coup sur la tête : alors le contenu de son *cerveau* doit se répandre sur les marches de l'autel. C'est le point culminant de notre performance. Mais mon pied glisse sur le sac, et au lieu de lui administrer le *coup de grâce*[1], le chevalier Reginald Fitz Urse glisse sur le sol dans une traînée de légumes et de pâtée pour chien, et va terminer sa course dans une des stalles du chœur.

« Ne vous inquiétez pas, les garçons, nous interpelle Crimble depuis son banc. Tout ira bien ce soir. Que Dieu nous préserve. L'histoire se répète, d'abord en tant que tragédie, puis sous forme de farce. »

Nous voyons arriver les voitures depuis la fenêtre de Trafalgar, maquillés et affublés de fausses barbes. Crimble installe sa caméra super-8 sur un trépied pour enregistrer la représentation. Cela me refroidit déjà, et je ne me suis pas encore aperçu que mes grands-parents étaient assis au premier rang. Lui arbore un air amusé dès que j'apparais sur scène, et semble somnoler le reste du temps. Elle tripote son appareil auditif et suit avec le texte de la pièce posé sur ses genoux.

Les calculs de Crimble sont payants. La précision tranquille de Simon lorsqu'il dit son texte, son sang-froid, reflètent le calme sacré de saint Thomas Becket. Quant au jeu… que dire ? Nous avons treize ans.

À un moment, je suis pourtant complètement dedans. C'est une certitude. J'ai le sentiment d'être hors du temps au moment où je frappe à la porte de l'église avec les trois autres chevaliers. Je suis vraiment ce guerrier dans le froid, venu assassiner un homme.

Ce soir-là, la cervelle se répand merveilleusement bien.

1. En français dans le texte.

# 16.

Que nous ayons bien voulu passer une semaine pendant les vacances de Pâques dans le Peak District avec lui montre à quel point son influence sur nous est prégnante. Dans le minibus qui nous emmène vers le nord, je ne parviens pas à croire que j'aie accepté d'y aller. Mais nous formons une équipe choisie, huit de ses meilleurs copains, et nous ne pouvons lui résister.

Nous prenons nos quartiers dans une auberge de jeunesse non loin d'une rivière au courant impétueux. Nous descendons des falaises en rappel. Glissons sur des pentes herbues la tête la première, des crottes de moutons plein nos pulls. Nous mangeons du chocolat, des chips, des tourtes. Au repas du soir, nous devons supporter la convivialité forcée de la table de l'auberge de jeunesse, collés contre des hommes aux relents d'humidité et de boue. Avant de nous retirer dans notre dortoir, nous allons nous asseoir dehors, achevant notre dîner avec des nouilles instantanées. Depuis, le bruit de l'eau sur les cailloux, le bêlement des moutons, un nuage vibrionnant de moucherons me rappellent invariablement les délices de ces grignotages salés, vinaigrés, plongés dans le glutamate, et le choc chimique quand on vidait d'un coup le reste de sauce épicée.

Crimble apporte une longueur de corde à la table de pique-nique pour nous apprendre à faire des nœuds, et sans cérémonie verse des canettes de bière *bitter* dans son mug de la contenance d'une pinte. Les sujets de conversations sont très divers, l'humeur à l'extase. Un coucher de soleil extraordinaire illumine le pré.

« Pourquoi aimons-nous les champs verdoyants ? demande-t-il. Les non-croyants disent que c'est le résultat de notre évolution. Que les prés sont là par accident, et qu'au fil des millénaires nous sommes passés du stade de fange des marécages à celui de buveurs de bière sophistiqués, amateurs de Bach. Voilà pourquoi nous voyons la beauté dans notre environnement. Franchement. Cela vous paraît-il vraiment plus plausible que l'idée selon laquelle quelqu'un aurait conçu ces prés, dès le départ, dans le but d'être beaux ? »

L'atmosphère est à la liberté. Les inhibitions tombent. Pourquoi ne pas dire les choses ?

« Si c'est ça le marché, alors laissez-moi en dehors de tout ça », dis-je.

Il pose la corde. « D'où tiens-tu ça ?

— C'est un truc que dit mon grand-père. Pardon. »

Je crains de l'avoir offensé, et je m'aperçois que je n'ai jamais compris le sens de cette phrase.

« Eh bien, je pense que ton grand-père se trompe. Ça ne marche pas ainsi. On ne peut pas être "en dehors de tout ça". »

Le dernier trimestre commence. Les examens vont arriver. Pour l'instant, c'est herbe coupée, jour tardif, jeux prolongés sur la pelouse.

Jogging matinal avec Crimble. Je mets plus de temps à me lever que les autres, je m'habille à toute allure, j'ai faim et hâte d'être au petit déjeuner. J'entends jurer à mi-voix dans le vestiaire voisin. Quand je vais voir, je trouve Neil Lynch penché sur le banc, dans une position bizarre.

Ce n'est plus le garçon frêle qu'il était à mon arrivée, mais la vie ne l'a pas ménagé depuis. Rien que le trimestre dernier, il a été battu devant toute l'école par Weathers des Vices parce qu'il portait des chaussures marron et non pas noires lors d'un rassemblement.

« Ça va ? lui dis-je.

— J'arrive pas à l'enlever.

— Quoi ?

— C'est collé. »

Il remonte le bas de sa robe de chambre et je découvre les taches couleur rouille qui ont séché en imprégnant son pantalon de pyjama, qui adhère maintenant à ses fesses. « C'est des cloques de sang. Elles éclatent dans la nuit si tu ne dors pas sur le ventre. Ce que je m'étais promis de faire. »

*Ne pleure pas,* me dis-je à moi-même. *Ça ne fera qu'empirer les choses.* « Tu veux que je t'aide ?

— Je me disais que si je prenais une douche avec le pantalon, il se décollerait tout seul sans que ça fasse mal.

— Alors viens. »

Il me suit mécaniquement jusqu'à la cabine, enlève le haut et entre dedans. « Vaudrait mieux que tu racontes ça à personne.

— Tu sais que je le ferai pas. » Éclats de voix à l'extérieur tandis que tout le monde s'entasse dans le réfectoire. « Grouille-toi. »

Je tourne lentement le robinet, juste pour que l'eau coule le long de son dos jusqu'au pyjama. La tache mouillée s'étend sur le tissu rayé. Les points couleur rouille deviennent plus foncés. Le tissu se décolle. Mais je ne suis pas préparé à ces ecchymoses bleues, jaunes, à cette peau déchirée, lacérée.

« Neil, qu'est-ce qui s'est passé ?
— C'est bon. Tu peux y aller maintenant. »

Peu de temps après, il s'enfuit.

Ils essaient de nous le cacher, mais c'est nous qui sommes les mieux placés pour les aider à le retrouver avant de faire appel à la police, et par conséquent de prévenir les parents, aussi ne peuvent-ils nous dissimuler sa disparition bien longtemps. Le premier indice qui nous amène à penser qu'il se trame quelque chose, c'est quand nous découvrons les professeurs rassemblés dehors. D'habitude, ils laissent le collègue de service de nuit exercer sa surveillance de manière totalement libre, mais pas ce soir-là.

« Bon, où est Lynch ? Quelqu'un a vu Neil Lynch ? » Wagstaff arpente la salle devant nous, qui sommes tous à l'intérieur. C'est une magnifique soirée d'été et nous n'avons qu'une envie, retourner dehors. On parle de jouer à l'épervier.

La partie est annulée. Wagstaff, Spinks et Crimble prennent leurs voitures et partent dans des directions différentes. Une voiture de police arrive, s'arrête devant la grande salle. Nous nous transformons en commentateurs sophistiqués, au fait de ce qu'ils disent.

« On sait depuis longtemps qu'il ne devrait pas être ici. »

« Je ne sais pas pourquoi ses parents s'obstinent à l'envoyer dans cette école. »

« Vous croyez qu'il est mort ? »

Neil est retrouvé alors qu'il fait de l'auto-stop sur la quatre-voies à environ six kilomètres. Après son retour, quand je parviens enfin à lui demander ce qui s'est passé, il me raconte que Tony Sutton l'a emmené dans ses appartements privés et lui a promis une double ration au magasin de bonbons jusqu'à la fin du trimestre s'il ne disait rien à ses parents.

« Tu as accepté ?

— J'ai dit que j'allais y réfléchir. » C'est la première fois que je le vois sourire pour de bon.

Mais peut-être qu'il leur parle malgré tout, à ses parents. Et peut-être qu'ils entreprennent quelque chose. Car peu de temps après, nous apprenons que, comme beaucoup d'entre nous, M. Weathers-Davis va « poursuivre sa route » à la fin du trimestre, en possession sans le moindre doute de références impeccables.

À présent, d'après ce que j'en sais, la plupart d'entre nous l'avons fait. Selon les rumeurs, d'aucuns ont montré à d'autres comment s'y prendre, et à en croire certaines légendes, des dortoirs entiers y sont arrivés en même temps. Je ne fais pas partie des précoces, malgré une conscience supérieure à la moyenne du sujet en général, grâce à mon grand-père et à ses histoires.

Pendant longtemps, mon corps refuse tout simplement de faire ce qu'il est censé faire. Je parviens à éprouver des palpitations de plaisir, j'ai la sensation qu'il s'agit avant tout de flux sanguin, mais rien de plus. Et puis un soir, sans crier gare (torche allumée, élèves endormis), pour la première fois, une petite goutte de liquide sort, augmentant en quantité et en viscosité à chacun de mes spasmes avides. Quelques essais plus tard, la chose est devenue aussi inévitable que désordonnée. Je me souviendrai seulement du soulagement. Pendant un moment, entendre les autres en parler m'inquiétait. La légende du jeu du biscuit, apocryphe ou pas, n'est du moins plus incompréhensible. La description du *lait qui bout,* dans l'un des livres que Becky et moi lisons maintenant ensemble, prend tout son sens.

Simon est trop secret pour révéler le moindre détail de son propre itinéraire, mais fidèle à lui-même, il a accepté le défi mécanique. L'année dernière, il a mis au point un engin constitué de sept pneus de tracteurs miniatures collés dans un tube, attaché à un morceau de bois avec un trou. Ensuite, il a attaché le tube à un moteur prélevé sur une voiture de course Scalextric. Sa machine à branler est passée de main en main, jusqu'à ce qu'il soit unanimement reconnu qu'elle n'ajoutait rien de plus à l'expérience, et qu'elle ait été baptisée le Sale-sexe-truc. Par Luke bien sûr. Trop fier de sa trouvaille.

Dans le sillage d'un orage d'été. L'approche des examens a abouti à un relâchement des règles pendant la période des révisions, ce qui nous ouvre de nouvelles perspectives.

« Y aura personne, dit Simon.

— Si. »

Nous arrivons au bout du terrain de cricket, passons par-dessus la corde, et nous dirigeons vers la partie couverte. Je me couche par terre, et je roule sous le cadre, pénétrant dans le monde protégé de l'intérieur. L'herbe rase est parfaitement sèche. La terre craquelée, le plastique tiède.

Les pieds de Simon attendent avec impatience au-dehors. « Alors ? Je viens pas si elles ne sont pas là.

— Dans ce cas tu devrais venir », dis-je en plongeant les yeux dans ceux de Becky Lynch, qui attend, allongée à une extrémité, l'air espiègle. Un peu plus loin, dans une sorte de compartiment séparé, est allongée Zahra Mosi, l'air de s'ennuyer.

Le visage de Simon apparaît à l'autre bout. On le presse d'entrer pour ne pas se faire repérer. Je ne me soucie plus de lui, ni de ce qu'il pourrait penser.

Rire, puis silence concentré. Je ne sais pas ce qui se passe du côté de Simon, mais du mien, les fines lèvres de Becky ont rencontré les miennes, et nos corps se touchent en plus d'endroits qu'ils ne l'ont jamais fait.

Cette maladresse est délicieuse. Je pourrais rester toute ma vie dans cet espace étroit mais illimité.

L'expérience s'arrête brutalement quand jaillit un cri à l'autre extrémité. *Je ne veux pas !* Et il s'en va. Il a dû filer aussitôt, car il n'est plus nulle part lorsque je passe la tête au-dehors.

« Mais qu'est-ce que tu lui as fait ? demande Becky avec admiration.

— Rien du tout », répond Zahra, qui annonce d'un ton bougon qu'elle ne va pas rester là à attendre.

Mais c'est suffisant pour alimenter les conversations.

Le matin des *sorties bons points* est toujours aussi traumatisant. Ceux qui n'ont pas réussi à relever le défi pleurent à la fenêtre tandis que les véhicules apparaissent, venant chercher ceux qui ont obtenu les bonnes notes nécessaires, chaque voiture telle une capsule transportant les odeurs et le réconfort d'un environnement rempli d'amour.

Le drame du jour implique les frères Turner, dont un seul s'est qualifié. Simon et moi assistons tels de vieux briscards de la politique à la séparation. Mme Turner pleure. Le garçon qui rentre chez lui pleure. Le garçon qui reste à l'école pleure, fermement retenu par le long bras de Tony Sutton, et ses sanglots ne font qu'empirer quand la voiture s'éloigne et disparaît derrière la balustrade.

« Il était sûr qu'ils n'oseraient pas le garder, dis-je.

— Eh bien maintenant, il sait », répond Simon.

Ensuite, toute autre pensée s'envole, soufflée par l'embrasement de joie solaire que déclenche en moi l'arrivée dans l'allée de gravier de la 4L de mon grand-père.

Le déjeuner est un festin de boulettes de viande maison, préparées par ce dernier, puis de la tarte à la confiture de ma grand-mère, accompagnée de crème fouettée. Je ne perds pas Simon des yeux, de crainte de déceler chez lui de l'indifférence. Mais il réagit avec étonnement, manifeste un silence sidéré, surtout en entendant le genre de choses qui sont autorisées ici, de l'autre côté de la frontière. À table, il est assis avec gaucherie, peu familier du protocole. Moi, par contraste, je fais tout pour lui montrer l'étendue de la liberté et des plaisirs disponibles, incitant mon grand-père à raconter ses anecdotes les plus colorées.

« Parle-lui de Stumpy Witney, dis-je.

— Pas maintenant, Max.

— Grand-père connaissait un type qui s'appelait Stumpy Witney. Sa bite était si longue que quand il la posait sur le bar, au pub, elle pendait de l'autre côté. Raconte-lui. »

Gêne, qui frise l'irritation. « Tais-toi et mange ton déjeuner, zut alors. » Je me sens frustré. Je ne parviens pas à comprendre pourquoi les règles ont été définies ainsi aujourd'hui.

Simon a enroulé les jambes autour des pieds de la chaise, comme s'il risquait de tomber par terre. Ses cheveux lui couvrent le visage, même pour manger. Lorsqu'on lui propose un peu plus de limonade, il acquiesce, et s'accroche à son verre sans pour autant le boire.

Mon grand-père change de méthode. « Bon, qu'est-ce qu'on va faire cet après-midi ? Un tour en barque sur l'étang ? De la luge d'été ?

— Simon a apporté son ordinateur », dis-je.

Nous réussissons à brancher le Commodore 64 sur la vieille télé en noir et blanc et à montrer à mes grands-parents la première image de *Mindshadow*.

« Et après, on fait quoi ? demande mon grand-père.

— On se réveille sur une plage en ayant perdu la mémoire, et on doit partir en quête de qui on est. »

Mon grand-père perd très vite patience. « Allez, ferme-moi ce truc et tout le monde dehors. Je vais vous montrer, moi, qui vous êtes. »

Il nous dit d'attendre près de la 4L et disparaît dans l'atelier. Nous restons à l'ombre de la grange, et l'entendons siffloter au loin. Il revient avec des bombes de peinture de différentes couleurs et un paquet de masques de protection.

« J'ai pensé que ça vous plairait de redonner à cette vieille dame un petit coup de peinture », dit-il en désignant la 4L, tellement secouée à force de crapahuter dans le parc qu'elle est désormais en fin de vie.

« De quelle couleur tu la veux ? demandé-je.

— Faites ce que vous voulez. Vous pouvez même écrire MERDE partout si ça vous chante, je m'en fous comme de ma première chemise. Mais faudrait quand même pas que ce soit trop grossier parce que je vais vous ramener dedans, tout à l'heure. » Cette ultime remarque s'accompagne d'un clin d'œil provocateur. Simon sourit pour la première fois de la journée en prenant une bombe.

Au début nous nous montrons timides, mais il ne faut pas longtemps avant que nous aspergions les flancs de la voiture de grandes giclées de peinture. J'écris VIEUX TACOT et BEAU puis je décore les mots d'étoiles et de croix. Je passe de l'autre côté pour voir ce que Simon a fait : il a dessiné une série de tourbillons blancs et de cercles concentriques, et au milieu a inscrit le titre de sa chanson préférée, *BACK TO LIFE*. Nous nous associons pour écrire le mot FUCK en énormes majuscules à l'arrière. À la dernière minute, alors que nous manquons d'inspiration, Simon écrit au-dessous CETTE ÉCOLE.

Au dîner, il est redevenu lui-même, et parle ainsi qu'il le ferait avec moi en privé, ragaillardi par la pensée de rentrer à l'école dans cette voiture si richement décorée, affichant ce message qu'il souhaite faire passer auprès de l'autorité lorsque mon grand-père repartira.

Celui-ci ouvre une bouteille et nous raconte, enfin, l'histoire de Stumpy Witney. Ensuite, il me demande quel genre de gâteau je veux qu'il nous apporte pour mon anniversaire, la semaine prochaine.

« Ça sert à rien, franchement, dit Simon. Ils les coupent en morceaux si petit pour que tout le monde en ait, que personne n'a jamais une part assez grosse.

— Très bien, répond mon grand-père, on va voir ce qu'on peut faire. »

*

À peine arrivé, mon gâteau d'anniversaire est déjà une légende. Il faut quatre garçons pour le transporter à l'intérieur. Neuf génoises doubles, fourrées de confiture et de crème, rassemblées en un immense carré grâce au glaçage, sur un plateau spécialement conçu pour l'occasion. Il occupe tout l'espace arrière de leur break Citroën. Quand ils entonnent le *Happy Birthday*, c'est à croire que le plafond va exploser.

Weathers des Vices garde tout du long un petit sourire méprisant et prend plaisir à couper les mêmes parts minuscules que d'habitude. Nous voyons, incrédules, le gâteau à peine entamé repartir en cuisine. Il réapparaîtra si souvent dans les jours qui suivront, de plus en plus sec et mal en point, que cette pâtisserie et le garçon à qui elle était destinée deviendront l'objet d'un véritable ressentiment.

Mais une nuit, deux jours après mon anniversaire, Luke vient me tirer du lit, ainsi que Simon et Ish, et nous emmène jusqu'au garde-manger. Mus par un sentiment d'injustice, ne faisant même pas l'effort de parler à voix basse, nous nous retrouvons dans la cuisine illuminée de lune où nous engouffrons debout d'énormes parts de gâteau, nous remplissant la bouche de confiture et de crème dûment méritées.

Puis vient le dernier rassemblement. Il se déroule comme tous les autres, excepté une ovation debout en faveur d'Eric Weathers-Davis, à qui l'on offre en grande pompe une paire de jumelles en guise de cadeau d'adieu. Les voitures vont se remplir près de la chapelle, et tout sera terminé. On chantera *Jerusalem*. Les malles seront chargées. Les adresses échangées sur des bouts de papier, bientôt égarés.

Sur le toit, Simon déplie son couteau et grave ses initiales dans le plomb, puis il m'invite à l'imiter. Les bandes de pelouse méticuleuse ; les abeilles qui vont et viennent en vrombissant, la profusion de fleurs : tout est identique à ce que c'était le jour où je suis venu passer cet entretien il y a trois ans. Si je baissais les yeux à présent, je pourrais nous voir, moi et ma grand-mère, sortant de la voiture, et je me demanderais si tout ça s'est vraiment produit.

Ish et Luke nous aperçoivent d'en bas, pressent le pas, désireux de se joindre à nous, quoi que nous fassions.

Simon me dit très vite : « On va passer un accord. Si on ne s'est pas revus avant, on se retrouve sur ce toit dans exactement dix ans.

— Quoi ? En 1999 ? dis-je. Mais on aura vingt-trois ans ! On sera sûrement mariés, avec des enfants et tout ça.

— D'accord ?

— Oui, d'accord. »

Il tient encore le couteau, mais nous nous serrons la main, plutôt que de nous lancer dans quelque chose de plus spectaculaire.

« Je n'ai jamais aimé ce cantique, dit-il en attendant l'arrivée de nos amis. Qui voudrait reconstruire Jérusalem ici ? »

# 17.

*8 octobre 1989*

*Mon cher Simon,*

*Nous y sommes presque ! Les vacances seront là avant même que tu t'en rendes compte, et je t'écris pour savoir comment tu vas ces dernières semaines. Cela me paraît très loin maintenant, mais j'ai vraiment apprécié notre « journée de permission », et j'espère que toi aussi. Si tu as envie qu'on remette ça, je suis sûr que je pourrai obtenir une autorisation de Shuttleworth, qui me paraît être un type bien (j'ai rencontré beaucoup de directeurs au fil des années, et crois-moi, tu pourrais tomber plus mal). Mais j'imagine qu'il ne faut pas trop tirer sur la corde, alors j'attendrai peut-être l'année prochaine.*

*Cela nous laisse néanmoins les vacances. Veux-tu que je passe te chercher un jour ? Nous pourrions aller faire une autre balade. Ou as-tu déjà des projets avec ta maman ? Mieux vaudrait peut-être fixer une date dès maintenant, car après tu seras trop pris par la joie d'être de retour à la maison. Si nous disions le lundi, cela te conviendrait-il ? Parles-en à ta mère dès qu'elle viendra te chercher pour ne pas oublier.*

*As-tu réussi à passer un peu plus de temps dans la salle des ordinateurs ? L'équipement que tu décris a l'air très intéressant. Essaie de sortir un peu quand même. Cela m'attriste que tu ne sois pas allé pêcher une seule fois depuis la rentrée. Tu n'as pas besoin que je te répète à quel point l'air frais est bénéfique. Mais tu as l'air en forme sur les photos que j'ai prises. Cela fait plusieurs semaines à présent, donc tes cheveux ont dû repousser. J'ai remarqué que tu les avais coupés avant la rentrée, mais pas si courts que je le craignais. Merci.*

*Et j'étais très triste d'apprendre que tu ne t'étais pas encore fait beaucoup d'amis. Deux choses : 1/ on est encore au tout début, 2/ n'oublie pas que tu es si intelligent et si adulte physiquement que cela doit être intimidant pour les autres. Avec le temps, je suis sûr qu'ils verront à quel point tu es plus costaud qu'eux, alors ils te regarderont avec admiration, sans crainte, et tu trouveras des âmes sœurs.*

*Ici, la vie suit son cours. J'organise toujours le club de musique, et je commence à réfléchir à la pièce que je vais monter au prochain trimestre. Je pense à une farce qui s'intitule* Charley's Aunt *– on est très loin de la pièce intellectuelle de l'an dernier ! – mais il n'y a plus personne ici avec qui j'aie envie de monter une pièce aussi ambitieuse que* Meurtre dans la cathédrale. *D'une manière générale, je n'arrive pas à m'accoutumer à cette nouvelle année. J'essaie de me persuader que le monde n'a pas changé. Qu'est-ce qui a pu rendre la précédente si spéciale (ou qui ?), je me le demande…*

*La roue doit continuer à tourner, bien sûr (tu te souviens de ce vers ?) mais c'est plus dur que jamais en ce moment. Je ne sais pas comment je vais faire pour préparer une autre excursion à Pâques, sachant que tant de mes vieux amis seront absents (tu sais qui en particulier). Je n'oublierai jamais cet ami à l'auberge près de la rivière, et plus encore en cet après-midi passé en surplomb de cette pente caillouteuse.*

*Je suis si heureux d'avoir profité ainsi de ton temps la dernière fois. C'est vrai, n'est-ce pas, que les moments qu'on passe avec ses amis les plus proches sont les plus intenses ? En tout cas, c'est ainsi que je ressens les choses.*

*Tu as remarqué, j'espère, que quand je t'écris, je fais de mon mieux pour te parler de mes sentiments autant que de mes activités. Penses-tu pouvoir faire la même chose dans tes lettres ?*

*J'étais dans tous mes états lorsque je t'ai dit au revoir.*

*(Je pense que tu vois ce que je veux dire.)*

*Avec toute mon affection,*

*Crimble*

*16 mars 1992*

*Mon cher Simon,*

*C'est la semaine du grand voyage ! Tu dois être tout vibrant d'excitation. Je sais que nous avons déjà passé en revue ton équipement, mais au cas où : tu dois avoir sur toi trois piles chargées, un chargeur, et la prise est universelle où que tu ailles en Europe. Je ne sais pas pourquoi je te raconte tout ça, car en matière d'électronique, tu pourrais tout reconnecter en cinq minutes, mais j'en serais malade si jamais j'oubliais quelque chose et que tu ne parviennes pas à tout enregistrer. JE T'EN PRIE fais bien attention à ne pas accidentellement effacer ce qui est déjà sur la cassette – c'est ce que nous avons commencé à filmer à Noël, j'adore, mais je n'ai pas encore eu le temps de tout recopier sur une grosse cassette.*

*Je ne parviens pas à remettre la main sur celle que nous avons utilisée l'an dernier. Ce n'est pas* Voyages de Simon, *qui est pleine, ni* Autres aventures de SD, *qui est celle de la journée sur le bateau. Elle s'intitule peut-être seulement* Simon Drake, *et c'est important car elle comporte la troisième grande séance de Questions-Réponses, que je n'ai pas encore recopiée. Tu grandis vite et il faut traiter tes archives avec soin ! Si tout cela n'a pas de sens, appelle-moi à l'école mercredi après vingt et une heures. (J'espère qu'ils seront couchés alors, mais tu sais comment c'est.)*

*J'étais très heureux de ton dernier message, et il ne faut surtout pas t'excuser pour ton écriture : elle est splendide. Je préfère de très loin que tu m'écrives spontanément plutôt que d'en faire toute une affaire, comme s'il s'agissait d'une lettre de demande d'admission à une université, que je doive noter. J'avais des papillons dans le ventre quand j'ai lu que je te manquais : tu ne peux pas t'imaginer (si ?) combien toi tu me manques, et combien j'aimerais que nous puissions « être ensemble », pour citer tes propres mots.*

*Quel bonheur d'avoir réussi à voler une heure de plus lors de ta dernière sortie – je redoutais d'avoir à te ramener trop vite. Poster le billet était terriblement amusant, et ça m'a fait quelque chose lorsque tu m'as demandé de le récupérer. Toi aussi, ça a dû te faire quelque chose, mais tu as aimé ça, d'après ce que j'ai vu ! N'est-ce pas ? J'espère que ce cadeau tombe à point. Je sais que les règles sont différentes à présent, mais fais attention de ne pas trop le montrer aux autres à l'école, car ils te demanderaient sûrement d'où il vient.*

*Amuse-toi bien. Je pense que tu trouveras l'atmosphère autour des tranchées très intense. Montre-toi respectueux. Si tu te demandes quel pourrait être le meilleur usage de la caméra, peut-être pourrais-tu réciter un poème pour moi. Tu te rappelles* Nommer les pièces *? Quoi que tu fasses, ne fais pas trembler l'appareil, et ne bondis pas trop vite d'un endroit à l'autre. J'ai hâte de voir tout ça – et de te voir toi – à ton retour. Ne porte pas de vêtements trop serrés si nous postons le billet !*

*Avec tout mon amour,*

*Crimble*

*3 avril 1994*

*Mon cher Simon,*

*Eh bien, que pourrais-je te dire à l'aube de ta majorité officielle, moi qui sais combien tu es mûr depuis toutes ces années ? Ce fut un privilège de te voir t'épanouir au cours de la décennie qui s'achève (pour l'essentiel), et je me sens très privilégié d'avoir eu la chance de profiter de ta compagnie et de ta personnalité, si chaleureuse et ouverte. C'est un vrai trésor pour moi. N'oublie jamais ça.*

*Notre dernière rencontre a été plutôt catastrophique, n'est-ce pas ? J'espérais pouvoir te guider, par rapport à tout ce que tu as traversé. Je comprends les difficultés que tu as rencontrées – tu connais mon opinion au sujet des cigarettes et de l'alcool, mais j'accepte tes explications quant au fait que c'était exceptionnel, même si l'école les refuse. Il y a sans doute beaucoup de choses qui m'échappent, mais tu sais que tu peux tout me dire. Dieu sait qu'à ton âge, ma vie aussi était compliquée.*

*Ce qui m'a pris de court, c'est de voir combien tu étais mal à l'aise avec moi. J'ai cru que tout était rentré dans l'ordre quand nous nous sommes dit au revoir, mais à présent je n'en suis plus tout à fait sûr. Peut-être que je réfléchis trop. Ou peut-être que nous nous connaissons moins bien que je ne le croyais. Après tout, il ne s'est pas passé grand-chose ce jour-là. Comme tu le sais, c'est pour moi une question de principe, je ne t'ai jamais forcé à quoi que ce soit, et j'ai toujours souhaité que tu accomplisses la moitié du chemin. Certains des messages que tu m'as fait passer au fil des années ont été pour le moins mitigés !*

*Peut-être était-ce à cause du lieu. J'abhorre la proximité des tables dans les cafés, et sans doute aurions-nous mieux fait d'aller un peu plus loin de chez toi afin d'être plus à l'aise. Cela dit, certains des moments les plus mémorables que nous ayons connus se sont déroulés dans des lieux publics, car lorsque nous sommes seuls tous les deux, en privé, j'ai du mal à trouver les mots justes et je suis un peu raide (et non, je n'emploierai pas un autre mot).*

*Oh mon Dieu, j'ai peut-être tout gâché. Revenons à mon sujet principal, si tu es encore là, à me lire. Je sais que la vie a été difficile à bien des égards que je ne peux comprendre après la perte de ton père, et j'espère que mon amitié t'a un peu aidé à supporter tout cela. La chose principale que j'ai envie de te dire à présent, c'est que tu es désormais ton propre maître. Tu peux faire tes choix comme bon te semble, devenir la personne que tu souhaites. Et je sais que tu y arriveras. À ce sujet : tu dois faire ce que tu penses être bon pour toi, et si tu crois vraiment que l'université ne te convient pas, il n'y a rien à ajouter. Je sais que j'en ai fait toute une histoire, mais je ne suis qu'un vieux croûton qui n'a pas la moindre idée de ce qu'est le monde du jeu vidéo, ni de ce qu'il peut t'offrir, alors ne fais pas attention à moi.*

*J'imagine qu'il est inévitable que nous nous éloignions au fil du temps. J'espère vraiment que nous resterons en contact d'une manière ou d'une autre. Je veux que tu saches que je serai toujours là (avec un peu de chance), et que je te soutiendrai toujours. Quoi qu'il arrive. Quoi que tu fasses de ta vie – et cela pourrait être tout à fait impressionnant – je suis si fier d'avoir pu t'appeler* mon ami, *et d'avoir pu participer à ta formation au cours des années que nous avons passées ensemble. Que Dieu te bénisse.*

*Avec tout mon amour,*

*Crimble.*

# 18.

C'était à mon tour de choisir la musique. Je me suis extirpé de sous le lit de Simon et je me suis frayé un chemin à travers la pièce. Impossible de savoir ce qui pouvait se cacher sous ces amas de câbles gisant au sol. Je l'avais vu un jour décoller du tapis du salon un bloody mary desséché en un seul morceau. On avait pris alors cette habitude d'écouter de la musique sous son lit car c'était un endroit relativement propre. Ensuite, on avait découvert qu'en mettant les enceintes dessous également, le son était incroyable. On allait donc s'allonger là, côte à côte, têtes collées, à nous enfumer comme des harengs pour habiter le son.

Ses orteils se sont recroquevillés tandis qu'il cherchait la meilleure position.

« Dans quel état sont tes pieds, ai-je dit. On dirait un mécano hobbit.

— Y a pas de voitures dans la Comté, connard.

— Tu veux quelque chose tant que j'y suis ?

— Non, merci. Mets un CD avant que je meure d'ennui. » Je l'ai entendu actionner le briquet pour rallumer le pétard.

Je suis allé jusqu'à la fenêtre pour prendre un peu l'air, et j'ai éjecté les Nightmares on Wax, le CD qu'il avait choisi, lui, pour le remplacer par *In a Silent Way,* que j'ai sorti de mon sac. Il connaissait seulement *Kind of Blue* et *Sketches of Spain,* et j'avais hâte de lui faire découvrir ça.

Je me suis arrêté devant la chaîne. « Tu ne veux même pas que je te le lise ?

— Non.

— Tu ne veux vraiment pas savoir ?

— Franchement, non. »

La condamnation d'Eric Weathers-Davis était passée au rang d'information nationale, et il avait même eu droit à un article dans son journal préféré. Je l'avais découpé et depuis, je l'emportais partout avec moi.

« Et tu es sûr que tu ne veux pas venir avec moi à Oxford ?

— Je t'ai dit : non. » J'ai vu ses jambes bouger. « Qu'est-ce que c'est que ce truc de former un club tous ensemble à nouveau ? Ils ont vraiment rien d'autre à faire de leurs vies ? »

Je savais pourquoi je voulais y aller, et cela n'avait pas grand rapport avec les copains d'autrefois. Depuis la réunion des anciens, je n'avais quasiment pas revu Holly, en tout cas jamais sans Luke. Quand elle m'avait demandé de l'accompagner pour l'accueillir à la sortie de son dernier examen, j'avais répondu avec arrogance : « ça pourrait être intéressant d'un point de vue anthropologique », songeant qu'au moins, je serais avec elle le temps du trajet.

Mais tout à coup j'ai compris que Simon avait raison : d'une certaine façon, c'était bien que nous nous retrouvions tous ensemble sous la même bannière alors que cette histoire éclatait au grand jour. Raison précise pour laquelle il ne voulait rien avoir affaire avec tout ça.

« Je pourrais te le résumer. Je n'ai pas besoin de te le lire.

— Arrête ! » Il est sorti de sous le lit, hirsute, les yeux rouges, puis il s'est levé pour aller aux toilettes. J'ai entendu une cascade s'abattre dans l'eau. « Combien de fois il va falloir que je te le répète : on n'en parle plus. Putain ! C'était la seule condition.

— Désolé.

— C'est bon. Oh la vache, j'ai un de ces mal de crâne. » Sa voix est soudain passée à une imitation saisissante de Crimble : « Donc. Qui parmi vous, répugnantes créatures, a répandu de l'urine sur le sol ? Il se trouve que je dois moi aussi utiliser ces sanitaires. Si vous n'êtes pas capables de viser juste, relevez la lunette. La cible sera plus grosse. »

La chasse d'eau a noyé son rire. J'ai mis le disque dans le lecteur, mais Simon n'est pas revenu. J'ai laissé Miles souffler en solo dans sa trompette sous le lit, et je suis allé à la cuisine, où j'ai trouvé Simon penché sur le comptoir, du sang coulant de son nez dans une bouteille de lait vide.

« C'est venu comme ça. Pendant que je me regardais dans la glace. Bizarre, hein ? Et je me suis dit : les gens essaient toujours d'arrêter le flot quand ils saignent du nez, pas vrai ? Alors j'ai pensé un truc, qu'est-ce qui se passerait si je n'essayais pas ?

— Tu vas perdre beaucoup de sang.

— Ouais. On va voir si on arrive à remplir une pinte. »

Le liquide rouge maculait déjà le fond de la bouteille et le niveau commençait à monter. Il a hoché la tête pour augmenter le rythme.

« Tu ne veux même pas savoir ce qu'on raconte sur lui ? ai-je repris. Les trucs dont on l'accuse ? »

Il a fermé les yeux. Le sang tombait à grosses gouttes, avec un bruit des plus agréables. « Je dois avoir des flocons d'avoine quelque part. C'est pas ça qu'on utilise pour faire du boudin noir ? »

Je regardais le sang à demi coagulé qui formait un dôme brillant à sa surface rubis, fasciné malgré moi.

*

La foule était rassemblée derrière la barrière, jusqu'à quatre ou cinq rangées de gens par endroits, prêts à laisser éclater leur joie pour leurs amis. Leurs armes inoffensives étaient prêtes elles aussi : bouteilles glacées, confettis, sacs de farine. Les éléments plus hostiles demeuraient hors de vue, cachés dans de lourds sacs de mauvais augure venant de chez le boucher ou le poissonnier. Des employés montaient la garde, affublés de blousons de sécurité fluorescents. Bientôt l'autorisation serait accordée pour des débordements contrôlés, à une distance respectueuse de la cour clôturée et de l'horloge en majesté.

Holly et moi savions ce qu'on attendait de nous. Nous étions là pour célébrer le triomphe de Luke. Lui donner tout son sens, le lui faire endosser physiquement, parce que après que Luke eut arpenté ces pavés, qui à présent brillaient dans le soleil, ce moment se devait d'être mémorable. Et nous étions là pour ça.

Une grande part de l'ancien Luke subsistait encore, le rebelle qui se dressait toujours pour défendre ses camarades ou lui-même. Mais l'environnement dans lequel on l'avait plongé lui avait insufflé un nouveau rythme. Il partait à l'assaut du monde, et n'avait jamais rien rencontré qui lui laisse croire qu'il n'y arriverait pas.

L'idée qu'il soit avec Holly n'était plus une plaisanterie prise à la légère. Ça ne durerait pas entre eux, mais pour l'instant, ils étaient heureux de feindre qu'ils allaient bien ensemble. Cela lui plaisait d'avoir une copine qui adorait faire la fête avec qui passer l'été suivant la fin de ses études, quant à elle, même si elle étalait encore ses principes désormais battus en brèche, elle avait de plus en plus de mal à prétendre qu'il ne lui plaisait pas. Elle avait appliqué une couche de maquillage sur la poussée d'acné qui lui venait au menton quand elle buvait trop, et lorsque les premiers des futurs diplômés sont apparus, elle a commencé à se recoiffer. Geste révélateur qui ne lui ressemblait pas, et que moi seul pouvais remarquer.

Chaque nouveau venu était accueilli par son groupe d'amis. Après quelques manifestations hésitantes, timides, la bande se mettait à hurler de toutes ses forces.

« Et tout ça juste parce qu'ils ont fini leurs examens, ai-je dit. Pas étonnant qu'ils aient la grosse tête. »

Enfin, il est apparu, les cheveux coiffés en arrière, faisant tournoyer son chapeau de diplômé sur son doigt. Un œillet rouge à la boutonnière de son costume sous sa robe, le pantalon retenu par une ceinture ethnique achetée lors d'une aventure exotique et hors de prix. Holly a levé la main pour attirer son attention. Il a écarquillé les yeux, feignant l'euphorie. Alors, un peu plus loin, un rugissement animal a explosé et son visage s'est illuminé d'un air de défi marqué par l'assurance.

Le soulagement m'a rendu cruel : « Quoi ? Tu n'imaginais pas qu'on serait les seuls à l'attendre, quand même ? »

Cette bruyante compagnie se composait des amis de Luke à Oxford, parmi lesquels j'ai eu la joie de reconnaître Ish. Il portait un costume magnifiquement coupé et une cravate de soie. Son visage avait perdu ses rondeurs d'enfant, et ses pommettes lui conféraient une beauté féroce respirant l'intelligence.

« Toi aussi tu viens de passer tes examens ? lui ai-je demandé.

— C'est juste sa façon de s'habiller, a expliqué Luke. Il est très dandy en ce moment. »

Ish s'est joint à Holly et moi pour regarder le reste de la bande s'occuper de Luke. Ils l'ont aspergé de mousseux, l'ont collé contre un mur et bombardé d'œufs, de confettis et de farine. Enfin, l'un d'eux a sorti d'un sac une espèce de corde de tripes qui s'est avérée un cou d'oie, et l'a enroulée autour de celui de Luke, à la manière d'une écharpe, tout en lui enfonçant un cigare dans la bouche. Ailleurs, d'autres s'en sortaient plus mal. Une espèce de lascar rayonnant posait pour la photo tandis qu'on lui déversait du sang de porc sur la tête. Quand tout ce cirque a été terminé, d'un seul mouvement, le groupe a emprunté l'étroit passage qui menait à la cour d'un pub pour y poursuivre les réjouissances.

Je palpais la coupure de presse dans ma poche. Ma main ne cessait d'y revenir, comme s'il s'agissait d'une lettre d'amour. Plus nous assistions aux excentricités de ces étudiants, plus cela devenait l'unique objet de mon attention, qui existait, palpitait, se mêlait au tissu de ma poche tandis que ses lignes prenaient vie dans le sang.

*LE MONSTRE SUR LA COLLINE*

Luke tenait sa cour devant le pub et

*a appris comment un ancien professeur d'un pensionnat privé,*

pétard aux lèvres, bouteille de champagne à la main, des morceaux de serpentins imbibés d'alcool collés sur le visage, trop heureux de faire l'objet d' *une litanie d'abus et d'humiliations pleins de dépravation qui ont duré presque huit ans*

Ali Price est arrivé assez tard mais il a compensé en payant tournée sur tournée à Luke et ses amis, versant des shots dans les pintes de son frère en

*violation flagrante de la confiance placée en lui*

pour soûler Luke le plus rapidement possible. L'armée l'avait rendu svelte et puissant. Il avait l'air d'un officier de confiance jusqu'au bout des ongles

*que n'importe quelle personne saine d'esprit jugerait sadique et incarnant le mal.*

Ali observait avec indulgence le groupe qui s'échauffait de plus en plus. Un des amis de Luke a renversé un verre, alors Ali a bondi et l'a cueilli juste avant qu'il n'atterrisse par terre, ce qui a fait pouffer l'assistance quant à ses réflexes de Jedi. Lorsqu'un verre a finalement été cassé, il a donné un peu d'argent au barman,

*exploitant les plus vulnérables lors d'activités périscolaires.*

« Ne les mettez pas dehors, a-t-il dit, je vais les surveiller, je vous promets. »

*masturbation et fellation.*

J'ai essayé de me rapprocher d'Ali en prenant mes distances par rapport au groupe d'Oxford, et je lui ai dit : « J'imagine que tout ça, c'est rien à côté de ce que vous faites, vous,

*Plusieurs fois par mois pendant quatre ans.*

Ali a souri. « C'est vrai. Sauf que mes gars ont une telle hygiène de vie qu'ils sont cuits au bout de deux pintes. Ils n'ont pas la pratique de ce ramassis de fainéants. »

Un ami de Luke a beuglé déclaré coupable

*de quinze accusations d'attentats à la pudeur et de cinq tentatives de viol.*

« Tu ne devrais pas tout payer, ai-je dit. La prochaine tournée est pour moi. Je n'en ai même pas payé une *et même bu l'urine des garçons dans une bouteille tout en se masturbant.*

Je n'avais pas les moyens de payer une tournée générale, mais je voulais au moins offrir un verre à Ali, car c'était trop injuste que ce soit lui qui soit

*hanté par l'usage répété du mot* splendide *par l'accusé pendant les sévices et ne peut plus entendre cet adjectif sans se mettre à pleurer.*

« Laisse tomber, m'a dit Ali. C'est pour moi. Dieu sait que Luke ferait la même chose pour moi s'il

*a dit que son client avait trouvé la foi et qu'il comprenait à présent à quel point ses actes étaient profondément répréhensibles.*

« Et puis on a tout l'après-midi. Tout ça va continuer

*à vivre avec les séquelles atroces de ces actes pour le restant de leur vie.*

J'ai sorti mon portefeuille de ma poche et c'est alors que l'article du journal est tombé, s'ouvrant comme un papillon. Ali m'a regardé le ramasser.

« Je suis sérieux, a-t-il dit. Range ton argent. »

Plus tard, quand Luke s'est aperçu que son frère, sa copine et ses deux amis d'autrefois faisaient bande à part, il est venu nous rejoindre. Il avait jeté le cou d'oie, sa veste et sa robe, mais le mélange d'œuf, de farine et de vin sur sa chemise lui donnait une odeur pâteuse et âcre.

« Quel endroit ridicule, a-t-il dit. Et que ces gens sont ridicules.

— Tu adores ça, ai-je répondu.

— Je m'attendais à quelque chose de plus spectaculaire, pour être honnête, a dit Holly. C'est beaucoup de bruit mais pas beaucoup d'action.

— L'après-midi n'est pas fini, a fait Luke.

— Et vers où va aller Luke Price à présent ? ai-je demandé. *Le monde est ton huître.*

— C'est vrai, petit frère, a repris Ali. Les possibilités sont sans fin. Qu'est-ce que ce sera ? La banque ou le droit ?

— Vous faites chier, a-t-il répondu.

— Tu dois bien avoir un objectif, quand même ? ai-je dit.

— Bien sûr que oui, a renchéri Ali. Il a une quantité de stages qui n'attendent que lui. »

Luke s'est frotté les yeux, étalant la farine mouillée sur son visage. « En fait, oui, j'ai un projet. Ish et moi, on va monter une affaire ensemble. Mais s'il te plaît, ne parlons pas du monde réel. Je ne veux plus jamais avoir à passer un examen. Ni faire semblant de comprendre comment chez Hegel le concept de droits de l'individu et de la conscience rationnelle deviennent objectivés par l'appareil de l'État.

— Écoute-moi tous ces beaux discours », a murmuré Ali. Il a bu une bonne gorgée de bière, et nos regards se sont croisés. « Vas-y, continue.

— Continue quoi ?

— Montre-lui ce que tu as dans la poche. Je parie qu'il n'est au courant de rien parce qu'il était à fond dans ses révisions. Il a beau prétendre qu'il ne fout rien, on sait tous qu'il vise la gloire. » Ali s'est aperçu que j'étais mal à l'aise. « Max, ne te laisse pas impressionner par mes étonnantes capacités d'observation. Ça fait partie de mon travail.

— Je n'avais pas l'intention d'en parler, ai-je dit en tendant la coupure de presse à Luke.

— Et que faisons-nous ici aujourd'hui, si ce n'est rendre hommage aux résultats d'une bonne éducation à l'anglaise ?

— Nom de Dieu, a fait Luke en parcourant l'article.

— On dirait un personnage de dessin animé, a déclaré Holly. Comment peut-on être aussi sadique ?

— Il y a une histoire qui pourrait éclaircir cette question, ai-je répondu.

— Je m'en souviens, a fait Luke. Est-ce qu'il était pas censé avoir été prisonnier en Afrique du Nord pendant la guerre ? Torturé par un soldat allemand. On l'aurait obligé à creuser sa propre tombe dans le désert. C'est ce qu'on a toujours raconté pour expliquer à quel point il était détraqué.

— Plausible, a renchéri Holly.

— Sauf qu'en 1989, il n'avait pas plus de quarante-cinq ans, est intervenu Ali. Ce qui, selon les estimations les plus généreuses, fait qu'il n'aurait eu qu'un an à la fin de la guerre.

— Cela me conduit à penser que j'ai été victime de racisme institutionnel, en fait », a déclaré Ish.

Luke a froncé les sourcils : « Quoi ?

— C'est vrai, jette un œil à cette tablée. Quel choix avait-il ? Luke était un véritable emmerdeur, qui ne savait pas fermer sa gueule. Max, comme chacun sait, a pleuré pendant un mois quand il est arrivé, donc c'était trop risqué. Et personne qui soit sain d'esprit n'aurait choisi Alistair Price de crainte de se prendre une bonne raclée. Et moi dans tout ça ? J'étais volontaire. J'avais un joli sourire. Je n'aurais sans doute rien dit à personne. En plus, il s'est avéré que je préférais les garçons aux filles. Aussi, je pense que la seule raison qui l'a empêché de faire ça avec moi, c'est que je n'étais pas blanc.

— Soyons clairs, mon pote, c'est sans doute plutôt parce qu'à l'époque tu transportais sur toi quelques kilos de potentiel en trop.

— Va te faire foutre ! »

J'observais Luke qui emmenait la conversation sur un terrain plus incertain, quand je me suis rappelé qu'à l'âge de onze ans l'autre l'avait frappé contre une pile de chaises. Son rire face à la colère. Sa plaisanterie sur le fait de se laver les mains.

« Je me demande ce que l'Enchanteur pense de tout ça, m'a dit Luke.

— Qui ça ?

— Crighton. Ça doit le rendre dingue de savoir que tout ça s'est passé sous son nez. Tu ne crois pas ?

— Sans doute. » J'ai avalé une bonne lampée. « Et ta famille ? Ils sont amis avec les Sutton, non ? Qu'est-ce qu'ils en disent ? »

Luke et Ali se sont regardés et ont éclaté de rire en même temps.

« "Je pense que c'est absolument terrible pour ce vieux Tony", a dit Ali les lèvres pincées en imitant la voix de son père. "Vous pouvez rire, mais c'est un ami proche, et j'ai peur pour lui". »

Luke a renchéri : « "Quelle triste situation, néanmoins ces garçons doivent penser aux conséquences. Traîner cela en justice. Cela les aidera-t-il ? Cela aidera-t-il l'école ? Il se pourrait qu'elle soit fermée."

— "En réalité, vous avez vécu de bons moments, là-bas, non ?"

— "J'écrirai peut-être à Tony."

— "Oui, une bonne lettre, c'est exactement ce qu'il faut."

— "Du mal ? Comment ça du mal ? Ça ne m'a jamais fait de mal."

— Il ne dit quand même pas ce genre de choses ? ai-je demandé. C'est juste une caricature. Il ne parle pas réellement comme ça.

— Oh si ! a affirmé Luke.

— Je pense que ce qu'on a vécu, c'était une partie de plaisir comparé à ce que papa a connu sous Sutton père, a expliqué Ali. C'est pour ça qu'il s'entend si bien avec Tony.

— D'après papa, c'est à cause de Sutton père que Tony bégaye. Il se moquait de lui devant toute l'école.

Il le battait plus fort que les autres pour être sûr que jamais on ne l'accuserait de favoritisme.

— Enfin bref. » Ali a levé son verre. « Je bois à la fin de ces putains d'études. » Il a vidé sa bière, planté le verre maculé de mousse sur la table, puis il s'est tourné vers moi. « J'accepte ce verre maintenant, Max. Un double whisky ne me ferait pas de mal. »

Je suis allé au bar après avoir demandé aux autres ce qu'ils voulaient. Au moment de payer, je me suis aperçu que je n'avais pas assez de liquide sur moi, alors j'ai sorti ma carte bancaire, et j'ai aussitôt essuyé un refus.

Un billet de vingt est apparu par-dessus mon épaule. « Tiens, prends-le, m'a dit Ali. Ces deux-là ont besoin d'être tranquilles de toute façon. » Ish avait rejoint le groupe d'Oxford, laissant Luke et Holly s'embrasser avec fougue. Ali s'est accoudé au bar. « Celui-là, il passe à travers tout, pas vrai ? Il ne sent jamais les cahots de la route.

— Tu n'es pas comme ça, toi aussi ? ai-je dit en rangeant ma carte avec gratitude. Tu donnes l'impression de savoir exactement ce que tu veux faire de ta vie. »

Il a vidé son double Jameson puis en a commandé un autre. « Je sais ce qu'on attend de moi. Ce qui n'est pas tout à fait la même chose.

— Je pense que ceux qui ont porté cette affaire en justice sont très courageux. Impossible de savoir combien d'autres victimes il y aurait eues s'ils n'avaient pas parlé.

— Ils le regretteront peut-être. Impossible de savoir à quoi on renonce quand on se lance dans une chose pareille. Je me fous complètement de l'école, mais je pense que mon père a raison d'une certaine manière. Sur le coût pour les victimes.

— Oui, mais... Si un de ces mecs avait eu les couilles de parler plus tôt, ça aurait sauvé ceux qui sont passés après. De la même manière, on ne peut pas nier qu'il y a eu une génération précédente qui a fermé sa gueule, alors que ces gars-là auraient pu l'ouvrir et empêcher tout ça. Il suffit d'un seul.

— Tu le crois vraiment ? Parler ne suffit pas. Tu peux tout raconter et ne pas être cru. Tu peux même en payer le prix. Pour avoir répandu des calomnies. Être puni pour avoir parlé. »

*Mais surtout dis les choses.*

« Tu l'as fait ? Tu as parlé ? » lui ai-je demandé.

Sa voix s'est faite plus basse, une main de fer s'est abattue sur mon bras et soudain, j'ai eu onze ans à nouveau, tandis qu'il en avait treize et qu'il me terrifiait.

« Mon pote, il faut que tu prennes du recul. »

Quelques jours plus tard, Holly m'a dit que Luke l'avait invitée à passer l'été dans sa maison de famille en Italie, aussi quitterait-elle la péniche plus tôt que prévu. Simon m'a proposé de m'installer chez lui si je n'avais pas envie de finir les vacances chez mes parents. Comme pour anticiper cet arrangement, je passais de plus en plus de temps chez lui, où je terminais mon mémoire pendant qu'il allait travailler. J'étais entouré par ses boîtes d'archives, et plus d'une fois j'ai eu envie de m'y plonger, mais tout ce que j'ai fait, c'est lire et relire les lettres de Crimble, pour essayer de déchiffrer entre les lignes.

D'une certaine manière, cela revenait à faire la connaissance de quelqu'un. Mais notre passé mutuel en éclairait les termes ainsi que ces nouveaux secrets désormais partagés. J'avais oublié combien la gentillesse de Simon était subtile – à tel point qu'on aurait pu passer à côté. Chaque fois qu'il avait l'impression que quelque chose ne me convenait pas, il trouvait lui-même une raison pour me dire que finalement ce n'était pas une bonne idée, m'épargnant ainsi la difficulté de le faire. Il opérait à basse fréquence. Je comprends à présent, enfin je crois, que la coercition qu'il avait subie l'avait doté d'une hypersensibilité face à toute forme de manipulation émotionnelle, et qu'il était terrorisé à l'idée de s'en rendre lui-même coupable.

À l'inverse, lorsqu'il se sentait vulnérable, il venait chercher la preuve de mon allégeance, ce qui arrivait, je le sais aujourd'hui, quand il restait des jours sans manger, puis se jetait sur la nourriture, s'attendant à ce que je fasse de même. Il n'était jamais dit de manière explicite qu'il me mettait à l'épreuve dans ce genre de moment, mais je savais qu'il ne fallait pas remettre les choses en cause.

Et puis, en dépit de toute cette sensibilité, il commettait parfois des actes qui allaient à l'encontre de toute gentillesse. Il avait une attitude délibérément négligente envers les objets de valeur. Un mépris. Comme si ayant gagné le droit d'accéder à son intimité, je devais sacrifier ces choses qu'il traitait avec condescendance. Des objets auxquels je tenais disparaissaient, sans que jamais je les retrouve, ou réapparaissaient mais cassés, ou endommagés. Des CD précieux revenaient rayés de manière irrémédiable. Je récupérais un stylo qui pour moi avait une valeur sentimentale – il le savait –, la mine cassée, l'agrafe tordue.

Pour la première fois, j'ai appris des choses sur sa vie d'avant notre rencontre. Son père était mort depuis deux ans quand nous avions fait connaissance au bord de l'étang. Sa mère n'avait jamais souhaité travailler pour Tony Sutton, mais ils avaient réussi à la persuader de venir en créant cet emploi spécialement pour l'aider, et en baissant le tarif d'admission pour qu'elle puisse y inscrire Simon. C'est lors d'une de ces conversations qu'il s'est autorisé à me raconter ce qui s'était passé entre sa mère et Crimble.

« Ils n'ont jamais été vraiment ensemble, malgré tout ce qu'on racontait. Mais elle l'aimait bien. Elle était très seule, évidemment. Je l'entendais pleurer au téléphone avec ses amies après l'avoir vu, se demandant ce qu'elle faisait de mal, pourquoi il ne s'ouvrait pas plus à elle, pourquoi il ne se comportait pas plus normalement. Elle a commencé à croire que c'était une question de convenances, parce qu'elle travaillait sur place, et à la fin, elle a conclu qu'il faisait partie de ces personnes qui en réalité n'ont pas de désir sexuel. Mais moi je vais te dire quelque chose : je ne pense pas qu'il y ait autant de gens dépourvus de désir sexuel qu'on voudrait le croire. »

# 19.

C'était la fin juin, j'étais seul sur la péniche à regarder la pluie d'été éclabousser le pont lorsque mon téléphone portable a sonné. C'était encore tout nouveau pour moi. Il s'agissait d'un cadeau de Simon, qui s'était moqué de mon *pager* dès que nous avions repris contact, et je ne m'étais pas encore habitué à ces intrusions soudaines au beau milieu de ma vie.

Ma mère m'appelait pour me dire que mon grand-père avait eu un accident. Il travaillait dehors, sur sa dragline d'excavation, quand la berge de la lavogne avait cédé, alors l'engin avait glissé, et s'était renversé dans l'eau.

« S'il n'avait pas rabattu le dessus de la cabine, il serait mort. Heureusement le toit a amorti la chute, et il a réussi à s'en sortir en nageant. Avec une cheville cassée. » Sur le moment, ma seule pensée a été que je ne l'avais jamais vu nager. « Ce n'est pas fini. »

Elle m'a ensuite expliqué qu'il s'était produit un autre accident et vraiment pas au bon moment. Après être rentré de l'hôpital, il s'était couché, et avait été réveillé par les aboiements des chiens dans l'étable, mais avec sa cheville blessée, il avait du mal à se lever. Il avait eu beau appeler ma grand-mère, elle était trop sourde pour l'entendre depuis la pièce au rez-de-chaussée où on l'avait installé. Il avait conclu que les chiens étaient excités par la présence d'un renard, et il s'était rendormi. Il leur a donc fallu attendre le lendemain pour qu'on découvre leurs cadavres.

« Il y a des années que je lui dis qu'il faut revoir le système électrique de l'étable, a ajouté ma mère. C'est un miracle qu'il y ait seulement eu un dégagement de fumée, et pas un véritable incendie. Ils auraient pu mourir dans leurs lits si le feu s'était propagé à la maison. Ces chiens n'ont pas eu la moindre chance. Enfin bref, ils sont très secoués tous les deux. Si tu n'es pas trop occupé, tu pourrais leur rendre visite. »

Mes parents m'avaient fait très clairement comprendre ce qu'ils pensaient de la manière dont j'avais menti à mes professeurs cette année-là. Ce n'était pas le moment de prétendre que j'avais des choses plus importantes à faire.

Je redoutais l'absence des chiens. Voilà ce que j'avais en tête lorsque le taxi m'a déposé devant leur maison. L'idée avait toujours été dans l'air que même si la vieillesse le rattrapait, ça n'aurait pas d'importance tant que ses proches iraient parcourir le monde pour lui, étendant son influence. J'ai essayé de ne pas regarder de trop près la porte noircie de l'étable en arrivant.

Ces deux accidents avaient précipité leur dégringolade sur la pente glissante qu'ils avaient tout fait pour éviter. Ma grand-mère avait l'air de moins en moins ancrée dans la réalité, quant à lui, en plus de sa cheville cassée, il s'était infligé de nombreuses plaies et ecchymoses en s'extrayant de son excavateur renversé.

La jambe étendue sur un banc, il se grattait à l'intérieur du plâtre au moyen d'une aiguille à tricoter tandis qu'elle soignait sur sa tempe une blessure suintante en forme de pièce. Il ne portait qu'un short blanc et une chemise ouverte.

« Allez, vas-y, mets-le dessus », a-t-il dit en désignant un gant de toilette qui flottait dans une bassine fumante sur la table. Une forte odeur de désinfectant flottait dans l'atmosphère.

« Mon Dieu, mais tu vas faire un bond si je te mets ça sur la tête, a-t-elle répondu. C'est bouillant.

— Colle-le-moi dessus. Je sens que l'infection progresse. Faut bien l'arrêter.

— Désolé pour les chiens, ai-je dit.

— Les pauvres bougres, a-t-il répondu aussitôt au bord des larmes. Ils ont gueulé la moitié de la nuit, à essayer de me faire comprendre, et moi, j'ai pas bougé.

— Oh là là, c'est reparti, a fait ma grand-mère.

— Et voilà qu'elle m'entend, maintenant », a-t-il commenté avec plus d'affection que d'amertume.

J'avais apporté ce qui à l'époque était pour moi une bouteille de vin coûteuse. Quand je l'ai posée sur la table, son humeur s'est un peu éclaircie et il m'a montré le tire-bouchon accroché au mur : « Amène-nous donc le Charles-de-Gaulle. »

D'une main habile, il a retiré la protection de métal et a voulu déboucher la bouteille. Hélas, ses doigts tremblants s'y refusaient.

« Regarde-moi ces fourchettes », a-t-il dit, les mains désormais immobiles sur la table tandis que je débouchais la bouteille. « Ça fait cinquante ans que je mets ces fourchettes dans ma bouche.

— D'où viennent-elles ?

— C'était un cadeau de mariage de mon oncle Harry.

— Tu te souviens de lui ? m'a demandé ma grand-mère.

— Mais comment veux-tu qu'il s'en souvienne ! s'est-il écrié. Harry est mort trente ans avant la naissance de Max !

— Mais tu m'en as parlé, ai-je répondu. Et aussi de ton oncle Laurie. Tu m'as donné la couronne victorienne qui était tombée de sa poche, tu te rappelles ?

— Bien sûr que oui », a-t-il répondu, d'une voix encore plus triste car il l'avait oublié.

« Je vous joue quelque chose ? ai-je proposé après le déjeuner.

— Plus tard. Allons prendre l'air. »

Il a fait le tour de la maison sur un scooter électrique de location, vêtu d'une immense chemise de nuit verte, souriant devant l'absurdité de ce spectacle. Arrivé devant l'étang, nous avons évalué les dégâts. L'excavateur gisait au pied du tas de terre fraîche qui avait cédé sous son poids, ses seaux s'agrippant désespérément aux rives. Tandis que nous contemplions la scène, un canard est sorti par la fenêtre de la cabine à demi submergée.

« Au moins le moteur est resté hors de l'eau, a-t-il dit. Je pourrai le remettre en marche.

— Tu as eu de la chance. Tu devrais peut-être y aller mollo maintenant. »

Il a fermé les yeux, agacé. « Tu veux bien te taire ? Bon, en tout cas, j'ai une mission à te confier. Elle, elle est dans son monde, elle ne se souvient même pas que c'est arrivé.

— Quoi donc ? Tout ce que tu veux.

— Il faut qu'on enterre ces chiens. »

Ils étaient tous les deux dans un sac, dans l'une des étables qui n'avaient pas été touchées. Leur fourrure sentait la fumée. Les yeux du border collie étaient fermés dans une expression presque bienheureuse. La gueule du terrier ressemblait à celle d'une gargouille, montrant les dents, les yeux exorbités. J'ai hissé le sac contenant les cadavres raidis sur mon épaule et je l'ai rejoint. Ma grand-mère a marqué une pause à la fenêtre de la cuisine, ses lèvres bougeaient tandis qu'elle trouvait une explication à mon comportement.

Il m'a emmené jusqu'à un endroit, au pied d'un frêne où nous avions accroché sa vieille prothèse de hanche lorsqu'elle avait été remplacée, quelques années plus tôt, la coinçant en hauteur, au creux d'une branche. *Tu pourras coller là le reste quand je serai fini*, m'avait-il dit. Il s'est rassis sur son scooter électrique, respirant en rythme avec moi, retenant son souffle chaque fois que la bêche mordait la terre.

« Allez mon garçon. Un peu de nerf. Nom d'un chien, tu creuses aussi bien que ma bonne femme. »

Une fois le trou suffisamment profond à ses yeux, je me suis relevé, en nage, et je lui ai demandé s'il voulait dire quelques mots. Il a secoué la tête. Mais dès que j'ai commencé à recouvrir les corps, il a murmuré : « Au revoir, alors. Vous retournez à la maison. Je vous y retrouverai dans pas longtemps. »

*

Avant de rentrer, nous sommes allés voir les plantes dans la cour. Il fredonnait en me suivant sur son scooter électrique, et nous sommes arrivés devant la rhubarbe, dont les feuilles étaient si gigantesques qu'elles menaçaient de faire basculer la brouette où elles poussaient.

« On venait juste d'emménager ici quand tes parents se sont mariés. On a posé la porte d'entrée le matin même du mariage. Ton père a dormi dans la buanderie, la veille. »

C'était une vieille histoire que je connaissais déjà. Nous nous y sommes confortablement installés.

« Tu as fabriqué le chapeau de maman avec un paquet de corn-flakes », ai-je dit.

Il a souri. « C'est vrai. Il nous restait du tissu de la robe. La vie d'autrefois, c'était quelque chose.

— Tu élevais des agneaux à l'époque.

— C'est vrai ?

— C'est ce que dit maman. Elle raconte que pendant le repas de mariage, elle n'arrêtait pas de se gratter les jambes sous la table parce qu'elle avait aidé un agneau à naître la veille au soir et qu'elle était couverte de piqûres de puces.

— Ah bon ? Je ne me rappelle pas.

— Pourquoi as-tu arrêté d'élever des moutons ? Je ne me souviens pas d'en avoir vu ici une seule fois. »

Il s'est penché pour arracher une herbe entre les pavés. « C'était trop dur. On est même devenus végétariens pendant tout une année parce qu'on ne supportait plus de voir ces petits agneaux batifoler dans les prés.

— Vous êtes devenus végétariens ? J'y crois pas.

— Mais si ! Ça n'a pas duré longtemps. » Il a éclaté de rire. « Au bout d'un moment, une bonne côtelette, ça me manquait trop. Mais ce n'est franchement pas drôle de les voir naître et de s'occuper d'eux pour les envoyer ensuite à la mort.

— Je croyais que quand on était éleveur, on l'acceptait.

— Ouais, mais c'est horrible ce qu'est devenu l'élevage. Pour chaque chose, il y a la bonne manière et la mauvaise manière de faire. J'ai connu des salopards qui travaillaient à l'abattoir. Des sadiques. Il y en avait un qui portait un couteau à la ceinture pour crever les yeux des animaux quand ils voulaient pas sortir du camion, parce que quand ils se couchent, légalement, tu n'as pas le droit de les tuer, tu dois les renvoyer à la ferme.

— Mon Dieu.

— Mais mon copain, Dave Bosworth, c'était un type bien. La seule chose nécessaire pour abattre des animaux, c'est le calme. Que l'animal soit calme. Que le boucher soit calme. Et la plupart du temps, c'est le cas. Y a une seule chose qui les emmerde vraiment. Ça les rend dingues de recevoir une femelle gravide. Un jour c'est arrivé à Dave, une brebis gravide, seulement personne ne savait qu'elle était grosse avant qu'elle se fasse estourbir. Le petit a été sorti de la carcasse, et il a grandi à l'abattoir. C'est devenu un animal de compagnie, et le vieux Dave l'a employé pour faire le Judas. Tu sais ce que c'est, hein ? C'est le premier qui y va. Après les autres suivent tous à l'intérieur. Parce qu'ils n'ont pas peur. Donc un jour, Dave engage un nouvel ouvrier qui venait d'un gros abattoir, un truc industriel, une vraie usine – et il a oublié de lui parler du Judas. Évidemment, le gamin l'a zigouillé sans y penser. Bosworth a failli le tuer, le con.

— Putain », ai-je dit, réalisant que je jurais parce qu'il l'avait fait avant moi.

« Ce que j'ai toujours trouvé bizarre – ce que j'aimais pas, quand j'avais le temps d'y penser –, c'est pourquoi faire autant d'histoires pour un agneau ? Celui-là même qu'il avait formé pour attirer les autres vers la mort plus tranquillement ? Si tu te préoccupes de celui-là, pourquoi pas des autres ? »

Ce soir-là, après avoir descendu une bouteille, l'émotion s'est emparée de lui, et il a confié son inquiétude à propos de ce que deviendrait la maison lorsqu'ils ne seraient plus là.

« Tu sais, on ne va pas faire de vieux os, maintenant.

— Ne dis pas n'importe quoi, ai-je répondu. Vous avez encore des années devant vous.

— Faut pas abandonner cet endroit. Tu peux pas ramener cette fille ici pour que vous y viviez tous les deux ?

— Ce n'est plus ma copine. Si elle l'a jamais été.

— Va la récupérer ! » Il a pris la bouteille, ragaillardi par la perspective d'un problème à résoudre.

« Je ne suis pas certain que ce soit possible.

— J'avais beau lui dire non, ton père est revenu à la charge toutes les semaines, jusqu'à ce que je finisse par dire oui, a dit ma grand-mère.

— *Grand*-père », a-t-il corrigé, son agacement coutumier adouci par la tendresse.

« Le temps passe. Quel âge as-tu maintenant ?

— Vingt ans.

— Vingt ans !

— Pour encore une semaine ou deux en tout cas.

— Nom d'une pipe, a-t-il déclaré. Ça fait huit ans qu'on a préparé ce foutu gâteau pour toute l'école. Tu te rappelles ?

— Dieu du ciel, oui ! a-t-elle répondu.

— Vingt et un ans, l'âge où tout le monde est majeur. Tu n'as plus aucune excuse maintenant. *Tu seras un homme, mon fils.* Qu'est-ce que tu comptes faire pour fêter ça ?

— J'ai pensé à quelque chose », ai-je dit. Et soudain, j'ai su ce que je devais faire. Un basculement chimique s'est opéré dans mon cerveau, et l'étape suivante s'est révélée.

« Avant de partir, demain, est-ce qu'il y a quelque chose que je peux faire pour vous ? ai-je demandé. Des courses, par exemple ?

— T'inquiète pas pour nous, mon gars. On a le congélateur plein de viande et de sacs de légumes. Et comme tu sais, je ne laisse pas certaines personnes approcher cette voiture.

— Dans ce cas, est-ce que je peux l'emprunter ?

— Quoi ?

— La voiture. »

Nouvelle traversée de la rivière. Nouvelle ascension de la colline. Je me suis garé loin de la maison de Crimble pour me laisser la possibilité de changer d'avis. C'était la période des examens, je me suis donc approché de la barrière en me disant qu'il serait sûrement occupé à l'école. J'ai refermé le portillon derrière moi, la sonnette a retenti puis s'est tue, et il est apparu, fractionné en hexagones jaunes à travers la vitre de sa porte d'entrée.

Il paraissait plus mince. Son visage s'était contracté avec l'âge. Sa barbe était plus grise que dans mon souvenir. Son expression neutre, à la limite d'une indifférence soucieuse.

« Monsieur Crighton, c'est moi, Max Denyer », ai-je dit, laissant mon nom flotter dans l'atmosphère. À lui, maintenant. Je l'ai regardé faire un effort pour se souvenir.

Cette façon familière de plisser les yeux par-dessus ses lunettes, vague, mais pragmatique – à croire qu'un obstacle d'une taille imprévisible arrivait en vue, mais qu'il était plus que prêt à l'affronter. « Seigneur !

— Comment allez-vous, monsieur ? » Cette manière de s'exprimer de jadis, qui me revenait tel un boomerang. Cette assurance pleine de maîtrise. Qui opérait dans le cadre de paramètres définis.

« Je tiens une forme extraordinaire, tu sais. » Il m'a tendu la main. Elle était douce et osseuse. Plus petite que la mienne. J'ai résisté à la tentation de lui montrer que j'étais plus fort. « Max, quel plaisir de te voir. »

Moi aussi, j'étais content de le voir.

La maison était plus sombre que dans mon souvenir, il y flottait une odeur d'oignons frits, et des relents de sueur et d'adoucissant que je connaissais bien. J'ai accueilli l'accumulation de vêtements, de papiers et de disques comme si c'étaient de vieux amis. Aucune trace ni odeur de chien. Encore des animaux morts.

Ses photos-souvenirs de paysages s'alignaient sur les murs du couloir. Parfois, on voyait un garçon ou deux, avec des sacs à dos. Certaines dataient d'avant mon époque, d'autres étaient plus récentes. Sur l'une d'elles apparaissait Simon. L'arrière de sa tête, tandis qu'il contemplait d'en haut une vallée semée de rochers. Peu de gens auraient pu le reconnaître. Moi, si.

« Vous vous apprêtiez à vous mettre à table, je ne vais pas vous déranger.

— Mais tu ne me déranges absolument pas », a-t-il dit en décrochant son tablier du clou pour le passer. Il avait dû le retirer en venant m'ouvrir. Une coquetterie. Le besoin de se montrer présentable, ignorant de qui il s'agissait.

Je suis resté à la porte de la cuisine tandis qu'il cherchait des sachets de thé, lavait un mug et en attrapait un second. J'ai remarqué un balai, appuyé contre un mur, un tas de poussière à côté, à croire qu'il le passait fréquemment mais ne jetait jamais les détritus rassemblés.

« Qu'est-ce qui t'amène par ici ?

— Vous vous souvenez que mes grands-parents habitent tout près ?

— Bien sûr. Ton cher vieux grand-père dans sa 4L.

— Je leur rends visite, et j'ai pensé que je pourrais faire un saut. Je ne veux pas abuser de votre temps. » Il m'a demandé ce que je faisais, et je me suis aperçu que j'avais envie qu'il soit fier. « Je rentre d'une année à l'étranger. Pour mes études. En langues.

— Formidable. Où es-tu allé ?

— Paris, pendant un moment. Puis une petite île au large du Venezuela.

— Tu as toujours été un garçon intrépide. Avec toutes ces histoires de voyages à travers le monde. » Il regardait une poêle où il faisait revenir des oignons et un petit steak, sourcils froncés. « Je suis à peu près certain que si je fais frire un peu de pain en plus, en ajoutant peut-être une boîte de tomates, on peut en tirer sans problème un repas pour deux.

— Non, je ne vais pas rester.

— Mais si. » Il a souri, comme s'il s'agissait juste de me faire entendre raison. « Je me sentirais blessé si tu ne restais pas. »

Il a posé la poêle avec le steak et les oignons sur un dessous-de-plat, entre deux assiettes en porcelaine dépareillées sur lesquelles il a fait glisser le pain et les tomates, dont l'odeur m'a ramené au bout de la route, huit cents mètres plus loin dans le passé.

« Tu veux une bière ? Je vais en prendre une. » Il a attrapé deux canettes de supermarché, et les a posées sur le comptoir, le thé lui étant visiblement sorti de l'esprit.

« J'étais désolé de ne pas vous avoir vu lors de la réunion, le mois dernier. »

Il versait une bière, me tournant le dos. « Tu sais, il y a très peu de choses que je changerais dans ma vie si c'était à refaire. Mais c'est une vraie tristesse de vous voir arriver un jour puis repartir à travers le monde. Si tu veux savoir la vérité, j'avais peur de ne pas pouvoir le supporter : la galerie des visages d'autrefois, embarqués dans leur nouvelle vie, le temps que nous avions passé ensemble relégué à une note de bas de page. Cela m'aurait fait trop de peine.

— Vous seriez surpris de savoir à quel point tout le monde garde un bon souvenir de vous.

— Ah ! Ça fait plaisir à entendre.

— J'étais heureux d'avoir revu Simon après toutes ces années. Nous avions complètement perdu le contact. Je ne sais pas comment nous avons fait pour laisser les choses se déliter ainsi.

— Ce cher Simon. Je ne savais pas du tout qu'il serait là. Son nom n'apparaissait pas sur la liste. Comment va sa mère, tu le sais ? Il a été question de maladie à un moment. »

Sentiment de honte. « Je l'ignorais.

— C'était il y a quelques années. Peut-être qu'elle va mieux. Je l'espère en tout cas. » Il s'est assis et a levé son verre. « Aux amis absents ? »

Nous étions si proches que je sentais le souffle de sa respiration. Je ne pouvais m'empêcher d'observer une rougeur située à la naissance de sa barbe.

Pain frit dégoulinant de graisse. Oignons sucrés. Steak trop cuit. Bière trop chaude, trop amère, trop mousseuse. Mais dans cet environnement, tout était exceptionnel. J'avais l'impression d'être traité comme un prince.

« C'est très gentil de votre part, ai-je dit.

— De la nourriture de célibataire. Je crains de ne rien savoir faire de plus après toutes ces années. »

Je me suis raclé la gorge. « Simon et moi nous avons discuté de ces vidéos que vous filmiez à l'époque où nous étions ici. Les pièces de théâtre et tout ça. Vous les avez toujours ?

— Elles sont quelque part en effet. J'en ai peut-être copié quelques-unes en VHS. Le problème, c'est que vous êtes si nombreux à aller et venir, que je finis par tout mélanger.
— Il faudrait rassembler tout le monde un jour pour les revoir.
— Dis-moi, a-t-il dit en essuyant de la mousse sur sa barbe. Tu ne bronzes pas ?
— Comment ça ? »
Il m'a examiné avec soin. « Tu dois avoir la même peau que moi. Peu importe le temps que je passe au soleil, je ne change jamais de couleur. Sauf quand je brûle, bien sûr.
— Pardon ?
— Tu m'as dit que tu revenais d'une île des Caraïbes, mais à te voir, on dirait que tu as passé le mois de juin en Angleterre, toi aussi.
— Ah oui, ça fait un moment que je suis rentré.
— Dis-moi quels auteurs tu études, a-t-il demandé en posant sa fourchette avec un plaisir anticipé.
— Lorca. Neruda. Flaubert. En ce moment je lis beaucoup Gide. On étudie *Les Faux-monnayeurs* en cours.
— Je ne l'ai jamais lu. Il faut que je remédie à ça. »
Je lui ai demandé quelle pièce il avait montée. Quelle excursion il avait organisée. Au bout d'un moment de cette conversation badine, il a sorti un autre plat du four.
« Mon célèbre pudding. Tu te souviens ? »
Apple Crimble. Comment l'oublier ? Comme d'habitude, les pommes n'étaient pas assez cuites. Le dessus ressemblait plus à de la purée qu'à du crumble. Une crème épaisse et gluante, sans doute identique au truc qu'ils devaient toujours servir au sommet de la colline.

Il a préparé deux cafés instantanés. En le voyant remuer les granulés dans l'eau bouillante, j'ai songé au chocolat chaud dans sa chambre.

« Où es-tu allé, Max ? Après être passé ici. Je m'aperçois que je n'en ai pas la moindre idée.

— Le travail de mon père nous a contraints à bouger pas mal, ai-je menti.

— "Il n'est pas cet autre lieu qui absorbe mon existence", comme disait ce vieux bougon de Larkin. Est-ce que tu t'es trouvé différent en passant d'un endroit à l'autre ? Tu as dû être beaucoup de personnes différentes jusqu'ici.

— Sans doute. Mais j'espère désormais avoir une bonne maîtrise de moi-même pour emporter quelque chose avec moi. » Le revoilà. Ce besoin d'être précoce. Ce désir de faire plaisir.

« Oui, je me souviens de ce trait de caractère chez toi. Cette conscience d'être toi-même. Ce sens du bien et du mal. »

J'avais absorbé tant de liquide que j'ai eu besoin d'aller aux toilettes. Il n'y avait qu'un W.-C. dans la maison, au bout du couloir où ses chaussettes et ses caleçons séchaient sur le radiateur. Je me suis surpris à remarquer les ciseaux à ongles dans le porte-savon, les taches de dentifrice dans le lavabo, le tube de crème contre les hémorroïdes replié, posé sur le ballon d'eau chaude. Sa vie était là, résumée à travers ses accessoires de toilette et ses serviettes. Et là encore, que je le veuille ou non, il avait ma sympathie.

« Tu sais, a-t-il dit quand je suis revenu, j'ai une heure de présence à effectuer avant le service du soir. Pourquoi ne viendrais-tu pas avec moi ? Tu pourrais lire une histoire au moment des prières. Ce serait amusant, non ?

— J'ai emprunté la voiture de mes grands-parents. Il faut que je rentre, sinon ils vont se demander où je suis passé.

— D'accord. Dans ce cas, la prochaine fois.

— Il y a un autre truc que je voulais vous dire », ai-je ajouté une fois à la porte. Je ne parvenais pas à le regarder. À la place, je me suis retrouvé à fixer des yeux la boîte aux lettres, et cette injonction écrite de sa main : PAS DE PUBLICITÉ. « Je voulais vous dire, au cas où vous vous inquiéteriez. À cause de tout ce qui s'est passé au sujet de M. Weathers-Davis. » Il s'est raidi. « Simon n'a pas l'intention de montrer à qui que ce soit les lettres que vous lui avez écrites. Il me l'a dit lui-même.

— Tu sais, si j'avais eu une adresse où t'écrire, Max, nous aurions pu rester en contact nous aussi. Mais je n'avais aucune idée d'où tu te trouvais.

— Ce serait chouette. Le problème, c'est que je vis sur un bateau. » Là, je l'ai regardé dans les yeux. « Donc il n'y a pas d'adresse où vous puissiez m'écrire. »

Il a cillé. Un sourire calme est apparu sur son visage. « Je suis très heureux de t'avoir vu, Max. » La porte n'a pas bougé. Il attendait que je tourne les talons et que je m'en aille de mon propre chef.

# 20.

Quatre jours plus tard, Simon m'a appelé pour me demander de passer le voir. Quelque chose dans sa façon de s'exprimer – froide, distraite – m'a laissé penser que je devais me dépêcher.

Je l'ai trouvé sur le canapé, vêtu d'un simple short et d'un collier de trombones. Les rideaux étaient tirés. De lourds relents de nourriture et d'odeurs corporelles flottaient dans l'atmosphère. Sur la malle, devant lui, brûlait un épais cierge d'église. Sur l'écran scintillait une scène de son jeu à l'arrêt.

« Sur quoi tu travailles ? ai-je demandé.

— Comme d'hab. J'essaie d'élaborer de nouvelles surprises. Quand les joueurs sont bien intentionnés, mais qu'ils commettent de *terribles erreurs*.

— Je vois. Ça fait combien de temps que tu picoles ?

— Un jour ou deux ? » Il s'est gratté le sourcil, à croire que cela l'ennuyait.

« Joli collier, ai-je remarqué.

— Tu sais ce que c'est ?

— Des trombones.

— Ouais. Des trombones. J'en avais pas assez, avant. La longueur n'était pas suffisante. Mais maintenant, j'en ai un de plus. »

Je me sentais dans la peau du gars qu'on envoie dissuader quelqu'un de se jeter du toit. « Tu as un nouveau trombone ?

— Et un nouveau papier glissé au milieu. »

C'est alors que j'ai vu l'enveloppe posée sur la malle, à côté du cierge, et j'ai senti la honte fondre sur moi. « Est-ce que c'est bien ce que je crois ?

— Il m'envoie toujours de l'argent. Tu ne trouves pas ça bizarre ? Est-ce qu'il ne comprend pas que je gagne correctement ma vie à présent ? »

La boîte à chaussures était posée par terre, ouverte, prête à recevoir ce nouveau courrier. La lettre, d'une fraîcheur et d'une blancheur obscènes. L'écriture toujours égale à elle-même. L'encre couchée sur le papier – quand ? – dès que j'avais quitté sa maison ?

« Pourquoi est-ce qu'il m'écrit soudain, après tout ce temps ? Et comment m'a-t-il retrouvé ? Maman a dû lui donner mon adresse.

— J'imagine qu'il se sent vulnérable à cause du procès.

— Ben putain, il a pas l'air vulnérable.

— Qu'est-ce qu'il dit ?

— Beaucoup de bla-bla sur le temps qui passe. Il espère que je vais bien. Il me demande si finalement je suis allé à l'université.

— Ça a l'air plutôt normal.

— Et ensuite il parle des cassettes vidéo. Il les mentionne directement. Tu sais ce que ça veut dire, pas vrai ?

— Je pense.

— Pourquoi est-ce qu'il se retournerait contre moi ? Pourquoi est-ce que soudain il irait penser que je vais le poursuivre en justice ?

— Je suis désolé. »

Il se frottait le visage machinalement, l'air ailleurs, puis il s'est tourné vers moi, la main dans le cou. « Pourquoi tu es désolé ?

— Euh... parce que... je sais à quel point c'est perturbant qu'il t'ait recontacté.

— Max, je sais que tu veux m'aider. Mais il y a des choses que tu ne comprends pas.

— J'en suis convaincu.

— L'une d'elles... c'est qu'il n'y a pas de solution. Ça ne va pas disparaître.

— OK.

— L'autre est encore plus importante. Je n'ai pas forcément envie de résoudre la situation. Je voulais que ça arrive, à l'époque. J'ai fait en sorte que ça arrive, ou tout du moins, j'ai laissé faire. Il n'aurait jamais agi comme ça autrement. Si je pouvais revenir en arrière et tout effacer, je ne suis pas persuadé que je le ferais. Tu comprends ? »

Il a pris la liasse dans la boîte et a dénoué le ruban, puis il a choisi une des lettres et l'a ouverte. Il a laissé l'argent dans l'enveloppe, et il a approché la lettre de la flamme vacillante de la bougie.

« Attends une minute, ai-je dit tandis que le feu grignotait le papier. Tu ne vas pas faire ça.

— Pourquoi pas ? » La cendre s'est brisée et elle est tombée en voletant. Il a positionné la lettre au-dessus du cône de signalisation, ainsi les fragments sont allés directement à l'intérieur, produisant un grésillement lorsqu'ils touchaient la soupe de cendre et de mégots au fond. Il s'est rassis, l'air décidé. « On garde les billets de cinquante dans les enveloppes. Ça suffira pour nous rappeler.

— Arrête.

— C'est à moi, j'en fais ce que je veux. Ces lettres me sont adressées. Elles sont privées. Tu ne savais même pas qu'elles existaient il y a quelques semaines.

— S'il te plaît, arrête. »

Il m'a regardé. « Max, si jamais tu as été mon ami, alors c'est comme ça que ça va se passer. »

Je me suis tu, puis j'ai acquiescé. Je lui ai tendu une autre lettre et j'en ai pris une à mon tour. Nos regards se sont croisés au-dessus de la flamme tandis que nous les brûlions ensemble.

Ce que j'ai fait ensuite était risqué. Malgré les années écoulées, il était impossible qu'il ait oublié tous les petits trucs de mon grand-père destinés à détourner l'attention. Seulement il ne s'agissait plus d'une partie de cartes.

« Et l'alarme incendie ? » ai-je dit en agitant la lettre que je tenais à la main, pour qu'elle produise un panache de fumée.

« Merde ! Les gicleurs ! Pas de panique. Continue. » Il a couru à la cuisine et en est revenu avec une boîte vide de nouilles instantanées. Il a grimpé sur la malle et a recouvert avec soin le détecteur de fumée au plafond.

« Tu l'as déjà fait », ai-je constaté.

Il a souri. « Combien de fois on a bouffé de ces saloperies, au fil des années ? Certaines habitudes ont la vie dure.

— Je vois ce que tu veux dire », ai-je répondu en me trémoussant sur mon siège pour m'assurer que les trois lettres que j'avais réussi à retirer en douce de leurs enveloppes étaient invisibles, cachées contre l'ourlet de ma veste.

« Ouais. » Il a vidé son verre. « Ça fait du bien. Allez, terminons tout ça. » Il s'est retourné vers moi, triomphal. « Comme ça, la prochaine fois que tu iras voir Crimble en cachette, tu pourras toi-même l'informer qu'elles ont été détruites. OK ? »

Juillet s'est avéré pitoyable. Je quittais à peine la péniche. Simon avait coupé les ponts, et puisque Holly était partie elle aussi, il m'a été difficile de ne pas m'apercevoir que j'étais seul pour quelque temps. J'aurais pu renouer les relations avec des amis que je m'étais faits à la fac, mais pour l'instant, j'avais besoin de liquider cette année sur le bateau, tel un de ces trous noirs de la vie, dans l'espoir de démarrer quelque chose de nouveau avant le début de ma dernière année d'étude. Je commençais donc à anticiper. Je mesurais mes réserves, et me préparais à me retirer dans le bunker. Ce ne serait pas la première fois.

Hélas, je souffrais de faiblesses émotionnelles handicapantes : les vestiges de ma dépendance à Holly ; d'autres sentiments qui avaient émergé à la suite de ma reprise de contact avec Simon et de tout ce qui s'en était suivi. De dangereuses impulsions, explosives comme des câbles électriques dans une mare. À cause de tout ça, j'ai sombré dans quelque chose que je n'avais pas connu depuis mon arrivée à l'école sur la colline, dix ans plus tôt : je me suis apitoyé sur mon sort. Et c'est dans cet état d'esprit que j'ai appelé la police pour obtenir les coordonnées et le nom de la personne qui avait travaillé sur l'affaire Eric Weathers-Davis.

Je projetais d'utiliser les trois lettres que j'avais conservées comme modèles pour de fausses lettres que j'aurais reçues de Crimble. Après avoir fabriqué mes propres preuves, je détruirais les originales, ainsi que le souhaitait Simon. Ensuite il n'y aurait plus qu'à témoigner. Au départ, je m'appuierais sur ma propre expérience. Puis, quand cela serait requis, sur celle de Simon. À l'exception de quelques détails secondaires, tout serait vrai.

*Un soir, Max enfila son costume de loup. Il fit une bêtise, et puis une autre...*

J'ai bien dû tenter d'appeler à cinq reprises. À chaque fois qu'on me passait la personne, je raccrochais dès qu'elle prenait mon appel. Ce qui m'a renvoyé dans des abysses de haine de moi-même, pires qu'auparavant. Je m'étais toujours dit que mon grand-père m'avait inculqué une philosophie qui agissait à la façon d'un vaccin. Que grâce à lui, on pouvait toujours compter sur moi pour parler. Mais dans la situation présente, nulle parole ne sortait. Ma propre lâcheté me pétrifiait.

Un après-midi où je rassemblais mes forces pour tenter une fois de plus d'appeler, une voix s'est élevée : « Tu n'as rien fait d'autre que regarder ce mur depuis tout ce temps ? » J'ai levé les yeux et là, poussiéreuse et bronzée, j'ai vu Holly.

Elle avait quitté la maison de vacances des Price plus tôt que prévu. Et Luke avec, semblait-il. Elle s'était réveillée un matin dans leur villa italienne, et elle avait décidé que tout ça n'était pas pour elle, pas plus que Luke. Ce dernier n'aurait jamais laissé un tel incident lui gâcher son été, les choses s'étaient donc terminées de manière tout à fait amicale. Il lui avait même proposé de lui payer son billet d'avion, mais elle avait répondu qu'elle voulait rentrer en train. Aussi était-elle repartie tranquillement et avait-elle traversé l'Italie puis la France au cours de la semaine passée, décidant en chemin que voyager était exactement ce dont elle avait besoin. Elle avait désormais l'intention de chercher une place dans un bon orchestre en Europe. Il nous fallait également rendre la péniche. Sa tante allait bientôt revenir et il était temps pour nous d'effacer toute trace de notre présence au cours de cette année flottante.

« Alors, catastrophiques, ces vacances ? » ai-je dit avec espoir.

Elle a soupiré. « Putain, c'est vraiment des gens bizarres. Mais on ne s'en rend pas compte au début, parce qu'ils savent se montrer charmants. Au bout d'un moment, je n'avais plus qu'une envie : fuir. J'en ai eu marre de me précipiter au fond de la vallée pour hurler contre la rivière. Et qu'est-ce qu'ils ont, les riches, à te raconter combien leur vie est minable ? Ils n'arrêtaient pas de me dire à quel point c'était généreux de ma part de leur accorder tout ce temps, et de s'excuser de la façon dont ils aimaient tellement vivre dans *ces conditions détestables* même s'ils possèdent pratiquement tout le village !

— Ils étaient tous là ?

— Toute la tribu. Jusqu'à cette petite sœur, d'une précocité si obscène. »

On a couché ensemble. C'était plus tendre, plus lent, plus tranquille que toutes les fois précédentes. Après, elle a dit : « Et toi, qu'est-ce que tu as fait tout ce temps ?

— Pas grand-chose. Pourquoi ?

— Tu es différent. Plus généreux. Moins dans ton monde.

— Eh bien la seule personne avec qui j'ai passé la nuit, c'est Simon Drake.

— Alors ça doit être ça. »

Après avoir décidé de marquer le coup en célébrant nos adieux, Holly a obtenu grâce à un contact au Royal College of Music des billets pour un concert le dernier vendredi d'août. Johnny Dankworth et Cleo Laine dirigeant leurs propres compositions, ainsi que des morceaux de George Gershwin, Duke Ellington et Billie Holiday.

En plein cœur de l'été. Les élections depuis longtemps oubliées. Les journaux remplis de photos d'une princesse et d'un play-boy sur un yacht. Nous nous sommes soûlés sur les pelouses de Kensington Gardens usées par le soleil, puis nous sommes allés à l'Albert Hall. Ce n'était pas la dernière, donc la tenue de soirée n'était pas obligatoire, mais c'était notre dernière nuit à nous, donc nous nous sommes quand même habillés. Nous avions la sensation de devenir adultes, enfin, c'est ce qu'il nous semblait. En occupant une position que nous pensions mériter dans cet univers de musique, de parfum et de vin.

Holly a rejoint directement nos sièges tandis que je passais aux toilettes. En revenant par le couloir courbe au fond de l'auditorium, j'ai entendu un rire familier par-dessus la cloche d'appel qui dure au moins deux minutes, et j'ai cru reconnaître ce dos d'adulte qui se hâtait vers son siège. Impossible. Je suis allé m'asseoir à côté de Holly et, dans ce vaste espace frais, j'ai laissé mon souffle se calmer, tandis que la lumière diminuait et que le public applaudissait les musiciens. Je me sentais apaisé. Notre relation touchait à sa fin, et j'étais bien. L'univers me disait que j'avais fait le bon choix en ne mettant pas mes projets à exécution. Que parfois, mieux valait savoir se taire. Que ce n'était pas à moi de raconter cette histoire.

Mais même quand l'orchestre s'est lancé dans *Strike Up the Band*, ce rire a continué de résonner à mes oreilles. Holly, qui détestait les mauvaises jumelles de location de ce genre d'endroit, avait apporté les siennes, de très bonne qualité, pour étudier de plus près le jeu des musiciens. Tandis que le concert se poursuivait, je les lui ai chipées pour parcourir le public des yeux. Elle m'a murmuré quelque chose du genre « putain, c'est ton problème », mais je n'ai pas répondu et j'ai continué, parce que j'avais besoin d'être sûr que que je n'étais pas en train de devenir fou.

J'ai trouvé Crimble comme on le trouvait d'habitude : grâce au reflet de ses lunettes, par-dessus lesquelles il plissait toujours ses yeux de myope. Bien sûr qu'il était du genre à fréquenter ce type de concert. J'étais tellement obnubilé par l'idée que je l'avais cherché sur la base d'un simple geste furtif entraperçu dans un couloir, qu'il m'a fallu attendre la fin du premier morceau pour songer à regarder qui occupait le siège à côté de lui, et là, j'ai découvert que Simon l'accompagnait.

# III

# DERNIERS JOURS

# 21.

Son rire l'a précédé, comme toujours.

Sourcils relevés. Une lueur d'espièglerie sur ses traits parce qu'une jeune femme l'accompagnait. Une infirmière, c'était toujours une belle prise. Une raison d'être gai même dans cette prison de moquette tachée et de radiateurs électriques.

« Attention, nous voilà, a-t-il dit.

— Allons, pas de langage fleuri, a déclaré l'infirmière. Ah, votre grand-père, c'est un sacré numéro. »

Elle l'a installé sur une chaise, répartissant son poids, qui était encore considérable bien qu'il ait déjà beaucoup maigri. Il portait son plus beau gilet, avec, par-dessus, ses bretelles rouges attachées à un pantalon de velours côtelé grande taille.

Il m'a tendu sa grosse main douce. La sensation familière de ma main dans la sienne. Le bonheur de le voir, aussi excité que quand j'étais enfant, me faisant oublier tout souci sur sa santé, car comment se pourrait-il qu'il ne soit pas en forme ?

C'était en 2006. Il avait quatre-vingt-cinq ans, et moi vingt-neuf.

Deux ans plus tôt, on lui avait donné entre trois et six mois à vivre, et malgré les protestations de la famille, il avait accepté d'aller en soins palliatifs. Il avait rejeté toute autre proposition de prise en charge, refusant obstinément d'être un poids pour quiconque, et puis il avait persisté à ne pas mourir.

« Comment que tu vas ? m'a-t-il dit tandis que son souffle s'apaisait.

— Tu as l'air en forme. »

Son majeur s'est déroulé tel une fleur priapique.

Lorsque l'infirmière nous a laissés, il s'est penché vers moi. « Elle a un nouveau copain, elle. Un grand noir baraqué. Je parie qu'elle a jamais autant pris son pied.

— Et je suis sûre qu'elle adore que tu lui poses la question. Surtout si tu lui parles comme ça.

— Ça la gêne pas. C'est une chouette fille. Elle m'a fait une remarque l'autre jour, parce que j'étais pas correct, avec mon pyjama. Sur les pantalons, y a une braguette, mais pas de bouton. Alors tu peux pas y faire grand-chose. Donc j'étais debout en train de causer avec un copain dans la pièce à côté en attendant de se préparer pour aller dormir, et elle passe à côté, toute belle et pimpante, et elle me dit : "Excusez-moi, Bob – le hamster est sorti de sa cage". » Et là, c'était parti. La poitrine secouée de soubresauts, la respiration sifflante, les larmes aux yeux. Suivies immanquablement par une toux grasse venue des profondeurs.

« Très bien, ai-je répondu. Ne te fais pas mal avant même qu'on soit sortis de là. » Je lui ai donné le bras pour l'accompagner jusqu'à la voiture.

« J'ose pas me réjouir tant qu'on n'est pas vraiment dehors. Cet endroit, ça te rend neuneu. Chaque fois que tu respires, tu sais que l'air est passé par les poumons de vingt pauvres diables avant toi. Nom de Dieu, regarde-moi ça. » J'ai levé les yeux du registre des sorties, à l'accueil, où j'étais en train de l'inscrire.

Sur le parking, un minibus se remplissait peu à peu de résidents qui s'en allaient faire une sortie. Il a tiré la langue vers ces visages de cendre. « Non mais c'est vrai, à quoi bon ? Faudrait tous les tuer.

— Tu devrais y aller aussi de temps en temps. Pour te divertir un peu.

— Nan. Tout ce qu'ils font, c'est les emmener dans un horrible café. Un petit bout de gâteau tout sec, une goutte de thé, et ils reviennent. Ça n'a rien d'amusant. Allez viens, tirons-nous d'ici tant qu'on peut. » L'agent d'accueil a déverrouillé la porte et nous sommes sortis. « Ah, c'est mieux, a-t-il dit en prenant une inspiration profonde. Un peu d'air frais. » Il a fermé les yeux. « Le printemps. Ça t'enivre chaque fois. Tu n'arrives pas à croire qu'il est là. »

Il avait raison. En moins d'une semaine, le temps avait changé. Les branches nues se couvraient de feuilles vertes. Les fleurs écumaient. Les jonquilles et les perce-neige étaient presque passées, mais les jacinthes envahissaient tout, vaporeuse brume violette à la lisière des bois. Et pendant ce temps, il était enfermé dans cette prison pour vieux affectés par la maladie du poumon des fermiers et les staphylocoques dorés résistants à la méticilline.

« Tu as tout ce qu'il te faut ? ai-je demandé.

— Pour sûr.

— Oui mais et l'oxygène ?

— On s'en fout. Allons déjeuner. Nom d'un chien, c'est ça que tu conduis ?

— Un cadeau du père de Katharine. C'est pour le côté pratique. »

Roger Price avait choisi le vieux break Skoda en songeant à *l'événement à venir* – je crois que ni moi ni elle ne parvenions à croire que cela allait vraiment arriver, malgré la preuve grandissante du contraire.

Ses narines ont frémi. « Pratique ? C'est sûr.

— Allez viens que je t'installe.

— Je peux me débrouiller tout seul, espèce de petit couillon. »

Je savais quels restaurants étaient acceptables, et lesquels ne l'étaient pas. Son préféré était un italien, près d'un canal. Les serveurs le connaissaient et dès qu'ils le voyaient arriver, se mettaient en action à grand renfort d'exclamations exotiques qui le mettaient en joie.

« Je vais aller pisser un coup avant de m'installer. Tu n'imagines pas comme il faut y aller souvent. »

Il s'est éloigné lourdement en s'appuyant sur sa canne. Il n'y avait pas de compromis possible. La maladie occupait toute la scène, refusant cruellement les négociations.

J'ai commandé une double vodka orange que j'ai avalée en quelques gorgées. Détendu grâce aux premiers effets de l'alcool, je consultais le menu et soudain j'ai réalisé qu'il mettait trop de temps à revenir. Je me suis levé d'un bond, manquant renverser ma chaise.

Je l'ai trouvé devant l'urinoir, une main sur le rebord de la fenêtre, les yeux fermés. En entrant, la posture m'a paru celle d'une personne calme, tombant lentement dans quelque chose de plus irrévocable. J'ai fait un pas vers lui pour l'empêcher de basculer et j'ai posé les mains sur ses épaules. Il a sursauté, et s'est retourné, plein de colère.

« Mais nom d'un chien, qu'est-ce que tu fais ? »

J'ai aussitôt retiré mes mains. « Pardon !

— Tu n'imaginais tout de même pas que j'allais casser ma pipe dans les pissotières ?

— Pardon. Je t'attends là-bas. Tu veux que je te commande à boire ?

— Non, rien. Je peux plus, le midi. » Il s'est appuyé au mur de la main gauche et s'est secoué de la droite. J'ai levé les yeux au plafond. « Tu veux bien t'en aller ? »

Lorsqu'il est enfin revenu à table, j'avais déjà vidé la moitié de ma bière. Je l'ai regardé s'asseoir avec difficulté.

« Faut pas vieillir, tu sais. » J'ai ri. Mais il était sérieux. Il a écarquillé les yeux, le blanc jauni injecté de sang. « Je t'assure. C'est affreux. Et merde, demande-lui de m'apporter un verre de vin. »

J'ai attrapé un serveur au vol et quand je me suis rassis, j'ai vu qu'il était dans de meilleures dispositions.

« Comment va la Bombe de Poche ? » a-t-il demandé. Je lui avais appris cette expression peu de temps après que Katharine et moi nous étions mis ensemble, et il l'aimait tellement qu'il ne l'appelait jamais autrement.

« Elle est ronchon. Elle dit qu'elle veut aller en Italie cet été avant la naissance du bébé, mais j'ai peur que ce soit trop tard pour prendre l'avion. »

Il a pointé le doigt vers moi : « Si c'est ce qu'elle veut, tu le feras. C'est tout. Et estime-toi heureux de ne pas avoir à le pondre. C'est incroyable ce qu'elles arrivent à surmonter.

— Tu ne peux pas savoir à quel point j'ai hâte que tout soit fini.

— Oui, enfin c'est que le début. N'empêche, tu as raison, il faut d'abord en passer par la naissance. C'est un petit format. Et toi tu es devenu un sacré morceau. Je me demande comment ils vont faire pour le sortir ! » Ces trois derniers mots se sont accompagnés d'un geste vif qui nous a fait rire tous les deux, et j'ai ravalé l'embarras que m'avait causé cette référence à mon poids.

Il s'était toujours demandé pourquoi je n'étais pas resté avec Holly. Comme d'habitude chez lui, les choses prenaient typiquement le contre-pied du cynisme : il me rappelait en quoi Katharine était la force du bien, plutôt que de me demander pourquoi je ne m'étais pas accroché à cette chanteuse rousse, superbe et insolente.

Moissonneuses-batteuses sans cabines. Toutes ces années où il avait moissonné dans un nuage de spores. En soi ce n'était pas forcément méchant, mais il suffisait d'un peu de moisissures sur la récolte pour en arriver à son état de santé actuel. C'était bizarre de penser que les travaux agricoles des années 1950 et 1960 pouvaient le tuer aujourd'hui. Puis les choses s'étaient dégradées car la dernière fois où il était sorti de l'hôpital, il était plus malade qu'en arrivant. Amené au bord du précipice parce que la cravate d'un interne l'avait frôlé. Et moi, j'étais là, avec devant moi tout ce dont j'avais besoin, et je m'avérais incapable de supporter ce déjeuner avec lui sans l'aide de quelques verres. Et la culpabilité ne faisait que me pousser à boire davantage.

« Je suis surpris que tu boives de la bière. Je croyais que la vodka était ta boisson de prédilection en ce moment ? »

Il tenait sans doute ça de ma mère, alors j'ai regardé le verre où les glaçons avaient fondu, et une nouvelle vague de honte m'a envahi.

Ensuite, son expression a changé. Jamais je ne l'avais vu ainsi, et il m'a fallu un moment pour comprendre qu'il s'agissait de la peur.

« Tu vas pas me croire, a-t-il dit.

— Quoi ?

— J'ai oublié mes dents.

— Quoi ? »

Il a éclaté de rire – un bruit rauque suivi d'un sifflement dont la vulnérabilité m'a brisé le cœur. « C'est une première. Ça m'est jamais arrivé en trente ans.

— Je vais aller te les chercher. Reste là à siroter ton vin.

— Bien sûr que non. Qu'est-ce que je vais faire à t'attendre pendant une demi-heure ? Il y a tout de même un truc que je peux manger, non ? »

J'ai consulté le menu. « Ils ont peut-être de la soupe.

— Pourquoi de la soupe ? *Linguine* aux crevettes pimentées. Ça ira. »

Je savais qu'il serait furieux si j'insistais. Alors nous avons poursuivi, il mâchonnait vaillamment ses *linguine* en repoussant les crevettes sur une petite assiette d'appoint, et jamais je n'avais vu plus triste tas de crustacés. Au bout d'un moment, les assiettes ont été emportées et nous sommes restés là à contempler un couple de canards sur la berge du canal. Regarder les animaux le rendait toujours sentimental.

« Elle me manque pas qu'un peu, tu sais.

— Je sais bien. »

Une larme a coulé sur sa joue. « On faisait tout ensemble. Elle savait tant de choses. Avant qu'elle perde les pédales. »

Sa moitié était partie. Quatre ans plus tôt. Toutes leurs querelles quant à sa capacité à conduire avaient été vaines parce qu'en définitive, il n'était pas capable d'empêcher les personnes qu'il aimait de faire ce qu'elles voulaient. La voiture avait été retrouvée dans un fossé, à l'envers, les roues tournaient toujours, elle avait le visage tuméfié et du sang coulait de son front.

« Parlons d'autre chose, a-t-il dit. Comment vont tes camarades de l'école sur la colline ? Le petit Drake, il est toujours fourré dans ses ordinateurs ?

— Oh oui. Et il se débrouille à merveille. »

Il a baissé la voix : « Est-ce que c'est l'un d'entre eux ? »

J'ai acquiescé. « Ouais. Mais il n'aime pas en parler. Je pense que je suis le seul à qui il se soit confié.

— Pauvre petit gars, a-t-il murmuré. Je lui souhaite bonne chance.

— Je vais le voir le week-end prochain, en fait. On fait une sortie ensemble chaque année à cette période pour fêter son anniversaire.

— Prends garde, Londres ! » a-t-il lancé, ragaillardi à l'idée d'une bonne soirée, même s'il n'y participait pas. Il a attrapé la rondelle de citron qui flottait dans son eau pétillante et l'a jetée sur la nappe. « Pourquoi faut-il toujours qu'ils mettent du citron dans l'eau ? Si je voulais avoir le goût du citron, je commanderais une citronnade. »

En l'aidant à sortir de la voiture à notre retour, j'ai posé le nez au sommet de son crâne. Ce vieil homme malade avait la même odeur que lorsqu'il était encore en pleine santé. Sans doute la même aussi qu'à l'époque où il était jeune papa, petit garçon, bébé. Il avait vu le monde moderne peu à peu l'encercler, lui avait ri au nez quand il pouvait, l'avait combattu quand il ne pouvait faire différemment. Les eaux montaient et lui arrivaient à la gorge à présent, mais il était hors de question qu'il parte autrement que de la manière dont il l'avait décidé.

« Regarde-moi ce pauvre couillon », a-t-il dit en désignant un homme. Près de la porte d'entrée se trouvait un Abribus où était assis un vieillard vêtu d'un pardessus, abandonné là tel un bagage oublié. « C'est même pas un vrai arrêt de bus. Ils l'ont mis là, comme ça, si jamais quelqu'un a envie de s'en aller, il va s'asseoir. Le gars de l'accueil le laisse sortir, puis il le surveille par la fenêtre pour s'assurer qu'il prenne pas la tangente. Au bout d'un moment, quelqu'un vient lui dire que le bus est retardé, et lui propose une tasse de thé. Une fois rentré, il a oublié qu'il voulait s'en aller. » Il a saisi la ceinture de sécurité, se préparant à descendre. « Écoute. Te fais pas de souci pour moi. Je vais pas souffrir bien longtemps. Et si jamais y a quelque chose après ça, y aura plein de monde pour me tenir compagnie.

— Tu n'es pas encore parti. Allons. Peut-être que cette infirmière sera là, et que tu pourras lui parler de son petit ami. »

Je l'ai aidé à se lever, et nous nous sommes approchés de la porte de ce lieu qui n'avait aucun droit de le retenir. « Quel dommage qu'il n'y ait pas un piano, a-t-il dit. Ils auraient adoré t'entendre jouer. La musique, c'est un truc qui parle encore à la plupart d'entre eux.

— Je pourrai apporter un piano électrique la prochaine fois. Ça me rappelle que je t'ai enregistré un CD. » Je l'ai sorti de ma poche. « Tu le mettras en arrivant dans ta chambre. Y a des bons morceaux dessus.

— Pas de ces trucs modernes, j'espère. Ce Charlie Parker me casse les oreilles.

— Après la dernière fois, aucun risque. » J'ai tenté de sourire, mais il a vu que mes yeux se gonflaient. « Joli hortensia, ai-je dit en montrant une plante en pot près de la porte.

— Tu te fous de moi ? C'est un putain de géranium. » Il m'a regardé droit dans les yeux. « Ne me raccompagne pas à l'intérieur.

— D'accord, très bien.

— Et va-t'en vite. C'est ce que tu me disais toujours quand j'allais te déposer, tu te rappelles ? »

J'ai hoché la tête, alors que j'avais oublié. « Je reviendrai dans deux mois. En juin. Il y a une fête à la ferme de Luke. Je passerai en y allant.

— Viens au retour. Je veux voir ta gueule de bois. » Il a voulu me serrer la main, mais je l'ai retirée involontairement selon un principe de précaution inculqué par ma mère, qui consistait à éviter tout contact direct afin de se prémunir des infections. « Allez, vas-y, ça va m'aider à redémarrer.

— D'accord », ai-je dit sans bouger pour autant.

Son bras s'est levé, puis abattu sur moi, et j'ai enfoui ma tête contre son épaule.

En revenant à la voiture, d'instinct, ma main s'est enfoncée dans ma poche à la recherche de sa couronne victorienne que j'emportais toujours avec moi en toutes circonstances. Puis, sachant qu'il devait me regarder de l'intérieur, j'ai démarré pour aller me chercher un coin tranquille où pleurer un bon coup.

# 22.

Je pensais toujours à lui le vendredi suivant en me préparant à rejoindre Simon. La tradition voulait qu'on commence tôt, donc j'avais pris mon après-midi. Katharine était à la maison également, car elle avait effectué une garde de nuit à l'hôpital. Jamais les étudiants de son âge ne faisaient de service de nuit, mais elle allait s'absenter une année entière à cause du bébé, aussi avait-elle supplié qu'on le lui permette. Elle en était en effet arrivée à la conclusion fébrile qu'emmagasiner le plus d'expérience possible était le meilleur moyen d'atténuer les conséquences de son absence future. Quand je repensais à ce que j'étais, moi, à son âge, je me sentais complètement à la masse.

Et ce n'était guère mieux aujourd'hui. Je travaillais comme traducteur indépendant depuis quelques années, j'avais de temps en temps des missions intéressantes auprès du Foreign Office ou du Home Office, mais le plus souvent j'acceptais des boulots sans intérêt consistant à traduire des fiches d'instructions ou des publications commerciales spécialisées. Katharine pouvait déjà m'en remontrer, et elle n'avait pas vingt et un ans. Je me disais que les médecins avaient souvent ce genre d'effet sur les gens, même lorsqu'ils n'étaient encore qu'étudiants.

Notre appartement se préparait à accueillir une nouvelle vie. Un berceau et une poussette, promptement prêtés par Luke, occupaient déjà avec beaucoup d'avance la pièce encore inutilisée, qui en temps voulu serait redécorée de couleur neutre. Nous avions encore six mois devant nous, mais la réalité commençait à se dessiner, imposante. Même si c'était difficile à croire, à voir quelle énergie la Bombe de Poche mettait à poursuivre ses études. Quoi qu'elle ait traversé, elle avait toujours la pêche en rentrant, malgré des nausées matinales terribles qui transformaient pour elle l'hôpital en champ de mines olfactif.

« Comment s'est passée ta nuit ? lui ai-je demandé, et distrait par le plaisir de la voir, je l'ai prise dans mes bras.

— Bien », a-t-elle répondu. Elle m'a serré contre elle à son tour en détournant le visage.

« Pardon, ai-je dit en me souvenant. C'est trop ?

— Un peu. » Elle s'est écartée et a étouffé un haut-le-cœur dans son poing. « Et merde. Laisse-moi juste respirer. Désolée. »

Ne pas le mentionner était héroïque de sa part, mais je savais – car elle avait quand même vendu la mèche – que l'odeur qui lui retournait le plus l'estomac en cette phase nauséeuse de sa grossesse, c'était la mienne. L'odeur basique de Max Denyer. Le problème s'avérait particulièrement intense en voiture, mais cela se produisait aussi dans l'appartement, et quel que soit le nombre de douches que je prenais, rien n'y faisait. J'étais conscient de chacun de mes pores en sueur.

« Il s'est encore passé un truc atroce ? ai-je demandé tandis qu'elle ouvrait la fenêtre.

— Rien de méchant. Un horrible ivrogne qui avait passé la tête à travers un pare-brise, et qui était furieux de voir le temps qu'on mettait à le recoudre. Il était assis là à déblatérer : "J'en ai jusque-là du NHS, vraiment jusque-là". »

J'ai souri. « Charmant.

— Je ne demande pas une gratitude éternelle, mais de temps en temps, j'aimerais bien qu'il y ait des patients dans le genre de ton grand-père, qui ont juste envie de rigoler et de faire des blagues salaces. »

Je lui étais reconnaissant de l'affection qu'elle lui témoignait. C'était là l'une des nombreuses preuves qu'elle comprenait ce qui comptait vraiment pour moi et qu'elle l'acceptait entièrement. Soudain j'ai eu envie de rester auprès d'elle, de lui faire la cuisine et, assis à bonne distance, de vider une bouteille pour nous deux. Mais elle n'avait pas oublié que j'avais un rendez-vous.

« Alors, a-t-elle dit. C'est le grand soir. Je n'arrive pas à croire que vous allez tous avoir trente ans ! Comment ai-je fait pour me retrouver au service gériatrie ? C'est juste toi et Simon ?

— Comme toujours, ai-je menti.

— Mon frère ne vous fait même pas un coucou en passant ?

— C'est juste une habitude qu'on a prise. Ça n'a rien de personnel. »

Le temps et l'habitude avaient normalisé la situation, et à présent nos familles respectives semblaient accepter notre différence d'âge. Quand Katharine était tombée enceinte, ils avaient compris qu'entre nous, c'était sérieux. Nous aurions pu nous afficher en public plus tôt, mais en réalité, nous avions beaucoup apprécié de nous aimer dans la clandestinité.

Nous avions menti à tant de gens au début de notre relation que nous nous étions fait la promesse de ne jamais nous mentir l'un à l'autre. Pourtant, je m'en suis rendu coupable, chaque année à peu près à la même date.

Ces soirées n'ont pas lieu. L'histoire détourne les yeux. C'est la moindre des choses en pareilles circonstances. Les souvenirs que j'en garde me laisseront toujours mal à l'aise. Nous nous soumettons à ce rituel une fois par an, car il a été décrété que c'était nécessaire, puis nous oublions autant que possible. L'absurdité de la situation devient palpable : nous savons tous les deux que nous nous sommes accoutumés à quelque chose qui ne peut continuer. Même Simon le sait. Ce sont les derniers jours. Il le faut.

La formule est en place, destinée à limiter les dégâts. Chaque année, je la respecte sans poser de question, confiant dans la parole de Simon selon laquelle c'est ainsi qu'il faut faire, tout comme j'accepte ce qu'il dit au sujet des vidéos. J'ignore quel accord ils ont trouvé. Si les cassettes ont été rendues, ou détruites, ou autre chose. Je ne suis pas certain de vouloir le savoir. Il m'assure que l'affaire est réglée. De même que je me suis uniquement fié à sa parole lorsqu'il m'a dit que les vidéos étaient une menace pour lui.

Nous avions prévu de nous retrouver dans un pub, le Gilded Cage, derrière King's Cross. Simon est apparu à la fenêtre, en jean noir et tee-shirt Iron Maiden, avec une veste à capuche noire, désignant d'un air contrit le Blackberry vissé à son oreille. Ses cheveux étaient si courts qu'il avait presque l'air chauve. Il faisait les cent pas dehors, tirant sur un pétard tout en assénant quelque chose à son interlocuteur, sans doute un de ses employés.

Le voilà. Simon, version 2006 : mince et calme. N'essayant plus de se démarquer par son côté étrange, désormais assumé avec stoïcisme, voire de façon stratégique – pour en tirer quelque chose de mortel et de productif. Tandis qu'il laissait parler son interlocuteur, il a désigné ma pinte sur la table, a hoché la tête de manière théâtrale, puis s'est désigné lui-même. Je suis allé au bar.

« Désolé, a-t-il dit en entrant. On doit lancer ce truc dans moins de deux mois, et il y a encore des bugs sur trois niveaux. » Comme d'habitude, il lui fallait du temps pour réussir à concentrer son attention. Ses yeux regardaient partout à la fois. Il dévisageait les buveurs du milieu de semaine avec une espèce d'insolence susceptible de causer des problèmes. Au bout d'un moment, il s'est détendu. Même s'il ne pouvait être complètement à l'aise tant que la soirée ne serait pas terminée. « Ah putain, ça y est, on est là, a-t-il dit. J'arrive pas à croire que ça fait déjà un an.

— On peut arrêter, tu sais.

— Un jour. Bientôt. »

Il nous semblait important de récupérer le troisième membre de notre groupe dès son arrivée en ville. D'accompagner son entrée en scène ainsi que son départ. Il était tout aussi capital d'atteindre un certain niveau d'ébriété avant que la moindre interaction puisse avoir lieu. Tout de suite, on l'emmenait dans l'un des célèbres bars de Soho, établissement en général choisi par Simon et présenté à Crimble de manière à le combler en retraçant les aspects les plus douteux de l'histoire des lieux. The Coach. The Frenchman. The Pillars. Crimble aimait toute association littéraire ou artistique, plus c'était glauque, mieux c'était, et il feignait toujours d'être scandalisé par la grande ville, appréhendant quelles débauches nous réservait cette soirée. Nous nous livrions depuis si longtemps à ce petit jeu qu'il ne pouvait y avoir aucune ambiguïté sur la manière dont la soirée se déroulerait, mais ça n'avait pas d'importance : chacun jouait son rôle. Simon et moi étions les citadins affranchis, Crimble le provincial innocent. Le bienfaiteur qui montait à la capitale, et nous les enfants gâtés. Voilà l'histoire qu'il était venu se raconter.

Au pub, il buvait une pinte ou deux ; si les lieux étaient d'un standing un peu plus élevé, nous parvenions à le *persuader* d'essayer un cocktail, auquel de préférence il n'avait jamais goûté. J'endossais entièrement mon rôle lorsqu'on arrivait chez Ronny Scott, puisqu'en tant que musicien du groupe, c'était moi qui avais choisi le concert auquel nous allions assister. Crimble faisait immanquablement l'éloge de mes choix, et ne cessait de répéter quel privilège c'était de se retrouver là, guidé par quelqu'un qui s'y connaissait.

À mesure que la soirée progressait, soit Simon continuait de jouer la comédie des messieurs prenant du bon temps en ville, soit il arrêtait tout effort. Rares étaient les états intermédiaires. S'il continuait sur sa lancée, l'humeur restait joyeuse, jusqu'à l'inévitable sursaut d'amertume après le départ de Crimble. Dans le cas contraire, les choses étaient plus acrobatiques, toutefois cela donnait à Crimble l'opportunité de faire preuve d'autorité et de se *confronter à l'enfant difficile*, ce qui était peut-être là son rôle préféré.

Difficile de dire si l'un d'entre nous appréciait vraiment ces soirées. Elles agissaient à la manière des valves de sécurité sur les vieux réacteurs, débordés par les déchets toxiques. Il fallait mettre la machine au rebut, mais personne n'était assez qualifié pour s'en occuper.

Nous en étions à notre troisième pinte quand Simon l'a vu arriver. Allure de cigogne voûtée. Scrutant le lointain. Démarche nerveuse de celui qui indéniablement n'est pas de Londres.

« Cible en vue. Salut, qu'est-ce que c'est ? Une nouvelle parka. Jaune ! Ben dites donc ! »

Ça aussi, c'était la tradition : nous moquer de lui et le charrier en le voyant débarquer. Il venait toujours à Londres affublé de vêtements d'extérieur. Blouson imperméable. Chaussures de marche. Laissant entendre qu'il préférerait être au sommet d'une montagne. Affichant sa différence.

« Alors, les garçons, encore un établissement à la moralité douteuse, à ce que je vois, a-t-il dit en levant la main depuis la porte.

— On a pensé que ça vous plairait, a répondu Simon. L'endroit est célèbre. Damien Hirst a vomi juste à cet endroit à la fin des années 90. » Il est allé au bar pour éviter tout contact physique.

« Bienvenue dans le nuage de fumée », ai-je dit en lui serrant la main. L'odeur habituelle de vieux garçon, que son haleine aux forts relents de bière rendait amère. Apparemment, nous n'étions pas les seuls à avoir besoin de nous donner un petit coup de fouet au préalable.

Simon est revenu avec une pinte de *bitter* pour Crimble, qui l'a levée pour porter un toast silencieux, tandis que de l'autre main il tapotait l'épaule de Simon. « Quel délice. »

Sur scène, les instruments étincelaient. L'éclat du piano aurait satisfait Weathers des Vices en personne. On s'est assis en rang, visages rouges dans la lumière de la lampe de table, penchés les uns vers les autres, dans la phase de malaise initial. La disposition des sièges en ligne était l'une des raisons essentielles pour lesquelles nous venions toujours là. Cela signifiait qu'après les bavardages de circonstance, on ne se retrouvait pas face à face avant l'entracte, et à ce moment-là, au moins deux d'entre nous étaient complètement bourrés.

Je ne cessais de penser à Holly. C'était le dernier endroit où je l'avais vue. Nous étions venus là cinq ans plus tôt, juste avant de perdre contact pour de bon. Depuis longtemps il n'y avait plus rien entre nous, mais je me souvenais d'avoir été assis à côté d'elle à l'une de ces tables, les lampes rouges versant sur nous leur lumière minable et sophistiquée, imaginant l'énergie puissante qui passait entre nos cuisses. Elle avait pris congé de manière très formelle à la fin. *Ne restons pas en contact*, avait-elle dit, me fermant la porte au nez pour retourner dans son univers à elle, que je n'avais jamais vu.

Simon a hélé le serveur et commandé deux martini-gin.

« Y en a-t-il un pour moi ? a demandé Crimble. Est-ce que je ne risque pas de me retrouver dans les vignes du Seigneur ?

— Les deux sont pour moi, a répondu Simon. Après, c'est plus difficile d'attirer leur attention. Et je ne sais pas ce que vous prenez, après tout ?

— Ah. D'accord. Peut-être que je vais en prendre un également.

— Ça vous ennuie que j'en commande deux ?

— Bien sûr que non. Tout ce que tu veux.

— Super. » Simon s'est retourné vers le serveur. « Vous pouvez aussi déboucher une bouteille de pauillac ? Pour l'oxygéner. »

Au lieu d'en prendre ombrage, Crimble semblait se délecter de la manière dont Simon maîtrisait la situation. « Comme tu as de l'assurance à présent ! Non que j'aie douté que cela arrive. Mais c'est exaltant de te voir agir. Quand je pense combien tu étais timide autrefois. Mais tu montrais la même concentration. Nous savions tous que tu accomplirais de grandes choses. Et c'est fait. »

Simon a laissé passer le compliment. « Ce que je fais n'est pas très compliqué. Je raconte des histoires. Mais sous une autre forme.

— C'est un génie, ai-je dit. On le sait tous. Si vous voyiez comment les filles le regardent au bureau. Et la moitié des garçons.

— Vraiment ? a fait Crimble. Eh bien, je ne peux pas dire que j'en sois surpris. Et y a-t-il quelqu'un qui compte, dans ce bureau ? » Chaleur nerveuse de son sourire. Heureux de toute miette qu'il récupérerait.

« J'essaie d'éviter de sortir avec mes collaborateurs. Ce n'est pas très professionnel. Mais il y a quelque chose de sexy chez certains geeks. Un côté... imaginatif, si vous voyez ce que je veux dire.

— Arrête ! Tu vas mettre un vieux monsieur dans l'embarras.

— Il est modeste, ai-je renchéri. Les autres n'arrêtent pas de le tripoter. »

Torture préméditée. Une routine si familière que nous n'avions plus besoin de répéter à l'avance, ni d'en parler ensuite. Simon avait une relation de temps à autre, mais rarement avec quelqu'un du travail, et jamais de la façon dont nous en parlions à Crimble. Tout cela servait à le remettre à sa place, et à embraser son imagination.

« Vous devriez essayer les jeux vidéo, a dit Simon. Vous adoreriez toutes ces possibilités narratives.

— Je pense que je suis trop vieux et trop ancré dans mes habitudes. Je suis un homme traditionnel. Je n'ai jamais compris l'intérêt de ces livres à choix multiples que vous adoriez tous. Comment s'appelaient-ils ? Choisissez-votre-aventure ?

— Les livres-dont-vous-êtes-le-héros. Nos préférés étaient ceux de la collection Fighting Fantasy », ai-je répondu.

Simon a explosé de rire, gâchant la première gorgée de son martini.

Crimble a souri, cherchant à comprendre ce qu'il y avait de si drôle, voulant désespérément en être. « Quoi ?

— Pardon. Je n'avais jamais pensé à ça.

— À quoi ?

— L'idée qu'on laisse quelqu'un *choisir son aventure* est en effet totalement ridicule. » Il a regardé son Blackberry. « Excusez-moi. J'ai un coup de fil à passer avant que ça commence. « Maxy, si un serveur passe, tu me commandes un steak saignant.

— Et voilà, il est parti, a dit Crimble en regardant Simon sortir avec mélancolie. Tu crois qu'il préférerait que je ne vienne plus vous voir tous les deux ? Je détesterais que mes visites soient une obligation pour vous. Il semble très nerveux, ce soir.

— Il est difficile à cerner en ce moment. Il a une grosse sortie bientôt.

— Comment va-t-il de manière générale ?

— Il n'a jamais été aussi bien depuis des années, pour être honnête.

— C'est vrai ce que vous avez raconté à son sujet, avec les filles du bureau ? »

J'ai souri. « Et les garçons. »

Il a pris son verre d'eau, près du martini qui se réchauffait. « Il y a quelqu'un de sérieux ? Je détesterais qu'il se gaspille dans des relations sans importance. »

*Non,* ai-je pensé. *N'attends de moi aucun réconfort.* « Une ou deux personnes, sans doute. J'ai du mal à suivre. »

Je lui ai posé les questions habituelles, même s'il n'y en avait nul besoin – rien n'avait changé dans sa vie depuis vingt-cinq ans. Seuls variaient les visages qu'il voyait chaque jour, la pièce qu'il montait en mars, la montagne qu'il gravissait à Pâques. Mais il avait vieilli. Sa barbe était presque blanche et, au fil des années, il paraissait de plus en plus négligé. De plus en plus de rumeurs nous parvenaient disant que l'école partait à vau-l'eau – un lieu désolé, à la fréquentation en baisse constante, s'accrochant malgré tout, en dépit de l'horreur du scandale Weathers-Davis. J'avais l'impression que la situation s'était pourtant adoucie, plus encore depuis la réunion des anciens, en partie à cause du changement d'attitude de la société, en partie parce que le remplaçant de Tony Sutton devait rendre des comptes aux parents et au comité de direction, d'une manière que Sutton et son père n'avaient jamais connue.

« J'ai déménagé, a dit Crimble.

— Ah bon ?

— Je me suis installé dans la maison, là-haut, dans le jardin clos.

— Celle de Sutton senior ?

— Exactement. Il a fallu la rénover un peu, mais c'est très paisible entre ces murs.

— Mon Dieu, quel endroit sinistre. Vous vous souvenez quand vous nous envoyiez là-bas faire nos besoins dans la neige, à mon arrivée ? Après que les canalisations d'eau avaient explosé ?

— Quoi ? a-t-il dit en riant. Je ne te crois pas. Nous n'aurions jamais obligé les garçons à faire une chose pareille.

— Ben putain, si.

— Mais bon, c'est une bonne histoire.

— C'est la vérité. »

Il a haussé les épaules. J'ai essayé de garder mon calme. Heureusement, le serveur est arrivé pour prendre nos commandes.

« Enfin bref, parle-moi un peu de toi », a-t-il dit avec un sérieux qui m'a fait penser que j'allais me prendre un sermon sur le marché de l'emploi comme j'en avais déjà reçu un de mon père. « Tu joues toujours ?

— Plus beaucoup, de nos jours. Je n'aurais pas fait carrière, de toute façon. Je n'étais pas assez doué.

— Tu jouais très bien. Tu as toujours été bon. Mais il y a quelque chose de réconfortant à traiter les choses à la manière d'un hobby. On gagne souvent plus à rester un véritable amateur, au sens premier du terme, c'est-à-dire de celui qui aime. Et n'oublie pas, Art Tatum dit que les fausses notes, ça n'existe pas. »

Et voilà. Son talent. Ce flair qu'il avait pour sentir de quelle manière nous voulions être perçus. Même à présent, à près de trente ans, on prenait du plaisir à ce genre de reconnaissance.

« Ouais, enfin, les fausses notes d'Art Tatum étaient nettement meilleures que les miennes. »

Quand Simon est revenu, il a descendu son deuxième martini, a commandé une bière et demandé qu'on apporte le vin. Crimble l'a observé avec appréhension avant de dire : « Votre génération et le téléphone. C'est stupéfiant. Vous êtes en permanence vissés dessus.

— Vous avez raison. Et je déteste ça. Dès que ce jeu sera bouclé, je mettrai le mien au rancart et je l'oublierai pendant tout l'été. Déconnexion complète. »

C'était tout à fait inattendu. « Tu comptes aller où ? ai-je demandé.

— Je pensais faire un tour d'Europe avec une canne à pêche, pour voir ce qui se passe. »

Les musiciens sont arrivés sur scène. Simon a avalé quelques bouchées de steak, puis il a posé ses couverts, écoutant la musique avec distraction mais agacement. Il avait l'air pris au piège. C'était un risque, chaque fois. Cela ne s'était pas produit depuis plusieurs années, mais ce soir-là, à mesure qu'il ajoutait verre après verre sur l'ardoise de Crimble, il se montrait de plus en plus irrespectueux, soupirant sans se cacher devant les inconséquences des musiciens. Il n'avait pas tort. Je n'avais pas fait le bon choix. La musique était sans intérêt. Du jazz de blancs. Tout en technique, sans sentiments.

Avant que nous ne le renvoyions vers St Pancrace en taxi pour attraper le dernier train, Crimble a fait une ultime tentative pour prolonger la soirée. « Je ne me sens pas fatigué du tout. Si nous allions quelque part ? J'arriverai toujours à trouver une chambre pour la nuit. »

Les doigts nerveux de Simon tripotaient déjà une cigarette. « Je suis claqué. Et vous devez prendre votre train. Merci pour cette soirée très agréable.

— Est-ce que je peux déposer l'un de vous deux ?

— J'ai mon vélo, ai-je répondu.

— Et moi je dois repasser au bureau chercher des trucs. Merci encore. Bon retour. »

Simon lui a hélé un taxi. Nous avons tour à tour serré son corps osseux, désinhibés par l'alcool.

« C'est toujours un tel plaisir de vous voir tous les deux, a-t-il dit assis à l'arrière du taxi en se penchant.

— Attention », a dit Simon en claquant la portière, puis il a frappé deux petits coups sur le toit du véhicule. En le regardant s'éloigner, je me suis rendu compte que Simon devait avoir à présent l'âge de Crimble lorsqu'ils s'étaient rencontrés. « Bien, a-t-il dit. Allez, bordel, on va boire un coup. »

Dans le labyrinthe de Soho. Des gens bons ou mauvais, aux habitudes bonnes ou mauvaises. Comme chaque fois, on s'est juré que c'était la dernière. Comme chaque fois, on a beaucoup ri tandis que le monde nous rattrapait. On avait beau se trouver dans l'endroit le plus peuplé, le plus public qui soit, la compagnie de Crimble agissait tel un champ de force. Une fois débarrassés de lui, nous retombions doucement dans une dimension plus spacieuse.

« Tu as dit à Katharine qu'on faisait quoi, ce soir ? a demandé Simon quand il a commencé à retrouver son calme.

— Ce que je lui dis toujours : notre soirée à tous les deux pour fêter ton anniversaire.

— Merci. Ça ne me dérange pas qu'elle sache, en soi. Mais je ne pourrais pas supporter que ça revienne aux oreilles de Luke.

— Je sais. »

Il a sorti son tabac pour nous rouler des cigarettes. Je me suis mis à jouer avec son briquet, je l'ai allumé, et j'ai passé mon doigt au milieu de la flamme.

« À ton avis, qu'est-ce qui serait arrivé si on n'avait pas brûlé ces lettres ? » m'a-t-il demandé.

Mon attention s'est éveillée. Jamais je ne l'avais entendu formuler pareille question. « Tout dépend jusqu'où tu aurais voulu aller.

— Je ne sais toujours pas. Cela aurait mis fin à sa carrière, au moins. Pour moi, c'était beaucoup à l'époque. Et on ne sait rien de son passé. Ce qui a pu lui arriver pour qu'il soit comme ça.

— Est-ce que sa carrière ne devrait pas s'arrêter ? Malgré tout ?

— Qui suis-je pour détruire la carrière d'un autre ? Surtout s'il s'est montré bon envers moi.

— C'est une question de point de vue.

— La ferme : tu sais bien que ce n'est pas ce que je veux dire. Une carrière, c'est un truc d'adulte. Quel enfant pourrait interférer ? » Il a coincé sa cigarette entre ses lèvres, en guise de conclusion. « La société est du côté de l'homme qui fait carrière, pas du garçon qui ouvre sa gueule.

— Mais tu ne voulais pas que justice soit faite ? ai-je dit en tenant le briquet. Tu n'as jamais témoigné devant une cour de justice.

— Je ne le voulais pas. C'est pour ça que j'ai brûlé ces lettres. Dis-moi : quelle est la différence entre justice et punition ? »

J'ai réfléchi. « La punition est la conséquence concrète de la justice, je suppose. Il n'y a pas de justice sans punition.

— Mais je ne pense pas qu'il mérite ça. Même si je me demande si ce ne serait pas plus humain de l'arracher à sa misère. »

# 23.

Alors que nous quittions la ville dans la Skoda, je jetais des coups d'œil à Katharine, qui essayait de se mettre à l'aise en dépit des circonstances. Elle pouvait bien pester autant qu'elle voulait contre la chaleur, le problème venait de la pépite qui grandissait en elle, un petit paquet de gelée qui se solidifiait de plus en plus en os et en cartilage.

Nous étions en juin, et elle était enceinte de cinq mois. Le pire était derrière elle, question nausées, mais comme d'habitude, en se retrouvant dans un espace confiné, la réaction de son corps à mon égard lui rappelait tout ce qui lui avait été enlevé. Sa fureur grandissante vis-à-vis de la clim me rendait nerveux.

« Dis-moi seulement si tu veux que ce soit plus froid ou plus chaud, et je m'en occupe », lui ai-je dit.

Elle s'est brutalement renfoncée dans son siège. J'ai évité de faire une réflexion paternaliste au sujet du trésor qu'elle portait en elle. « Le problème, c'est qu'il n'y a pas d'état satisfaisant dans cette situation. Ça n'existe pas. Rien ne va. »

J'ai pris les CD, envisageant de mettre la même compilation que j'avais faite pour mon grand-père.

« Non, a-t-elle dit. Pas de musique. »

La route défilait. Je voyais partout le danger. La forme arrondie d'un pneu éclaté. Un renard éviscéré.

« Peut-être que tu n'aurais pas dû venir.

— Et pourquoi est-ce que je devrais rester comme une merde à la maison et tout rater ? Et si tu allais là-bas sans moi, je ne te dis pas dans quel état tu serais au retour.

— Ça ne part pas en vrille à ce point-là.

— Tu veux rire ? Ils sont dingues. Ce n'est qu'une question de temps. » Elle s'est penchée sur le côté, a ouvert sa fenêtre et s'est mise face au vent. « Ah, ça va mieux. »

J'ai tenu ma langue, jusqu'au moment où je n'ai pu tenir davantage : « Si c'est l'effet que te fait un petit trajet en voiture, es-tu sûre de vouloir prendre l'avion pour aller en Italie quand ton état sera plus avancé ? »

Elle a fermé les yeux. « Tu veux vraiment qu'on discute de ça maintenant ? »

Les chamailleries se sont poursuivies. Cela structurait les choses. J'ai pensé à nouveau à mon grand-père bien-aimé, dans sa prison étouffante. Il allait s'avérer difficile de tenir ma promesse de venir le voir en rentrant de la ferme. J'avais envie d'aller l'arracher à sa réclusion sur-le-champ et de l'emmener faire la fête avec nous. Et pourtant je n'étais pas certain qu'il aurait apprécié. Il se sentirait sûrement chez lui dans la cour pavée, parmi les toits de chaume et les dépendances écroulées. Il serait emballé, comme nous, par la beauté fascinante des prés et de l'eau, avec ces clôtures usées et les saules pleureurs. Il aimerait peut-être même le cachet particulier des lieux et leur chorégraphie de débauche, mais il n'apprécierait pas de voir où cela menait.

J'essayais de me tenir un peu à l'écart de Katharine, conscient de mon haleine matinale, du café avalé sur un estomac vide. « C'est seulement une question de temps avant quoi ? ai-je demandé.

— Avant que se produise une catastrophe.

— Tu es trop mélodramatique.

— Vraiment ? » Elle s'est tournée vers moi, et j'ai senti son regard, pleins feux. « Je veux que tu te souviennes de ce moment. Parce qu'il va se produire une catastrophe un jour ou l'autre. Et quand ça arrivera, nous nous repasserons les événements dans notre tête, dans cette bonne vieille voiture familiale, et nous nous rappellerons qu'au moment où nous sommes passés devant Oxford Services, tu m'as dit que j'étais "trop mélodramatique".

— Ce sera sympa. » J'ai expiré en essayant de me détendre dans mon coin.

« Excuse-moi. Le courant d'air me fait du bien. Ah, si seulement j'arrivais à mettre ce putain de siège dans la bonne position. Mon Dieu que ça pue, dans cette voiture.

— Que dirais-tu d'un peu de gaieté ? ai-je dit tandis que le siège se contorsionnait.

— J'ai arrêté il y a quelques mois. » Elle s'est radoucie, amusée par sa propre réplique. « J'exagère peut-être. Je me sentais beaucoup mieux ce matin.

— Alors, Trait Bleu trouve enfin sa place. C'est déjà ça.

— Il va falloir qu'on arrête de l'appeler comme ça à un moment. »

On disait toujours *la ferme,* même s'il y avait longtemps que ce n'en était plus une. C'était beaucoup d'autres choses. Un antre du vice. Un centre des opérations. Une déclaration d'intention. Selon laquelle Luke et Ish ainsi que leurs partenaires se comporteraient exactement tels qu'ils le voulaient pour atteindre leur but, sans laisser personne se mettre en travers de leur chemin. Ils étaient allés là-bas pour mettre au point leur campagne de domination à la manière d'un groupe qui se retire pour préparer l'album qui doit les lancer – seulement au lieu de choisir un château sur une île, ils avaient opté pour un élevage de porcs désaffecté aux abords de Banbury. C'était un mélange de sacré et de profane, de sérieux et de délibérément idiot. L'un des entrepôts était plein à craquer de routeurs prêts à être expédiés, un autre abritait un circuit géant Scalextrix pour petites voitures rempli de pièges avec des explosifs.

Aucun des associés et des membres de leurs familles ne vivaient sur place, les lieux étaient donc disponibles pour tout ce qui était réellement important. Pendant la semaine, une force de vente agressive. Le week-end, la distraction. Luke et Ish engageaient toutes les personnes en qui ils détectaient cet appétit pour le chaos qui les avait menés si loin. Cela ressemblait à un programme résolument tourné vers la diversité, même s'il aurait été indélicat de préciser à ceux qui dirigeaient les opérations qu'ils s'étaient tous connus dans des pensionnats chics.

Leur spécialité, c'était la corruption : encourager les gentils garçons du coin à tromper leurs petites amies ; pousser les gentilles filles du coin à *avaler cette pilule, tout de suite*. Quelles que soient leurs origines, leurs subordonnés finissaient tous par se faire avoir par ce modèle d'équilibre fallacieux qu'on leur assénait, entre être intéressant et manifestement désagréable. Les employés étaient hébergés gratuitement à la ferme tant qu'ils pouvaient supporter d'y rester, ils étaient grassement payés quand ils réalisaient de bons chiffres, même si personne ne touchait jamais une part des profits.

Les week-ends démarraient sur un semblant de décorum. Une véritable exposition de nourriture, d'extravagantes pièces de viande cuites à la broche ou sur une brouette. Des caisses de bons vins. Un cocktail en guise de centre de table. Plusieurs des associés avaient des enfants, aussi y avait-il parfois un animateur et un château gonflable. À mesure que les choses se détérioraient, les frontières devenaient floues. Quelqu'un commençait à se moquer de l'animateur, ou plongeait nu sur le château gonflable. On avait en permanence l'impression que tout allait partir en vrille, avec l'angoisse que si cela se produisait, il n'y aurait personne pour redresser la situation. On avait en permanence l'impression que les choses *devaient* partir en vrille, car dans le cas contraire, cela signifiait qu'on respectait les règles, qu'on sombrait dans le conformisme.

Nous nous sommes garés dans le champ habituel et dirigés vers la grange d'où provenait de la musique. Un groupe d'enfants jouait au milieu de cadres de fenêtres à guillotine. Les vitres tenaient encore vaguement entre les planches, certaines étaient en morceaux, d'autres pendaient, intactes dans la pulpe de bois.

Katharine a écarquillé les yeux, puis m'a regardé en haussant les épaules : « C'est pas notre problème. Je ne voudrais pas avoir l'air trop *mélodramatique*.

— Bonjour tatie ! a hurlé un garçon de six ans serrant dans ses bras un silex de taille à briser les vitres.

— Gus. Tu as l'air de bien t'amuser.

— Mon Dieu, c'est le fils de Luke ? Il est immense. Comment est-ce arrivé ?

— Ils grandissent. »

Contre le portail principal, un camion tirant une plateforme était garé, d'où l'on déchargeait un bar circulaire en bois sombre, en pièces détachées. D'un côté, des miroirs décorés de pochoirs et des lampes victoriennes. À la direction des opérations : Luke Price.

Luke, version 2006 : pattes d'oie commençant à se former à la commissure de ses yeux d'un bleu très expressif. Cheveux entre blond foncé et paille. Chemise à carreaux tombant à la perfection, à demi rentrée dans un vieux jean. Un gentleman-farmer avec le cerveau d'un homme d'affaires. C'était toujours un peu surprenant de constater combien il était chaleureux. Son énergie résiduelle vous laissait une impression de mauvaise humeur que sa présence dissipait instantanément.

« Qu'est-ce que c'est que ce bordel ? ai-je demandé.

— Tu ne reconnais pas ? Sans doute faudrait-il que tu mesures un mètre vingt et que tu supplies qu'on te serve des Quavers. C'est le Graven Image. Enfin, les entrailles. J'ai appris qu'il fermait, alors j'ai racheté la déco.

— Non !

— Plus jamais on ne refusera de te servir à ce bar. » Il a embrassé Katharine et tapoté son ventre. « Vous êtes dans la chambre bleue. J'ai pensé qu'avec la salle de bains attenante, ce serait une bonne idée, puisqu'il paraît que porter un enfant dans son ventre peut mettre la pression sur cette bonne vieille vessie.

— Nous sommes honorés, a-t-elle répondu en repoussant sa main.

— Vous pouvez. C'est la seule chambre avec un verrou. Que je vous conseille vivement de tirer si vous ne voulez pas recevoir de visites intempestives.

— On ne peut pas dormir chez toi ?

— Pour rater la soirée ? Vous serez très bien là. N'oubliez pas de fermer à clé, c'est tout. » Il m'a serré dans ses bras. « Tu sais si Simon vient ?

— Aucune idée.

— Je ne me fais pas trop d'illusions. Bon. Si on allait suivre les entretiens ?

— Ish fait du recrutement ? a demandé Katharine.

— Il y est depuis une heure. Allons voir comment il s'en tire. J'ai promis de ne pas les laisser trop longtemps seuls avec lui. »

Nous avons traversé la cour principale pour aboutir dans une autre, plus petite, fermée par des écuries aux portes peintes en vert. Sur les pavés traînaient des engins agricoles rouillés. En approchant, j'ai entendu résonner la voix d'Ish.

« On dirait qu'il n'a encore tué personne », a dit Luke.

Nous avons regardé par la porte à demi ouverte. À l'intérieur, Ish était debout devant un aigle-lutrin d'église qui déployait ses ailes. Il portait un veston rouge aux boutons de cuivre, et un pantalon militaire avec une bande verticale cramoisie sur le côté. Armé d'une cravache, il gesticulait en lisant à haute voix une série de questions. Devant lui, trois jeunes gens à l'air nerveux étaient assis en rang devant une table à tréteaux. Dans un coin une auge en émail où des bouteilles de vodka et de tequila rafraîchissaient sous la glace. Sur la table, un grand plateau métallique où s'étalaient des lignes de poudre, divisées en deux sections au moyen d'un ruban rouge. Une odeur de pisse de cheval et de foin flottait dans l'atmosphère.

« À présent, monsieur Stephens, a dit Ish. Vous avez eu des débuts chaotiques, mais il est encore temps de vous faire pardonner vos péchés. Voici ma question : qui utilisait le système de propriété de la terre connue sous le nom de *feudalism* ? Étaient-ce les Anglo-Saxons, les Normands, les Romains ou les Vikings ? »

Stephens était un gamin bien en chair d'une vingtaine d'années. Sur son visage, on lisait la crainte, et sa bouche ne cessait de mâchonner de manière compulsive. Ses pupilles étaient dilatées au point que ses yeux paraissaient noirs.

« Celui-là, il a reçu beaucoup de *E* comme erreur, a dit Ish en nous jetant un coup d'œil.

— Quel est le sujet du jour ? ai-je demandé.

— Excellente question, Max. Nous avons là une série de questions simples tirées du test *La vie au Royaume-Uni* qui va bientôt être soumis à quiconque demande la naturalisation britannique, dans le cadre de la loi Nationality, Immigration and Asylum de 2002. Et je dois vous dire que ce jeune homme ne s'en sort pas bien. Il faut vous dépêcher, monsieur Stephens.

— Les Normands ? » a réussi à articuler le candidat.

Ish a abattu sa cravache sur le lutrin. « Je craignais que nous vous perdions ici. *C* comme correct. Allons-y. Dépêchez-vous. »

Stephens a sniffé son rail de coke et paru soulagé. Sous la table son pied tremblait.

« Mademoiselle Shah, vous êtes avec nous ? » Une Asiatique trapue et tranquille, avec un piercing en or dans le nez, a sèchement hoché la tête. « Quel groupe de réfugiés s'est installé en Angleterre avant 1720 ? Les Bretons, les Gallois, les Huguenots ou les Allemands ? »

Elle a souri : « Les Huguenots. »

Ish s'est tourné vers nous, gesticulant avec sa cravache : « Elle est incollable, elle ! La seule question qu'elle a ratée depuis le début concernait le nombre exact d'autorités locales à Londres, et je défie quiconque de donner la réponse exacte. Allons donc, *C* comme correct. Vous allez nous nettoyer toute cette bonne came si vous n'y prenez pas garde. »

Ish, version 2006 : une présence intimidante. Les gens le trouvent toujours fascinant en photo, et sont terrifiés lorsqu'ils le rencontrent en chair et en os. Les images ne peuvent transmettre la teneur de son énergie insolente, qui vous met au défi de dire quelque chose qui ne lui plaira pas.

« Tout à fait, mademoiselle Green. Le premier drapeau de l'Union a été créé en 1606. À nouveau à vous, monsieur Stephens. Mon Dieu, ça revient vite, hein ? Une autre ligne pour vous calmer les nerfs ? Voilà. Très bien. En quelle année l'Habeas Corpus est-il devenu une loi ? Question tout à fait pertinente puisque vous semblez perdre le contrôle de votre corps. Était-ce en 1679, 1689, 1699, ou 1709 ? Oh mon Dieu. Je crains que M. Stephens ait des difficultés. Trois, deux, un. C'est 1679, naturellement. Et voilà, encore une fois, monsieur Stephens. C'est un *E* comme erreur. Allons, tout de même. »

Stephens considérait le plateau, il bandait ses forces, faisant selon le bon plaisir d'Ish. Il s'est renfoncé dans son siège, paupières mi-closes. J'avais déjà vu ce genre de choses ici. Cela me donnait toujours un peu la nausée.

« Bon, il est cuit. » Luke a déverrouillé la porte de l'écurie, est entré et s'est agenouillé près de la table. « C'est fini pour lui. » Il a aidé le jeune homme à se lever, a passé un bras autour de sa taille et l'a emmené dehors.

Stephens a saisi la main de Luke. « Est-ce que j'ai réussi ? Je ne repars pas si je n'ai pas réussi.

— Tu as réussi, a dit Luke. Allez, viens voir l'étang aux poissons. » En ressortant, j'ai entendu le début de la question suivante d'Ish. « OK, il est temps de passer aux questions à élimination rapide. Vous devez répondre en moins de cinq secondes. Première question : épelez le mot *Leicestershire*. »

Vacances de printemps. Hockey. Odeurs tenaces de boue, d'herbe et de sueur. Ish et moi, nous sommes dans la cabane à bottes où nous contemplons les espaces de rangement.

David West entre en donnant un coup de pied dans la porte, un bâton à la main. « Ça va les gars ? Le temps est au beau fixe. Beano, dix Rothman et un Lucozade, s'il te plaît, vieux », ajoute-t-il en retirant ses bottes de leur casier. Il ne le regarde pas, mais je sais que cette remarque est destinée à Ish. Je l'ai déjà remarqué : quelques-uns des élèves plus âgés passent leur temps à faire des commentaires de ce genre, marmonnant leurs méchancetés chaque fois qu'Ish est dans les parages. « Le *Farmers Weekly* est arrivé, chef ? J'ai pas eu mon *Razzle* ce mois-ci, l'ami, qu'est-ce qui se passe ? » A posteriori, je me rendrai compte que quelque chose dans leur manière de s'exprimer laissait penser qu'ils reproduisaient des comportements observés chez des adultes.

D'habitude, West a des complices qui rient à ses blagues, mais aujourd'hui, il est seul. Ce qui pourrait m'enhardir, si j'étais malin. En réalité, la question que je pose est tout à fait innocente, car je suis réellement perplexe. « Pourquoi tu lui dis toujours des trucs de ce genre ? Je comprends pas. »

West enfile des protège-tibias dans ses chaussettes, tout vibrant d'excitation à la perspective d'un après-midi sur le terrain. « Je vois pas ce que tu veux dire.

— Je veux dire qu'on sait que son père vend des journaux. Mais qu'est-ce qu'il y a de drôle ? »

Une botte bien lacée atterrit sur le sol. « T'es pas le couteau le plus affûté du tiroir, pas vrai, Denyer ?

— Ton père est fermier, hein ? On pourrait faire les mêmes blagues au sujet des silos à grain et de la bouse de vache. » Ish attend patiemment que ce soit fini, mais je remarque qu'il sourit. « Comment que ça va, ce matin, M'sieur West ? Oh, vous avez du fumier qui vous colle au train, on dirait. »

West se jette sur moi. « Ta gueule, petit merdeux.

— Pourquoi ?

— C'est pas parce que son père vend des journaux. C'est parce qu'il est pakistanais. » Respiration lourde, il est suffisamment embarrassé pour ne pas regarder Ish, et dissimule sa honte sous le dégoût.

« Oh. » Je me retourne, en essayant de garder mon calme, même si je suis aussi choqué qu'il l'escomptait par toute cette abjection. Mais lui tourner le dos est une erreur. West me pousse violemment, et ma lèvre supérieure heurte le rebord d'une étagère.

Je suis par terre, du sang plein la bouche, quand la suite se produit, si bien que j'entends seulement des bruits. Mais ça suffit. Plus tard, lorsqu'il aura réussi à maîtriser sa fureur momentanée à mon endroit pour être intervenu en sa faveur, Ish me racontera comment il a attrapé une botte sur l'étagère et l'a lancée en plein sur la joue de David West.

Tour à tour, nous sommes convoqués tous les trois dans le bureau de Tony Sutton pour lui raconter notre version de l'incident. Je ne sais pas ce qu'il dit aux deux autres, mais je n'oublierai pas le discours qu'il me tient, sans la moindre trace de bégaiement.

« En réalité, West ne faisait que dire la vérité. C'est une description plus qu'une insulte. »

Dans la cour, on avait allumé des guirlandes d'ampoules et, au-dessus du feu, sur une broche mécanique, tournait un cochon doré qui souriait. Katharine et Luke préparaient des hot-dogs pour ses enfants à lui près d'une table à tréteaux. Elle montrait des trésors d'attention à l'endroit de ses neveux, comme si elle passait une audition pour devenir mère.

Une silhouette mince et échevelée était penchée sur le cochon. En m'approchant, j'ai vu Josh, le plus jeune des fils de Luke, détaler avec son hot-dog, trébucher et se casser la figure en direction du charbon brûlant, sous la rôtissoire. Le bras d'un homme l'a arrêté d'un geste sec. Son intervention avait quelque chose d'effrayant, et l'enfant s'est mis à pleurer. Mais l'autre avait anticipé sa réaction, et la barrière de son bras s'est transformée en câlin affectueux, tandis que le visage de l'oncle se tournait, furieux, en direction du père du garçon.

« Fais attention à lui, tu veux bien ! s'est exclamé Ali.

— Quoi ? a répondu Luke.

— Il a failli atterrir dans le feu.

— Ça va, vieux. Bois un coup. »

Ali a secoué la tête. « Putain, tu te rends vraiment pas compte. »

Une discussion plus amicale s'est engagée. Tous trois alignés : le panorama complet de la famille Price. Luke, plein d'assurance, lunatique, confiant parce qu'il avait supplanté son frère dans presque tous les domaines, mais prêt à se montrer magnanime à ce sujet au cas où ce serait nécessaire. Ali, plus âgé, usé, les rides de son visage inspirant la pitié plutôt que le respect, son profond sens du devoir intact, même dans cet environnement de pirates, où être responsable était une faiblesse ennuyeuse. Katharine, la petite sœur, que ses frères avaient autorisée à occuper un espace plus insouciant, voyait sa vitalité habituelle entamée par le petit squatter dans son ventre. En chacun, des traits de Roger et de Selina. Le regard observateur de l'un chez Ali. Le détachement amusé de l'autre chez Luke. Un peu des deux chez Katharine, suivant ses humeurs. Tous soumis en grande partie aux mêmes expériences, mais avec des différences cruciales, aux conséquences immensément différentes.

« Je vous rejoins plus tard, a annoncé Ali en sortant son téléphone tout en s'éloignant. J'ai des choses à faire.

— Quelles choses ? » a dit Luke. Il fumait un fin cigare, et passait en revue un sac rempli de clubs de golf. « Quelqu'un sait quelque chose à propos de son nouveau boulot ?

— Rien », a répondu Katharine.

Depuis son retour d'Irak, se demander à voix haute si Ali allait bien était devenu un des sujets de fond de la famille Price, mais on passait à autre chose avant que quelqu'un ait pensé à répondre. Il venait de trouver un emploi dans une entreprise spécialisée dans la sécurité, mais personne n'en savait davantage.

« Je crois qu'on l'a perdu, a dit Luke. On dirait un fantôme depuis qu'il a quitté les Royal Marines.

— Il a besoin d'un cadre, a répondu Katharine. Il lui en faut un nouveau, c'est tout.

— Que croyez-vous qu'il a vu là-bas ? » ai-je demandé.

Luke a reniflé : « La prise de Bassora a été difficile. C'est tout ce que je sais.

— Vous pensez qu'il a tué quelqu'un ? »

Katharine m'a regardé. « Question typique de Max. Il ne nous le dirait sûrement pas si c'était le cas.

— Il a tué un chien, a ajouté Luke.

— Ah bon ?

— Il disait qu'il y en avait plein autour de leur camp. Des chiens errants. Ils n'arrêtaient pas de sauter sur les mines. Il l'a tué pour mettre fin à ses souffrances, je pense. Même si, quand je le pousse un peu, il répond que c'est parce que le chien ne cessait d'aboyer, et que tout le monde avait besoin d'une bonne nuit de sommeil. » Luke a installé une balle de golf près du mur qui surplombait le marécage, et il a sorti un club du sac. « Vous savez qu'il est sorti ?

— Qui ça ?

— Eric Graham Weathers-Davis, dit *des Vices*. Revenu au sein de la société et prêt à retourner s'occuper de la jeune génération.

— Merde, ai-je dit. C'est passé vite. C'est ça qui fait flipper Ali ?

— Va savoir. Il refuse d'en parler. Il se braque à la seconde où tu lui en parles. Mais j'ai fait en sorte qu'il comprenne que je ferais n'importe quoi pour lui. Et c'est vrai. Je trouverai ce salopard sur un forum et je le ferai parler. Je le piégerai si nécessaire. Ali n'a qu'à demander. »

Katharine a détourné les yeux. Elle détestait qu'on aborde ce sujet. Elle avait été élève à l'école au moment où se déroulait le scandale Weathers-Davis, et j'avais le sentiment que cela avait empoisonné l'atmosphère, là-bas, même avant qu'elle ait vent de rumeurs selon lesquelles son frère aurait pu faire partie des victimes.

« Ça aiderait davantage Ali d'avoir une vraie conversation, ou d'aller voir un psy, lui a-t-elle répondu.

— Ah ouais ? Et où en sont tes efforts sur ce front-là ? Le traquer, je peux le faire. J'ai une équipe prête. Je connais le nom de la rue où il habite. S'il essaie seulement de flairer quelque chose de malsain sur Internet, on le renvoie direct dans sa cellule. » Des jets de fumée sortaient de ses narines quand il a jeté son cigare.

« Il faut faire parler Ali, pour éviter qu'il devienne obsédé par la vengeance. Si c'est arrivé, parce qu'on n'en est pas sûrs. »

Luke s'est penché, club en main, écartant les jambes pour prendre la bonne position. « Est-ce que l'un d'entre vous a lu les minutes du procès ? Moi je l'ai fait. Vous savez qu'il disait aux victimes que ce qu'ils faisaient ne pouvait être mal parce que Dieu l'approuvait ?

— On sait tous que c'était un salaud.

— Je ne pense pas que tu te rendes vraiment compte, Max. Il les obligeait à le sucer dans sa salle de classe alors qu'il y avait du monde dans le couloir, pour augmenter le risque. Excité autant par la peur que par l'humiliation. Tu trouves ça normal qu'un type pareil soit remis en liberté ? Qu'il n'ait écopé que de neuf ans ?

— On ne sait pas ce qui lui est arrivé en prison. C'est peut-être un homme différent à présent.

— Max, je t'adore, mais tu as toujours été d'une naïveté confondante. » Puis, adoptant l'accent de George W. Bush : « Allez, regardez ce drive. »

Nous sommes allongés dans le long grenier du bâtiment des écuries, les yeux rivés sur les soldats de papier qui sont nos cibles. Si nous n'étions pas si nerveux, nos esprits seraient remplis d'histoires de guerre et d'Allemands de dessins animés. Au lieu de cela, nous devons jongler avec deux types de peur : nous avons entre les mains des carabines à air comprimé chargées, et Weathers des Vices rôde derrière nous.

« Regroupez-vous en ordre. Price junior, c'est une catastrophe. » Il soupire. « Si seulement votre frère était encore là. Voilà un garçon qui savait s'y prendre. Il aurait déjà criblé de trous le centre de sa cible et serait agenouillé avec sa carabine ouverte en attendant que les autres aient terminé. J'imagine qu'il est déjà capitaine de l'équipe de tir dans sa nouvelle école. Êtes-vous vraiment de la même famille ? Aucune de ses qualités ne vous a-t-elle donc été transmise ? Qui sera mon meilleur tireur à présent ? »

Douce sensation des cartouches dans la boîte. J'en prends une, referme la carabine, et je m'allonge en position, en essayant d'empêcher le canon de trembler. Ma ration matinale de pain-œuf-bacon frits commence à tanguer.

« Max Denyer. » Il s'accroupit à côté de moi. Sa voix murmure à mon oreille : « C'est bien vous ? Rappelez-vous de respirer quand vous pressez sur la détente. Détendez-vous. » Il s'allonge sur le ventre à ma gauche, observe le fusil sur sa longueur. Sa joue comme du papier de verre contre la mienne. Haleine de café. Sueur rance.

« Vous devriez être capable de vous concentrer quelles que soient les distractions. » Son bras passe par-dessus mon épaule, je sens quelque chose de froid qui appuie contre ma tempe, et je comprends que c'est son pistolet à air comprimé.

Souffler et tirer. Passer le cap, se débarrasser de lui. Mais le support tombe au moment où je tire, et je sais que j'ai visé trop bas.

« Rien à faire. » D'un bond il se relève, écarte les jambes et tire une balle par-dessus ma tête en plein centre de la cible. « Viser est une question de contrôle. »

Le soleil s'est couché. Un grand feu a été allumé dans la cour. Nous avons lancé l'assaut sur le cochon à la broche, et un DJ s'est installé sur le mur. Soudain, les invités étaient beaucoup plus nombreux, et rares étaient ceux que je connaissais. Avant même que je le comprenne, on est arrivé à la fin de la soirée officielle.

Luke restait discret avec la drogue, il n'étalait pas sa consommation comme d'autres dans son entourage, mais en général, il en avait sur lui. Il était doué pour ça. Planifier les choses à l'avance. Alors qu'on pensait qu'il n'y avait plus rien, il en avait gardé de côté. Vous étiez là, prêt à aller vous coucher, et il brandissait un emballage transparent, ou un paquet de pilules bien serrées, et vous aviez envie de le prendre dans vos bras ou de le tuer pour s'être assuré que votre bail sur le monde futur soit renouvelé.

Lui, à côté de moi. Bavardage dans la lueur du feu, appuyés contre un tronc. Moi, plus ou moins conscient que Katharine était partie se coucher en colère, même si je ne savais plus pourquoi. Le présent se révélait par vagues, jusqu'au moment où il n'y avait plus rien d'autre. Était-ce cette nuit-là qu'on avait fait ce pari pour savoir qui était capable de tenir la clôture électrique le plus longtemps possible sans renverser son verre ? Personne n'avait gagné, évidemment. C'est impossible. Même si vous croyez pouvoir y arriver, sachez que les forces élémentaires en jeu dépassent tout au moment de vérité.

Luke, penché en avant, dégageant une odeur de feu de bois et de bière. Sa main sur mon bras, collante à cause d'un liquide renversé. « Je n'allais pas te poser la question devant ta femme, bien sûr, mais comment va Holly ? Tu la vois de temps en temps ? »

Il m'est soudain revenu à l'esprit que Katharine était partie se coucher en colère quand elle avait vu quelle direction prenait la soirée, et qu'elle ne voulait pas que je m'embarque dedans. Il était grand temps que j'aille me coucher si je voulais me réveiller de bonne heure le lendemain matin. Mais il fallait assumer de lâcher les autres. Si je ne prévenais pas Luke que j'allais me coucher, il viendrait me chercher.

J'ai voulu me lever. « Je vais rejoindre Katharine. »

Luke m'a répondu dans sa meilleure imitation d'Alec Guinness : « Si tu vas te coucher maintenant, je deviendrai plus puissant que tu ne peux l'imaginer. » Sa main a fermement agrippé mon épaule, me forçant à me rasseoir.

Je perdais de vue les choses importantes. Et elles étaient très importantes. Mais il poursuivait, s'exprimant à grand renfort de citations de films, me cachant des choses sérieuses que je découvrirais plus tard.

« Et Simon ? Tu le vois, lui, non ? »

Je parvenais à peine à garder mon calme. « Il est très occupé. Je l'ai vu pour son anniversaire.

— J'aurais aimé qu'il soit là ce soir. Il m'avait dit qu'il viendrait peut-être, mais je savais qu'il ne fallait pas y compter. C'est incroyable le nombre de choses que tu peux ignorer au sujet de tes plus vieux amis. »

J'ai hoché la tête, un peu branlante. « C'est un mystère enveloppé dans une énigme, caché sous une capuche. Mais je pense qu'il va bien.

— Je sais qu'il va bien. Il me manque, c'est tout. » Lumière du feu. Étrangers. La voix de Luke. Son visage quand je me retournais. « C'est sûrement des conneries, mais tu ne t'es jamais demandé si Weathers des Vices n'avait pas abusé de lui aussi ? »

Sueur. Clignement. « Putain, j'en sais rien. C'est possible, j'imagine. On le saurait, tu crois pas ? Il nous l'aurait dit.

— Je ne sais pas. Il a vécu toute sa vie dans une espèce de zone grise.

— C'est vrai.

— Pas comme toi. Toi, tu sais exactement ce que tu veux. »

Je lui ai fait face : « Qu'est-ce que tu veux dire ? »

Luke, buvant à la bouteille. « Rien de mal. On dirait que tu as toujours su ce que tu voulais. À aller chercher Katharine de cette manière. Je suis super content que tu fasses partie de la famille, bien sûr. Tu le sais, hein ? »

Clignement. « Bien sûr. Enfin, je pensais le savoir. »

La nuit s'est terminée ainsi qu'on s'y attendait, dans un mélange d'excitation et de culpabilité face au soleil levant.

L'aube a envahi la chambre, lumière traîtresse du matin, le cœur qui bat la chamade de honte à côté de la future maman sereine.

À neuf heures nous étions levés et avions plié bagage. Katharine n'avait pratiquement pas dormi de la nuit, disait-elle, à cause d'un couple qui baisait dans la salle de bain adjacente, ainsi que de plusieurs inconnus qui étaient passés à la recherche d'un lit, car tant que j'étais debout, elle n'avait pu se résoudre à fermer à clé.

Nous nous sommes frayé un chemin dans le couloir à travers des corps blottis les uns contre les autres. Dehors, certains n'étaient pas encore couchés. Un couple somnolait en frissonnant dans un duvet près des braises. Un irréductible était assis sur un tronc, et d'un air songeur essuyait son doigt dans un sac en plastique usé.

En avançant parmi les voitures aux vitres embuées, j'ai aperçu Ali dans le pré, debout sous les vastes branches d'un chêne, qui apprenait à son neveu Gus à tirer à l'arc sur une cible. Les flèches se plantaient avec un bruit sourd dans le chanvre. La voix calme d'Ali flottait au milieu de la brume tandis qu'il corrigeait l'angle de tir de Gus. Il y avait dans ce tableau quelque chose d'anachronique : des gentlemen en armes, un duel à l'aube.

Nous avons à peine parlé sur le chemin du retour. J'étais tellement concentré à la recherche d'une solution pour me racheter, à lutter pour repousser les limites de mon esprit fractalisé, que j'ai oublié ma promesse de rendre visite à mon grand-père, ne m'en souvenant qu'une fois garé devant notre appartement. Un brusque sentiment de désolation à ce sujet a déterminé entre autres choses ma capitulation.

« Très bien, ai-je dit. L'Italie. Allons-y. Qu'est-ce qui pourrait arriver de pire ? »

Katharine s'est fait couler un bain, j'ai pris mon téléphone pour appeler mon grand-père afin de lui promettre que je viendrais le voir le week-end suivant, et c'est alors que j'ai vu que j'avais raté trois appels de ma mère. Je l'ai rappelée, mais il a fallu plusieurs tentatives avant que je comprenne.

« C'est arrivé, a-t-elle dit.

— Quoi ?

— Il est parti ce matin.

— Il est parti où ?

— Il est mort. »

# 24.

Je serai surpris plus tard, lorsqu'on me dira qu'entre vingt et trente ans, j'avais l'air de savoir ce que je voulais dans la vie. En réalité, cette décennie s'est avérée une suite d'accidents. Plus tard, mon esprit amassera ces souvenirs en séquences, mais rien n'est arrivé du fait de ma volonté.

Je cours dans tous les sens en prenant de mauvaises décisions, revenant sur mes erreurs seulement pour partir dans d'autres directions pas plus pertinentes que les précédentes, laissant derrière moi une trace aussi insensée et hasardeuse que des crottes d'animaux.

Mes parents ne laissent subsister aucun doute sur le fait que je dois trouver un emploi rapidement après la fin de mes études. Ils pourraient continuer à m'entretenir s'ils le voulaient, mais me font clairement comprendre qu'ils ne me feront pas de cadeau tant que je ne me serai pas engagé dans une voie plus sérieuse que celle qui consiste à jouer des standards du jazz sur de mauvais pianos. Quand mon manque d'initiative devient trop criant, mon père suggère que j'aille parfaire mes compétences linguistiques en travaillant un moment dans les bureaux de son entreprise à Madrid. Peut-être mû par la culpabilité d'avoir menti à mes professeurs l'année où j'étais censé être là-bas, j'accepte, comme si cette année gâchée avec Holly pouvait soudain trouver une conclusion plus constructive.

Je prends un logement dans une pension près de la Puerta del Sol, et je passe mes journées à entrer des chiffres de ventes dans des tableaux. Il est évident que ces documents ne servent à personne. Manifestement, quelqu'un a réussi à mettre au point un semblant d'emploi pour faire plaisir à mon père. Le sentiment d'être l'enfant gâté du patron parachuté depuis l'Angleterre est encore plus humiliant que le travail lui-même.

La pension où je loge accueille aussi quatre Espagnols célibataires d'âge mûr. La porte de ma chambre est trop petite pour son cadre. Les espaces en haut et en bas laissent passer l'âcre fumée des Ducados qu'ils fument constamment dans la pièce commune. Le soir, après que mes *compadres* ont fini d'écraser leurs mégots et de se quereller, ce sont les grosses vrillettes qui m'empêchent de dormir en rongeant le bois.

Simon et moi nous parlons chaque semaine. Il vient me voir, et nous partons faire une virée en Andalousie. « C'est là que tu devrais vivre », me dit-il alors que nous sommes assis sur un mur à écouter une guitare jouer du flamenco en buvant de grandes bouteilles de bière fraîche d'un litre, sur fond d'Alhambra illuminée. Au bout de quelques mois, je suis son conseil, quitte mon travail et mets le cap au sud, où je m'inscris à l'université de Grenade pour préparer un master en études hispaniques, gagnant ma vie en donnant de petits concerts de piano dans les bars. Quand le filon est épuisé, je donne des cours d'anglais, et je continue même après avoir fini mon master, traînant avec des groupes de jeunes gens qui viennent séjourner à Grenade dans le cadre de leurs études. Suédois, Danois, Allemands. Rarement des Anglais. Je découvre qu'on peut réussir assez vite à se construire une vie quelque part, et que le temps passe. Ce constat est à la fois exaltant et mélancolique.

Fin 2001, je rentre à Londres et accepte le premier boulot d'une série que je juge indigne de moi, je traverse les journées en faisant la grimace, m'acquittant à peine du minimum, m'isolant de mon environnement en portant un casque bien visible. Entre autres choses, je rate le crash du deuxième avion sur les tours jumelles, auquel les autres autour de moi assistent, horrifiés, en direct à la télévision. Des années plus tard, je découvrirai qu'un de mes patrons de l'époque avait l'habitude de dire à mon sujet : « Max est brillant – seulement il ne sait pas encore dans quel domaine. »

Me voilà donc dans une situation où mon seul vrai groupe d'amis provient d'une école que j'ai quittée à l'âge de treize ans. Ce n'est pas le cas des autres, ce qui parfois me dérange. D'une manière ou d'une autre, il est indubitable que peu de choses dans notre vie seront aussi intenses que cet endroit où nous nous sommes rencontrés. La seule exception, c'est Ali, qui part en zone de guerre. Ce qu'il fait, soyons honnêtes, sans doute pour réprimer ce souvenir, ou trouver son équivalent, voire pour se le remémorer.

Nous passons des mois sans en parler. Mais nous avons beau nous abstenir, il est là, sous-jacent. Soirées en intérieur. Soirées à l'extérieur. La grandeur des vingt ans. Notre éminent destin qui se déploie. Nous donnerons rétrospectivement à tout cela un éclat supplémentaire lorsque nos vies seront devenues plus monotones, mais en vérité, nous ne choisissons pas les lieux où nous allons parce que nous appartenons à tel ou tel univers. C'est seulement parce que le hasard nous mène là.

À un moment donné, le fait est accepté qu'Eric Weathers-Davis s'en est pris à Ali, mais que celui-ci ne veut pas en parler. Ce consensus est atteint non pas à l'issue d'un grand déballage, mais plutôt à force d'explosions spéculatives en fin de soirée, auxquelles on se réfère rarement durant le jour. Au cours d'une de ces conversations, Luke nous demande si nous pensons que c'est vrai, s'il faut entreprendre quelque chose, et si oui, quoi ? En l'absence de certitude formelle, il est difficile de proposer autre chose que de se montrer vigilant. De temps à autre, en l'absence de Simon, je laisse entendre que peut-être Weathers des Vices n'était pas le seul bourreau, mais quelque chose m'empêche d'aller plus loin. Garder le secret de Simon me permet d'être exceptionnel à ses yeux.

On s'accommode peu à peu du passé. La bannière sous laquelle nous avancions ne nous semble plus si terrible ni si ostentatoire. Les émotions de 1997 – rage, culpabilité, souhait qu'il soit mort – paraissent mélodramatiques rétrospectivement, surtout quand Crimble réapparaît peu à peu dans ma vie, au fil des années.

Puis les événements qui se sont produits à vingt ans sombrent dans le passé, et on commence aussi à douter. Dans quelle mesure ce que Simon m'a raconté était-il vrai ? À quel point désirait-il me choquer ? Ai-je vraiment envisagé d'aller voir la police pour leur raconter toute cette histoire en me faisant passer pour la victime ?

Luke et Ali organisent le réveillon 2002 dans l'appartement de leurs parents à Londres. Dans quelques mois, Ali va partir à la guerre, même s'il ne le sait pas encore. Roger et Selina sont en Italie et leurs fils ont été autorisés à passer le Nouvel An sans eux. Simon n'aime pas les soirées où il y a du monde, mais il me promet de passer. Luke et Ali s'occupent d'autres personnes, et moi, je me retrouve assis dans un coin avec deux bouteilles de vin et Katharine Price, et nous ne nous relevons pas avant plusieurs heures.

Je l'ai rencontrée à intervalles réguliers au cours de ces dernières années grâce aux nombreuses vacances en Italie que Simon, Ish et moi avons passées auprès de la famille de Luke. Elle a dix-sept ans et elle est en première depuis quatre mois. Elle est autorisée à participer à cette fête à condition que ses frères la surveillent – responsabilité qu'Ali et Luke semblent soulagés de m'avoir déléguée. Elle montre une intelligence charmante. Elle me fait rire. La conversation a quelque chose de délicieusement illicite.

Je recueille des informations au sujet de la dynamique de la famille Price. Katharine me parle de sa relation difficile avec sa mère, pour qui, d'après elle, Ali et Luke sont les préférés, alors qu'elle se montre d'une dureté implacable avec sa fille dans tous les domaines, depuis son apparence jusqu'à son avenir professionnel. Selina, dit-elle, est l'une des raisons principales pour lesquelles elle veut faire médecine. Parce qu'une dame n'est pas faite pour ce genre de profession selon sa mère, mais surtout parce que cela requiert une rigueur intellectuelle à laquelle Selina prétend mais dont elle est incapable, d'après sa fille.

« Fais gaffe à elle », dit Luke en nous trouvant tous les deux.

Je me sens gêné et minable. « T'inquiète pas. Elle n'a pas bu tant que ça. »

Luke et Katharine explosent de rire. « Je veux dire, sois prudent, parce qu'avec elle, c'est toi qui vas rouler sous la table. »

Simon débarque juste avant deux heures avec une mauvaise entaille au bras, qu'il affirme s'être faite en grimpant par-dessus un grillage pour aller regarder un feu d'artifice depuis le toit d'un entrepôt de Rotherhithe.

« Eh ben dis donc », dit-il en nous voyant assis ensemble, Katharine et moi.

Pendant les dix-huit mois qui suivent, il ne s'agit que d'amitié. On s'envoie des e-mails, on prend des cafés. Nous n'évoquons jamais notre différence d'âge, parce que ça n'a aucune incidence sur ce que nous faisons. Elle ne s'intéresse pas à moi en raison de ma sagesse et de mon expérience, peut-être parce que j'en ai si peu. Pour être tout à fait honnête, elle s'attache à moi parce que je m'offre à elle tout entier. Je ne suis peut-être pas grand-chose, mais je suis à elle. Et elle aime particulièrement le fait que sa mère me considère avec circonspection.

L'été 2004, alors que Katharine vient d'être admise à l'école de médecine, Luke, Ish et moi acceptons l'invitation de Simon pour passer ce qu'il promet d'être *une nuit de fête sympa*. En réalité, il s'agit d'une rave *psytranse*, dans les locaux désaffectés d'un ancien service d'aide à l'emploi quelque part derrière Elephant and Castle. Luke amène Katharine. Nous devons nous rappeler qu'officiellement nous nous connaissons à peine. La rave ne démarre pas avant une heure, donc nous avons le temps pour les préambules. Simon s'est mis en tête que les hippies new age à l'entrée veulent être payés en graines, et nous entrons en brandissant des sachets avec des photos de cresson et de delphinium, qu'il a achetés dans une jardinerie l'après-midi. Ils nous regardent et nous demandent à chacun trente livres, puis empochent aussi les graines.

Bâtons lumineux et raveurs aux yeux explosés. Relents de sueur et de drogue dans l'espace obscur et caverneux. Nous passons un moment à observer de longues chevelures qui scandent la musique, puis nous nous retirons vers les bureaux du fond, où des groupes partagent des bouteilles de manière conviviale et consomment ouvertement leurs cachets et leur poudre. C'est dans l'un de ces bureaux, sous l'influence des bombes que Luke nous a données pour nous maintenir dans l'ambiance, que nous nous embrassons pour la première fois, Katharine et moi. Les autres ne nous voient pas, mais ils sont tout près. Le secret engendre l'urgence. Le jour où nous révélerons tout, un peu plus tard, ce sera un bon sujet d'anecdotes, car à ce moment-là, l'idée que nous soyons le genre de personnes qui fréquentent des raves clandestines paraîtra d'une incongruité hilarante.

Nous ne nous jetons pas l'un sur l'autre. Nous n'éprouvons pas le sentiment de vivre une passion condamnée. Au contraire, c'est une prise de conscience tranquille. Nous commençons par tout raconter à Simon, qui répond qu'il le sait depuis le début, puis à Luke, qui prétend être ravi, mais nous met en garde sur le fait qu'Ali ne le sera peut-être pas. Quand Ali est mis au courant, il fait preuve d'un enthousiasme touchant. Cela se passe à la fin de la première année de médecine de Katharine, en 2005.

De temps à autre, ça ressort. Cette pique cruelle. Cette question sur mes intentions. Luke qui marmonne quelque chose à la fin de la soirée à la ferme n'est pas le premier épisode de la série. Échos d'une attitude qui prévaut dans la famille Price envers moi, refusant d'oublier notre différence d'âge, alors qu'individuellement, chacun le fait si bien. Ce qui signifie que je me suis jeté sur Katharine, que je suis l'arriviste qui l'a prise au berceau et s'est enfui avec sa proie.

Et puis en 2006, cette crainte devient récurrente car Katharine achète un test de grossesse et Trait Bleu apparaît : à présent, il me faut entretenir une étudiante, future maman de surcroît. Ce serait catastrophique si sa famille n'était pas aussi riche.

Pendant ce temps, Luke et Ish déploient leurs ailes. Au début, les premières idées ont des ratés, mais celle qui va les rendre riches est d'une simplicité époustouflante. Chacun a sa part d'inventivité, car même si l'opportunité arrive toute faite, deux perspectives sont nécessaires pour mettre les choses au point.

L'esprit d'entreprise d'Ish se révèle dès l'école, où il se met à fournir à ses camarades ce qu'ils désirent le plus, et trouve le moyen de réaliser des profits par la même occasion. Le snobisme se porte bien dans ce genre d'endroit, et Ish se fait encore parfois railler à cause de la profession de son père. Mais à quinze ans, il a déjà trouvé la parade.

« Comme le dit mon père avec sagesse, clame-t-il, s'il pouvait tout recommencer, dans n'importe quel domaine, il serait quand même propriétaire d'une chaîne de kiosques et de maisons de la presse. Car il s'agit d'un produit non périssable, au prix fixe, qu'achètent les gens de toutes les classes sociales, et dont on renvoie les invendus le lendemain. Les marges de profit sont fantastiques. »

Ish met en pratique les enseignements de son père, et réussit à revenir au début de chaque trimestre avec un stock renouvelé. Il est peu probable que M. Jafari lui apporte un soutien plein et entier, mais comment savoir ? Peut-être qu'Ish l'a persuadé qu'il y avait de l'argent à gagner. Quoi qu'il en soit, Ish revient infailliblement en possession d'une cargaison abondante de cigarettes et de revues pornographiques, passée en douce au milieu du reste de ses affaires. Il vend les premières affreusement cher, et loue les secondes. Tout ça n'est guère impérissable, mais ça tient un trimestre, tout juste.

À l'époque où Ish tombe sur Luke à l'université en 1994, il forme déjà des projets plus ambitieux. Et Luke dispose des fonds pour qu'ils se lancent. Devinant peut-être ce qu'Internet fera du modèle économique de son père, Ish réussit à convaincre Luke que le web va devenir incontournable. Il a trouvé son produit à lui. Tout le monde va avoir besoin de ce genre d'équipement, des grosses entreprises jusqu'aux plus petits commerçants. Et un fournisseur en particulier va ramasser le pactole, puisque c'est lui qui va proposer la meilleure offre.

« Quel est le prix de distribution ? demande Luke. Et dans quelle devise vendent-ils ? »

S'installer en dehors de Londres fait baisser leurs charges et leur offre un espace où ils peuvent s'adonner à tous leurs caprices d'enfant. À l'époque où ils achètent la ferme de Banbury, ils ne sont plus de simples distributeurs de routeurs, mais les concurrents directs de ceux qui les fabriquent. Ils achètent leurs stocks via des circuits non autorisés, puis surfent sur les fluctuations du cours du dollar pour vendre moins cher que les fournisseurs officiels – rien ne peut les arrêter. Tout ce qu'ils ont à faire, c'est serrer les fesses quand le prix ne leur convient pas, et vendre lorsque la situation s'inverse. C'est une mentalité de pionniers, mais contrairement à d'autres entreprises engagées dans les nouvelles technologies, la leur n'est pas là pour changer le monde. Elle est dirigée par des gens qui sont arrivés aussi loin parce qu'ils sont audacieux et qu'ils ont eu de la chance, et en concluent donc que tout ce qu'il leur faut, pour réussir, c'est continuer ainsi.

Éruption soudaine de Simon de temps à autre. Vagues d'amertume.

« Tu veux que je te dise quel est ton problème ? me lance-t-il après qu'un soir je lui ai demandé une fois de trop comment il va. Tu souffres du complexe du sauveur. Mais tu n'as pas besoin de me sauver. J'y arrive très bien tout seul. »

Ou encore en fin de soirée, au mariage de Luke en 2001, après avoir bu : « C'est intéressant cette histoire que tu racontes sur toi-même : le fait que tu y aies échappé parce que tu t'exprimais avec une si noble franchise et qu'on veillait sur toi. Et si c'était seulement parce qu'il t'avait trouvé agaçant, ou pas bandant ? »

Ou encore dans un rare moment de sincérité parfaite, à la fin d'une longue nuit : « C'est une question d'échelle. De taille. La vue d'un sexe adulte. De cet homme qui n'est pas ton père, avec ses doigts énormes, sa touffe de poils pubiens. Tu ne pourras jamais comprendre. »

Ou encore, une autre fois, alors que je crois que nous parlons d'autre chose : « Ouais : tu as eu de la chance de découvrir le sexe par toi-même. »

Je passe beaucoup de temps à essayer de comprendre l'énormité de cette déclaration. À réfléchir à ma découverte tranquille de la pornographie grâce à un camarade d'école qui m'a prêté une cassette vidéo. Au plaisir que j'ai pris à coucher avec Holly, aux partenaires que j'ai eues depuis. À la manière dont j'ai tenu pour acquise la découverte de toutes ces manières dont le corps de l'autre peut donner du plaisir. Et puis tout à coup il lance une phrase qui brise instantanément toutes mes respectueuses tentatives d'autoflagellation. Le genre de remarques dont lui seul est capable : « N'empêche, douze ans, c'est quand même un peu jeune pour apprendre à faire une bonne pipe, mais bon, pourquoi pas ? »

Les amitiés masculines qui permettent de parler de sexe avec honnêteté sont rares. Et l'on pourrait croire que c'est un terrain précisément à éviter dans notre cas. Pourtant non. Nous nous racontons beaucoup de choses sans peur ni bravade. Si Katharine revient dans la conversation, je partage avec lui mon soulagement que le sexe ne soit pas compliqué avec elle – ce n'est pas une façon de se guérir comme ça l'était pour Holly. Simon est lui aussi très ouvert avec moi, et je n'ai pas l'impression que l'acte en soi lui pose problème. Ses histoires se terminent souvent quand son ou sa partenaire commence à l'interroger sur la structure de son identité sexuelle, mais il semble satisfait d'être allé jusque-là. Pour lui, c'est déjà un accomplissement d'être allé si loin dans une relation sexuelle consentie, d'avoir su y parvenir.

De temps à autre, je vais sur un forum créé par d'anciens élèves de l'école sur la colline. Ils s'appellent les *Survivors*. La présentation est fascinante : une image en quatre dimensions de nombreuses générations. Certains sont lancés dans une compétition à qui racontera l'histoire la plus horrible au sujet de Weathers des Vices et des autres sadiques qui l'ont précédé. Mais dans l'ensemble, les échanges sont dégoulinants de nostalgie parce qu'ils se sont tant amusés là-bas, qu'ils y ont appris beaucoup de choses, se sont forgé le caractère. Je découvre les noms des stars qui ont sévi avant mon arrivée. Des ivrognes psychotiques. Des infirmières vicieuses. Sutton senior, semble-t-il, atteignait des sommets de cruauté que nous pouvons à peine imaginer. Chaque fois je suis sur le qui-vive, à la recherche de tout ce qui pourrait faire référence, même de loin, à Crimble. Mais je trouve seulement des commentaires et sentiments affectueux. « Dieu merci, Crimble et Wags étaient là », voilà le refrain constant. Weathers des Vices était la pomme pourrie du panier, mais à lui seul il ne peut ternir l'expérience enrichissante qui fut celle de la majorité.

De temps à autre quelqu'un raconte combien il a eu peur. S'aventure à dire que toute cette cruauté n'était pas normale. Parfois, ce genre de post fait directement référence à Weathers des Vices et à ses crimes. À ce stade, il y a toujours un ralliement des défenseurs, du genre « il ne m'a jamais fait de mal », qui pourtant admettent qu'ils ont été battus comme plâtre, mais continuent sur leur lancée en disant que c'était tellement génial quand on allait voler des pommes / montait sur le tracteur / faisait du sport dans les prés. Les plus ardents défenseurs semblent tous vivre dans les anciennes colonies. Hong Kong. Le Canada. L'Australie. J'imagine des hommes rubiconds au nœud de cravate bien serré, qui pleurnichent en regardant les photos de leur ancienne équipe. Certains remettent directement en cause les accusations d'abus sexuels. Prétendent que la vérité a été transformée par ces sensibilités modernes et fragiles, voire que c'est de l'invention pure. De temps à autre, je croise le fer avec eux, pour voir jusqu'où ils sont capables d'aller pour défendre leur école. Leur foi les aveugle. Il est évident que ces souvenirs forment la charpente de leur vie. Que prendre le risque d'y toucher, ne serait-ce qu'un peu, pourrait avoir des conséquences catastrophiques.

Simon devient un vrai gourou auprès d'une certaine communauté. Cela ne semble guère le surprendre. De temps à autre, il met en scène sa réussite, mais comment lui en vouloir ? Si j'avais su maîtriser mon destin avec autant de détermination, j'aimerais peut-être moi aussi que les gens le sachent. De la même manière qu'il m'a révélé sa faiblesse dans son appartement d'Acton, il nous fait à présent régulièrement démonstration de sa force nouvelle. Mais l'autre Simon demeure toujours présent. Celui qui disparaît au beau milieu de la conversation. Celui qui gère dans le détail le niveau d'intimité qu'il entretient avec ses partenaires, et les exclut lorsqu'ils tentent d'entrer sur un territoire où nul n'est admis.

Une des premières grosses fêtes à la ferme, peu de temps après que Luke et Ish en sont devenus propriétaires. Atmosphère fébrile. Duels de fanfaronnades. Simon, qui a récemment lancé son premier jeu d'importance, se met en avant d'une manière qui ne lui ressemble pas.

Ce moment s'inscrit immédiatement dans la mémoire des personnes présentes, ainsi qu'il l'entend. La plupart d'entre elles y voient un délire de Simon, l'annonce de sa réussite, de son indifférence vis-à-vis des choses matérielles. Je suis le seul dans l'assistance à comprendre vraiment ce que cela signifie. Cette façon qu'il a de se tenir derrière le feu de joie, la foule qui crie, et lui qui sort une liasse de billets de cinquante livres de sa poche, et les jette un par un dans les flammes.

Exclamations de dégoût. Puis changement d'humeur dans la foule. À la fin, les gens se battent pour essayer d'attraper les billets entre les flammes, ne serait-ce que pour sauvegarder une relique à demi brûlée, une preuve documentaire qu'ils ont participé à cette performance anarchiste.

*Qu'est-ce que vous en dites, les gars ?*

Nos regards se rencontrent par-delà les flammes, par-delà les années.

# 25.

Le jour des obsèques s'est avéré particulièrement humide, et aucune des personnes présentes ne savait comment joindre le nouveau marguillier pour mettre le chauffage en route. Son prédécesseur ne sentait plus le froid.

Peut-être en partie à cause de ce souci pratique, l'événement était totalement dépourvu de joie. S'efforçant de faire revivre le souvenir du défunt dans sa vieille église familière, avec ce corps dans cette boîte posée sur des tréteaux près de l'autel. C'était la première fois que je devais faire un effort pour me le représenter. « Quand tu es mort, tu es fini », m'avait-il dit dans ce même bâtiment. Ces dernières paroles sur le sujet retentissaient dans ma tête tandis que les cantiques progressaient avec peine.

Je me suis retourné pour voir qui venait d'arriver, et j'ai été bouleversé en reconnaissant une silhouette solitaire au dernier rang, qui consultait son Blackberry derrière ses lunettes noires. Peu importait comment il l'avait appris, il savait ce que cela signifiait pour moi, et combien ce geste était important.

« Simon est venu, ai-je murmuré à Katharine.

— C'est bien, a-t-elle répondu et j'ai su que c'était elle qui l'avait prévenu.

— Je croyais qu'il était parti pour son odyssée de pêche.

— Il a dû repousser. » J'ai serré son bras.

Je suivrai ton exemple, ai-je pensé, tandis qu'on emportait mon grand-père. Comprenant que grâce à ses histoires incantatoires, je savais déjà combien la mort d'un proche pouvait vous insuffler une détermination à vivre avec plus de reconnaissance et de générosité, et cela m'a réconforté. Même aujourd'hui, lorsque je pense à lui, le manque est si fort que c'en est embarrassant, car il est mort depuis si longtemps que j'aurais dû m'investir auprès d'autres personnes. Mais quand l'amour est si puissant, il laisse derrière lui un silence assourdissant.

Crémation, puis veillée dans un hôtel-restaurant qu'il aurait détesté. Mes parents s'occupaient des personnes présentes. Katharine, oubliant pour un temps avec affection toutes ses justes récriminations, a attendu pour nous ramener à la maison que Simon et moi nous soyons soûlés la gueule de façon totalement indécente. *Ce qu'il aurait voulu*, bien sûr.

Voilà un véritable ami, pensais-je tandis que nous avalions pinte sur pinte de Guinness funeste, rajoutant du whisky à mesure que l'après-midi avançait. Pas un instant je n'ai songé à ce que Simon pouvait ressentir en se trouvant ici, à quelques kilomètres de ce bon vieux Crimble.

« Lorsqu'ils furent arrivés à l'endroit que Dieu lui avait indiqué, Abraham éleva l'autel et disposa le bois, puis il lia son fils Isaac et le mit sur l'autel, par-dessus le bois. Abraham étendit la main et saisit le couteau pour immoler son fils. »

Crimble porte toujours un costume pour le sermon du dimanche. Les choristes sont debout, devant, en rouge et blanc, leurs voix pleines d'éclat dans le soleil. Si le tableau est aussi joli, c'est qu'il doit en être ainsi.

« Ceci est un temple consacré à la vénération, dit-il un matin. Mais ce n'est pas le seul endroit où vous pouvez prier. Vous pouvez le faire n'importe où. »

Tandis que Crimble parle, Weathers des Vices scrute exprès la pièce au niveau du sol, si bien que nous portons plus d'attention aux salissures de nos chaussures qu'aux mots qui émanent de la chaire. Pourtant j'écoute. Et dans ces moments où le lieu me ravit, je prie vraiment. Je prie le cadran fluorescent de la vieille montre de mon père. Je prie mon grand-père, ou sa couronne victorienne. « Il n'y a pas d'athées dans les avions en cas de turbulences », a-t-on écrit. Il n'y en a pas non plus dans les salles d'attente des urgences pédiatriques ni dans les dortoirs des pensionnats.

Un mois après l'enterrement de mon grand-père, nous nous sommes retrouvés avec mes parents au bord de la lavogne afin d'y répandre ses cendres comme il l'avait demandé. Cela ne pouvait plus attendre : quelqu'un avait enfin acheté la maison, et nous devions procéder à la dispersion des cendres avant la finalisation de la vente. Hélas, la contrainte temporelle rendait l'obligation plus difficile encore. Et le temps était à nouveau humide. Mais même s'il ne l'avait pas demandé, où aurions-nous pu répandre ses cendres si ce n'est au pied du frêne ?

Ma mère voulait en finir rapidement, mais je souhaitais parler de lui avant d'ouvrir l'urne. Il semblait y avoir des morceaux parmi les cendres, et j'ai réussi à la mettre en colère en racontant que les corps étrangers telles que les prothèses dentaires ou de hanche ne se consumaient pas et devaient être retirées par les employés du crématorium.

« Il faut vraiment que tu fasses ça ? Aujourd'hui ? »

Inutile de préciser que c'était mon grand-père qui me l'avait appris. Pour bien me faire comprendre que j'avais gâché ce moment, elle est repartie au pas de course à la voiture dès que tout a été terminé, suivie de mon père. Je suis resté regarder les cendres se déposer au fond, trouvant ainsi leur place dans l'univers. Puis la pluie est arrivée et a tout mélangé jusqu'à en faire de la boue.

Avant de partir, j'ai sorti la couronne victorienne de ma poche et je l'ai enfoncée dans un creux de l'arbre, en hauteur, pour qu'elle rejoigne la prothèse de hanche qu'il avait fourrée là des années plus tôt. Je savais qu'il n'avait jamais eu de seconde couronne quand j'étais parti en pension. Il avait tout inventé cet après-midi-là pour que je me sente mieux. Mais quelques années plus tôt, j'en avais trouvé une autre au marché aux puces, que j'avais achetée, sans vraiment savoir pourquoi avant ce jour. La sienne est allée dans l'arbre, la mienne est restée dans ma poche, et ainsi la conversation a pu se poursuivre.

En rentrant chez moi, j'ai ouvert mon ordinateur portable, dans l'espoir d'avoir de bonnes nouvelles au sujet d'un travail de traduction que j'espérais obtenir, à la place j'ai trouvé un e-mail d'une dénommée Rebecca Brady, avec en objet le mot *Nouvelles*. Ce nom ne me disait rien, et j'ai failli ne pas consulter le message. Puis je me suis ravisé.

Assis dans le café où nous nous étions donné rendez-vous, j'attendais celle que je savais maintenant être Becky Lynch, la première phrase de son message résonnant dans ma tête.

*Je suis navrée de te contacter après toutes ces années de silence, mais je voulais te confier la triste nouvelle du décès de mon frère, Neil, il y a un an.*

Admirable de clarté.

*Je savais que vous étiez en contact.*

Pas vraiment. Trois ou quatre ans plus tôt, sans doute, oui. Quelques e-mails échangés. La promesse de se voir. Et puis rien.

*Les obsèques ont été limitées à quelques personnes, mais à présent que le premier anniversaire de sa mort approche, nous pensons organiser une cérémonie à sa mémoire.*

Je l'avais ensuite cherché sur Copains d'Avant, et j'avais découvert une version de l'homme que Neil Lynch était devenu. J'avais remarqué l'enthousiasme qu'il mettait à se décrire. La Thaïlande. La plongée. Les cocktails. Chemise blanche, amis aux visages rouges. Une mauvaise photo de lui en noir et blanc dans une chambre d'hôtel tandis qu'il se préparait à sortir. Les petits riens de la vie, qui désormais se chargeaient d'une importance nouvelle.

*Salut Max, c'est Neil, d'autrefois. Comment tu vas ?? Je pense à toi de temps en temps et je me demande comment tu te débrouilles. Tu as survécu ? Tu as réussi à t'en tirer ? Tu es toujours en contact avec les autres ? J'ai vu Luke Price et Ish Jafari dans la liste des entrepreneurs de start-up ! Ce serait chouette d'aller boire un verre un jour si tu es dans le coin. Tiens-moi au courant ! Je t'embrasse, NL.*

Nous nous étions promis de rester en contact. Je ne me souvenais plus pourquoi je m'étais convaincu que j'étais trop occupé pour le voir. Aucun doute que je m'étais trouvé une excuse pour ça.

Comment être suffisamment détendu pour que Weathers des Vices puisse nous enseigner quoi que ce soit au sujet des machines de guerre, des béliers et des trébuchets qu'il affectionne tant ? Pour la plupart d'entre nous, sa fureur est devenue une parodie d'elle-même, aussi laissons-nous juste les choses couler.

Mais lorsqu'il s'énerve, alors là… au secours !

Choc toxique au cœur, une dose de peur liquide qui accompagne sa voix tonitruante. C'est comme s'il s'encourageait lui-même. Parfois, on dirait qu'il laisse s'exprimer tout un chœur de voix intérieures concurrentes.

« Bon, TRÈS BIEN. »

« Et voilà, ÇA COMMENCE. »

Silence. Dernier cours, un samedi matin. Bon moral. Sans doute du poulet à la King pour le déjeuner.

« Ça suffit pour aujourd'hui. Je vous souhaite à tous un bon week-end. Denyer et Drake, n'oubliez pas de nous raconter la semaine prochaine si vous avez vécu d'autres aventures paranormales. » Il marque un temps d'arrêt pour laisser rire les élèves, puis il murmure pour lui-même une chute. « Ah, Denyer et Drake. On dirait des notaires de province. Magnifique. »

Nous ne comprenons pas alors. Il nous faudra attendre huit ans, allongés ensemble sous un lit, dans un appartement d'Acton, bourrés et défoncés, pour que cette incroyable possibilité nous frappe : et si c'était lui qui attendait dans le passage sous la galerie supérieure pour lécher le visage du garçon qui avançait à quatre pattes dans le noir.

« Neil Lynch, ajoute-t-il. Restez là. Les autres, hors de ma vue. »

*

Quand elle est arrivée, je me suis levé en me demandant si nous devions nous serrer la main, mais elle m'a pris dans ses bras. Puisque j'avais appris la chose de fraîche date, je m'attendais à la trouver en plein deuil, mais en réalité les choses remontaient à onze mois en arrière. Et quelque chose d'autre occupait toute son attention : un bébé, profondément endormi dans sa poussette.

« J'ai découvert que j'étais enceinte une semaine après l'enterrement de Neil. En même temps, il y avait là une espèce de logique, tu vois ? On est en permanence en quête de signes. À certains moments, j'ai pensé que je n'y arriverais pas, mais cette petite personne ne m'a pas laissé le choix. » Elle a retroussé la couverture comme pour s'assurer que l'enfant était toujours là. « C'est récemment, à l'approche du premier anniversaire, que je me suis rappelé que le reste du monde existait, et j'ai pensé qu'il y avait peut-être des gens qui n'étaient pas au courant. J'avais son ordinateur, alors j'ai commencé à faire des recherches.

— Je crois qu'aucun des anciens de l'école n'est au courant. Je l'aurais appris de quelqu'un d'autre, sinon. »

Elle a pris une gorgée de thé. « Nous sommes restés discrets. C'est terrible à admettre, mais je crois que mes parents avaient honte. Parce qu'il s'est suicidé. »

Au départ, il y avait eu des doutes, parce que tout ce qu'on leur avait dit, c'est qu'il s'était produit une collision avec un train et qu'il avait bu. C'est seulement en regardant les vidéos de surveillance de la petite gare près de l'endroit où il vivait que le doute s'était dissipé. Il savait avec précision à quelle heure passait le grand express interrégional. Celui qui ne s'arrêtait pas. Qui ne lançait même pas les deux signaux d'alerte. Le conducteur a dit que la silhouette présente sur les rails s'était détournée à l'approche du train, avançant avec son sac à dos en lui tournant le dos *comme s'il partait se promener*.

« Il a toujours été doué pour disparaître, a-t-elle dit. Tu te rappelles le jour où il s'est enfui de l'école ? »

J'ai acquiescé. « Tout le monde est parti à sa recherche. Je suis si profondément désolé. Je ne parviens pas à imaginer... »

Elle m'a arrêté d'un hochement de tête. « D'une certaine manière, le plus dur c'est de savoir qu'il y avait toutes ces choses dans sa tête, et que nous n'en savions rien. Les gens sont très doués pour préserver leurs secrets.

— C'est sûr.

— Je savais bien qu'il se passait quelque chose. C'était impossible de ne pas s'en rendre compte. Il avait une telle colère en lui. Il se laissait emporter par de terribles accès de rage. Et quand nous partions encore en vacances en famille, nous allions dans ces endroits merveilleux et il ne les remarquait même pas. Il passait son temps à faire des photos de détritus, d'animaux morts, de cimetières. Il ne parvenait pas... à l'expliquer. Et puis enfin un jour, il a parlé. Quelques années après que cette ordure malfaisante – je ne supporte pas de prononcer son nom – a été condamnée. Il nous a avoué que ça lui était arrivé à lui aussi. De façon systématique. Pendant une longue période. Donc, désormais, nous savions. Mais le mal était fait. Ça l'avait complètement brisé. C'est peut-être pour ça qu'il a commencé à reprendre contact avec les anciens de l'école. Tu n'étais pas le seul.

— Il n'a pas pensé à aller voir la police ?

— On voulait tous qu'il le fasse. Mais il refusait.

— On ne s'est même pas revus après qu'il m'a écrit. Je m'en veux terriblement.

— Ça aurait pu mal se passer. Il était imprévisible. »

Le visage du bébé s'est froncé de frustration, et elle a commencé à lancer quelques petits cris. Becky a fait rouler la poussette d'avant en arrière, pour la calmer.

« Pourquoi ne voulait-il pas aller voir la police ?

— Pour deux raisons, je pense. La première, il n'en voyait pas l'intérêt. Weathers-Davis avait déjà été condamné, alors ce n'était plus nécessaire. La seconde, c'est qu'il n'aimait pas la manière dont cela attirerait l'attention sur lui. C'est bizarre, ce truc, et les conséquences que ça peut avoir. Même si seuls les proches sont au courant. C'est à qui se montrera le plus utile. Qui percevra le mieux la gravité de la situation.

— Une compétition d'empathie.

— Oui. Il détestait ça. J'ai arrêté de lui en parler parce que je savais à quel point ça lui tapait sur les nerfs. Les membres de la famille qui ne le connaissaient pas vraiment parlaient de lui en disant combien ils étaient touchés par ce qui lui était arrivé, combien il avait souffert et tout ça. Ce qui d'après lui ne faisait qu'aggraver les choses. Même quand ils n'en parlent pas, on sent que les gens vous regardent avec pitié. Il détestait la pitié.

— Oui, je m'en souviens très bien. »

S'avouant vaincue, elle a pris dans ses bras la petite fille en pleurs. J'ai ressenti un frisson d'appréhension en songeant que Katharine et moi en serions là dans quelques mois. J'ai soudain remarqué les biceps saillants de Becky et l'assurance avec laquelle elle manipulait l'enfant, et je me suis rappelé la façon dont elle avait pris le contrôle de cette balançoire, deux décennies plus tôt. J'ai repoussé un sursaut de désir, ou je ne sais trop quoi de ce genre.

Becky a introduit le bout de son petit doigt dans la bouche du bébé pour la calmer, et s'est mise à la bercer tout en continuant à discuter. « J'ai regardé la vidéo de surveillance. Je croyais le vouloir. On voit seulement cette image granuleuse de lui en noir et blanc, seul dans la nuit, sur un quai désert. Sa tête qui monte et descend tandis qu'il se parle à lui-même. Il fait les cent pas. Comme un banlieusard qui attend son train pour rentrer chez lui en téléphonant. Sauf qu'il ne parle à personne. Puis il remet son sac à dos, et sort du champ de la caméra. » Elle pleurait à présent. « Tous ces mots. Et personne pour les entendre. Et voilà qu'il fait partie de ces gens dont on se sent gêné de parler à présent. Ils décrochent quand son nom apparaît dans la conversation. Ils ne savent pas quoi nous dire. Et que pourraient-ils dire ? Les choses ne s'arrangeront jamais. Ce sera si dur de se souvenir de lui avec quiétude. On repensera toujours à cette fête ou à ces vacances en se demandant : "Est-ce qu'il était heureux, alors ? Est-ce qu'il l'a jamais été ?" J'étais sa jumelle. On a partagé le même utérus. J'étais censée être la personne la plus proche de lui au monde. Et j'étais là. J'étais avec lui dans cette école, pendant que tout ça se passait. Nos parents étaient à Chypre. Et je n'ai jamais rien su. Je pense même que parfois, j'étais gênée à cause de lui. C'est terrible. Et le pire c'est que vers la fin, il a commencé à perdre les pédales et à réécrire toute l'histoire de l'époque où nous étions à l'école. À raconter des inepties. Des histoires de conspiration bizarres. Par exemple le fait qu'ils étaient plusieurs, qu'ils agissaient en équipe. Il a même dit qu'il n'y avait pas que Weathers des Vices à l'avoir abusé. Que la personne vers laquelle il s'était tourné pour obtenir du réconfort lui avait fait subir les mêmes choses. Celui en qui il avait confiance. Tu ne me croirais pas si je te disais qui c'est. Je pense que Neil était si mal qu'il avait perdu le sens de la réalité. »

J'ai acquiescé comme si je me contrôlais parfaitement, mais en réalité je ne savais pas quoi faire d'autre : sur la nappe en plastique, le sel et le poivre dansaient devant mes yeux.

« Je crois qu'il vaudrait mieux que tu me dises de qui il s'agit », ai-je déclaré.

Les mots *victoire* et *reddition* impliquent des moments spécifiques dans le temps, mais en dehors des champs de bataille et des terrains de sport, les choses ne sont jamais aussi tranchées. Le premier imbécile venu est capable de surmonter une tempête. La victoire peut se présenter sous la forme d'une résistance qui couve sous la cendre, d'un refus de céder. Et la reddition n'est pas forcément un bref moment de capitulation. Elle peut prendre des décennies.

# 26.

« Tu détestes ça, hein ? » a dit Katharine, assise dans un fauteuil près du bow-window de notre chambre. J'étais au pied du lit, à contempler le sac de voyage béant, misérable.

« Je déteste quoi ?

— Faire les valises. » Elle a bu une gorgée de sa tisane de feuilles de framboisier, dont le mug fumant était posé avec une stabilité terrifiante sur son ventre en forme de boule de bowling. Elle avait déclaré que c'était la seule commodité qu'offrait la grossesse à ce stade.

« Qu'est-ce que tu veux dire par là ?

— Ça te met toujours dans tous tes états. Je l'ai bien remarqué.

— Ça ne me dérange pas de faire mes bagages. Je suis assez bon pour ça, même.

— C'est une vraie corvée pour toi. Même pour quelque chose d'aussi sympa que des vacances en Italie. Regarde-toi un peu. Tu es pétrifié. J'ai lu des trucs là-dessus. C'est une des caractéristiques des survivants des pensionnats, apparemment.

— C'est comme ça qu'on nous appelle maintenant ? Enfin, ça ne s'applique pas à moi. Je n'y suis pas resté longtemps, comparé à d'autres, et je suis le voyageur le plus expérimenté que je connaisse. »

Elle a bu à nouveau une gorgée et fait la grimace. « Tu détestes ça. »

Elle avait raison, évidemment. La vue d'une valise ouverte déclenchait en moi une bouffée d'angoisse depuis l'âge de dix ans. Quand j'en voyais une, la gueule béante, je l'imaginais arrivée à une destination funeste, gonflée par des objets qui m'inspiraient de la tristesse. Défaire les bagages était pire encore. Je ne m'étais pas rendu compte qu'elle l'avait remarqué, mais elle était observatrice, la Bombe de Poche. Sans compter que c'était également une survivante.

Mais cette histoire de valise n'était pas la seule source de mes tourments. Ma conversation avec Becky, dont je n'avais pas encore réussi à restituer à Katharine toute l'importance, continuait à défiler dans ma tête. Et je me demandais si ça s'arrêterait jamais.

Mais ce n'était pas tout : l'odeur de peinture fraîche émanant de la chambre d'à côté, la certitude que cette chose allait venir nous chercher, que nous le voulions ou pas. Que nous allions introduire en ce monde un être nouveau, qui serait peut-être aussi peu préparé pour ce qu'il lui réservait que l'était le pauvre Neil. Sans parler du fait que Katharine, qui était beaucoup plus investie de sa personne dans l'affaire, regardait le futur sans crainte, réussissant même à éprouver de la compassion à mon égard.

« Secoue-toi, a-t-elle dit. Prends une pile de tee-shirts et de shorts et mets-les là-dedans. Sinon, je reste là à te cuisiner à propos de ton avenir professionnel jusqu'à ce que tu aies fini.

— C'est un coup bas. » J'ai ouvert un tiroir et j'ai fourré des vêtements dans le sac.

En sortant, elle m'a serré contre elle par-derrière. Ma peau s'est hérissée de plaisir en sentant la bosse tendue de Trait Bleu à la base de mon dos.

« Je suis désolée, a-t-elle dit. C'est vraiment merdique ce qui s'est passé. Mais tu ne dois pas te sentir coupable juste parce que tu ne l'as pas revu. Comment aurais-tu pu savoir ?

— J'en sais rien. C'est tellement déprimant de constater combien c'est difficile de prendre la bonne décision. Tu bouges, ça blesse quelqu'un. Tu ne fais rien, ça blesse quelqu'un.

— Range tes affaires et allons-nous-en. Ça finira par aller mieux, tu verras. Et c'est un bon endroit pour ce genre de convalescence.

— D'accord.

— Et quand tu auras fini de ranger tes affaires, viens voir comme j'ai bien nettoyé le frigo, a-t-elle ajouté en sortant.

— Je l'ai déjà admiré, ai-je crié.

— Alors viens l'admirer à nouveau devant moi. »

Elle m'a laissé contempler la pile de vêtements sur le lit. Avais-je besoin d'emporter des baskets ? Il y aurait sûrement quelques putains de parties de tennis, pas vrai ? Une chance de plus de me faire humilier par l'attitude si parfaitement complaisante de Luke et Ali envers de moins bons joueurs. Quoi d'autre ? Des maillots de bain qui ne me donnaient pas l'air trop gros. On ne savait jamais qui d'autre pourrait débarquer. J'avais essayé de joindre Simon après avoir vu Becky et j'étais tombé sur un message disant qu'il ne consulterait pas son téléphone avant septembre. Je lui avais donc envoyé un e-mail avec le vague espoir qu'il consulterait de temps à autre sa boîte mail dans des cybercafés au cours de son Grand Tour. Je l'avais prévenu que je me rendais en Italie dans la famille de Katharine en lui donnant nos dates. Puis, sachant qu'il serait furieux si je ne l'en informais pas, je lui avais appris pour Neil Lynch. Ma conversation avec Becky pouvait attendre un peu.

J'ai rangé mes vêtements. Puis j'ai ouvert le tiroir de ma table de nuit, et j'ai cherché au fond un vieux carnet, à l'intérieur duquel se trouvait un sac de congélation contenant les trois lettres de Crimble que j'avais subtilisées chez Simon neuf ans plus tôt. Je les ai glissées dans une poche latérale de mon sac, puis je l'ai refermée, et je suis allé à la cuisine admirer le frigo de Katharine.

La bâtisse se situait en haut d'une vallée densément boisée, sur les contreforts des Apennins. Roger et Selina y allaient pour se remettre de leurs épreuves, et célébrer leurs victoires. Quand leur dernière visite commençait à dater, ils ne cessaient de clamer de façon ostentatoire combien ça leur manquait, dithyrambiques à propos de la nourriture, des couchers de soleil, ou des clochettes qui carillonnaient au cou des chèvres dans les collines environnantes. Ils y avaient donné de grandes fêtes pour leurs cinquantièmes et soixantièmes anniversaires. Tenté en vain d'y organiser le mariage de Luke, et puisqu'il paraissait de moins en moins probable qu'Ali se marie, il ne faisait pas le moindre doute que si je souhaitais épouser leur fille, la cérémonie aurait lieu là-bas. Les différents bâtiments de pierre qu'ils avaient passés des décennies à rénover étaient parfaits pour recevoir des hôtes de marque. La cérémonie leur donnerait même une excuse pour rénover la chapelle, utilisée seulement jusqu'à présent comme thème des peintures de Selina.

C'était leur forteresse. Pas littéralement – c'eût été trop vulgaire ! Ils aimaient à dire que les lieux étaient modestes, contrairement aux villas du sud de la Toscane que les autres familles anglaises adoraient. Qu'ils vivaient simplement parce que leur maison était naguère la boulangerie du hameau à flanc de colline. Omettant toujours avec soin de préciser qu'ils possédaient la moitié dudit hameau. Ils l'avaient acheté dans les années 1980, c'était une décision qu'ils disaient être à la fois incroyablement impulsive et foncièrement clairvoyante. Les touristes étaient de plus en plus nombreux, mais la région était encore relativement épargnée par les étrangers. Ils aimaient à dire qu'ils étaient tombés amoureux des lieux *avant tous les autres*, ce qui sans doute ne comprenait pas les Italiens. Ils fondaient sur le village le plus proche dans une caravane de voitures de location, avec à sa tête l'antique Land Rover qu'ils conservaient sur place, puis s'installaient au bar, bavardant bruyamment en anglais et dans leur mauvais italien, se comptant eux-mêmes parmi les locaux. L'immense antenne de la CB sur le véhicule immatriculé en Grande-Bretagne était l'équivalent du drapeau britannique. Je me demande comment ils imaginaient la vie du village en leur absence.

On pouvait tout tenter pour ne pas aimer cet endroit, mais au bout du compte, c'était lui qui gagnait. Mon moment préféré, c'était à l'automne, quand on rentrait d'une promenade dans la forêt de châtaigniers plongée dans la brume, qu'on allumait un feu de bois et qu'on dégustait des pâtes garnies de cèpes frais. L'été, le charme des lieux était plus évident. Les lucioles luisaient sous les branches des arbres après la tombée de la nuit. Lors des orages, le ciel devenait parfois rouge à cause de la poussière venue du Sahara, ce qui amenait ce qu'on appelait localement *la pluie rouge*.

Il n'y avait pas de piscine, mais il n'y en avait pas besoin car leurs terres comptaient un ancien moulin sur une rivière, et un étang profond. On y accédait par un sentier forestier escarpé qui démarrait au fond du jardin. Des marches avaient été fabriquées avec des tronçons de bois enfoncés dans la terre, mais il était impossible de ne pas dégringoler sur le sol glissant, et l'endroit était tellement cerné par la végétation qu'on se demandait si ce sentier menait vraiment quelque part. Le moulin était entretenu avec soin pour donner l'impression d'une charmante ruine, mais derrière la porte verrouillée, ils avaient fait installer une cuisine et une salle de bain pour les somptueux pique-niques qu'ils adoraient donner là. Cela résumait leur philosophie générale : employer les grands moyens pour avoir l'air délicieusement simples, tout en menant un train de vie qui ne l'était en rien.

Nous avons laissé la voiture à l'entrée du village, car on ne pouvait aller plus loin. Le voyage avait mis Katharine de mauvaise humeur, et pas seulement parce qu'elle avait dû passer trois heures avec moi dans un véhicule où il faisait trop chaud. Le vol pour Gênes n'avait guère été confortable, pire encore, un passager sans vergogne avait insisté pour baisser son dossier, serrant encore plus le ventre de Katharine. Je lui avais proposé d'échanger nos places, mais elle avait insisté pour rester là où elle était, grommelant sombrement qu'on *devrait évaluer officiellement le degré d'inconséquence des gens*. Donc je m'étais tu pendant le vol, mais j'avais dit à cet homme ce que je pensais à la réception des bagages, ce qui pour Katharine était pire que de ne rien dire.

Elle a franchi l'arche, pénétrant dans un calme de cloître. J'ai regardé trois hirondelles qui se chamaillaient, posées sur un câble téléphonique, puis j'ai pris les bagages et je l'ai suivie. À présent, je m'inquiétais moins, je savais qu'elle serait mieux dans cet environnement. Et pendant les deux jours que nous allions passer en compagnie de Roger et Selina, elle serait sous leur juridiction, ce qui signifiait qu'ils auraient davantage d'efforts à fournir que moi.

Sous l'arche, j'ai aperçu un couple de chauve-souris qui se battait dans un recoin. Au milieu du patio, l'eau coulait depuis les collines à travers d'anciens lavoirs en pierre. La porte d'entrée était ouverte, et j'ai entendu Katharine à l'intérieur qui appelait les siens.

J'ai laissé les sacs à l'entrée et je l'ai suivie dans le salon. Des murs recouverts d'un plâtre grossier, ornés de tapisseries. D'imposants meubles anciens. Des tissus pleins d'éclat, méticuleusement choisis par Selina lors de voyages en Inde ou au Sri Lanka. Des portes-fenêtres s'ouvraient sur une terrasse d'où l'on pouvait gagner le jardin par une série de marches, et c'est là que nous avons trouvé Luke, qui réparait une table branlante au milieu des arbres fruitiers.

« Putain, vous êtes là ! s'est-il écrié en fonçant vers nous, puissant et bronzé. Je cherchais désespérément une excuse pour commencer à boire. » Il était seulement vêtu d'un short bleu effrangé et dégageait une odeur de sueur et de cigarette.

« Où sont passés les autres ? a demandé Katharine.

— Ils se baignent. J'ai dit que je restais là pour vous accueillir. Un negroni ? »

Katharine est montée s'allonger. Luke a posé sur un plateau des glaçons, des olives, des bouteilles et des verres, et nous sommes retournés à table dans le jardin. Dans l'air, une forte odeur de romarin sec. Puis la douceur des prunes mûrissantes. Depuis la rivière en contrebas, j'entendais les cris des enfants et le murmure des adultes. Luke a préparé les cocktails tandis que je me détendais en contemplant la vallée. J'ai remarqué d'un œil approbateur combien il prenait au sérieux les mesures, les gros glaçons, et l'énorme orange qu'il découpait.

« Bois-moi ça », a-t-il dit en me tendant un verre, la lumière jouant sur la surface rouge du cocktail.

« Je dois l'admettre. Cet endroit ne déçoit jamais », ai-je dit en sentant les vicissitudes du voyage s'estomper.

Il a souri. « En réalité, il y a un sac de nœuds au paradis.

— Raconte, je t'en prie.

— Des mômes du coin ont fait la fête au moulin, et disons qu'ils n'ont pas été très soigneux.

— Il est en ruine de toute façon, non ? Comment veux-tu qu'ils soient soigneux ?

— C'est une ruine, certes, mais pourvue de toutes les commodités. Il faut conserver les apparences, mais en ayant un frigo bien rempli et les meilleurs ustensiles pour cuisiner. C'est une distinction très importante.

— Alors, qu'est-ce qu'ils ont fait ?

— Bah, a-t-il soupiré, pas grand-chose. Ils se sont bourré la gueule. Ils ont balancé les pots de fleurs dans l'étang, et se sont introduits dans la cuisine pour chercher de l'alcool. Le genre de trucs qu'on aurait pu faire, à l'époque. À sa façon d'en parler, on dirait que tout a été démoli. Elle ne cesse d'utiliser le mot *souillé*.

— Oh là là. »

Il a embroché une grosse olive verte sur un cure-dent. « Bon, c'est vrai, il y a eu un ou deux trucs pas cool. Des graffitis pas sympas. Mais ce qui l'a mise dans tous ses états, c'est de retrouver par terre deux seringues, dont l'une a été découverte par Gus et Josh. Elle était bonne à enfermer. Le problème c'est qu'ils ne comprennent pas qu'en leur absence, les gens considèrent que le village fait partie du paysage, ainsi qu'il l'a toujours été. Cet étang est le meilleur endroit à des kilomètres à la ronde pour nager. Pourquoi les gens devraient-ils cesser d'y aller juste parce que quelqu'un a mis des pots de fleurs partout ? Ah, on n'entend plus rien. Ils doivent être en train de remonter. Profite du calme tant qu'il est encore temps. Enfin, ça, ça va. Le vrai problème, c'est l'effet que ça a sur Ali.

— Ali est ici ? »

Luke a gratté une allumette sous la table et allumé une cigarette, hochant la tête en expirant. « Passer du temps avec ma mère n'est vraiment pas bon pour lui. Elle aggrave toutes ses angoisses. Comme elle n'arrête pas de ressasser, elle a réussi à le convaincre qu'il y a un problème de sécurité. Je le surprends régulièrement à faire des rondes autour de la maison, il vérifie les fenêtres et les portes. C'est ridicule. Franchement, plus vite les parents dégageront, mieux ce sera. Ensuite, on essaiera de le calmer un peu.

— Il va si mal que ça ?

— Il n'y a pas que le moulin. Il a réussi à se friter avec deux jeunes mecs à moto sur la route. Il leur a dit qu'ils roulaient trop vite, s'est mis à leur hurler qu'il y avait des enfants dans le secteur, ce genre de trucs. Plus tard dans la nuit, quelqu'un est venu pour essayer de crocheter la serrure de la Land Rover. Ça l'a rendu complètement parano. Tu en prends un autre ?

— Moi aussi j'ai un truc difficile à t'annoncer. Neil Lynch est mort.

— Putain.

— C'est vrai.

— Comment ?

— Laisse-moi deviner », a fait une voix derrière nous, et je me suis retourné pour découvrir Ali, debout à la porte du jardin, chargé de paniers et de serviettes, certaines encore dégoulinantes de l'eau du lac.

Les autres sont arrivés peu à peu. Esther, la femme de Luke, un panier de pique-nique à un bras, tenant Josh de l'autre, a tout donné à son mari. Ensuite Gus est apparu, pieds nus, bronzé. Il portait un harpon impressionnant, sur lequel était empalé un poisson vert mordoré.

« C'est pas vrai ! s'est écrié Luke.

— Et si, a conclu Ali. C'est une truite. Elle est belle, hein ? » Il a retiré le poisson du harpon et l'a présenté à la cantonade.

« Incroyable ! » Luke a serré ses deux fils dans ses bras, tout étourdis par leur succès. Josh était encore tout nu à la suite de son bain, et il tirait avec indifférence sur son zizi, à croire que c'était du chewing-gum.

« Ces garçons sont tellement intelligents, a dit Selina. Ali leur a donné quelques instructions, mais ils ont pris ce poisson tout seuls ! Ce sont des tueurs nés ! » Elle portait un panama blanc et une robe de coton bleu clair, avec des taches sombres laissées par son maillot de bain mouillé en dessous. « Max. Vous avez été rapides. Tu as dû conduire comme un fou. » Elle m'a embrassé sur les deux joues, on sentait encore l'odeur de son parfum malgré l'eau de l'étang où elle s'était baignée.

« Bravo ! s'est exclamé Roger, qui fermait la marche, vêtu d'une chemise de lin blanc et d'un maillot de bain rose. Je vois que Luke t'a déjà servi à boire. Où est Kathy ?

— Elle voulait se reposer un peu après le voyage.

— Je vais la voir, a dit Selina. J'ai besoin de ma dose de ventre rebondi. Luke, je pense qu'il faudra faire cuire cette truite en papillote, tu ne crois pas ?

Il faut s'en occuper avant que les garçons aillent se coucher, pour qu'ils profitent de leur butin.

— Je m'en occupe », a-t-il répondu. Puis, montrant la jambe de son frère : « Tu saignes. »

Ali s'est essuyé d'un revers de main. « C'est rien. Je me suis éraflé sur un tesson de terre cuite au fond de l'étang. On finira de nettoyer demain.

— Désolé pour ce qui s'est passé, ai-je dit.

— Ah ! a dit Selina en levant les mains tandis qu'elle se dirigeait vers la maison. C'est trop affreux. »

Sur la terrasse, j'ai regardé Ali et Luke s'occuper du poisson. Ali a préparé un feu méticuleusement dans un four à bois, accroupi pour veiller à ce que les flammes ne s'éteignent pas. Luke travaillait avec plus de style mais avec une efficacité équivalente. Cigarette au bec, un troisième negroni en route, il a vidé la truite et jeté les entrailles à un chaton sauvage qui passait par là, attiré par l'odeur. Il a fendu la peau et rempli le poisson de thym, de romarin et de quartiers d'un citron fraîchement cueilli. C'était un plaisir de les voir ensemble. C'est seulement en venant ici en vacances avec eux que j'avais découvert qu'à la maison, Ali et Luke avaient un surnom l'un pour l'autre. Ils les utilisaient à présent, petits gestes de tendresse et de confiance.

« Alors, ce feu, Big Al ?

— Tu ne veux pas rajouter un peu d'huile, Lucky ? »

Luke a emballé le poisson dans du papier alu et l'a posé à l'entrée du four, puis il m'a demandé ce qu'on pouvait préparer d'autre. Les savoir-faire que m'avait transmis mon grand-père ne m'étaient jamais aussi utiles que lorsque je cherchais à m'attirer les faveurs des autres dans leur cuisine. Je les ai laissés mettre la table, et j'ai commencé à préparer une salade verte, une sauce à la viande et quelques antipasti :

bruschetta, beignets de fleurs de courgette, tranches translucides de *lardo* sur du pain de maïs. Luke et Ali se sont joints à moi. À présent, nous buvions un vin blanc très frais. De la chaîne hi-fi du salon nous arrivait un morceau de jazz au piano.

« Raconte-nous, a dit Ali.

— Quoi ?

— Qu'est-ce que t'a dit Becky, exactement. »

Je leur ai expliqué du mieux que je pouvais que Neil s'était donné la mort, qu'il n'allait pas bien sur le plan psychologique, et que d'après sa sœur il avait fait partie des victimes d'Eric Weathers-Davis. Luke m'a poussé à donner des détails, il buvait sec, et ponctuait mon récit d'exclamations. Ali écoutait sans presque toucher à son verre.

« Pauvre vieux, a dit Luke quand j'ai terminé.

— Ouais. Je suis désolé.

— Désolé pour quoi ?

— De vous avoir appris cette mauvaise nouvelle, sans doute.

— Merde. » Luke s'est levé brusquement.

« Qu'est-ce qu'il y a ? ai-je demandé.

— Le poisson ! a-t-il dit en se précipitant vers le four, un gant à la main.

— Moi je voulais te dire que j'étais désolé pour ton grand-père, a repris Ali.

— Merci. »

Dehors, Luke s'est exclamé : « Ça va ! En fait, il a l'air mangeable. Où sont ces boulets d'enfants ?

— Les garçons ! s'est écrié Ali. C'est l'heure de la truite. À table ! »

Je suis allé voir au salon où Roger et Selina lisaient, tandis que Katharine et Esther discutaient sur le canapé. Ali est monté pour appeler les petits, en vain. Sur un coup de tête, j'ai ouvert la porte du sous-sol et je suis descendu. J'entendais des voix de conspirateurs venant du fond.

« Venez manger ! appelait Luke dehors. Mais pourquoi est-ce qu'ils n'écoutent pas ? »

J'ai descendu les marches menant à la première pièce, remplie d'objets hétéroclites : vaisselle, outils de jardinage, vieux meubles. Dans la deuxième, j'ai trouvé les deux garçons penchés sur quelque chose qui se trouvait par terre. Je leur ai dit que leur repas était prêt. Mon arrivée les a fait sursauter et les a détournés de ce qu'ils avaient découvert dans une alcôve, enveloppé dans un chiffon huileux : un pistolet et une boîte de cartouches en carton vermoulu.

Gus a couru à perdre haleine chercher son oncle Ali et son expertise sur le sujet. Est-ce que l'arme était en état de marche ? Avait-elle servi à tuer quelqu'un ? Pouvait-on tirer sur des lapins avec ?

« Seulement si ça ne te dérange pas qu'ils soient immangeables, a répondu Ali en retournant entre ses mains le pistolet qu'il a identifié comme étant un Beretta.

— C'est quoi, imménageable ?

— Immangeable, mon chéri, a corrigé Esther. Ça veut dire que tu ne peux pas le manger.

— Si tu tires en plein sur un lapin avec ça, tu vas en faire de la charpie, a expliqué Ali. Et encore, il faudrait qu'on réussisse à le faire fonctionner. »

Roger était tout émoustillé par cette découverte, il ne parvenait pas à croire que l'arme ait été là, depuis tout ce temps, dans sa cave. Ce qui a naturellement débouché sur une véritable conférence.

Après avoir travaillé pendant des années dans l'anonymat pour différentes universités, Roger avait publié son premier livre sur l'histoire populaire à la fin des années 1990, et l'ouvrage s'était bien vendu, ce qui avait plus ou moins débouché sur sa nomination en tant que commissaire de l'exposition à l'Imperial War Museum où Holly et moi avions donné ce concert. Deux autres livres analysant le déclin de l'influence britannique avaient suivi, ainsi qu'une série télévisée. Le crépuscule de l'empire lui avait réussi.

« Je parie que cette arme a été cachée là pendant la guerre par un soldat en fuite », a-t-il dit debout au-dessus de nous, jaugeant la découverte.

« Vraiment ? a relevé Luke. Tu crois que c'est si vieux ?

— Oui, je pense, même si l'on ne peut en être sûr. Comme vous le savez, des hordes de prisonniers de guerre se sont cachées dans les environs à la fin du conflit. » Il s'est tourné vers Gus et Josh, sachant que le reste d'entre nous avaient entendu de nombreuses fois l'histoire qu'il s'apprêtait à raconter. « Imaginez ça, les enfants. Des prisonniers évadés. Qui se cachent par ici. Beaucoup sont britanniques. Les nazis partent à leur poursuite, ils essaient de les faire sortir à découvert. Et il y a ce village, le deuxième ou le troisième dans la vallée voisine, où un jeune prêtre a fait quelque chose de très courageux. Il savait que les soldats allemands arrivaient dans la vallée, alors il a sonné le tocsin pour prévenir tous ceux qui se cachaient qu'il fallait fuir. Beaucoup ont réussi. Ce prêtre leur a sauvé la vie. Mais pas la sienne. Il serait probablement mort de toute façon, mais pour aggraver les choses, les Allemands ont découvert qu'il était également en possession d'une radio, ce qui impliquait qu'il communiquait avec les résistants de la région. Les nazis l'ont fusillé contre un mur. On voit encore les impacts de balles. Tu devrais y emmener les enfants, Luke, dans la semaine. Ils adoreraient ça. »

À ce moment-là, Esther a décidé que ses fils en avaient assez entendu, et elle les a fait monter.

« N'est-ce pas incroyable ? a continué Roger. J'ai toujours dit que ce que j'aimais particulièrement dans cet endroit, c'était le sentiment de vivre au cœur de l'histoire. Qui aurait cru que nous étions assis sur pareil trésor ?

— Tu entends ça, Max ? a dit Ali. Ce n'est pas toujours la meilleure option de lancer l'alerte. Parfois, tu finis avec la cervelle étalée sur le mur de ta propre église. »

*

Selina a goûté à son gin-tonic et fait la grimace. « Zut. C'est un peu fort. Est-ce Luke qui l'a préparé ? Quelqu'un pourrait-il me rajouter un peu de tonic ? »

Nous mangions les antipasti, assis autour de la table éclairée aux chandelles. La vérité brutale énoncée par Ali m'avait choqué, mais je me sentais réconforté par les compliments sur la nourriture que j'avais préparée.

« Waouh, c'est délicieux, a dit Esther en mangeant son toast au *lardo*. Voilà exactement le genre de plat qui risque de m'empêcher de tenir mes résolutions de devenir complètement végétarienne cette année.

— Putains de végétariens qui bouffent la nourriture de notre nourriture, a dit Luke.

— Katharine, prends en davantage, a dit Selina quand les pâtes sont arrivées.

— Je n'ai plus de place. » Elle m'a souri. « Ne le prends pas mal.

— Ma chérie, il faut que tu manges ! Ce n'est pas juste. »

La conversation est revenue sur les dégradations subies par son précieux moulin.

« Je ne comprends pas pourquoi ils nous haïssent autant, a repris Selina. Ce n'est pas comme si nous nous montrions irrespectueux envers les lieux. Je me suis donné beaucoup de mal pour choisir des plantes parfaitement en adéquation avec la tradition locale.

— Ils ne nous haïssent pas, a dit Luke. Ils voulaient juste se bourrer la gueule et faire des conneries. On sait tous ce que c'est.

— Parle pour toi. Enfin, je me sens mieux ce soir parce qu'en réalité, je ne pense pas que ce soient des Italiens qui aient fait ça. Ce doit être ces Albanais qui travaillent au nouveau lotissement dans les collines. Je ne comprends pas pourquoi j'ai mis si longtemps à découvrir la vérité.

— Mon Dieu, a fait Katharine.

— Oui, j'en suis certaine. Alistair, vas-tu essayer cette arme ? Il me semble que tu devrais. Tire quelques coups. Montre-leur que nous sommes armés.

— Enfin, tu n'es pas sérieuse ?

— Je sais que vous pensez tous que je suis paranoïaque, ou raciste, ou je ne sais quoi. Mais la vérité c'est que parfois, les lieux se retournent contre vous, et il n'y a pas grand-chose à faire. »

Après le dîner, à leur demande, je me suis mis au piano dans le salon pour leur jouer du Cole Porter, tout en songeant au nombre de vaisselles que j'avais évitées au fil des ans grâce à la musique.

# 27.

Roger et Selina prenaient l'avion l'après-midi, et au petit déjeuner, ils nous ont invités à déjeuner avec eux au restaurant de la plage qui se trouvait sur la route de l'aéroport.

« Pas pour un million de livres, a répondu Katharine. Je ne remonterais pas dans cette voiture même si on me disait que j'étais complètement dilatée. Max ira.

— Et que vas-tu faire à la place ? a demandé Selina.

— La planche dans l'étang. Je vais barboter. Pendant des heures.

— Est-ce bien raisonnable ?

— Comment ça ?

— Ce ne sera pas trop froid pour le bébé ? Et il faut que tu fasses très attention à ces marches, dans ton état.

— Je reste avec elle, a dit Ali en descendant avec la valise de sa mère. Ce sera l'occasion de finir de nettoyer le fond.

— Que tu es gentil.

— À trente ans, il devient mercenaire », a ajouté Katharine.

Je l'ai suivie dans notre chambre, en quête d'un moment de répit.

« Ne reste pas, m'a-t-elle dit. Je ne serai pas de bonne compagnie. Profite de ce bon repas bien arrosé, et je serai de meilleure humeur quand tu reviendras. Mon Dieu, je ne cesse de m'étonner de ce que cette créature peut encore réserver à mon corps. Mes seins sont comme une étagère de galets brûlants. » Encore une de ces annonces venues d'un univers qui me dépassait totalement.

Esther a décidé de rester aussi, après avoir passé l'après-midi de la veille à s'occuper seule de ses garçons. Ce qui nous a laissé Luke, ses enfants et moi dans la Land Rover, tandis que Roger et Selina partaient dans leur voiture de location. C'était insensé d'avoir mis tout ce temps à grimper dans les collines pour redescendre dès le lendemain, mais j'aimais bien l'endroit où ils nous emmenaient – un restaurant surplombant un bras de mer où les eaux en mouvement étaient toujours imprévisibles. Il n'y avait pas de plage, mais un escalier de métal vissé dans la falaise permettait de gagner les eaux profondes et agitées.

« T'inquiète pas, m'a dit Luke en chemin, je ferai en sorte de ne pas laisser ma mère te terroriser. »

Quelques heures plus tard, j'étais assis à table avec Selina tandis que Roger et Luke emmenaient les enfants se baigner. J'ai vu Roger sur les marches, plongeant Josh dans les vagues, tandis que Luke avançait dans la mer les bras tendus pour le rattraper. La lumière était d'un éclat aveuglant. Rester assis sous l'auvent aurait été insupportable sans ces ventilateurs qui diffusaient en permanence une fine brume fraîche. J'avais trop bu, et le café allait me déshydrater encore davantage.

« Quelle idiote, a dit Selina, elle aurait été bien ici. Sans doute fait-il même plus frais qu'au bord de l'étang.

— Je pense qu'elle apprécie d'être seule, elle en a besoin. »

Cette expression : *savoir s'exprimer.* Impliquant que nous sommes des choses exprimées. Et me voilà qui m'exprimait à présent. J'entendais ma voix qui parcourait son registre, les voyelles rallongées, les consonnes plus affirmées. Quelque chose dans la manière brusque de cette femme avait fait comprendre à l'imposteur qu'il ferait mieux de se mettre au niveau.

Selina a changé la disposition de quelques objets sur la table, jusqu'à ce que l'ensemble soit au diapason de ses exigences. « C'est amusant, Max, n'est-ce pas : nous nous connaissons depuis longtemps maintenant.

— Je suppose, oui.

— Dix-huit ans, d'après mes calculs. Compétition sportive, 1988. Katharine était dans sa poussette.

— Oh là là.

— Et pourtant. Je n'ai pas le sentiment de bien te connaître.

— Et que voulez-vous savoir ? »

Fin sourire. Ajustement de sa chaîne en or autour du cou. « Rien de particulier. Je trouve cela intéressant, c'est tout. Normalement, quand on rencontre un garçon à l'âge de dix ans, qu'on reste en contact avec lui au fil des années, qu'on part en vacances avec lui et ainsi de suite, on pense avoir une petite idée de ses motivations profondes. Mais je n'ai pas la moindre idée de ce qui te fait vibrer. Pour n'importe quel autre ami de mes fils, je pense être capable de définir quelle est leur prise sur le monde, même pour cette sombre figure de Simon Drake. Seulement avec toi, je donne ma langue au chat. As-tu toujours aimé Katharine ? Attendais-tu avec patience qu'il soit socialement acceptable pour toi de dévoiler tes intentions ? »

Entre nous, une assiette contenant les restes des *spaghetti alle vongole* que nous avions dégustés au déjeuner. J'ai plongé ma fourchette au milieu et j'en ai sorti une palourde dégoulinante de sauce que j'ai portée à ma bouche, sentant aussitôt le dédain de Selina devant mon manque de maîtrise de moi-même. J'ai mastiqué le mollusque en le regrettant déjà, tout en arborant l'expression requise pour montrer que je réfléchissais à ce qu'elle venait de dire.

« Est-ce pour cela que tu t'es tant rapproché de mes fils ces dernières années ? Je veux dire depuis cette soirée où nous t'avons retrouvé au piano, au musée. Je ne t'en voudrais pas si c'était le cas. Je ne vois pas de raison pour se montrer prude avec ce genre de choses. On dit que lorsqu'on grandit avec un membre du sexe opposé depuis un très jeune âge – moins de trois ans, me semble-t-il – l'amour romantique devient impossible. Le lien ne peut qu'être platonique. Mais par la suite, je suppose que tout est possible. J'ai connu un homme qui a épousé sa propre filleule. Il était présent à son baptême. C'est certes pousser les choses un peu loin, mais tout existe. L'important c'est que vous ayez notre bénédiction. Nous sommes contents que les choses se soient passées ainsi et nous sommes certains que tu réussiras.

— Heureux de l'entendre.

— Tu comprends que nous ayons eu quelques doutes à ton sujet, n'est-ce pas ? Il semblait y avoir si peu de choses dans ta vie à part nous. Je te parle en toute franchise, comme doit le faire une belle-mère, si tant est que je puisse me désigner ainsi, puisque nous ne semblons pas nous rapprocher de l'autel dans les temps qui viennent. Et je te parle aussi en tant que mère. Tu comprends ?

— Je crois.

— Alors dis-moi. Réponds à une mère qui se fait du souci. Parce que je pense que tu as peut-être des informations à ce sujet. Comment trouves-tu mon fils Alistair en ce moment ? »

J'ai levé les yeux. « Ali ?

— Je crains que nous l'ayons perdu. Je ne sais pas comment ni à cause de quoi. Mais il est parti dans un monde que je ne comprends pas. Et je veux qu'il en revienne.

— Je ne sais pas trop quoi vous dire.

— Tu sais qu'il nous parle à peine désormais ?

— Je l'ignorais.

— C'est incroyable qu'il soit venu passer ces vacances avec nous.

— En fait, je ne le fréquente pas autant que Luke. »

Ses doigts fuselés se sont écartés comme si une bombe avait explosé entre eux. « Luke appartient à une espèce entièrement différente, avec ses enfants courageux, son épouse volontaire et cette entreprise monstrueuse. Il gagne certes des fortunes, mais à quel prix ? Toutefois, je ne suis pas inquiète pour lui. Je ne l'ai jamais été. Il s'est toujours bien débrouillé. Même à l'époque où il s'attirait tous ces ennuis à l'école.

— C'est certain, ai-je approuvé en essayant de dévier la conversation vers des eaux moins troubles. Déjà à l'époque où nous étions à l'école ensemble. Certains professeurs le détestaient ! » J'ai jeté un coup d'œil vers le rivage, où l'on venait de jeter à l'eau Josh, qui glapissait de joie.

« Et ils avaient des raisons. Je ne connais personne qui soit plus doué pour harceler les gens quand il l'a décidé. C'est un maître en la matière. Et c'est là le problème. À quel moment les choses ont-elles mal tourné pour Alistair ? Il se trouve que j'ai une théorie. »

Je me suis trémoussé sur mon siège. « Ah bon ?

— Après avoir quitté l'école sur la colline, un des professeurs responsables de son année l'a pris en grippe. L'a privé de nombreuses possibilités. Mis sur la touche. Cela a été un choc terrible pour lui, car lorsqu'il était avec vous auparavant, il avait pris l'habitude d'être au sommet de la hiérarchie. Préfet. Meilleur tireur. Il réussissait tout. Mais en changeant d'établissement, il a perdu toute confiance en lui.

— La confiance, ce n'est pas tout.

— Mais si, et tu le sais. Ces professeurs exercent une telle influence sur les jeunes hommes qu'on leur confie. Cela me rend d'autant plus reconnaissante envers Tony, qui vous a permis de débuter si merveilleusement bien à l'école sur la colline. C'était un endroit si plein de bienveillance. Comme une famille.

— Il y avait des mauvais côtés, vous savez.

— Ah ?

— Je parle des abus érigés en système. De la violence. Tous ces sévices physiques et émotionnels dont nous ne mesurerons peut-être jamais l'ampleur. »

Ma franchise l'a surprise, mais elle a très vite recouvré son sang-froid. « Certes. Tout ça a été horrible pour Tony. Je pense même que cela l'a brisé. Il n'avait aucune idée de ce qui se passait.

— Vous le croyez ? »

Sa bouche s'est crispée. « J'en suis certaine.

— Beaucoup d'entre nous l'ignoraient aussi. Mais un certain nombre le savait.

— C'est trop affreux. Sincèrement. Si les parents avaient eu la moindre idée de tout cela à l'époque. Mais on ne sait jamais. Enfin, la vérité a fini par éclater. »

J'ai retiré le morceau de citron de mon verre d'eau et j'ai bu. Inutile de me retenir à présent. « Je pense vraiment que vous devriez parler à Ali de cet aspect des choses. »

Son visage s'est métamorphosé comme si quelque chose d'horrible s'était produit. J'étais arrivé à la limite de ce que je pouvais dire. J'imaginais que cela suffirait pour produire une étincelle. L'esprit maternel imaginant le pire, qui dans le cas présent s'avérerait la vérité. C'était le mieux que je pouvais faire. Mais bien entendu, la situation était encore plus grave que je l'avais imaginée.

« Mais mon cher petit, crois-tu donc que j'ignore qu'Alistair a connu tout ça ?

— Ah ?

— Nous en avons parlé il y a longtemps déjà, et il est tombé d'accord avec moi sur le fait qu'étaler cette histoire sur la place publique n'apporterait rien de bon. Ce n'est pas comme s'il avait besoin d'argent, et je connais d'excellents thérapeutes avec lesquels je pourrais le mettre en contact s'il le souhaitait.

— Je vois. » J'ai tenu ma langue. Littéralement. Je l'ai mordue, presque jusqu'au sang.

Elle a épousseté sur la table du sucre sorti d'un des petits tubes déchirés et l'a dispersé à force de pichenettes. « Tu me trouves froide, Max ? Insensible ? Toujours pressée de me débarrasser de mes enfants dès que l'occasion se présente ?

— Je vous connais mieux que ça.

— Je t'en prie, n'aie pas peur de parler. Surtout en ces circonstances. Tu vas être le père de mon troisième petit-enfant. »

*OK. Allons-y. Non seulement Ali est une victime. Mais il fait partie de ceux qui ont le plus souffert. Je pense que cela a marqué toute son existence. Détruit ses ambitions. Dévasté ses capacités émotionnelles à se lier aux autres. Avant même d'aborder ce qui a pu lui arriver dans l'autre pensionnat ou à l'armée. Vous et votre mari êtes des êtres répugnants, non parce que vous avez laissé les choses se produire, mais parce que vous en avez ignoré délibérément les conséquences. Et dès que je le pourrai, j'emmènerai votre fille loin de ce système, trouver un endroit avec de l'air et de la lumière, où nous pourrons élever notre enfant qui sera éberlué devant l'hypocrisie du monde, et n'aura jamais peur de se dresser contre elle. Et cet enfant sera pour vous un étranger.*

« Pour être tout à fait franc, je pense que la source des problèmes d'Ali est plus en lui-même qu'ailleurs. Même si je suis certain que l'armée n'a pas aidé.

— Tu es gentil. Et si nous buvions une grappa ? » Elle a fait signe au serveur pour commander. « Puisque nous nous parlons en toute franchise... penses-tu qu'une partie du problème puisse venir du fait qu'Ali soit homosexuel ? Qu'il ait été perturbé parce qu'une partie de lui a... peut-être aimé ça quelque peu ?

— Ces garçons sont intrépides, a dit Roger en revenant à table essoufflé et trempé. Jamais au grand jamais je n'irais sauter depuis ces rochers. De quoi parlez-vous, tous les deux ?

— Je demandais à Max s'il pensait qu'Ali puisse être homosexuel.

— Tu penses qu'Ali pourrait être homosexuel ?

— Mais pourquoi me posez-vous la question ? ai-je dit, les yeux fixés sur l'espèce de souris noyée que dessinaient les poils au creux de son dos.

— C'est peut-être le genre de choses que Katharine saurait.

— Simon Drake est-il homosexuel ? » a demandé Selina.

L'attaque portait maintenant sur deux fronts. Je me sentais démuni.

« Ne te méprends pas, a dit Roger en s'asseyant tout en séchant ses épaules rougies. Ce n'est pas une question de préjugés. J'ai connu plein de types formidables qui étaient homosexuels. Des hommes d'honneur. Nobles. » Son regard s'est perdu à l'horizon, émerveillé par ses souvenirs.

« J'ai expliqué à Max que nous nous demandions si toutes ces choses que lui avait faites cet horrible Weathers-Davis avaient pu... lui troubler l'esprit.

— Horrible, a acquiescé Roger. J'ai vu ça souvent moi aussi, bien sûr. Des garçons avec des garçons, surtout, ce qui est totalement différent, mais quand même. Tous ces gens qui montent sur leurs grands chevaux aujourd'hui à cause des châtiments corporels et tout ça. C'est simplement de la culpabilité. Mais comment s'imaginaient-ils que les choses se passaient ? Est-ce qu'ils ont tout simplement fermé les yeux ? » Il a fait signe au serveur pour demander l'addition. « Le problème c'est qu'aujourd'hui, on s'est mis en tête que l'objectif de l'école, c'est d'être heureux ! Je pense qu'en réalité ça n'a rien à voir. Quoi que cet endroit ait pu être, tu dois admettre que c'était l'aventure. Ce n'était pas toujours amusant, mais on ne s'ennuyait jamais. Tu aurais de la chance de trouver la même chose encore aujourd'hui.

— C'est incroyable, n'est-ce pas, combien les attitudes ont changé ?, ai-je dit. Vous vous en rendriez compte si vous voyiez certains des manuels d'éducation que Katharine et moi nous lisons.

— Des manuels, a répété Selina. Non mais franchement !

— Je sais. C'est affreux. Pourtant, cela peut être très instructif. J'en ai lu un l'autre jour qui expliquait quelque chose de très intéressant. Il disait que la plupart des enfants savent que leurs parents les aiment. Mais ce qu'ils ne savent pas toujours, c'est que leurs parents les apprécient.

— Mais où est cette maudite addition ? a fait Roger. Si on ne fait pas attention, on va rater l'avion. »

Nous sommes remontés dans les montagnes à toute vitesse, à croire que Luke, en se débarrassant de ses parents, avait fait sauter les freins. À l'arrière, les gamins étaient complètement cuits.

« Je pense que ta mère me prend pour une espèce de Mr Ripley », ai-je dit.

Il a jeté un coup d'œil dans le rétroviseur pour s'assurer que les deux garçons dormaient bien, a baissé sa vitre complètement, et allumé une cigarette. « Ne fais pas trop attention à elle. Elle adore la provoc.

— C'est donc d'elle que tu tiens ça.

— Je pense que tu prends parfois à l'envers ce que les gens disent de toi. Sans doute qu'avec toutes les vacances que tu as passées avec nous, on s'est tous demandé à un moment ou à un autre ce que tu pouvais trouver à notre famille pour nous accorder autant de temps. Maintenant, je comprends. Mais il m'a fallu un moment pour piger que c'est peut-être juste parce que tu aimes être avec une famille nombreuse comme la nôtre puisque la tienne… n'est pas sur ce modèle.

— Il ne t'est pas venu à l'esprit que tout simplement j'apprécie votre compagnie et qu'ensuite je suis tombé amoureux de ta sœur ? »

Il a souri. « Enfin bon, maman ne t'a pas trop terrorisé.

— J'arrive à gérer, maintenant. Et elle m'a surtout parlé d'Ali.

— Ah bon ? » Il a jeté sa cendre par la fenêtre et regardé de côté un village perché au bord d'une falaise. « Elle dit qu'elle est au courant depuis des années de ce que Weathers-Davis lui a fait.

— Putain, ça, c'est une nouvelle ! Mais ça ne me surprend pas. » J'ai attendu qu'il se calme. « Je comprends qu'il ne veuille pas en parler. Mais j'aimerais bien qu'il se détende un peu, surtout en présence des enfants. Il faut toujours qu'il soit en train de préparer une expérience magique pour eux, qu'il construise un fumoir, attrape des langoustines, ou je ne sais quoi. Je voudrais juste qu'il pense un peu à lui, pour changer.

— Peut-être que c'est exactement ce qu'il veut éviter. »

J'imaginais que ceux que nous avions laissés à la maison se seraient relaxés au cours de cette journée sans enfants. Mais l'atmosphère nous a paru tendue dès notre arrivée, quand nous avons découvert sur la table de la cuisine l'arme nettoyée, huilée et apparemment prête à l'emploi.

« Est-ce qu'on pourrait éviter de laisser traîner ce truc dans un endroit où les enfants peuvent mettre la main dessus ? a crié Luke.

— Je ne comptais pas le laisser traîner, a répondu Ali en revenant de la terrasse en tenue de jogging et en sueur. J'ai trouvé une vidéo qui expliquait comment la démonter pour la nettoyer. Elle est belle, hein ? » Il l'a ramassée. Elle était noire, courte et épaisse, avec un anneau de métal cerclant la base. « Je pense que papa a tort, par contre. Elle est plus récente qu'il ne le croit. Et je ne pense pas qu'elle ait beaucoup servi. »

J'ai trouvé Katharine allongée sur le lit avec un livre, et je lui ai demandé comment s'était passée sa journée. Elle m'a répondu qu'Esther et elle avaient déjeuné ensemble sur la terrasse, mais qu'elles n'avaient guère vu Ali. Il avait emprunté notre voiture de location pour aller acheter des plantes et des pots pour les disposer au bord de l'étang, ainsi que le matériel nécessaire pour nettoyer le pistolet.

« Ensuite, il a tiré avec, a-t-elle dit en soulevant son tee-shirt pour rafraîchir le dôme de son ventre.

— C'est vrai ?

— Pendant que nous étions à la maison, cet après-midi. Il était dans le jardin. Il nous a fait une peur bleue. Il aurait pu au moins nous prévenir. »

Minuit passé, je me suis réveillé en ayant très soif. Je me suis représenté les bouteilles d'eau minérale glacées dans la cuisine, alors j'ai enfilé un short et je suis descendu. Debout dans la fraîcheur du réfrigérateur, j'ai laissé l'eau couler dans ma gorge avidement, jusqu'à en avoir mal à la tête. J'ai passé en revue les paquets enrobés dans du papier, jusqu'à ce que je trouve du jambon cru, j'en ai engouffré quelques tranches, puis j'ai bu à nouveau. En remontant, j'ai remarqué de la lumière dans le salon et j'ai vu que la porte donnant sur la terrasse était ouverte. J'ai trouvé Ali dehors, en pantalon de pyjama, me tournant le dos.

« Il y a un intrus, m'a-t-il dit. J'ai vu des phares qui se rapprochaient. Ils se sont arrêtés sur le parking. »

J'allais lui dire qu'il était paranoïaque, quand il a soudain tourné la tête et s'est éloigné de la maison. À mon tour, j'ai vu une forme passer d'un toit à l'autre.

« La porte d'entrée est verrouillée, a chuchoté Ali. C'est pour ça qu'ils passent par en haut. »

Mouvement rapproché. Bruit de semelles sur les tuiles.

« *Chi c'é ?* a crié Ali. *So chi sei, figlio di puttana !* »

Mouvement à nouveau, de plus en plus proche. Puis, de l'ombre a jailli un rire rempli de mépris, et une voix grave, moqueuse.

« N'est-ce pas un peu contradictoire ? Si tu sais qui je suis, pourquoi demander qui va là ? »

La silhouette a bondi dans la lumière, et Simon Drake, barbu, est apparu, les bras ouverts, avec un grand sourire.

« Mais quel emmerdeur, a fait Ali.

— Comment peux-tu te laisser surprendre aussi facilement ? On n'apprend donc plus rien à l'armée, aujourd'hui ?

— Connard, a renchéri Ali en laissant Simon en sueur le serrer dans ses bras. Espèce de bâtard. »

# 28.

Le véhicule qu'Ali avait repéré dans les collines, c'était la fourgonnette de Simon, où il dormait depuis deux mois, car il était parti le lendemain de l'enterrement de mon grand-père. Il avait traversé toute la France, s'arrêtant pour pêcher chaque fois que l'envie le prenait, sans jamais trouver l'endroit qui lui convenait. Enfin, il avait déniché le bon étang dans le Limousin et s'était arrêté sur ses rives. Les gens du cru, surpris, n'avaient cessé de lui dire qu'il n'y avait aucun poisson, car il était situé trop près d'une mine d'uranium dont les environs n'avaient pas encore été nettoyés. Il avait pêché dans l'étang mort pendant trois jours, se sentant mieux qu'il ne l'avait été depuis longtemps. Au bout d'un moment, il avait compris qu'il lui fallait une autre activité, aussi avait-il acheté un carnet à dessin relié en cuir et des crayons. Il m'a montré ses esquisses. Il s'agissait de dessins d'architecture méticuleux. Des cathédrales, des vues de toits, des places de villages. Ensuite, il était allé de ville en ville, mangeant dehors, dessinant les bâtiments. Ses esquisses étaient étonnantes.

« Je ne savais pas que tu dessinais si bien, ai-je dit le lendemain matin en contemplant ses œuvres.

— Moi non plus, a-t-il répondu avant de poursuivre à voix basse : Comment tu te débrouilles ici sans moi ?

— Je suis heureux de te voir, si c'est ce que tu veux savoir.

— Ces garçons ne sont-ils pas étonnants ? On dirait les enfants dans une pub pour Patek Philippe. *Jamais vous ne POSSÉDEREZ complètement vos propres névroses. Vous en serez juste les gardiens pour les générations futures.*

— Arrête ! » ai-je dit en explosant de soulagement.

Grâce à Simon, le groupe paraissait plus uni et plus serein. Peut-être parce que cela diluait davantage la famille Price. Ou peut-être fallait-il une journée pour que l'influence de Roger et Selina se dissipe.

Je n'avais pas vu Luke et Simon ensemble depuis un moment. Une fois au bord de l'étang, je me suis rappelé combien ils riaient quand ils étaient tous les deux. Je leur enviais leurs éternelles plaisanteries et leur amitié légère. Katharine avait apporté son appareil photo et prenait des portraits de tout le monde tandis que nous paressions au bord de l'eau. J'ai encore les photos quelque part. Luke avec sa chevelure de surfer et ses yeux insolents. Simon, mince, l'air bohème, avec sa barbe hirsute d'artiste. Rares sont les bonnes photos de lui car les appareils le rendent nerveux. Esther a emprunté son carnet à dessin pour faire quelques esquisses impressionnistes des garçons qui jouaient, de Luke bronzant sur un rocher, et de Katharine flottant dans l'étang.

Ali passait son temps à travailler : il a plongé afin de récupérer les tessons de terre cuite, effacé les tags, déballé et planté les pots qu'il avait achetés la veille. Grâce à lui, la cuisine a été remise en état, et Luke a préparé un barbecue pour le déjeuner.

« Les épis de maïs, c'est trop bon, a dit Gus en s'essuyant la bouche avec la serviette qui enveloppait le sien.

— Et c'est très bien comme ça, a dit Esther.

— Détail amusant, ton père n'a jamais été fan », ai-je ajouté.

Un récit animé de la dispute entre Luke et Eric Weathers-Davis a suivi, sans sombrer dans la morosité malgré les récentes nouvelles de Neil. En rire était la meilleure chose que nous pouvions faire. Tandis que nous parlions, je regardais Ali. Je l'ai vu sourire en entendant certaines références, sans jamais interrompre son travail.

« Je ne sais pas pourquoi nous sommes allés en Irak chercher des armes de destruction massive, a-t-il fini par conclure. Nous en avions plein cachées chez nous. »

Cette remarque a lancé la conversation sur la grande manifestation de 2003 à Londres, contre la guerre en Irak : qui y était, ce qu'on avait vu. Souvenir des discours de Jesse Jackson et Harold Pinter. Je m'attendais à ce que le sujet soit aussi délicat pour Ali que l'école sur la colline, mais il nous a tous surpris en annonçant qu'il y avait également participé.

« Tu es allé à cette manif ? a relevé Katharine. J'y crois pas.

— Si, si, j'y étais, a-t-il répondu à genoux, en prenant délicatement les racines d'une plante pour les mettre dans un pot rempli de compost. J'ai participé à une manifestation contre cette guerre, et lorsqu'elle s'est déclenchée, j'y suis allé. Parce que même si je n'y croyais pas, je voulais malgré tout être soldat. »

Nous étions de retour à la maison où nous préparions le dîner quand Katharine s'est aperçue qu'elle avait oublié son appareil photo au bord de l'étang et m'a demandé si je voulais bien aller le lui chercher.

« Tu as peur qu'on te le vole ? Fais attention, sinon tu vas devenir comme ta mère.

— Il va peut-être pleuvoir. Ça t'ennuie ? »

Je suis descendu à travers la terre humide du verger, tandis que les bruits de la maison diminuaient. Des insectes me chatouillaient le visage et les bras. Les lucioles scintillaient au milieu des cageots de fruits entremêlés. Tandis que je descendais prudemment les marches de terre, le fracas de la rivière s'intensifiait. Peut-être m'accorderais-je un petit bain en solitaire en guise de récompense.

Soudain j'ai aperçu une lueur à travers les arbres, et j'ai vu Ali, assis en tailleur devant le moulin, entouré de bougies à la citronnelle posées dans des soucoupes en terre cuite. Leur odeur emplissait l'atmosphère. J'étais gêné à l'idée de le déranger dans son intimité, et j'ai failli rebrousser chemin. Il trouverait sûrement l'appareil photo et le rapporterait. Mais une fois certain qu'il ne m'avait pas vu, je n'ai pu m'empêcher de l'observer.

Il murmurait quelque chose à la manière d'une prière. Deux fois, il s'est pris la tête dans les mains, comme s'il se lavait. Puis il a baissé les bras, et saisi le pistolet. Il a fait tourner le barillet et empoigné la crosse. L'a armé d'un mouvement rapide, puis l'a reposé.

Crier ? Non.

Il a repris l'arme dans sa main droite et l'a appuyée contre son front, canon relevé vers le ciel. Puis, de la main gauche, à croire que deux aspects de sa personnalité étaient en conflit, il a amené le pistolet à hauteur de son visage, l'a fait pivoter, et a introduit le canon dans sa bouche.

Je me suis jeté en avant, au milieu du chemin, parfaitement visible, et je me suis mis à crier de douleur parce que je m'étais écorché sur un tronc d'arbre tombé à terre. « Putain de merde ! Oh putain, putain,

putain ! » J'ai continué le plus longtemps possible, afin qu'il pense que je ne l'avais pas vu et qu'il ait le temps de dissimuler l'arme – ce qu'il a dû faire car je ne l'ai jamais revue.

Il est arrivé vers moi. « Max ! Ça va ? »

J'ai sursauté. « Oh ! tu m'as fait peur ! Je pensais qu'il n'y avait personne en bas. C'est pratiquement impossible de descendre ce sentier sans se casser la gueule ! »

Il faisait plus frais ce soir-là donc nous avons mangé à l'intérieur. Je ne parlais guère et mangeais moins encore. Une lassitude pesait sur moi, comme si de longues années de fatigue s'étaient accumulées, comprimant mon cerveau. Luke, Simon, Katharine et Esther buvaient et dînaient avec appétit. D'épaisses tranches de veau. D'immenses bouteilles de rouge enveloppées d'osier. Ali aussi...

Il était d'une étonnante gaieté depuis que nous étions remontés. Buvait. Plaisantait. Se laissait charrier.

« Qui veut des framboises ? » a dit Esther, un bol à la main.

Simon a secoué la tête. « Je ne supporte pas les fruits mous. Ça me donne la nausée. Trop proches de la putréfaction.

— Est-ce que vous avez remarqué, a dit Luke en débouchant une troisième bouteille géante, à quel point les pubs pour les bonbons étaient sexuelles quand nous étions enfants ?

— Continue.

— J'y ai réfléchi. Je pense que ça dit quelque chose de très inquiétant au sujet de la culture de notre époque. »

Esther a éclaté de rire. « Tu réfléchis trop.

— "Pour vous mettre l'eau à la bouche". "Je parie que vous n'êtes pas capable d'en prendre une dans la bouche sans mordre dedans". Tout ça, c'était vraiment crade.

— "Goûtez à l'arc-en-ciel des parfums".

— "La menthe avec le trou", a ajouté Simon.

— Pardon, ai-je coupé, mais je ne peux pas laisser passer ça.

— Max a raison. Pourquoi est-ce qu'on voudrait y mordre ? C'est pas du tout excitant, ça.

— Pas laisser passer quoi ? m'a demandé Luke.

— Tu t'es mis en danger tout à l'heure », ai-je dit en fixant Ali.

Il m'a renvoyé mon regard. « Tu veux qu'on en parle, c'est ça ?

— Tu allais te faire du mal. Reconnais-le. »

Il a posé son verre. « Je ne sais pas.

— Qu'est-ce qui se passe ? a demandé Luke.

— Il tenait le pistolet. Il l'a mis dans sa bouche. Pardon. Je pense qu'ils doivent savoir. Parce qu'on t'aime tous, Ali. Je pense qu'ils doivent savoir.

— Mais de quoi il parle ?

— En bas, à côté du moulin. Ali a chargé l'arme et l'a mise dans sa bouche.

— C'est vrai ? » a demandé Katharine.

Ali a répondu avec calme. « Vous voulez donc qu'on en parle ? D'accord. Est-ce que j'allais me tuer ? Non. Si j'en avais l'intention, serait-il tentant de le faire dans son endroit sacré à elle, pour lui montrer comment on *souille* vraiment un lieu ? Peut-être. Mais je ne l'aurais pas fait. Même sans l'intervention héroïque de Max. Il m'est arrivé d'être plus près que ça de passer à l'acte. Ça, c'est une expérience que je pratique de temps en temps. Et qui, aussi bizarre que ça puisse paraître, m'apaise. Parce que ça me fait du bien de savoir qu'il y a encore une partie de moi qui a envie de vivre. »

Simon mâchait lentement une bouchée de fromage et de pain. J'ai cru que Katharine allait fondre en larmes.

« Tu ne nous ferais pas ça, quand même. Je ne peux pas y croire.

— Vous faire ça ? Vous faire ça ?

— C'est bon. On arrête. » Luke s'était levé. « Tout le monde arrête. »

C'est ainsi que nous avons pris connaissance avec beaucoup de retard des nouvelles du front envoyées par Ali. Les détails horribles des cours de sport et de muscu supplémentaires. Comment lui et son corps s'étaient scindés en deux. Sa sexualité à jamais ancrée. La manière dont le joug de la virilité et de la responsabilité le condamnait au secret. Cette peur insufflée en lui dès le début : ce serait la fin du monde s'il parlait ! Car il n'existait rien de pire dans tout l'univers. Rien ne pouvait être pire que le monde apprenne qu'il était gay, *car c'était méprisable.* Puis a commencé la seconde phase : revivre tout ça dans un désert étranger parmi des corps calcinés, des voitures brûlées et des membres tranchés jonchant les rues.

La colère et le chagrin s'étaient insinués dans la pièce. Esther a pleuré. Katharine était assise près d'Ali, et n'a pas lâché son bras tant qu'il parlait. Luke l'écoutait avec attention, bouillonnant. Seul Simon semblait détaché de tout cela. Si les autres n'avaient pas été aussi attentifs à Ali, l'attitude de Simon les aurait fait s'interroger. Mais ils ne le regardaient pas.

« Bon, a dit Ali beaucoup plus tard. Je pense qu'on peut arrêter là.

— Je sais que je ne peux pas comprendre, a dit Katharine, mais pourquoi n'as-tu rien dit ? »

Il a haussé les épaules. « Le pouvoir. Le pouvoir de "c'est ma parole contre la tienne". Le pouvoir de "je n'ai rien à perdre, par contre, toi, tu as tout à perdre". Ça paraît ridicule aujourd'hui, mais ça ne l'était pas à l'époque.

— J'espère que tu te sens mieux, a dit Simon.

— Je ne sais pas encore. Mais il y a des choses au sujet desquelles je ne pourrai jamais me sentir bien. Tu te rends compte que j'ai même commencé à écrire une lettre de *soutien* à Weathers-Davis lorsque toute cette histoire est sortie ? Je ne l'ai jamais envoyée, mais cela te donne une idée de ce dont j'étais capable. Alors que j'aurais pu m'aider moi-même et aider Neil. Et Max, je te dois des excuses. Tu te rappelles quand tu m'as posé la question au pub, après les examens finaux de Luke ? Tu avais raison. Il n'était pas trop tard pour l'aider à ce moment-là. On aurait pu le faire ensemble. Nous unir aux autres. Pour qu'il reste plus longtemps en prison. Il va falloir que je vive avec ça.

— Non, il n'est pas trop tard, ai-je répondu sans lever les yeux de la table.

— Qu'est-ce que tu veux dire ? a dit Luke.

— Au sujet de Neil. Il n'y a pas eu que lui. Weathers-Davis n'était pas le seul. »

Des pas qui s'éloignent dans la nuit. Puis les miens, tonitruant derrière. Des chauves-souris qui volettent autour de l'arche. Le murmure urgent de leurs ailes.

« Attends », ai-je dit. Les bruits de pas ont continué. « S'il te plaît. »

Simon s'est arrêté, puis il s'est retourné. Il a attendu patiemment, presque concentré, sa résolution prise. J'ai commencé à déblatérer, mais j'ai été arrêté par sa main relevée.

« Je sais, a-t-il dit. Il fallait que tu leur dises. Merci de ne pas avoir parlé de moi.

— On devrait en parler.

— Non. Plus de discussion. Ça va aller. Je vais juste m'en aller, OK ? Tu leur diras que c'est encore un de mes comportements bizarres.

— Comme tu voudras. »

Il m'a regardé. « Tu es bien certain que c'est ce que Becky a dit ?

— Oui. Je suis désolé.

— Il faut *vraiment* que tu cesses de dire ça. » Il a posé la main sur mon épaule. « Tu peux leur dire, pour moi, si tu veux. Ce serait sans doute mieux. Mais je ne veux pas être là quand tu le feras. »

J'ai voulu le serrer dans mes bras, mais il s'est écarté avec une espèce de frisson.

J'ai attendu sous l'arche que le moteur de la fourgonnette se mette en marche, et j'ai vu les points rouges de ses phares arrière s'éloigner dans la vallée, puis disparaître.

# 29.

Service de nuit. Juste Lucky et moi. Les autres étaient partis se coucher ou digérer l'information ailleurs. Tous les regards s'étaient posés sur Ali lorsqu'il était monté se coucher, alors il avait éclaté de rire en nous enjoignant de nous calmer. À présent, Luke était assis seul dans le faisceau lumineux de la lampe du salon, sur un plaid rose froissé qui protégeait le canapé. Il avait un cendrier en fer-blanc posé sur la poitrine, et sur une table, une bouteille de whisky et des glaçons. Dylan chantonnait doucement sur la platine, guitare gémissante.

*Lay, lady, lay, lay accross my big brass bed.*

« Les verres sont par là, sur le côté », m'a-t-il dit. Je me suis servi puis je me suis assis. « Il doit se sentir mieux. Il n'a pas fermé une seule porte à clé.

— Ah. » Gorgée froide de feu tourbé. Exhalaisons de fumée. Décoration à l'ancienne travaillée. De hautes lampes éparpillées, mais aucune accrochée au mur ni au plafond, si bien qu'on ne voyait ni l'humidité ni les fissures. Luke a sorti une carte bancaire et un papier replié de la poche de sa chemise, puis il a sniffé la poudre blanche. Il m'en a proposé, mais j'ai secoué la tête. « Tu l'as eue ici ?

— Je l'ai apportée. Si tu la glisses dans une enveloppe fermée, tu peux passer la douane avec, dans ta poche de chemise. Surtout quand tu voyages avec femme et enfants. Tu serais stupéfait de voir à quel point une enveloppe fermée adressée à quelqu'un d'autre représente une barrière psychologique efficace. Ils peuvent la prendre, l'examiner, mais leur bonne éducation naturelle leur interdit de la déchirer pour l'ouvrir. » Il s'est pincé le nez en inspirant profondément, dissipant les résidus. « Crimble. Je ne l'ai jamais adulé, moi. Je ne l'ai même jamais aimé. Mais ça, je ne l'avais pas vu venir.

— Et encore, tu n'en sais pas la moitié. Attends-moi une minute. »

J'ai grimpé en hâte l'escalier grinçant, traversé le couloir au parquet sombre qui menait à notre chambre. Odeur d'herbe et bruit des cigales par la fenêtre ouverte. Ventilateur tournoyant comme un fou. Petits ronflements adorables. La magnifique bosse d'un incubateur de douleur sous les draps.

J'ai ouvert le sac pas encore défait, et j'ai cherché le sac de congélation lisse. J'ai presque bondi en bas, sachant que si je réfléchissais trop à ce que je faisais, je ne pourrais pas aller au bout.

Je n'ai rien dit tandis que Luke lisait. Le disque était fini, le diamant continuait à émettre un petit cliquetis sans fin.

« Depuis combien de temps tu sais ? a-t-il demandé.

— Neuf ans. Juste après la réunion des anciens.

— Après la banderole : mais comment j'ai pu être aussi con. Il a carrément brandi un drapeau !

— Je sais ce que tu ressens. Écoute ça. J'ai même envisagé d'aller voir la police en prétendant que c'était moi à qui Crimble avait fait tout ça, parce que Simon refusait d'y aller.

— Pourquoi tu ne l'as pas fait ?

— Je me suis dégonflé. Ce n'était pas mon histoire, ce n'était pas à moi de la raconter. »

Fier de mon intelligence. Vantardise. Je ne m'étais pas senti si proche de Luke depuis longtemps. Quand il a repris une dose, je l'ai imité. Le temps s'est accéléré, les mots se précipitaient.

Très tard. Il m'a versé un autre verre. « Savoure-le. Il ne reste pratiquement plus que du *limoncello.* » On s'est renfoncés dans le canapé, regardant dans le vide. « Ça aurait marché, tu sais.

— Quoi ?

— Ton plan pour l'éliminer. Je n'arrive pas à croire que vous ayez gardé ça pour vous tout ce temps. Tu es un ami sincère. Putain, ça doit te rendre furieux, pas vrai ?

— Tu parles !

— Et Crighton, toujours là-bas. Qui continue. D'ailleurs, je n'en sais rien, en fait. Il est toujours là-bas ?

— Oui. » Inspiration profonde. Impossible de m'arrêter. « On l'a vu il y a quelques mois.

— Tu te fous de moi ? »

Éclat de colère. Amitié brisée. S'amuser tant qu'on peut.

« Vous avez continué à le voir ? Vous avez trinqué ensemble ? Rompu le pain ensemble ? Que Simon le fasse, c'est une chose, mais toi ? Il l'a fait à Neil, et il l'a fait aussi à Simon. Et tu ne penses pas qu'il continue ? Des conneries, tout ça.

— C'était ce que Simon voulait. Tu as lu ses lettres. Il est sous l'emprise de Crimble depuis des années. Je pense qu'on ne pourra jamais mesurer jusqu'à quel point. »

Faire étalage de mon intimité avec Simon. Laisser couler. *Prends ça. Prends donc tout ce que tu as loupé.*

Un peu après quatre heures du matin, j'ai abandonné, et on s'est serrés dans les bras l'un de l'autre avec sincérité, défoncés qu'on était.

« Faut que je réfléchisse à tout ça, m'a-t-il dit. T'inquiète pas, je vais bientôt me coucher – sinon, je vais tomber sur les enfants.

— Et ça ? ai-je dit en désignant les lettres.

— Laisse-les moi encore un peu. Je voudrais les relire. Je ne les laisserai pas traîner. »

Je l'ai abandonné à la compagnie des lettres et du *limoncello*, Dylan toujours sur la platine, se perdant sur les tapisseries passées accrochées aux murs.

L'aube filtrait peu à peu dans la chambre, traîtresse lumière du matin, un cœur honteux battant la chamade près de la future maman bienheureuse.

Au matin, nous avons trouvé un mot d'Esther sur la table de la cuisine, disant qu'elle et Luke emmenaient les enfants au parc aquatique. Katharine a passé la matinée auprès d'Ali. Après le déjeuner, ils se sont endormis sur des transats côte à côte dans le verger. Simon avait tellement l'habitude de disparaître comme ça que personne ne s'est étonné de son départ.. C'est seulement après le retour d'Esther, seule avec les garçons, au coucher du soleil, que nous avons découvert que Luke avait pris l'avion pour Londres.

« Il sera de retour demain soir, a-t-elle dit. Il a eu un coup de fil d'Ish ce matin, il était en panique parce que Cisco veut leur faire un procès pour qu'ils ferment. Ça arrive de temps en temps. Il a dû rentrer aussitôt pour assister à une réunion avec leurs avocats.

« Tu étais là ? ai-je demandé. Quand il a reçu cet appel.

— Non, il me l'a dit après. Pourquoi ?

— Pour rien. »

# 30.

Il s'était bien débrouillé pour entretenir sa rage. Chez la plupart des gens, ces résolutions du petit matin n'auraient survécu ni à la nuit blanche, ni à la gueule de bois. Certains l'auraient remisée quelque part dans un coin de leur tête, dans le laps de temps qu'il lui avait fallu pour trouver une place dans un avion, arriver à l'aéroport, tout en laissant femme et enfants derrière lui. Mais pas Luke. Dès l'aube il s'était remis en marche, à toute vitesse. Et dès qu'il avait posé le pied par terre, il était entré en action. En mettant ses meilleurs employés sur le coup.

Ils avaient attendu la rentrée. Je ne sais pas pourquoi. J'imagine que Crimble était introuvable, au sommet de quelque montagne, dégustant les dernières miettes de son été. Quoi qu'il en soit, grâce aux nombreux témoins, l'histoire a accédé au rang de mythe plus vite que jamais ; elle a été diffusée et analysée, pour trouver des indices.

Crimble traverse l'allée de gravier, en chemin vers le petit déjeuner. Il aperçoit une voiture de police garée devant l'entrée principale. D'aucuns disent qu'il demande à un garçon qui passe à proximité s'il sait pourquoi les agents sont là.

Une demi-heure plus tard, il surveille la cantine depuis la table des maîtres quand le successeur de Tony Sutton vient le prévenir que des agents l'attendent dans ses appartements privés, qu'ils veulent lui parler. Il répond qu'il vient tout de suite, et le directeur repart.

Les élèves attablés le voient prendre son sac et traverser la pièce. Mais il ne se dirige pas vers la porte. Au lieu de cela, il va vers les grandes fenêtres aux encadrements de pierre contournés, en ouvre une, et sort.

Oh oh ! Une bonne farce se prépare. Précisément le genre de fantaisies imprévisibles pour lesquelles on adore Crimble. Mais les enfants en sont pour leurs frais. Rien ne se passe. Il s'éloigne simplement à travers la grande pelouse, son sac sur l'épaule.

D'après la version sensationnelle qui a tourné, un groupe de garçons l'aurait trouvé en allant disputer un match de rugby. Les rapports de police contredisent cette hypothèse. Tout le monde était confiné. Les recherches étaient en cours. Quelles que soient les circonstances de sa découverte, il n'est pas difficile d'imaginer ces jambes en pantalon de sport se balançant dans le vent, et l'arbre qui porte son pendu. « Un nœud d'expert », est-il écrit dans le rapport en question. Il savait ce qu'il faisait.

Certains en ont conclu qu'il devait déjà avoir la corde dans son sac à l'arrivée de la police. C'était un détail révélateur qui confirmait sa culpabilité aux yeux de la foule. On a supposé qu'il attendait que cela se produise. Qu'il avait vécu avec ce poids pendant des années. Ce qui a conforté à la fois ceux qui étaient prêts à jeter l'opprobre sur lui, et ceux de l'autre camp, qui prétendaient qu'il n'avait jamais participé, mais qu'il était au courant et n'avait pas réagi.

Seule une poignée d'entre nous savait qu'il n'éprouvait aucune culpabilité, et que la seule raison de la présence de cette corde venait du fait que dès que la police avait informé Luke de sa décision d'interroger Crimble, quelques semaines après notre retour d'Italie, Luke l'avait appelé en personne pour lui annoncer ce qui allait arriver, et lui ôter quelques poids sur la conscience.

Tout cela a été révélé bien plus tard, après qu'un verdict eut été prononcé, et un récit définitif écrit. Et personne n'a fait le rapprochement avec un incident qui s'était déroulé dans un appartement à Great Yarmouth, peu avant le Noël de la même année, où un ancien détenu connu localement sous le nom d'Eric Davis avait été ligoté sur une chaise tandis qu'on lui versait de l'eau bouillante sur la tête, de façon brutale et méthodique, torture qui avait duré toute une nuit. Malgré le passé criminel de la victime, la presse locale avait rapporté que les agresseurs étaient des voleurs qui cherchaient de l'argent. Qu'ils n'avaient cessé de le questionner, encore et encore, afin qu'il les renseigne sur quelque chose qu'il avait juré ne pas posséder. Mais ils avaient refusé de le croire, même lorsqu'il n'était plus capable de prononcer un mot.

# IV

# LA COURONNE VICTORIENNE

# 31.

Je venais de tourner à l'angle de la rue de Katharine quand je suis tombé dans un trou. Il était carré, profond d'un mètre quatre-vingts, et recouvert de planches, qui ont cédé au moment où j'ai posé le pied dessus. Un piège de théâtre n'aurait pas mieux fonctionné.

J'ai plongé, trouvant assez de force pour me propulser en avant, seulement ma jambe droite a percuté le bord du trottoir. En dégringolant, ma cage thoracique a heurté le même endroit, et j'ai eu l'oreille entaillée par une planche cassée. Puis j'ai atterri au fond.

On aurait dit que je m'étais volatilisé, même si je doute que quiconque ait été témoin de la scène. Sinon, on peut espérer qu'ils seraient venus à ma rescousse, alors que je jurais et me débattais pour essayer de me sortir de là, ce qui m'a pris un certain temps.

Lorsque enfin j'ai réussi à m'extirper de cette fosse, je suis resté un moment à la contempler, comme si après cette intervention catastrophique, elle avait autre chose à m'offrir, une nouvelle dose de méchanceté, un autre détournement. J'ai insulté ce putain de trou et celui qui l'avait creusé. L'univers n'a pas daigné répondre. Il m'avait craché son injure à la figure, à présent il regardait ailleurs.

C'était une belle journée venteuse. Les feuilles des platanes de Londres crépitaient sur la chaussée autour de moi, tels des rouleaux de parchemin. On était en octobre 2015, le matin du neuvième anniversaire de mon fils.

*

Mon incrédulité s'est dissipée à mesure que je mesurais les conséquences de l'accident. On m'avait dit d'arriver à neuf heures et demie si je voulais le voir, or il était à présent plus de dix heures. Katharine serait désolée, mais pas surprise. J'étais passé maître dans l'art de la décevoir.

Mon jean déchiré collait à ma jambe. Je ne reconnaissais plus mon oreille droite, soudain très sensible. Dans ma poitrine, la douleur commençait à chanter, et ce n'était qu'un début. J'ai pressé le pas, imaginant la scène tragique où la voiture du beau-père de mon fils passait à toute allure, me laissant juste apercevoir les cheveux décoiffés de l'enfant, ou son visage déformé par un bâillement. Je trouvais déjà des raisons pour faire porter le chapeau à Katharine. Si elle ne vivait pas dans cette banlieue chic, les gens feraient plus attention où ils mettaient les pieds.

Je n'ai pas sonné. J'ai sorti ma clé, réservée aux urgences, et j'ai débarqué directement en m'annonçant dans sa cuisine, dont je ne m'étais jamais habitué aux dimensions colossales.

« Putain, je viens de tomber dans un trou. »

Elle a levé les yeux de son journal, à table. « Oh, celui qui est au bout de la rue ? » Odeurs réconfortantes du matin. Arôme de café. Mirage de tartines.

« Oui, celui qui est au bout de la rue ! Qu'est-ce que ça fout là ?

— Ils installent la fibre optique. Dans toute la rue.

— Pourquoi est-ce qu'ils ne peuvent pas protéger ce truc-là correctement ? Je crois que j'ai une côte cassée. Peut-être plusieurs. »

Elle a pris note de l'endroit où elle en était arrivée dans son article et s'est levée. J'ai essayé de rester calme en me rappelant qui d'autre pouvait être là.

Non. Pas de bonnes vibrations. Absence cruelle de bruits de fond. Pas de précipitation magique dans l'escalier.

« C'est samedi, a-t-elle expliqué face à ma mine de chien battu.

— Et alors ?

— Il a tennis.

— Le jour de son anniversaire ? »

Elle a haussé les épaules. « Il aime ça. Je t'avais prévenu.

— Je l'ai raté de combien ?

— Plus d'une demi-heure. Tu l'aurais raté malgré tout, même si tu n'étais pas tombé dans ce trou. Viens, je vais t'examiner. » Elle m'a emmené m'asseoir sur un canapé au fond de la cuisine, donnant sur le jardin. J'ai longuement respiré l'odeur de son cou. Léger frisson. Pas un problème. Aucun de nous ne se faisait d'illusions sur le fait que nous aurions dû rester ensemble.

« Est-ce que tu as du mal à respirer ? Tu as le souffle court ?

— Non.

— Tu as mal quand tu tousses ? »

J'ai toussé. « Oh, putain oui !

— Tu as dû simplement te froisser les muscles intercostaux. Mais ta jambe a peut-être besoin de quelques points de suture. Laisse-moi regarder.

— Aïe ! ai-je crié lorsqu'elle a décollé le tissu. Arrête, ça frotte sur la blessure.

— Alors il va falloir que je découpe ton jean.

— C'est mon plus beau.

— Dis-lui adieu. Il s'en va.

— Là, maintenant ?

— Non mais, franchement. Il n'y a rien là-dessous que je n'ai déjà vu. » Elle a ouvert un tiroir, sorti des ciseaux de cuisine, et s'est mise à découper mon jean.

Elle a bien regardé, et déclaré que je pouvais me passer de points de suture, puis elle a appliqué du désinfectant sur mon tibia, là où la peau était déchirée. Pendant qu'elle me nettoyait, je regardais une photo accrochée au mur montrant Katharine, Fraser et mon magnifique garçon, en vacances dans un endroit chic. J'ai souri en le voyant si heureux, et elle s'est jointe à mon concert de louanges, comme le font les parents, sans se soucier de savoir où ils en sont l'un envers l'autre.

« Je n'arrive pas à croire qu'il a neuf ans, ai-je dit.

— Il a laissé quelque chose pour toi. »

Sur le comptoir de la cuisine, elle a pris une construction en Lego. Je l'ai manipulée avec révérence, car elle venait d'être promue à un statut qui dépassait de très loin celui des objets ordinaires. C'était une vieille construction que j'avais moi-même réalisée, et qu'il avait modifiée : deux remparts de châteaux rassemblés, fixés grâce aux roues d'une machine de guerre, et agrémentés d'ailes et de spoilers. Le chevalier-pilote portait un casque noir, il était assis devant des ordinateurs sur la muraille, qui était à présent un cockpit profilé.

« J'adore, ai-je dit. Mais je ne vais pas l'emporter, au cas où il voudrait continuer à travailler dessus. » J'ai pris le chevalier en guise de souvenir.

« Tu veux que je te prête un jean de Fraser.

— Oui, sauf si c'est un jean large »

Elle est remontée, me laissant profiter des jolis dessins de mon fils, punaisés sur un tableau en liège. J'ai remarqué aussi une zone sur le côté, intitulée : *Choses qui me font plaisir*, où chacun des membres de cette petite famille heureuse avait noté ses pensées optimistes.

Je me suis levé, j'ai retiré mon jean déchiré et, en caleçon, je suis allé voir la cave à vin artificielle de Fraser, qui montait jusqu'au plafond. J'ai ouvert la porte et examiné les bonnes bouteilles, conservées à température idéale. J'en ai regardé de près quelques-unes, jusqu'à ce que je tombe sur un cheval-blanc, un grand cru que j'avais toujours eu envie de goûter.

Au moment où je rangeais la bouteille et le chevalier Lego dans mon sac, mon téléphone s'est mis à vibrer. *C'est toujours bon pour partir à onze heures ?* disait le message. J'ai répondu que oui. Le vin était planqué quand Katharine est revenue en me tendant un Levi's d'un bleu effrayant.

« Merci, ai-je dit en l'enfilant. J'essaierai de le voir demain si ça te convient.

— Bien sûr. Viens quand tu veux. Tu le sais. »

Je lui ai fait la bise pour lui dire au revoir. « Faut que j'y aille. J'ai rendez-vous avec Simon. »

Elle m'a regardé avec pitié. « Est-ce qu'au moins tu as un cadeau pour lui ?

— Je l'apporterai demain, ça te va ?

— Tu vas avoir besoin d'un tire-bouchon », a-t-elle crié juste avant que la porte claque.

Je suis parti à mon rendez-vous en essayant de ne pas boiter.

Katharine terminait sa spécialité d'anesthésiste. Elle voyait tous les jours des gens démarrer dans l'existence ou en sortir. Très adulte, tandis que moi, je macérais toujours dans les mêmes eaux, avec au moins dix ans de retard sur mes trente-neuf ans. Et dire qu'à une époque tout le monde était scandalisé par notre différence d'âge.

Nous nous étions séparés un an après la naissance, chaque nouveau défi ayant mis en lumière mes défaillances avec un peu plus d'acuité. Peut-être aurais-je dû leur servir le mensonge qu'ils semblaient tous attendre : que moi aussi je faisais partie des victimes. Je savais qu'à un moment ou à un autre, ils l'avaient tous pensé. Si je le leur avais confirmé, personne n'aurait mis en doute ma parole. Une compassion qui aurait pu être un avantage pour moi. Qui sait, cela aurait même pu freiner Roger et Selina, qui m'avaient évacué au plus vite de la vie de Katharine quand notre rupture avait été officielle. Mais j'en doute. Ils s'étaient fait une opinion sur moi bien avant tout ça.

Le simple fait que l'idée m'ait traversé l'esprit est assez déprimant, cela soulignait le fait que, contrairement à beaucoup, je n'avais aucune excuse sérieuse pour expliquer mes échecs. Ce qui les rendait plus flagrants encore.

Mais j'entretenais de bonnes relations avec Katharine. Nous faisions semblant de croire au consensus selon lequel notre relation n'était qu'une parenthèse dans nos vies respectives, qui n'avaient jamais été destinées à se croiser – parenthèse qui avait eu un écho grâce au magnifique fils que nous avions conçu. En vérité, ce n'était pas un consensus, car c'était son idée à elle, mais elle ne m'avait jamais demandé mon avis, et je ne suis pas certain de ce que je lui aurais répondu si elle m'avait posé la question.

En outre, il y avait désormais Fraser, Écossais pragmatique à la voix douce, aussi patient qu'attentionné, même avec moi, et dont les revenus d'avocat correspondaient beaucoup mieux au train de vie de

Katharine que les miens. Je ne parvenais pas à le détester. Selon tous les standards, il était parfait pour elle. Ils s'étaient mariés l'année précédente lors d'une magnifique cérémonie dans la maison de famille en Italie, mon fils avait apporté les alliances. Il aurait sans doute bientôt un frère ou une sœur. Tout allait pour le mieux dans le meilleur des mondes.

Nous avions discuté d'une garde partagée, mais avions plutôt opté pour la stabilité, je voyais donc mon fils un week-end sur deux. Ce n'était pas suffisant, mais au moins les moments que nous passions ensemble étaient parfaits. Lorsqu'elle descendait de voiture pour me remettre les affaires dont il avait besoin, Katharine me donnait ses instructions pour que tout se passe au mieux. Je faisais un effort pour l'écouter, malgré l'immense explosion de bonheur que je ressentais toujours en le voyant.

« Il a attrapé un truc qui s'appelle *molluscum contagiosum*, m'a-t-elle dit récemment un vendredi après-midi. Il faut que tu lui passes de la crème. »

Je me suis détesté au moment du bain parce que je me suis dégonflé en le voyant se baisser, les fesses en l'air, pour que je lui applique sa crème. Presque autant que j'avais détesté Fraser, le prédateur à l'affût, avec sa stratégie sur le long terme et son angle d'attaque tout en retenue. Ensuite, j'ai commis l'erreur de faire des recherches sur cette maladie, et j'ai découvert que le *molluscum contagiosum* entrait dans la catégorie des maladies sexuellement transmissibles, et j'ai été furieux qu'ils puissent écrire ces mots dans le cas d'une maladie qui affectait pour l'essentiel des enfants âgés de un à onze ans.

Je savais que je ne devais pas formuler à haute voix ces pensées quand elles me venaient.

*

J'ai attendu au carrefour où nous avions rendez-vous que la Mercedes noire et silencieuse de Simon vienne me chercher. Il s'est garé et j'ai ouvert la portière côté passager.

« Mon Dieu, mais qu'est-ce qui t'est arrivé ?

— Je n'imaginais pas que ça se voyait autant », ai-je dit en montant dans ce véhicule tout droit sorti d'un showroom.

À l'arrière, à côté d'un petit sac de voyage, se trouvait un gros cadeau emballé.

« C'est pour mon filleul. C'est bien aujourd'hui, non ? Qu'est-ce que tu lui as offert ?

— Je cherche encore.

— Comment va-t-il ?

— Je ne sais pas. Je l'ai manqué.

— Oups. Et ça n'a pas fait hurler Katharine ?

— Je crois qu'elle s'y attendait.

— Peu importe. Tu trouveras le moyen de te rattraper.

— Tu as un air épouvantable toi aussi, évidemment, ai-je dit alors que nous nous engagions dans la circulation. Comment tu fais ? »

Dire qu'il vieillissait mal était une vieille blague entre nous. Tempes grisonnantes distinguées. Traits bien dessinés. Torse musclé. Beaucoup de temps passé au yoga et chez la nutritionniste.

« L'argent, ça aide. »

Je n'avais pas réalisé avant la rupture tout ce que mon investissement dans la vie de Katharine m'avait fait perdre. J'étais résolu à profiter de cette situation flottante qui avait suivi, mais je m'en étais trouvé dans l'impossibilité. Il me fallait un nouvel ancrage.

J'avais échoué dans un appartement en sous-sol, dans une rue où les maisons étaient toutes collées les unes aux autres, dans le sud-est de Londres. J'y vis toujours. Mes voisins du dessus sont dans l'ordre un plombier de soixante-douze ans appelé Arthur, puis un couple de quadragénaires d'Afrique de l'Ouest, Rita et Eddie, producteurs d'un label de disques. Ils déposent dans la rue des caisses entières de disques dont ils n'ont que faire pour que les passants puissent se servir. Grâce à eux, je suis devenu un aficionado de la musique malienne et gambienne. Je réussis à joindre les deux bouts en écrivant des articles bilingues pour des magazines destinés à des compagnies aériennes, ce qui me permet de m'échapper lorsque j'en ai besoin, et d'être à la maison pour recevoir mon fils quand il vient.

Dès l'instant où j'ai emménagé, j'ai fait en sorte que cet appartement ressemble à un vrai foyer, et que sa chambre à lui soit impeccable. Les nuits où il dormait chez moi, je prenais toujours soin de me laver les dents et de me raser avant de lui faire un bisou pour lui dire bonne nuit, au cas où mon haleine ou ma barbe le gênent. Ensuite, je restais là à le regarder, et je m'emplissais de son odeur. Tout en réfléchissant à ce chemin que les parents doivent accomplir, depuis l'incrédulité face à cette évidence que leurs actes ont engendré un nouvel être, jusqu'à l'acception du fait que cet être ne leur appartient pas.

Contemplez un enfant endormi, et méditez le miracle du sang, des os, de la conscience, et si vous chatouillez l'intérieur de sa main, ses doigts minuscules se refermeront peut-être sur le vôtre. Mais cela ne veut peut-être rien dire. Simple réflexe lié au sommeil.

« Quand est-ce que tu vas me dire où on va ? » ai-je demandé. Je commençais à avoir une petite idée de la route sur laquelle nous nous engagions, mais je n'étais pas sûr.

« Tu veux vraiment gâcher la surprise ?

— Oui. Absolument.
— OK, très bien : je t'emmène au théâtre.
— Tu me fais rater l'anniversaire de mon fils pour m'emmener voir un spectacle ? Je ne suis pas un touriste.
— Ce n'est pas à Londres, espèce d'imbécile. Tu vas adorer.
— Dis-moi tout, alors.
— Tu n'es vraiment pas drôle. Bon. Tu as déjà entendu parler de Revenants Arts ?
— Non.
— C'est une compagnie de théâtre qui travaille en immersion. Ils donnent des représentations clandestines dans des bâtiments liés au sujet. Ils ont fait *Vol au-dessus d'un nid de coucou* dans un ancien hôpital psychiatrique désaffecté sur la côte sud l'an dernier, et *Le Tour d'écrou* dans une maison hantée célèbre l'année précédente. Devine où ils se produisent cette année ? »
J'ai regardé par la vitre. « Ah.
— Je ne sais pas encore de quelle pièce il s'agit. Ils ne te disent rien avant que tu arrives. Mais est-ce que ça ne serait pas incroyable si c'était *Meurtre dans la cathédrale ?* J'ai pris des billets en matinée, comme ça après, on pourra aller dîner. J'ai idée qu'être de retour là-bas pourrait nous donner envie de lâcher du lest, ensuite.
— Ça a l'air super.
— Qu'est-ce qu'il y a ?
— Rien. »
Il a soupiré. « Je ne savais pas que tu allais le rater. Voilà ce que je te propose. Si tu veux, on oublie le dîner, et je te ramène juste après. Comme ça, tu pourras le voir en fin de journée. Ça te va ?
— Ce n'est pas ça. Je me demande juste s'il ne serait pas temps d'oublier cet endroit. » Je me demandais

aussi s'il était bien sage pour nous d'aller voir une compagnie de théâtre exploiter l'atmosphère singulière qui régnait en ces lieux. Comment pourraient-ils surpasser nos souvenirs ? Ils pouvaient donner tous les spectacles qu'ils voulaient, cela glisserait sur nous ainsi que de l'eau sur les plumes d'un canard.

« Mais tu ne veux pas au moins voir de quoi ça a l'air ? Surtout maintenant que ça tombe en ruine ?

— Peut-être.

— Allez. Et puis, ce n'est pas seulement parce que je ne peux pas m'empêcher d'y retourner. C'est pour mes recherches. J'ai pour projet de développer une appli pour portables de *Monstres 5*. Quand tu l'auras installée sur ton téléphone, tu pourras y jouer partout où tu iras, comme on faisait autrefois. Les créatures se cachent sous ton nez, partout à travers le monde. Ça s'appelle la réalité augmentée. J'ai pensé que puisque la version d'origine avait été conçue ici, je pourrais y cacher un super monstre.

— J'imagine que tu pourras inventer un chevalier fou, assoiffé de sang, pour rappeler la pièce.

— "Qui me débarrassera de ce prêtre maudit ?" Ah. C'est drôle d'imaginer que Luke était jaloux qu'on m'ait confié le rôle de Thomas. Il était parfait pour jouer celui qui commet un meurtre à cause de paroles surprises par hasard. »

Je savais dans quel état étaient les lieux car j'y étais revenu. Deux ans après que l'école eut finalement fermé ses portes, me trouvant dans la région, j'avais pris la direction de la colline sur un coup de tête. Un homme en parka fluorescente m'avait obligé à faire demi-tour au bout de l'allée, ce qui n'avait fait que renforcer ma détermination. Cela se passait pendant ce que j'appelle maintenant ma phase *d'errance*, au cours de la période post-Katharine, quand m'interdire quelque chose revenait à m'inciter encore davantage à le faire.

Je m'étais garé dans le village et j'étais passé par les bois. Les bâtiments avaient l'air à l'abandon. Des échafaudages entouraient le clocher de la chapelle. Blessures béantes là où le plâtre s'était écaillé. Les fenêtres du rez-de-chaussée étaient toutes murées. J'avais réussi à arracher quelques planches et à entrer dans la galerie basse. En haut, les squelettes métalliques des lits du dortoir étaient nus, les matelas entassés les uns sur les autres. Dans le réfectoire, les plaques avec les noms des professeurs avaient été retirées et empilées contre un mur. Tous ces noms glorieux, qui prenaient la poussière par terre. J'en ai visé une avec soin et je l'ai fait éclater sous mon talon.

À l'époque, j'ai songé que mon comportement n'était qu'une extension du mantra de mon grand-père : *dis les choses*. Qu'on pouvait dire les choses à travers les actes autant qu'avec les mots ; de la même manière, je me persuadais que je vivais en honorant sa mémoire à travers des versions déformées de ses vieilles déclarations. *Rien ne vaut un bon whisky pour commencer la journée. Une bière l'après-midi, ça fait toujours du bien.* J'entendais mes mots prononcés avec sa voix, qui m'aurait aussi sûrement reproché mes excès. J'arrivais presque à y croire, mais jamais complètement.

Autres souvenirs marquants de ma période d'errance :

Un voyage désastreux à Liverpool, où Holly vivait à présent, car elle avait accepté une place de titulaire dans l'orchestre. J'étais arrivé chez elle ivre, et elle avait eu du mal à me chasser. Ni ses photos de mariage encadrées, ni les jouets éparpillés partout sur la moquette n'avaient réussi à me dissuader.

Au cours d'un week-end solitaire, je m'étais acharné sur le forum des *Survivors*, crachant mon venin à la face de tous ceux qui osaient dire que la mort de Crimble était une tragédie. Qu'elle n'était que le fruit de sa culpabilité, car il savait ce qui se passait et n'avait rien fait pour l'en empêcher. L'omerta était intacte. Ils avaient ensuite tenté de souiller cette page avec le souvenir de leur joie enfantine lorsqu'ils recevaient une cuillérée d'extrait de malt ou une bonne correction de la part d'un homme *qui ne leur avait jamais fait le moindre mal.*

Le dîner que j'avais proposé à Wagstaff. Il essayait de rester jovial, mais je voyais bien que la façon dont tout s'était terminé lui avait brisé le cœur. Vers la fin du repas, l'émotion l'avait envahi. Visage rouge, rempli de tristesse et de désespoir.

« Je n'arrive pas à m'en remettre, a-t-il dit. Il aurait pu me parler quand il voulait. Je l'aurais aidé.

— On ressent tous la même chose. Ce n'est la faute de personne.

— Vous ne comprenez pas. C'était mon ami. On faisait tout ensemble. »

Je suis resté bouche bée. « Vous ne parlez pas de Neil ?

— Non, je parle de Ian ! »

J'y étais retourné aussi d'une autre manière : en entrant le nom de l'école un jour dans un moteur de recherche, je suis tombé sur des images récentes, prises par un de ces explorateurs urbains pour qui l'endroit était devenu un objet de fascination. La vidéo prenait lentement de la hauteur, montrant une vue aérienne du jeune mec qui pilotait le drone, avec sa télécommande, près de la balustrade, exactement comme Simon le jour où je l'avais rencontré. J'ai regardé cette vidéo un nombre de fois incalculable.

Le carré de pelouse qui rapetisse pour devenir le centre d'un paysage en pleine expansion. Les champs et les bois qui prennent place tandis que la caméra s'élève, s'éloigne de la noble géométrie du bâtiment et gagne le confort d'un contexte plus vaste.

Tous les autres s'étaient dispersés à travers le monde. Tandis que moi, j'étais toujours coincé là, apparemment le seul à être incapable de passer à autre chose. Et j'aurais pu légitimement me demander comment il était possible que Simon, en particulier, ait réussi à s'adapter si magnifiquement à la réalité en dépit de son vécu, alors que moi je n'y arrivais pas. Mais en vérité, je n'avais pas la moindre idée de ce qui pouvait le ronger aux tréfonds de lui-même. Dès que j'ai appris la mort de Crimble, j'ai pensé que viendrait le moment de vérité avec Simon. Un jour, il apprendrait que j'avais subtilisé les lettres et que je les avais montrées à Luke. Et cela briserait notre amitié. Seulement, ce moment de vérité n'a jamais eu lieu. Quand il n'a plus fait aucun doute que les lettres ne serviraient pas de preuve au procès, Luke me les a rendues, sans plus jamais en parler. Je n'avais aucune raison de penser que Simon puisse apprendre qu'elles n'avaient pas brûlé avec les autres.

Il avait dû en vouloir à Luke pendant un moment. À moi aussi peut-être. Mais nous n'en avons jamais rien su. En apparence, il avait accepté les choses comme s'il avait toujours été clair que l'histoire se terminerait ainsi. Seuls, de temps à autre, un comportement ou une remarque trahissaient son trouble intérieur.

Il m'a montré la vidéo un soir, chez lui, sans prévenir. Il l'a juste lancée sur son ordinateur, et elle est apparue sur son immense écran plasma.

Je m'attendais à voir un film, mais à la place s'est matérialisé son visage d'enfant. Il avait été filmé en gros plan, sans que rien ne soit dissimulé, et on reconnaissait le décor de l'ancienne chambre de Crimble près du dortoir Trafalgar.

Vieux système audio, mauvais enregistrement. Écho métallique des voix du passé.

« Est-ce qu'il t'arrive de penser à ce que tu voudrais être quand tu seras grand ? »

Pause. Rire réprimé. Voix claire.

« Parfois. Mais je sais pas...

— Tu ne sais pas quoi ?

— Je ne sais pas quel genre de personne je serai. Alors je voudrai peut-être quelque chose de très différent de ce que je veux aujourd'hui.

— Et qu'est-ce que tu veux aujourd'hui ?

— Je sais pas. Gagner de l'argent. Pour pouvoir m'occuper de ma maman. »

Lumière d'hiver sur sa peau pâle. Traits fatigués lorsqu'il est au repos. J'avais oublié le charme de son visage piqueté de taches de rousseur à cet âge. Il avait quoi, douze, treize ans ?

« Qui est ton meilleur ami ? »

La voix de Crimble, tout en chaleur et réconfort.

« Je sais pas.

— En dehors de moi, je veux dire. »

Sourire timide, remplissant l'écran.

« Qu'est-ce que ça veut dire, meilleur ami ?

— Bonne question. Peut-être la personne à qui tu peux tout dire ?

— Comme quoi ?

— Je ne sais pas. Tes secrets. Les choses dont tu as peur.

— Max est mon ami.

— Mais oui. Ce bon vieux Max. » Il s'éclaircit la gorge. « À ton avis, que pensent tes amis de toi ?

— Je sais pas. J'espère qu'ils m'aiment bien.

— Est-ce que tu te demandes parfois ce qu'ils peuvent dire sur toi en ton absence ? »

Visage hésitant du jeune Simon. Résolution super-8. Image vacillante quand celui qui filme change de position.

« Est-ce qu'il t'arrive de parler à Dieu ?

— Des fois. Je lui demande des trucs. »

Simon renifle, se gratte le bout du nez.

« Quel genre de trucs ?

— Je sais pas. Une nouvelle canne à pêche. »

Cette réponse tellement prévisible le fait sourire.

« Dans quelle mesure penses-tu avoir changé au cours de l'année passée ?

— Je suis devenu meilleur en programmation, je pense.

— Tu es un génie en la matière. Si je devais essayer de deviner ce que tu feras plus tard, je répondrais un métier en lien avec les ordinateurs.

— J'adore ça.

— Et qu'est-ce que tu adores, en fait ? »

Air sérieux. Il se trémousse sur le bord du lit. Longue pause.

« Ce qui me plaît, c'est que quand on les programme correctement, ils font exactement ce qu'on veut. Et si ce n'est pas le cas, alors c'est qu'il y a une bonne raison. »

Bruits extérieurs. Voix jeunes. Rires. Claquements de portes. Résidus sonores d'un après-midi depuis longtemps oublié. Une journée d'école parmi d'autres, innombrables, soudain cueillie parmi le passé. Où étais-je ? Près de là, sans doute ?

Appréhension sur ce jeune visage. Yeux écarquillés, regardant l'adulte derrière la caméra pour être rassuré.

« Tout va bien. » Voix familière, apaisante. « Personne ne va entrer. Continue. »

Et le jeune visage sourit de nouveau à la caméra.

*

Affalé sur le siège passager de sa merveilleuse automobile. La maison de Crimble, fraîchement repeinte, qui bondit vers moi au milieu des autres cottages. Simon n'a rien semblé remarquer.

La voiture a grimpé la colline et s'est approchée des deux têtes de taureaux qui couronnaient les colonnes de l'entrée. Je me représentais avec une clarté parfaite ce qui allait suivre. Le vieux logement de Wagstaff. La plongée entre les alignements d'arbres, l'allée et le passé s'ouvrant devant nous. Cette froide humidité familière. La notion des possibles qui décroît, l'idée d'être dépossédé de ma volonté, d'être subordonné à des règles que je ne comprends pas.

« Arrête », lui ai-je dit.

Il a freiné au beau milieu de l'allée. « Qu'est-ce qu'il y a ?

— Je n'y vais pas.

— OK. Je comprends. Si j'étais à ta place, je voudrais retourner le voir, moi aussi. J'ai une idée : pourquoi tu ne prends pas mon cadeau, tu n'as qu'à dire que c'est de ta part. Ça ne me gêne pas du tout.

— Pas besoin. Mais je te remercie. » Je me suis penché et je l'ai embrassé sur la joue. « Écoute, et si on y allait tous les deux ? On lui offrira nos cadeaux ensemble, et ensuite on trouvera bien quelque chose à faire ? »

Il a secoué la tête en souriant, les yeux rivés sur les ombres des arbres pareilles à des codes-barres dans l'allée. Je suis descendu de voiture, et je suis reparti à pied dans l'autre sens.

# 32.

Dix kilomètres à couvrir. Mais c'était une belle journée pour marcher. Pour accueillir les courants d'air frais de la nature, sans les scories de la ville. Au début, mes blessures me faisaient souffrir, et puis, en m'échauffant, ça s'est calmé. Terres anciennes. Terres agricoles. Terres de cavaliers. Terres qui se déployaient. Une campagne construite selon un ordre tel que sa beauté semblait le produit d'un consensus, parce que rien ne pouvait être aussi beau pour de simples raisons pratiques.

*Et les oiseaux, les arbres, les fleurs qui n'ont pas de nom, / Tous soupirèrent quand les clôtures injustes de la loi s'en vinrent.*

Dans tous les villages des environs, il y avait autrefois un manoir. Beaucoup sont encore là. Beaucoup ont disparu. Pareilles demeures incarnaient naguère mon paradis et mon enfer, et à mon sens elles étaient égales en dignité, même si cela paraissait peu probable en raison de leurs atmosphères respectives. Chacune était mentionnée dans le Domesday Book. Avec sa noble histoire, entremêlée à celle du pays. Chacune, sujette à la privatisation et aux coups d'accélérateur de l'après-guerre. Chacune sauvée parce qu'elle avait été reconvertie. C'était tout de même mieux que d'être démolie, si l'on considérait les choses du point de vue du bâtiment. Ce qui évidemment serait pure perte de temps.

En arrivant au fond de la vallée, j'ai commencé à m'essouffler, mais je n'ai pas ralenti. J'avais hâte d'arriver chez moi. Je me disais que cela m'aiderait. Et bien sûr, en voyant le parc, j'ai commencé à me détendre. Les chênes et les frênes étaient tous à leur place, leur feuillage embrasé. Le manoir s'étendait, impérieux sur ses terres, les fenêtres reflétant le soleil. Je suis entré par derrière, en retrait du chemin, en imaginant les siècles d'allées et venues qu'il avait vus, y compris ce matin où j'étais parti pour cet entretien, quand nous avions croisé mon grand-père taillant la haie et qu'il m'avait lancé une pêche à travers le toit ouvrant de la voiture.

Une clôture avait été installée autour de la glacière. Je l'ai franchie et je suis entré. Les appuis étaient bien là où je les imaginais. J'ai suivi le mur en biais jusqu'à ce que je trouve le creux où on cachait la clé de secours. Je l'ai trouvée à tâtons, et je l'ai fourrée dans ma poche avant de remonter.

Les jardins du manoir étaient à présent divisés en fonction de la taille de chaque appartement, à la manière d'un éventail. J'avançais dans le vaste champ et un homme qui faisait brûler des déchets végétaux sur sa portion de camembert s'est arrêté pour me regarder passer.

« Bonjour, m'a-t-il lancé avec un regard très soupçonneux.

— Belle journée, hein », ai-je répondu.

Qu'il me propose donc son aide, s'il osait.

La maison n'avait changé de propriétaires qu'une fois depuis que nous l'avions vendue, mais neuf ans, c'était suffisant : il y aurait du changement. Ce jour-là, pour la première fois, je me sentais capable de l'affronter. Ce ne serait pas facile. À l'instant où je suis arrivé, j'ai observé combien tout avait été arrangé avec soin, et les destructions causées par l'ignorance. La terre avait été retournée, des massifs à angle droit dessinés. Certains arbres sacrés parmi les plus noueux, coupés. D'autres portaient des étiquettes de mauvais augure, suggérant qu'ils étaient condamnés. Nul doute que la cour ne contenait plus ni brouettes ni pianos.

Au moins la porte du verger était-elle toujours là. J'ai sorti ma clé et je l'ai introduite dans la serrure, sachant comment l'ouvrir sans bruit. Non seulement je connaissais l'homme qui l'avait fabriquée, mais j'étais sans doute la personne encore de ce monde qui s'en était le plus servi. J'ai emprunté la petite allée bordée d'arbres fruitiers qui menait à l'atelier et à la lavogne, sans même tenter de me montrer discret en passant devant la maison. S'ils me voyaient, c'en serait terminé. Impossible qu'ils ne s'inquiètent pas en me découvrant dans leur jardin. À moins d'être tolérant au point de se tirer une balle dans le pied. Avec mon oreille entaillée, mon boitillement et le jean de Fraser, j'avais l'air d'un cadre fauché à deux semaines de la dépression finale.

Pas de voitures. Ils étaient de sortie. Le calme. Je me suis assis, dos à la pente qui descendait depuis le grand frêne surplombant l'étang, et j'ai sorti la bouteille. J'ai retiré la pellicule de métal, pris un bâton de la bonne taille, et enfoncé le bouchon. Il n'aurait pas aimé la façon dont je traitais le vin. À ma connaissance, jamais il n'avait goûté un cru si exceptionnel, et si je voulais boire à sa mémoire, il fallait le faire bien.

C'était un bon jour pour boire à sa mémoire. Le temps était parfait ; froid mais vivant. Il serait resté assis sur son banc tandis que les chiens batifolaient autour de l'arbre, soufflant leur haleine chaude sur les racines pour repérer l'odeur de leur proie. Aujourd'hui, les seuls à respirer, c'était moi et le vin. J'ai fait une offrande à l'arbre. Juste une goutte. Ce gâchis l'aurait rendu furieux. J'ai levé la bouteille et pris une gorgée, savourant le sang et le fer. Quand les arômes m'ont complètement envahi, je me suis roulé une cigarette.

Presque trente ans depuis le jour où j'étais passé à travers la glace, la veille de Noël. Les choses étaient-elles aussi graves que dans mon souvenir ? À l'époque, j'avais ressenti une espèce de soulagement trahissant le fait que j'étais passé à deux doigts de la mort. À présent, assis au bord de l'eau, il me paraissait ridicule de m'être cru réellement en danger. Pas de glace aujourd'hui, seuls le soleil et les feuilles qui tombaient. Tout près, le roucoulement rauque d'un pigeon ramier, qui m'évoque toujours à présent l'interprétation qu'en faisait mon grand-père :

« T'entends ça ? me disait-il. *Mes grolles, Betty. C'est mes grolles.* » Voilà ce qu'il entendait.

J'ai bu davantage de vin et fumé une autre cigarette. Le tas de mégots écrasés grossissait sur une ardoise que j'avais trouvée, enfoncée dans la pelouse. Le vent jouait avec les cendres puis les emportait, sorte de reconstitution miniature de ce qui était arrivé à celles de mon grand-père le jour où nous les avions dispersées.

Voilà. Les nouveaux proprios.

Le gravier qui s'écrase sous les roues de la voiture. Les portières qui claquent. Deux gosses ont détalé pour aller jouer aussitôt. De retour de leur excursion du samedi après-midi.

Il aurait adoré ça : les rires des enfants dans le jardin qu'il avait planté. Du sang neuf. Sa vieille maison entre de bonnes mains.

Me retirer était la meilleure solution. Je lui avais rendu hommage. Inutile d'alarmer ces bonnes gens sans raison. D'un autre côté, je n'avais même pas bu la moitié de la bouteille, et j'étais curieux de faire leur connaissance.

Les enfants hurlaient à pleins poumons, puis ils se sont calmés, dispersés. Les deux voix qui se faisaient concurrence se sont réduites à une seule, qui comptait distinctement.

Souffle haletant qui s'approche à toute vitesse : une fillette cherchant une cachette. Le visage illuminé par la joie du jeu, quand soudain elle a vu le cadre à la dérive, avec sa bouteille de vin.

Elle s'est arrêtée, mais l'excitation de la chasse l'a emporté sur la surprise. Plutôt que de se demander ce que je faisais dans son jardin, elle a posé le doigt sur sa bouche, tout en continuant de regarder derrière moi vers l'endroit qu'elle avait choisi. J'ai fait signe que je scellais mes lèvres, et j'ai détourné les yeux pour qu'elle se sente tranquille. *Je ne cafterai pas.*

Elle a filé vers le buisson de houx. J'aurais pu lui suggérer dix cachettes meilleures que celle-là, mais ce n'était pas le moment. Le compte s'était arrêté, et le jeu démarrait. Au bout d'un moment étonnamment court, laissant deviner que quelqu'un n'avait pas complètement fermé les yeux en comptant, un garçon est arrivé, qui ne pouvait qu'être son jumeau.

« Bonjour, ai-je dit.

— Salut.

— Tu cherches quelqu'un ?

— Ma sœur », a-t-il répondu en me regardant d'un air plus soupçonneux qu'elle. Ainsi qu'il convenait.

« Je n'ai vu personne. Elle a dû partir de l'autre côté de l'étang. »

Le garçon a fait demi-tour, l'air perplexe. Sa sœur est sortie du buisson de houx, l'air mécontente, comme si je n'avais rien compris au jeu. Elle avait un parfait visage d'elfe pour un esprit des bois.

« Vous êtes jumeaux ? » ai-je demandé. Elle a hoché la tête. « C'est chouette. Ça veut dire que tu auras toujours un compagnon de voyage. »

C'étaient des enfants magnifiques. Avec la peau dorée. Le visage ouvert, confiant, épuré.

« Eh ! Tu devais te cacher, a dit le garçon qui avait sans aucun doute regardé par-dessus son épaule en repartant.

— Vous aimez vivre ici tous les deux ? ai-je demandé.

— J'aime bien le jardin, a dit la fillette. On n'en avait pas là où on vivait avant.

— Vous avez visité la glacière, dans le parc ?

— On n'a pas le droit d'aller dans le parc, a répondu le garçon. Les gens du manoir n'aiment pas ça.

— Ils ont toujours été coincés. Mais vous savez, la magie existe au seuil de votre porte.

— Quelle magie ?

— Asseyez-vous, je vais vous montrer un tour. »

Ils se sont adressé l'un à l'autre un regard plein d'hésitation, puis se sont tournés vers leur maison. Malgré les arbres, on entendait leurs parents discuter tout en déchargeant la voiture.

J'ai bu encore un peu de vin, puis j'ai pris mon sac, et j'en ai sorti la lourde pièce ancienne. « Regardez ça. »

Les enfants se sont assis comme je le leur avais demandé. Ils acceptaient que je les divertisse. À leur âge, je ne me serais jamais montré aussi confiant. J'ai pensé à ce film, *Le vent garde son secret*, où des enfants découvrent un meurtrier caché dans leur grange et le prennent pour Jésus, si bien qu'ils ne le dénoncent pas aux adultes et lui apportent à manger. Je l'avais vu quand j'étais jeune et cela m'avait terrifié. J'avais envie de crier aux enfants du film de fuir, de décamper en faisant le plus de boucan possible, mais surtout de ne pas cacher ce connard.

« Avez-vous déjà vu une pièce de ce genre ? » Ils ont secoué la tête. « Elle a été frappée en 1844, à l'époque où la reine Victoria était encore une jeune femme. Vous avez entendu parler de la reine Victoria ? Ça n'a pas d'importance. Ce qui est important, c'est le pouvoir de cette pièce. Elle est magique. »

J'ai repris l'ardoise et je l'ai débarrassée des mégots. Puis je l'ai essuyée avec ma manche et posée sur mes genoux. J'avais conscience de mes doigts tremblants, du sang sur mon oreille, de l'odeur de vin et de cigarette que je dégageais.

« Faites attention. Je vais mettre la pièce sur l'ardoise, comme ça. » J'ai posé les deux mains, puis j'ai relevé la droite pour montrer la pièce qui se trouvait dessous. J'ai ensuite levé les deux mains, puis je leur ai à nouveau montré ma main droite, et j'ai plaqué mes deux mains sur l'ardoise. « Où est la pièce ? »

La fillette a tapé sur ma main droite. Au même instant, une espèce de secousse a remonté le long de mon bras droit, jusqu'aux épaules, pour redescendre de l'autre côté, afin de suggérer que la pièce avait voyagé à travers mon corps, jusqu'à l'autre extrémité. J'ai levé la main gauche, révélant le jeune profil de Victoria. La fillette a souri. Elle voulait y croire.

Son frère n'était guère impressionné. « Vous l'avez juste passée d'une main dans l'autre. J'ai vu un reflet au milieu.

— Vraiment ?

— Et je l'ai entendue racler l'ardoise.

— Très bien. On dirait qu'il va en falloir davantage pour vous impressionner. » J'ai lancé l'ardoise dans l'herbe, et je me suis levé. Je voulais que ce mouvement soit athlétique et volontaire, mais l'alcool m'avait fait oublier mes blessures l'espace d'un instant. Ma cage thoracique a gémi. La fillette regardait mon oreille d'une manière qui suggérait qu'elle devait saigner de nouveau. Je me suis écarté de l'arbre de quelques pas. « Regardez attentivement. » J'ai levé la main droite, afin qu'ils voient la pièce. Puis je l'ai renvoyée en arrière, et je l'ai lancée.

« Où elle est ? Je ne l'ai pas vue partir. » La fillette s'était retournée, tandis que son frère, plus soupçonneux, me surveillait.

« Je ne bouge pas, comme ça, vous allez voir à quel point cette pièce est magique. Vous deux, vous allez faire le tour de l'arbre. Ensuite, vous allez lever les bras au-dessus de vos têtes. Et vous verrez qu'exactement en face, à la hauteur de vos mains environ, il y a un trou dans le tronc qui ressemble à une poche. Je veux que l'un de vous y plonge les doigts. Si c'est trop haut, faites-vous la courte échelle.

« Vous voyez, ai-je continué tandis qu'ils cherchaient ce que je leur avais décrit, cet arbre est une machine à remonter le temps. Il faut juste savoir comment elle fonctionne. Et par chance, personne au monde ne sait cela mieux que moi. Quand j'ai lancé la pièce, elle est repartie cent soixante-dix ans en arrière dans le temps, jusqu'à l'année de sa création, à l'époque où cet arbre énorme était encore tout petit. Elle s'est logée au creux de l'une des branches, et elle est restée là. Et depuis, elle attend que vous veniez la chercher. Vous avez découvert le creux ? Super. Maintenant, mettez la main dedans et voyez ce que vous trouvez. »

Bien sûr c'est lui, pas elle, qui s'y est collé. Il ne me faisait pas confiance, aussi a-t-il pris la tête des opérations. Il y avait toutes les chances pour que cela ne marche pas, mais je n'ai rien laissé paraître. Ensuite, en voyant la manière dont ses yeux s'écarquillaient, et comme il se retournait vers sa sœur, j'ai cessé de m'inquiéter : mon ancêtre était bien là, jamais il ne m'aurait laissé tomber.

La pièce avec laquelle le garçon est redescendu au pied du frêne était noircie par le temps et les éléments, mais c'était à n'en pas douter une couronne victorienne de 1844.

« Laissez-moi la nettoyer », ai-je dit en la prenant et en la frottant dans les plis de ma veste, tout en l'échangeant contre celle que j'avais apportée. « Vous pouvez la garder. Du moment que vous vous la partagez. Et prenez-en grand soin. Cette couronne a voyagé à travers le temps. »

Tandis qu'ils regardaient ailleurs, j'ai pris le petit chevalier Lego dans mon sac, et je l'ai fourré dans le creux de l'arbre où se trouvait précédemment la pièce. Cela me paraissait être la bonne chose à faire. Au moment où je me suis baissé pour ramasser ma bouteille, assez satisfait de moi-même, le monde s'est remis à tourner, comme toujours.

« Auriez-vous l'obligeance de me dire ce que vous foutez dans mon jardin ? »

C'était la mère. Au moins, maintenant, je n'avais plus à me préoccuper de savoir lequel des parents allait venir me chasser.

Crépuscule tigré, éclatant. Le ciel, tel un orchestre. Un de ces soirs où le temps vous remet à votre place. J'avais fourni la meilleure explication possible à la mère puis j'étais reparti à travers le parc, palpant la pièce dans ma poche. Si je me dépêchais, je pourrais attraper un train qui me ramènerait en ville d'assez bonne heure pour l'offrir à mon fils avant qu'il n'aille au lit.

Comment s'était passé son anniversaire ? Je me le demandais. Il avait un an de moins que moi lorsque je m'étais retrouvé seul, cette première nuit, à écouter les grondements des tuyaux gelés tandis que la neige tombait au dehors. Cela n'arrivait plus très souvent, mais quand il avait cinq, six ans, il avait eu une période où il faisait des cauchemars. Cela m'inquiétait à l'époque, même si j'avais compris depuis que c'était la manière dont se mettaient sainement en place les premières peurs. Il était si profondément pris dans ces cauchemars que la seule chose à faire, c'était de l'emmener hors de la chambre, pour lui montrer que le monde extérieur existait toujours. Je le sortais de son lit, sentant ses fesses serrées de peur, sa sueur qui me mouillait le cou, et son corps qui se détendait à mesure que je lui parlais pour le ramener à la réalité. Parfois, il y avait une résurgence de ses peurs au moment où je le raccompagnais dans sa chambre, car le cauchemar était encore là, il l'attendait, et nous devions sortir à nouveau, jusqu'à ce que la chambre se soit assainie.

Les apprécier, c'est une chose, mais personne ne vous apprend que vous allez en réalité tomber amoureux. Son odeur par une chaude journée : cuir chevelu, crème solaire, traces de nourriture. Le beurre de ses tartines au petit déjeuner. La douceur des céréales collées sur la peau. Ses cheveux me chatouillant le menton. Jamais il ne cessait de se trémousser. Ses doigts qui parcouraient les miens tandis que je lui lisais une histoire. Sa tête appuyée sur mon torse, caisse de résonance. Sentant les vibrations de ma propre voix. Le battement de son cœur contre ma paume. Se pincer le bras pour savoir qu'on est à l'abri. Le voir regarder ses mains, ses doigts, l'extrémité de ses ongles, et tout cela est si familier, je comprends alors que moi aussi j'ai dû passer beaucoup de temps à observer mes mains quand j'étais enfant. Que nous en passons tous. Le tintement pur de sa voix. Ces moments qui donnent l'impression d'être une fine couche de verre. Le jour où il m'a entendu parler espagnol au téléphone en travaillant, et m'a dit : « Pourquoi tu parles dans une couleur différente ? » Sentir dès le premier moment que la texture de ma vie changeait, que mon fils devenait l'incarnation de mon amour. Cette façon qu'il avait de dire : « J'aime mon papa dans le monde entier ». Katharine ne cessait de le reprendre, mais j'aimais qu'il dise les choses ainsi. Dès le moment où j'ai posé les yeux sur lui, j'ai su que c'était lui qui était là pour m'apprendre des choses, et non l'inverse.

# REMERCIEMENTS

Toute ma gratitude va à :

Clare Alexandre, l'agente la plus sage et la plus courageuse qu'on puisse imaginer ;

Nick Skidmore, pour m'avoir relu avec tant d'intuition et de compréhension ;

Dan Franklin, Katherine Fry et Michal Shavit pour leur soutien et leurs conseils indispensables ;

Nick Armstrong, Christo Daniels, Louise East, Evan Fallenberg, Henry Hitchings, Dan Light et David Merritt pour leur lecture sensible des premières versions ;

Nick Duffell, Matthew East, Robert Montagu et Alex Renton pour leur aide et nos discussions fructueuses ;

Alan Warner pour ses conseils et son amitié ;

Hybrid, c'est-à-dire Charlotte et Mike Truman, pour avoir créé la bande-son d'une bonne partie de ma vie d'écrivain, et pour ce beau compliment ;

Le professeur Dai Fan et le Sun Yat-Sen Writers' Residency pour m'avoir accordé un temps et un espace précieux ;

Rose Grimond, pour tout.

# CITATIONS

*Murder in the Cathedral* de T. S. Eliot, avec la permission de Faber & Faber.

*Money For nothing* de Dire Straits (paroles de Mark Knopfler et Sting).

*Little girl Blue* de Richard Rodgers (paroles de Lorenz Hart, adaptées par Nina Simone).

« The naming of parts » de Henry Reed (*Collected poems*, 2007) avec la permission de Carcanet Press, Manchester, UK.

*Hymne à la Jeunesse condamnée* de Wilfred Owen.

*Things Can Only Get Better*, paroles et musique de Jamie Petrie et Peter Cunnah, © 1992, avec la permission de EMI Music Publishing Ltd, London.

*Ain't she sweet* de Milton Ager (paroles de Jack Yellen).

*The importance of Elsewhere* de Philip Larkin, Faber & Faber.

*Composé et mis en pages*
*par Nord Compo à Villeneuve-d'Ascq*
*et achevé d'imprimer en décembre 2020*
par GGP Media GmbH, Pößneck, en Allemagne

MIXTE
Papier issu de sources responsables
FSC® C014496

ISBN : 978-2-413-03813-9
Dépôt légal : Décembre 2020